하나 좋은 힘

합종연횡 合從連衡

초판 1쇄 찍은 날 ㅣ 2012년 9월 17일
초판 1쇄 펴낸 날 ㅣ 2012년 9월 24일

지은이 ㅣ 민추리
펴낸이 ㅣ 서경석

편집장 ㅣ 권태완
편집책임 ㅣ 이수민
편집 ㅣ 장미연
디자인 ㅣ 이혜정

펴낸곳 ㅣ 도서출판 청어람
등록번호 ㅣ 제1081-1-89호
등록일자 ㅣ 1999. 5. 31
어람번호 ㅣ 제5-0316호

주소 ㅣ 경기도 부천시 원미구 심곡2동 163-2 서경B/D 3F (우) 420-822
전화 ㅣ 032-656-4452 팩스 ㅣ 032-656-4453
http://www.chungeoram.com
E-mail ㅣ chungeoram@chungeoram.com

ⓒ 민추리, 2012

ISBN 978-89-251-2998-3 03810

하 죄 연 혼

合從連衡

민추리 장편 소설

Chungeoram romance novel

도서출판
청어람

등장인물, 스토리 모두 청보국靑寶國이란 가상국을 배경으로 한 허구입니다. 따라서 인물, 사건, 배경 모두 사상적, 역사적으로 해석될 수 없습니다. '양반'이란 용어는 비슷한 신분을 나타내는 대체할 용어를 찾지 못해 부득이 사용하였습니다.

다만 이 글은 조선시대 양인 김감불과 관노 김검동이 개발한 '단천연은법'에서 모티브를 얻어 쓴 글임을 밝힙니다. 납광석으로부터 은을 분리해 내는 세계적 은제련술입니다. 참고문헌은 『조선왕조실록』입니다.

방물전 홍단紅緞상전. 여인의 패물을 파는 곳이니 보통은 사내가 걸음하지 않는 곳이었다. 그곳으로 머쓱해하며 들어설까 말까 망설이는 노객의 걸음을 상전 주인인 홍단이 냅다 붙들었다.

"매파를 통하지 않는 혼인은 상것들이나 짐승들이 하는 짓입지요."

방물장수인 홍단의 본업은 매파였다. 홍단이란 이름만으로 총각이나 처자들의 가슴을 설레게 할 만큼 그 방면에 나름 명성이 있는지라 난다 긴다 하는 집안들의 혼사는 대부분 그녀를 거쳤다. 이곳을 왜 찾았는지 이미 다 알고 있다는 듯 웃음으로 눈초리를 휘는 푸접 좋은 부인의 표정에 인덕은 성성한 반백의 수염을 매만지며 비로소 문턱을 건넜다.

진귀한 패물들을 구경하던 여인들의 호기심 어린 눈들이 일제히 인덕에게 쏟아지자 그는 당황하여 어쩔 줄 몰라 했고 홍단은 재빨리 뒷문을 열어 뒤채로 그를 이끌었다. 주춤거리는 그의 걸음을 붙드느라 홍단의 입은 한시도 쉬지 않았다.

"매파라 하여 다 같은 매파가 아닙니다. 술 석 잔 얻어먹자고 이 짓을 한다면 천벌을 받지요. 아무렴요. 장차 아드님과 따님의 미래를 결정짓는 중차대한 시점에 그저 복분福分을 바라며 도박에 맡길 수 있겠습니까? 귀찮고 번거롭더라도 그저 따지고 살피는 것만이 능사입지요. 그것이 매파가 하는 일입니다. 그렇다면 그만한 인맥과 정보력을 가진 자가 누구이냐! 바로 저입지요."

여인의 반드레한 화술에 인덕이 짐짓 의심의 눈길을 보내자 홍단은 아예 실명까지 거론했다.

"북만학파의 현사顯士, 비룡을 아십니까?"

동요하는 인덕의 눈빛을 홍단은 놓치지 않았다.

"그럼 중천학파의 중방과 남백학파의 남훈도 아십니까?"

"알다뿐이겠소?"

인덕은 들썽거리는 기분을 숨기지 않았다. 소싯적 학류에 발을 딛는 것을 삶의 목표이자 꿈으로 삼았던 그로선 도성 안에 있는 학파들과 그곳을 대표하는 쟁쟁한 젊은 선비들의 이름을 듣는 것만으로도 마치 국구國舅라도 된 듯한 심정이었다.

노객에게서 미혹된 모습을 읽은 홍단은 잠시 뜸을 들이다가 이윽고 쐐기를 박았다.

"그렇다면 예문학파의 진명도 아십니까?"

"어찌 그분의 존함을 함부로 입에 담는가! 이곳 청보국靑寶國에서 그분을 모르는 자라면 사람이 아니지 않겠는가. 난을 일으킨 역도를 무력을 쓰지 않고 오로지 문장으로 제압하여 물리치신 분이 아닌가. 그 문장을 읽고 눈물을 흘리지 않은 자가 없다 들었소. 나 또한 그러했고."

홍단이 깊이 머리를 숙이며 말했다.

"그분들 모두가 제 고객이십니다."

들뜨다 못해 불불불 떠는 가슴을 진정시키고자 인덕은 손을 가슴에 얹어야만 했다. 정신을 차렸을 때 그는 이미 평상 위로 올라가 그녀가 내준 짚방석 위에 앉아 있었다.

하인들이 눈치껏 마련해 온 술상을 손수 받아든 홍단은 평상 위에 그것을 내려놓으며 인덕의 차림을 샅샅이 보았다. 노골적인 시선을 견디지 못해 술잔도 들지 못하는 그를 대신해 그녀는 잔을 들어 술을 부어주며 야무진 입매로 물었다.

"어느 댁의 청지기이시오?"

이에 고개를 바짝 세운 인덕이 미간을 좁혔다.

"차림으로 사람을 업수이 보다니 이 무슨 본데없는 짓이오!"

인덕의 호령에 홍단의 표정이 대번에 찌푸려졌다. 좀 전까지 제 살도 내줄 듯했던 살가운 태도는 온데간데없었다. 다홍빛 치맛자락을 걷어붙여 몸을 감싸고는 툇간으로 가더니 그곳에 놓인 반닫이에서 지필묵을 내와선 인덕의 눈앞에 내려놓았다. 평상에 절퍼덕 앉더니 거침없이 적어내리기를,

—부릴 하인 하나 없는 빈한한 형편.

아직 술잔에 입을 대지도 않았건만 인덕의 얼굴이 일순간 붉어졌다. 그럼에도 자리를 박차고 일어서지 못했다.

양반이건 평민이건 자식 위하는 마음은 같다는 것을 익히 아는 홍단은 새침한 곁눈으로만 그를 상대하며 위세 좋게 물었다.

"아들이요 딸이요?"

"딸아이일세."

"이름은요?"

"채령. 고운빛깔 채에 옥소리 령이오."

술상을 밀치는 푸대접에도 인덕은 꿋꿋이 자리를 지켰다.

이름 몇 자 적는 것조차 귀찮다는 듯 게으름을 피우던 홍단이 턱을 들었다.

"나이는 어찌 된다요?"

"올해 스물넷이오."

과년하여 불가하다며 붓을 내려놓으려는 홍단의 손짓을 인덕이 붓대를 잡아 가까스로 말렸다. 그녀는 마지못해 나이를 마저 적고는 또다시 물었다.

"어디에 사시오?"

"도성 밖 금은골이오."

이에 홍단은 아예 문서를 뒤집어엎었다.

"저는 도성 안의 혼사에만 관여합죠."

"살다 보면 도성 밖에서 도성 안으로 시집을 올 수도 있고 거꾸로 안에서 밖으로 시집을 갈 수도 있는 것 아니요? 나고 자라는 곳이 곧 죽는 곳이 아닐진대 도성 안팎을 가리는 것이 무슨 의미가 있겠소?"

홍단은 귓등을 스치는 인덕의 항변은 손사래로 물리치고 적당히 상대하다 그를 내쫓고자 마음먹었다. 일단 뒤집었던 것을 바로 놓고 이번에는 묻는 대신 딱딱한 말씨로 쏘았다.

"따님의 신상서에 더 적을 것이 있으면 말하시오."

목을 가다듬은 인덕은 그제야 가슴을 펴고 고개를 세웠다.

"여식의 고조부께서 이조령을 지내신 바 있으니."

다소 보는 눈이 달라질 것이라 기대하였는데, 콧방귀를 뀌는 홍단의 표정은 갓쟁이의 떠세를 대하듯 시큰둥했다. 그리고 내놓은 한마디.

"고조부 이상의 벼슬은 기재 안 합니다."

한동안 벙벙한 표정으로 입을 다물지 못하던 인덕은 가까스로 정신을 수습하고 따져 물었다.

"그럼 이름만 갖고 신랑을 구하란 말이오? 이대로 어찌 제짝을 만나겠소? 그대의 솜씨가 도성 제일이란 소문만을 믿고 먼 곳을 찾았건만 어찌 이리 허무하게 만드시오!"

반쯤 돌아앉은 홍단은 눈조차 맞대지 않고 뇌까렸다.

"이 흠결들을 덮을 만한 그 무엇이 있다면 얘기가 다르겠지요."

심정으로는 수도 없이 뒤돌아섰을 것이나 사정이 워낙 급한지라 인덕은 저고리 안쪽 깊숙이 두었던 돈꾸러미를 살포시 그녀의 곁에 내놓았다. 돌아앉은 홍단의 허리가 그제야 제자리로 돌아왔다.

"얼굴은 어떻소? 반반하오?"

비로소 말을 섞는 홍단의 농간이 괘씸했으나 인덕은 채령의 앞날만을 생각하며 애써 참고 응대했다.

"천한 상은 아니오. 그만하면 빠지는 축은 아닐 것이오."

채령의 용모에 대해 좀 더 소상히 읊으려는데 홍단은 그조차 손을 뻗어 막았다.

"되었습니다. 백문이 불여일견. 오고 가는 교통비만 주신다면 환쟁이를 보내 드리리다. 그날 낮은 깨끗이 씻기만 하고 화장은 하지 말 것이며 머리카락은 한 올도 남기지 말고 빗어 올려 이마를 훤히 드러내야 할 것입니다."

결국 인덕은 집으로 돌아갈 노자마저도 모두 홍단의 치마폭에 내놓고서야 방물전을 나갈 수 있었다.

도성을 넘어 청보국靑寶國의 인재를 망라하고 있다는 네 개의 학파. 예문, 북만, 중천, 남백학파가 그것이었다. 내로라하는 학식과 인망이 두터운 자들이 대대로 수장을 맡아가며 수백 년을 이어오니 그 유구함만으로도 범접을 불허하는 기세를 뿜었다.

근래 그들 사이에 학문적 교류가 끊기고 껄끄럽게 된 건 왕이 이례적으로 선철先哲의 저서가 아닌 현 수장들의 저서 가운데 하나를 본감록本鑑錄에 올리겠다 한 때문이었다. 왕이 익혀야 할 교본의 목록인 본감록에 살아 있는 문사의 저서를 올리는 일은 명예뿐 아니라 정치적 실익마저 가져다주니 서로의 책을 본감록에 올리고자 하였다. 하나 지나친 경쟁으로 말미암아 책의 수준을 논하던 것이 학류의 우위를 논하는 것으로 번지더니 결국 서로 간에 망사亡師의 흠을 들추는 지경에까지 다다랐다. 급기야 그 일이 어전에까지 미치니 왕은 학파의 수장들을 소집하였다.

"눈도 맞대지 않으면서 한곳에 모인 걸 보니 어명에 겁을 내긴 하는구나. 본감록 논란으로 과인을 괴롭히다니!"

"송구하옵니다, 전하."

일제히 엎드린 수장들에게 왕이 명했다.

"일찍이 예문이 인사론人事論을 일으켜 예문학파를 창설했고, 북만이 실리론實利論으로 북만학파를, 중천이 군력론軍力論으로 중천학파를, 남백이 위분론位分論으로 남백학파를 이루었으니 이 모두가 과인의 치세에 주옥같은 지침이 되었도다. 그대들에게만 스승이 아니라 과인에게도 스승인 터, 그대들이 학문의 깊이를 견준답시고 돌아가신 스승을 욕보이고 공적을 폄훼하는 꼴을 더는 두고 볼 수 없음이니! 과인이 보기에 스승들의 훈적은 경중을 가릴 수 없을 만큼 나란하니 더는 지난날을 들추지 말라!"

"예, 그리하겠사옵니다."

학파의 수장들이 일제히 머리를 숙였다. 싸움으로 스승을 욕보인 것이 부끄럽기도 했고 왕의 명을 순순히 따르겠다는 뜻이기도 했다.

"하오면 어찌 하오리까."

왕에게 묘책이 있는가 하여 북만수장이 여쭈자 모두가 고개를 들고 기대와 긴장으로 왕을 향해 눈길을 모았다.

왕이 심드렁히 하명하기를,

"깔끔하게 단판걸이로 경합하여 본감록 문제를 매듭짓도록 하라."

수장들은 모두 맥이 풀린 얼굴로 아무 말도 하지 못했다. 결국 원점이 아닌가. 수장들이 매듭짓지 못해 왕에게 의뢰한 사안이 도로 학파 수장들의 몫이 되는가 하였는데,

"제자를 보면 스승을 알 수 있을 터. 경합에서 이기는 자는 과인이 부마로 삼을 것이니!"

"예에?"

이번엔 수장들이 놀람으로 말을 잇지 못했다. 학파 간에 경합을 붙인다더니 수장들이 아닌 젊은 문사들로 하여금 싸우게 하겠다는 뜻이었다. 결국 이 일을 사윗감을 고르는데 이용하겠다는 것이었다. 왕이 느직한 웃음으로 되물었다.

"그럼 과인이 노회한 그대들에게 또 싸우라 할 줄 알았나? 또한 과인에게 문제를 해결해 준 대가는 있어야 하지 않겠는가?"

편전의 공기가 조여졌다. 자신의 책이 본감록에 오르고 공주도 얻을 수 있는 기회였다. 수장들의 음충맞은 시선들이 허공에서 칼날처럼 부딪혔다. 날선 그들의 모습을 지켜보던 왕은 상황이 자신의 의도대로 흐르고 있음에 속으로 미소를 지었다. 저들이 합의에 이르지 못할 것임을 알면서도 일부러 본감록으로 분란을 일으킨 이유는 따로 있었다. 금쪽같은 공주를 내어주어도

아깝지 않고 장차 세자가 스승으로 삼을 만한 인물을 얻기 위함
이었다.

"그대들의 문하에서 가장 능력이 있다 생각되며 아직 혼인을
하지 않은 젊은 대표를 선발하도록 하라."

"예."

수장들의 결연한 대답이 우렁찼다.

"같은 값이면 다홍치마라고 이왕이면 용모도 좀 고려하도록
하라."

"예."

"키도 컸으면 좋겠다."

"예."

"눈빛이나 낯빛이 맑았으면 좋겠고."

"아, 예."

대놓고 사윗감의 조건을 읊는 왕의 하명에 수장들의 표정이
더욱 골똘해졌다. 시간이 흐르고 갈등이 깃든 그들의 표정이 점
차 확신으로 바뀌는 것을 느낀 왕이 마침내 물었다.

"누구를 쓸 것인가? 그자의 이름을 말하라."

서로 간에 눈치를 보던 와중에 남백수장이 먼저 입을 뗐다.

"저희 남백에선 남훈을 내보낼 것이옵니다."

"저희 중천은 중방을 내보내겠사옵니다."

"저희 북만은 비룡으로 정했사옵니다."

각 학파 내에서 다소간 견줌이 있었을 뿐 모두가 예상을 크게 벗어나는 이름들은 아니었다.

마지막으로 예문수장이 모두가 짐작하고 있는 이름을 내놓으니,

"저희 예문은 응당 진명이옵니다."

청보국靑寶國의 변방, 금은골. 평평한 곳을 구경하기 힘든 험한 산세는 골짝마다 운무를 머금고 있었다. 아득한 그곳 산중턱에 드물게 자리한 십여 채의 초가는 집집마다 부대밭을 끼고 있었다. 그들의 생계를 쥐고 있는 유일한 기와집은 사철광업자 곽양의 것이었다. 깊은 산골에 이렇듯 마을이 형성된 건 이곳에 광맥이 자리한 까닭이었다. 막장꾼이며 대장장이며 모두가 광맥에 의지하여 생활하는 탓에 남의 집 사정을 속속들이 알 만큼 서로 간에 밀접했다.

어둑발이 내린 초가 안이 여느 때보다 을씨년스럽고 침울했다. 그럼에도 개의치 않고 꿋꿋이 대접에 국물 한 방울 남기지 않고 밥을 두 공기나 비우는 작은누이를 못마땅하다는 얼굴로 지켜보던 무령은 자리를 박차고 일어서며 통박했다.

"하여간 누난 오래 살 거요."

"왜 나는 누나고 언니는 누님이야!"

미령의 볼멘소리를 뒤로한 채 마당으로 나간 무령은 온종일 사립문 밖을 서성거리고 있는 큰누이 채령에게 다가가 곁에 섰다.

"누님, 제가 좀 더 알아보고 올 터이니 우선 밥 한술이라도 떠요. 미령 누나는 평소와 다름없이 먹던데 왜 큰누님 혼자 이래요. 아버지는 아무 탈 없이 잘 계실 테니 걱정 마시고요."

"여태 이러신 적이 없었는데 이레씩이나 말씀도 없이 집을 비우시고 대체 무슨 일일까? 대체 어디 계신 건지……. 무사하시다는 소식만 들려도……."

채령은 지난 이레간 열일을 제치고 남동생 무령과 사방을 헤치며 갑자기 사라지신 아버지를 찾았다. 수소문 끝에 얻은 소식은 이레 전 아버지께서 동구 밖으로 벗어나는 모습을 보았다는 마을사람의 얘기뿐이었다.

"아무 일 없을 거예요. 누구에게 끌려가신 것도 아니고 스스로 걸어가셨다잖아요. 볼일이 있으셨겠죠. 무탈하게 돌아오실 테니 너무 걱정 말아요."

무령이 채령의 발길을 집 안으로 되돌리려 손을 뻗었으나 그녀는 꿈쩍도 하지 않았다.

"나 때문일 거야. 근래 아버지께서 부쩍 상심해 계셨어. 내가
요새 아버지께 부쩍 대섰더랬어."

스스로를 책망하던 채령의 눈빛이 이제는 겁에 질려 있었다.
이대로 아버지께서 영영 집에 돌아오지 않으시면 어쩌나 수많
은 생각들로 속이 물크러졌다.

"아닐 거예요. 여태 누님 덕으로 입에 풀칠해 온 우리가 어찌
누님의 일을 탓한답니까? 아버지께서 완고하시긴 해도 그리 모
진 분이 아니시라는 건 누님도 알잖아요. 그러니……."

무령의 말을 끊은 건 이제 막 토단에 발을 내리고 짚신을 꺾
어 신는 미령의 새된 소리였다.

"감히 내가 묻는 말을 삼키고 방을 나가? 야! 언니한테는 누
님 누님 하면서 왜 나한테만 누나라 하냐고!"

거쿨지게 달려와 팔을 흔드는 미령에게 무령은 눈길도 주지
않고 건성으로 답했다.

"저절로 말이 그렇게 나옵디다."

무령의 무성의한 응대에 약이 오른 미령이 눈을 흘기며 더욱
드세게 따져 물었다.

"너 똑바로 대답 안 해?"

눈앞에 치켜든 미령의 주먹을 무령이 성가시다는 듯 밀치며
짜증을 냈다.

"아버지께서 이레나 소식도 없으신데 작은누난 걱정되지도 않아요? 생각이 없는 거예요, 무정한 거예요?"

이에 미령은 무엇도 개의치 않는다는 듯 코웃음을 쳤다. 마침내 참을 수 없게 된 무령이 역정을 내려는데,

"아버지 무사하시니까 궁상들 그만 떨어."

"뭐?"

새침한 미령의 말에 무령이 멈칫했고 채령이 반색하며 급히 돌아섰다. 달려가 동생의 치맛자락을 붙들고 그제야 파리했던 낯빛에 생기를 내며 물음을 쏟아냈다.

"아버진 어디 계셔? 왜 나가신 거래? 노자는 챙겨가셨다니? 그래서 언제 오신대?"

"아무튼 나만 믿고 이제 그만들 해. 이레간 언니하고 무령이 설치는 모습을 보았더니 어지러워."

"정말 아버지 괜찮으신 거야?"

"괜찮대도."

미령의 확고한 장담에 한꺼번에 긴장이 풀린 채령이 무너질 듯 휘청거리다 실마루에 주저앉았다. 그리고는 아까 했던 질문들을 또다시 꺼내었다.

"대체 어디에 계신데? 언제 오시는데?"

미령이 답을 하려 입을 열려는 찰나, 무령이 왈칵 달려들었다.

"작은누난 왜 이제야 얘기를 하는 건데! 우리가 얼마나 마음을 졸이고 근심했는지 보지 못했어? 대체 뭐야? 아버지가 어디 계신지 정말로 알긴 하는 거야?"

"내가 거짓말이라도 했다는 거야?"

무령과 미령의 높아진 언성이 쉽게 좁은 마당을 넘어섰다. 채령이 그들 사이에 끼어 싸움을 말렸으나 투덕거림은 좀체 잦아들지 않았다.

"누님이랑 나랑 애끓는 모습 보는 게 재미있었어?"

"이유를 알면 언니 충격받을까 봐. 그래서 말 못했어! 그래서 모르는 체했어!"

무령의 대찬 추궁으로 마지못해 토한 미령의 말에, 무령은 더는 묻지 않았다. 싸움을 말리던 채령도 망연히 굳었다.

"역시 내 탓이었어."

실마루에 또다시 주저앉은 채령이 턱을 떨었다. 그녀의 시선이 조각하늘조차 보이지 않는 답답한 허공을 헤매었다. 그녀가 뿜은 한숨이 이내 식어 어둑발 속으로 흩어졌다.

한참 동안 언니의 고뇌를 지켜보던 미령은 덩달아 마음이 무거워졌다. 수차례 망설이다 남은 말들을 쏟아내고자 다가가려는데 사립문 밖의 기척이 그녀의 발길을 붙들었다.

"아버지!"

초주검이 된 아버지를 무령이 잽싸게 달려가 끌어안았다. 다

른 어깨를 미령이 부축했다. 먼 길을 걷느라 지친 몸을 남매에게
의지한 인덕은 실마루에서 천천히 일어나는 맏딸을 바라보았다.

"드실 것을 마련할게요."

그늘진 아비의 얼굴을 마주하지 못하고 찬간으로 향하는 채
령을 인덕이 불러 세웠다.

"안으로 들거라."

낡은 도포자락을 뒤로 걷어내 꼿꼿하게 앉은 인덕은 무릎을
꿇고 앉은 채령의 모습을 물끄러미 살폈다. 평소와 마찬가지로
자신을 못마땅하게 여기는 아버지의 시선에 채령은 살짝 머리
를 숙였다.

잠시 후, 인덕은 혹시라도 말소리가 밖으로 새어 나갈까 하는
염려로 조근조근 말을 이었다.

"재물에 집착하는 것은 상스럽고 비천한 짓이니."

아버지께서 수도 없이 되풀이한 말씀이었다. 다음 구절을 따
라서 읊을 수 있을 정도였으나 채령은 다만 듣기만 하였다.

"양반의 본령이 무엇인지 아느냐? 다스리는 것이다. 그것이
양반의 영역이다."

이조령을 지내다 낙향하신 고조부의 영예로 사시는 아버지는
한결같이 꼿꼿하셨다. 그러나 채령은 행랑것 하나 거느릴 수 없
는 처지에 다스리는 양반의 본령을 운운하시는 아버지의 말씀

이 측은하기만 하였다.

"영역을 뒤섞는 일은 곧 역모다."

대서지 않고 다만 듣기만 하려 했던 채령은 답답함에 불뚝 한 마디를 내놓았다.

"소녀는 다만 이 일이 즐거울 뿐이옵니다."

이에 인덕의 미간이 더욱 깊이 파였다. 노기가 담긴 음성으로 채령을 꾸짖었다.

"어찌하여 그와 같은 천박한 일에 재미를 느끼는 것이냐! 치마를 걷어 올리고 두 발을 굴리는 망측한 풀무질이 어찌하여! 땀으로 적삼을 적셔가며 쇠를 두드리는 험악한 망치질이 어찌하여! 어찌하여 허구한 날 대장장이들과 어울리며 아랫것들에게 입심거리를 주느냐 말이다! 너를 두고 양반이나 양반이 아니며 계집이나 계집이 아니라고 숙덕이는 세간의 입을 더는 참을 수 없다!"

"세간의 숙덕임이라 봐야 이내 사라지는 한갓진 두멧구석의 메아리일 뿐이옵니다. 소녀, 다만 양심에 부끄럽지만 않으면 된다 여기옵니다. 체면을 지키고자 굶겠습니까, 굶지 않고자 매번 남에게 손을 벌리겠습니까. 그보다는 이편이 옳다 믿습니다."

좀처럼 굽히지 않는 채령에게 인덕은 성성한 백발 위에 얹어진 갓을 고쳐 쓰며 엄히 물었다.

"혼자 살 것이냐?"

"예?"

"평생 혼자 살 것이냔 말이다!"

걸핏하면 대장간을 기웃거린다는 소문으로 채령은 여태 혼담한 번 받아보지 못했다. 인덕은 제 어미만 살아 있었더라도 채령이 이 지경은 되지 않았을 것이란 생각에 밀려드는 슬픔을 떨치지 못하고 입술을 깨물었다.

"소녀, 아버지를 뫼실 것이옵니다."

인덕은 서탁 아래로 주먹을 쥐었다. 반대를 무릅쓰고 재주랍시고 대장간을 기웃대며 푼돈벌이를 하여 홀아비인 애비의 시중을 들고 어린 동생들에게 어미 노릇을 해온 맏딸이었다. 그것이 굳어져 이제는 평생 그리 살겠다는 채령이 못마땅하고도 가여웠다.

"애비로서 네게 하고 싶은 말은……. 바람 부는 대로 살거라. 바람의 방향을 바꾸려들지 말란 말이다. 잡된 재주를 감추며 사는 것이 반가 부녀자의 도리인 것이다. 정 소일거리가 필요하다면 난을 치든지 수를 놓거라."

"……."

맏딸의 침묵이 따르지 않겠다는 고집임을 아는 인덕이 단호하게 한마디를 내놓았다.

"조만간 마땅한 자를 물색할 터이니 지체 말고 혼인하여라."

"소녀는……."

인덕은 더는 들을 필요 없다는 듯 채령의 말을 자르고 을렀다.

"달포 안에 혼인을 마무리 지을 것이니 그리 알거라!"

아무래도 이상했다. 대장간을 기웃거리지 말라 수도 없이 말씀하셨어도 여태 혼인에 대해선 언급하신 적이 없는 아버지였다. 책상을 돌아 아버지에게 바짝 다가간 채령은 근심하는 목소리로 여쭈었다.

"갑자기 이리 서두르시는 연유가 무엇이옵니까? 혹…… 아프신 데라도……."

걱정으로 눈망울을 흔드는 채령에게서 인덕은 시선을 거두었다. 덩그런 방 안을 훑던 그의 눈길이 어디에도 머물지 못하고 점차 가라앉고 꺼지더니 그대로 입마저 다물어 버렸다.

"아버지……."

한참이 지나, 애가 타 꺼져드는 숨으로 아비를 부르는 채령을 인덕은 그제야 보아주었다. 깊은 한숨 뒤에 내놓은 한마디는 뜻밖의 말이었다.

"미령에게 혼담이 들어왔다."

"예?"

"얼마 전 과객으로 마을에 머물던 선비가 미령을 눈여겨보고는 그간 연서로 기별하며 저들끼리 정분이 든 모양이다. 그 댁에서 청혼을 해왔다."

혹여나 아버지께서 편찮으신 건 아닌가 걱정했던 채령은 근심을 털어내고 환하게 웃으며 여쭈었다.

"참으로 경사이옵니다. 어느 댁 자제이옵니까?"

인덕은 대답 대신 단호히 결심을 드러냈다.

"역혼은 절대 아니 된다."

"예에?"

이미 혼기를 놓쳤다며 적당한 혼처만 나타나면 맏딸이든 둘째 딸이든 누구든 먼저 혼인을 시키시려 했던 아버지였다. 적당한 혼처인 듯하고 더군다나 서로 좋아하는 사이라는데, 이제 와서 역혼을 반대하시는 아버지를 이해할 수 없었다. 채령이 알수 없다는 표정으로 여쭈려는데, 인덕은 이미 모든 것을 결정한 터라 재차 으를 뿐이었다.

"더는 네게 흠을 만들 수 없다."

채령의 두 눈이 물음으로 커졌다. 동생이라도 먼저 혼인을 시키시려 했던 아버지께서 새삼 역혼을 반대하시는 이유를 알지 못한 까닭이다.

"서로 좋아하는 사이라는데……."

인덕은 또다시 채령의 말을 끊어내었다. 채령의 쇳물일을 막을 방법은 하나뿐이었다. 혼인이었다. 혼인을 하고도 대장간을 드나들지는 못할 터이니. 그가 깨문 입술 사이로 조용히 읊조렸다.

"더는 너를 쇠메를 드는 대장장이로 만들 수도, 동생에게조차 혼인이 밀린 흠 많은 처녀로 만들 수도 없다. 미령의 혼사에 택

일을 앞당기고자 한다면 네가 가능한 빨리 혼인을 해야 할 것이다."

채령은 근래 자신 앞에서 할 말이 있는 듯 머뭇거리던 미령의 모습이 이해되었다. 미령이 아버지께서 집을 비운 이유를 알면서도 얘기를 하지 않은 것 또한 이제야 이해되었다. 천한 쇳물일도 하는 마당에 동생이 먼저 혼인을 한다는 것이 자신에게 뭐 그리 흠이 되겠냐마는 역혼을 흠이라 강변하시는 아버지의 속뜻을 채령은 잘 알았다. 다시는 대장간을 기웃거리지 말라는 엄명이었다. 다시는 쇠메를 들지 못하게 하고자 미령의 혼례까지 미루시는 아버지 앞에 채령은 더는 대설 수 없어 결국 입을 다물었다.

＊

인사론人事論을 내세우는 학류답게 그들의 근거지 예문당은 언제나 사람이 들끓었다. 재주를 가진 자를 귀히 여긴다는 소문으로 각지에서 찾아든 뜨내기들이 멍석 위에서 글을 쓰고 무리 지어 강론하는 등 온갖 방법으로 자신을 뽐내었다. 입신을 위해 걸음한 자들인지라 글 읽는 선비들이 대부분이었으나 간혹 농민이나 도공 같은 평민들이 섞여 있었다. 평민들은 출세가 아니라 주로 하소연을 위해 이곳을 찾았다. 고리에 허덕이는 농민들이 환곡제의 부당함을 알리거나 멸시받는 공인들이 양반의 횡포를 호소하는 장이 되었다. 하나 가재는 게 편이라고 예문당의 문사들 또한 양반이다 보니 평민들은 마당을 밟기도 전에 쫓겨나기 일쑤였다. 예문수장은 하인들로 하여금 저들이 다시는 이곳에 발붙일 생각 못하도록 호되게 일러 쫓아내라 명했다. 그들을 쫓아내는 것은 오늘도 하인들 가운데 가장 몸집이 큰 육두의 몫이었다.

"예가 어디인 줄 알고 감히 구접스런 발을 들이느냐! 그 구접스런 물건들도 냉큼 치우거라!"

육두가 북새통이 된 대문 밖으로 마구 싸리비를 휘둘러 사람들을 내치고 있었다. 소홀한 대접에 몇몇은 욕설과 침을 뱉기도 했고 인사로 들고 왔던 세공물과 도자기 등을 홧김에 내던지기도 했다.

육두가 손을 털고 대문을 잠그려는 때였다. 난장의 흔적이 여전한 대문 밖에서 위엄스런 기척이 느껴지자 육두는 화들짝 놀라 대문을 도로 열었다.

"오셨습니까요!"

뚝머슴 장길을 앞세워 날선 시선으로 다가서는 선비는 예문당의 옥골선풍, 진명이었다.

육두는 재바른 몸짓으로 냉큼 대문을 열어 돌계단을 내리밟고 그 앞에 잔뜩 허리를 숙였다. 이렇다 할 응대가 없자 육두는 기색을 살피고자 고개를 들었는데 속을 어림할 수 없는 묵중한 눈빛에 눌려 시선을 도로 내려야만 했다.

"사람을 이리 부리는 것은 득보다 실이 많다 그리 일렀거늘."

어지럽혀진 대문 앞을 둘러보던 진명은 한마디만을 남기고 육두를 지나쳤다.

"소인은 수장님께서 시키신 일을 했을 뿐……."

장길을 밀치고 뒤를 따르며 변명하던 육두가 갑자기 두 발이 엇갈리더니 거꾸러졌다. 하마터면 선비를 밟고 덮칠 뻔했다. 진명이 느닷없이 돌계단 앞에서 걸음을 멈추고 허리를 굽힌 까닭에 그리되었다.

진명이 바닥에서 집어든 것은 깨진 호로병의 파편이었다. 누군가의 패악으로 병목이 달아난 호로병 안엔 시크무레한 탁주가 찰랑거렸다.

"고운 손 베이실까 염려됩니다. 이리 주십시오. 소인이 치우겠사옵니다."

목이 잘린 호로병을 낚아채려는 육두의 손짓을 진명이 손을 뻗어 막았다. 그리고 물었다.

"이것을 던진 자가 누구냐."

"그건 소인도 모르옵니다. 하도 여러 사람이 들끓었던지라."

육두는 흘끗 진명의 눈치를 살피며 답했다. 선비의 묵중했던 표정이 돌연 날카로운 빛을 띠니 괜히 주눅이 들었다. 육두는

그것을 감히 예문당을 욕보인 자에 대한 분노일 것이라 짐작할
뿐이었다.

"그자를 찾아라."

"예? 예, 알겠습니다. 냉큼 잡아다 물고를 냅죠!"

입이 거칠어 걸핏하면 육담을 내뱉고 쥐가 고양이를 물듯 실
속 없이 상전에게 대들곤 하는 방자한 하인이지만 누구보다 민
첩하고 적극적인 육두였다. 그는 선비께서 술병을 던진 자에게
단단히 화가 나셨구나 여겼다. 진명에게서 호로병을 받아든 그
는 곧장 도공을 찾아 나섰다.

호로병의 또 다른 파편을 주워 계속해서 살피는 진명에게 이
번에는 장길이 물었다.

"그자를 찾으시려는 까닭이 무엇입니까?"

호로병의 비색을 유심히 살피던 진명이 답했다.

"이것은 여느 자토나 적토로 구운 것과는 다르다."

이제껏 본 적 없는 비취빛이었다. 자연에서 얻은 흙으로 빚어
낸 빛이 아니었다. 도자기의 비취빛을 내는 것은 흙 속에 든 쇳
가루이니 이 같은 비색을 인위적으로 만들어냈다면 그 주위에
쇳가루를 정제하는 기술이 있단 뜻이었다. 진명은 쇠를 잘 다루
는 자를 찾고자 함이었다.

3

금은골에서 가장 솜씨 좋은 대장장이로 소문난 석쇠의 대장
간은 마을에서 가장 먼저 하루를 맞는 곳이었다. 동이 트기 전
화덕불이 먼저 대장간을 밝혔다. 거센 불길에 이슬도 가장 먼저
말랐다. 망치질 소리가 귀를 울릴 지경에도 석쇠는 사내들의 투
박한 발소리가 아닌 사뿐한 걸음 소리에 쫑긋 귀를 세웠다.

"석쇠, 지난 열흘간 잘 지냈는가?"

"아씨, 또 오시었습니까?"

석쇠는 채령이 이곳에 나타날 때마다 양반댁 규수께서 왜 이
곳을 찾으시냐 시집은 언제 가실 거냐 통박을 놓곤 했다. 그러
나 불뚱거리는 입모양은 언제나 웃고 있었다. 인덕 나리께서 집

에 오시지 않아 아씨께서 백방으로 수소문하고 있단 소문을 듣긴 했으나 나리께서 집에 오신 후로도 수일 동안 기별도 없이 대장간에 나타나시지 않아 몹시 근심하고 기다리던 참이었다. 그의 시퉁스런 태도는 반갑다는 뜻이었다.

"오늘은 황동을 만들고 있습죠. 공전은 닷 근에 한 닢입니다요."

양반댁 규수에게 해라 마라 할 수 없으니 석쇠는 그저 지금 무엇을 하고 있다는 말로 채령에게 일감을 주었다. 나리 아시면 경을 치게 된다며 대장간엔 얼씬도 마시라 말린 것이 십여 년 전이었다. 고집을 꺾을 수 없어 내버려 둔 것이 이제는 금속을 녹이고 배합하는 일만큼은 금은골에서 따라올 자가 없을 정도가 되어 있었다.

말이 떨어지면 소매부터 걷어 젖히던 채령 아씨가 오늘은 조금 다르다 느낀 때였다. 석쇠는 잔뜩 굽은 등허리를 뒤로 젖혀 아씨를 올려다보았다.

"나 말이야. 이젠 여기 오지 못할 것 같아."

"예?"

화덕 안으로 바람을 집어넣던 석쇠의 발짓이 멈추었다. 동시에 화덕으로부터 일던 열기도 잦아들었다.

"참으로 오랜 시간 귀찮게 했지?"

석쇠는 말이 없었다. 사람 대접 받지 못하는 천업, 자식에게도 물려주고 싶지 않은 일이었다. 그 일을 배우겠다는 아씨를 귀찮아한 적은 없었다. 다만 믿어지지 않았을 뿐. 처음엔 천한 일을 조롱하는 것인가 여기기도 했다. 그러나 머지않아 알 수 있었다. 불똥에 머리카락이 오그라들고 담금질에 살갗이 익어도 항시 낯꽃을 피우던 모습에서 일에 대한 신명을 읽을 수 있었다.

"그동안 정말 즐거웠어. 고마워."

석쇠는 다만 두 손을 모아 깊이 허리를 숙일 뿐이었다. 언젠가는 아씨께서 제자리를 찾아갈 날이 올 줄은 알았지만 그 날이 오늘인 것이 슬프고 아쉽기만 하였다. 정작 즐거웠고 고마운 사람은 소인이란 말씀을 드리고 싶었지만 구정물 같은 눈물만이 심정을 대신했다.

＊

육두는 진명의 명에 따라 예문당의 대문 밖에 말 네 필을 매어두었다. 알아본 바, 예문당 대문 앞을 난장으로 만든 도공은 금은골에서 흙을 구하여 깨진 호로병을 만들었고 그 흙은 석쇠라는 자의 대장간 화덕 주위로 널린 쇠똥을 머금은 흙이라 하였다. 이 소식을 전해들은 진명은 그 즉시 육두와 장길에게 나갈 채비를 하라 일렀는데, 육두는 왜 말을 세 필이 아닌 네 필을 준비하라 하시는지 도무지 이해할 수 없었다. 예문수장과의 대화가 길어지는지 다소간 지겨워질 만큼 기다렸을 때, 대문 앞이 소란했다.

"공주가 어째 싫다는 것이냐!"

문턱을 건너려는 진명의 도포를 예문수장이 턱석 움켜쥐었다.

"마음이 동하질 않습니다."

죽이 끓든 밥이 끓든 근심하는 법이 없는 응석받이 공주. 왕을 등에 업은 공주라고 받아줄 성싶은가. 어림없었다. 산전수전 겪으며 체득한 직관이 삶을 송두리째 권력에 쏟아붓는 것은 고되고 피곤한 길이라 말하고 있었다. 삶은 위세로 사는 것이 아니다. 삶은 삶다워야 했다. 다만 진명은 스승을 손사래로 뿌리칠 수 없어 도포를 잡힌 채 돌계단을 내리밟았다. 예문수장은 그대로 끌려 내려가며 더욱 언성을 높였다.

"마음? 연심을 이르는 것이더냐? 너한테 그런 유치한 감정이 생기길 기다리라고?"

"예, 가슴에 눅진한 감정이 생기면 그때 생각해 보겠습니다."

차라리 바위에 꽃이 피길 기다리지, 장가가기 싫단 소리였다. 수장은 이번에는 사내의 야심을 일깨웠다.

"공주가 어디 여자더냐! 공주는 감투다! 벼락감투를 쓰게 해준다는데 왜 싫어!"

"감투가 될지 족쇄가 될지 어찌 압니까?"

제자에게 매달리는 스승의 위신을 계산할 겨를도 없었다. 진명이 왕이 제안한 경합을 거부하는 상황은 예상치 못했기에 예문수장은 무척 당황하여 마구잡이로 진명을 붙잡고 늘어졌다.

"그럼 본감록은! 내 책이 본감록에 오르지 못해도 상관없다는 말이냐!"

"예문에 총각이 저 하나뿐입니까? 전 그저 뒤에서 돕겠습니다."

다른 제자를 경합에 내보내라는 뜻이었다. 불불하는 예문수장을 상대하는 진명의 태도는 지극히 차분하고 공손하였으나 수장은 어째 약이 올랐다.

대문 밖 말들을 매어둔 곳까지 따라나선 예문수장은 절대 진명을 놓아주지 않을 기세였다. 진명이 쥔 말고삐마저 맞잡고 실랑이를 벌였다. 예문수장이 고삐를 움켜쥐느라 잡고 있던 진명의 도포자락을 놓은 찰나였다.

"도성에 당도하는 대로 찾아뵙겠습니다."

진명은 예문수장과 같이 쥐고 있던 말고삐를 잽싸게 놓고 단숨에 곁에 있던 다른 말에 올랐다.

수장이 아차 하는 사이 진명이 올라탄 말은 이미 멀어져 있었다. 육두와 장길의 말도 어느새 그 뒤를 쫓고 있었다.

"설늙은이 죽는 꼴을 보고 싶은 게냐!"

남은 한 마리 말의 고삐를 여전히 움켜쥐고 있는 예문수장의 부질없는 외침은 애처롭기만 하였다.

예문수장에게 시달린 탓에 출발이 늦어진지라 진명 일행이 금은골에 도착했을 때에는 해가 기울고 있었다. 얽매이지 않고 제멋대로 비틀린 소나무와 길을 헤매듯 휘어지고 꺾인 물길이 산세를 이루고 있었다. 마을이 크지 않은지라 석쇠라는 대장장이를 찾는 것은 그리 어렵지 않았다.

거센 화덕의 열기와 쇠를 단조하는 힘찬 망치질 소리를 기대했건만 그곳은 삭막하기 그지없었다. 가늘게 피어오르는 잿빛 연기는 이미 파장 분위기였다. 식어가는 화덕 곁엔 허리가 잔뜩 굽은 남루한 차림의 나이든 사내가 홀로 술병을 기울이고 있었다.

"석쇠란 자를 아시오?"

말에서 내린 장길이 다가갔다. 이름을 묻자 바짝 고개를 세우는 사내의 모습에서 대답을 듣지 않아도 그가 석쇠임을 알 수 있었다.

"무슨 일로…… 그를 찾으십니까요?"

석쇠가 눈치를 보며 되물었다. 장길과 육두, 홀로 말에서 내리지 않는 진명까지 찬찬히 살펴보는 그의 눈빛은 술기운에 맑진 못해도 경계의 빛이 역력했다. 젊은 선비의 번듯한 생김새와 호기로운 기상마저 그에겐 위협이었다. 풍진세상에 갓쟁이를 보면 몸부터 사리는 것이 버릇이 된 탓이었다. 세상을 모르고 마음껏 재주를 뽐냈던 젊은 시절, 걸핏하면 웃전에 불려가 험히 부려지고 종국엔 재주를 인정받기보다는 잘못을 뒤집어쓰고 매를 맞기 일쑤였다. 양반과 관을 상대한다는 것이 얼마나 버거운 일인지 알기에 이토록 깊은 산에 숨어 일상에 쓰이는 소소한 물품을 만들어 입에 풀칠이나 하는데 재주를 쓸 뿐이었다.

진명은 고삐를 당겨 좀 더 가까이 다가가서는 석쇠를 내려다보며 직접 전했다.

"그대에게 활자의 주조를 맡기려는데."

석쇠는 말 아래 엎드려 고개를 흔들었다. 양반과 관의 일엔 손을 대지 않는 것이 그가 목숨을 지키는 방법이었다. 절대 할 수 없는 일이었다.

"소인은 그와 같은 일을 해본 적이 없사옵니다. 다만 쇠를 두드려 주발이나 솥을 만들어내는 한낱 미천한 대장장이일 뿐이옵니다. 소인이 하는 일은 망치로 구부린 쇠를 펴는 험한 단조일 뿐 쇳물을 붓는 주조는 거의 하지 않사옵니다. 더구나 활자라니요, 활자 주조는 합금이 까다롭다 들었사옵니다. 게다가 글을 모르는 제가 어찌 글을 새길 수 있단 말입니까? 소인의 이름이 석쇠는 맞사오나 그와 같은 일은 할 줄 모르옵니다."

너의 말에 거짓이 있다면 경을 치게 될 것이다 경고를 하려

나서는 육두를 진명이 말렸다. 물론 석쇠의 말에 거짓이 섞여 있음을 아나 위협으로 재주를 끌어낼 수 없다는 것 또한 알기에 다그치지 않기로 했다.

"헛걸음이 되었군. 날도 곧 저물 테고 이왕 먼 곳까지 온 김에 마을의 어른이나 찾아뵈어야겠네. 오는 길에 산중턱에서 마을을 보았는데 그곳 어른이 뉘신가?"

진명의 물음에 석쇠의 머릿속에 떠오른 사람은 둘이었다. 양반인 인덕 나리와 사철광업자인 곽양 행수였다. 물론 마을의 생계를 쥐고 있는 실세는 곽양이었으나 신분이 평민임에 석쇠는 금은골의 유일한 양반인 인덕을 마을의 어른이라 답해 올렸다.

＊

쓰러져 가는 초가의 기울어진 사립짝 앞에 말발굽이 멈추었다. 동네에서 말을 타는 자라곤 곽양뿐인지라 응당 그일 것이라 짐작한 무령은 읽던 서책을 내려놓고 방문을 열었다. 행랑것이 없다 보니 손객을 맞는 일은 늘 그의 몫이었다. 평소 방 안에서 곽양을 대하던 무령은 차림새가 예사롭지 않은 낯선 선비의 방문에 다소 놀라 서둘러 밖으로 나갔다. 무령이 묻기 전 장길이 먼저 머리를 숙이며 답했다.

"초행길에 경황이 없던 차에 이곳에 마을의 어른이 계시다 하여 이처럼 결례를 무릅쓰고 뵙고자 합니다."

"예. 안으로 드십시오. 가친께서 계신 곳으로 모시겠습니다."

철이 든 이후로 집 안에 갓을 쓴 내방객이 드는 것을 본 적이 없었다. 처음인데다 집 안의 적막함이 부끄럽기도 하여 손객을 맞는 무령은 조금 당황하였다. 우선 아버지와 함께 쓰는 큰 방으로 달려가 사실을 고하고 선비를 그곳으로 모셨다.

진명이 무령이 안내하는 대로 툇마루에 오르려는 찰나 실마루가 나 있는 건너편 작은 방의 문이 빠끔히 열리는 것을 보았다. 부산스레 핼금거리는 여인의 시선을 스치며 그는 마루로 올라섰다.

"기별도 없이 찾아뵙게 되어 송구하옵니다. 하오나 마을에 머물면서 어른을 찾아뵙지 않는 것 또한 도리가 아니라 여겨 이리 걸음하게 되었습니다."

좀처럼 드문 외지인의 방문이 반가우면서도 인덕은 내색 않고 한결같은 꼿꼿한 자세와 평온한 표정으로 선비를 맞았다. 선비의 고결한 풍채를 감상하듯 훑던 인덕이 관대히 답했다.

"늙은이를 이리 찾아주니 고맙소. 외지인의 발길이 드문 곳인지라 별스럽게 관심을 갖는 시선들이 있을 것이오. 그것만 견딜 수 있다면 이곳 금은골은 수양하고 수도하기에 더없이 좋은 곳이라오. 그래, 어디에서 온 뉘신가?"

갓을 바로 쓰기가 불편할 만큼 낮은 천장 아래 진명이 머리

숙여 고했다.

"도성에 사옵고 진명이라 하옵니다."

"진…… 명?"

앉은 채로 선비를 맞이하던 인덕이 벌떡 일어섰다. 정신이 가마득해져 말을 잇지 못하고 입술만을 달싹이다 겨우 입을 트니,

"호, 혹시…… 서, 설마 예문의……?"

말없이 곁에 있던 무령도 아비와 마찬가지로 눈이 커졌다. 그들 부자는 시선을 모아 선비의 대답만을 기다렸다.

"예. 예문당에서 가르침을 받고 있습니다."

인덕은 그저 어리둥절하여 한동안 넋을 놓고 있었다. 그리고 얼마 후 가랑비에 젖어드는 옷자락처럼 그의 입가에 서서히 미소가 번졌다.

'과연 홍단이로다!'

인덕은 진명을 매파 홍단이 보내준 귀인이라 여겼다. 이 순간, 홍단상전에서 그리 업시름을 받고 가진 것을 모두 털어주고 온 것이 결코 억울하지 않았다. 말로는 근처에 머물다가 들렀다 하나 선비가 이 먼 곳까지 걸음할 이유가 무어란 말인가. 필시 혼인에 앞서 부인 될 사람을 곁눈으로나마 미리 살펴보고자 이곳을 찾은 것이라 확신했다.

인덕은 폭도들로부터 나라를 지킨 공신이 먼저라며 자신의 자리를 내어주려 했으나 진명이 한사코 거절하며 뒤로 물러서

자 하는 수 없이 그를 끌어당겨 가까이 앉게 하였다. 인덕은 자리에 앉기 무섭게 진명의 손을 덥석 잡더니,

"빙충맞은 구석이 있으나 어여삐 봐주시게."

느닷없는 말에 진명의 짙은 눈썹이 의문을 담아 곧추섰다.

상황을 오해한 인덕은 진명의 표정에 담긴 물음도 보이지 않았고 진명이 되물을 틈도 주지 않았다. 우선은 진명에게 자신의 외아들부터 소개하고 무령에게 채령으로 하여금 옹색하나마 술상을 차려오게 할 것을 일렀다.

　무령이 미덥지 못하였는지 인덕은 몸소 찬간으로 나서 채령을 단속했다. 도성 제일의 선비를 지아비로 삼게 된 만큼 정성과 예를 다할 것, 대장간을 기웃대던 천둥벌거숭이 같던 시절은 잊고 규방의 처자답게 처신할 것, 사내의 마음을 잡고자 하는 여인답게 곰살궂게 굴 것 등 다시없을 기회이니 쓸데없는 생각은 말라 당부를 거듭했다.

　술상을 든 채령이 방문 앞에 섰다. 심란하기도 하고 부끄럽기도 하여 쉽사리 문지방을 건너지 못하고 망설이다 한가닥 날숨을 가늘게 뱉고는 마침내 술상을 들였다.

　상을 내려놓은 채령이 두 손을 이마에 얹더니 진명 앞에 납죽

절을 올렸다. 여인의 과한 인사에 당황한 진명이 영문을 몰라 어리대는데, 맞은편의 인덕이 대답을 대신했다.

"채령이라 합니다. 부족한 딸자식, 현사께서 거두어주신다면 이 늙은이 이제 남은 한이 없을 것입니다. 담소를 나누시어 됨됨이를 보옵소서."

간곡한 한마디만을 남겨놓고 인덕은 무령을 이끌고 밖으로 나갔다.

노사의 뜻을 이제야 이해한 진명은 어이가 없어 절로 웃음이 새어 나왔다. 공주와 혼인하라는 수장님의 닦달을 피해 온 곳이 맞선 자리라니, 참으로 난처한 하루였다. 은근하게 연심을 건네는 여인들을 간혹 보아왔으나 이처럼 우악한 경우는 처음이었기에 이를 어찌 해야 하나 고민했다. 자리가 불쾌하다는 듯 노사를 따라 당장에 일어섰었다. 그러다 다시 자리에 앉은 것은 됨됨이를 보라 하였으니 그리 해줄 생각이었다.

귓전에 닿는 사내의 실소가 채령을 움츠러들게 만들었다. 아버지를 따라 서둘러 자리에서 일어서는 몸짓이 얼굴을 들 수 없을 만큼 무안하게 하였다. 채령은 이 순간 이곳을 박차고 나가 대장간으로 달려가고만 싶었다. 다시는 손에 연장을 쥐지 않겠노라, 반드시 미령보다 먼저 혼인하겠노라, 그와 같은 아버지와의 약조만 아니었다면 이런 맥쩍은 상황을 그대로 받아들이지는 않았을 것이다. 자신을 탐탁하지 않게 여기는 듯한 선비의 기색에 채령은 곰살궂게 굴라는 아버지의 당부를 떠올리며 술병을 들었다.

"가빈하여 차림이 소홀하옵니다."

가난하다면서 나물을 담은 놋대접만큼은 최상품이었다. 진명은 놋대접의 광택을 감상하다 시선을 옮겨 여인이 따르는 술의 물줄기를 보았다. 손에서 시작된 가는 떨림이 이어져 휘어지고 끊어지기를 반복하고 있었다. 그제야 진명은 손끝에서부터 훑어 그녀의 모습을 봐주었다. 엉뚱한 맞선에 어울리지 않는 실박한 차림, 가당찮은 짓을 벌일 만큼 미련해 보이지는 않는 가녓한 몸태를 지나 잔망스럽지 않은 다붓한 눈빛에서 그의 시선이 멈추었다. 비로소 눈이 마주쳤을 때, 진명이 말했다.

"용기를 낸 것까진 좋소. 그런데 감당할 수 있겠소?"

"예?"

자신의 난처한 처지에 빠져 허우적거리던 채령의 눈빛이 현실로 돌아왔다. 그의 물음을 이해하지 못해 골똘한 표정을 짓는데 진명이 말을 바꿔 대화를 이었다.

"내가 그대와 혼인을 한다면 처자식 굶기지 않을 것이며, 첩실도 두지 않을 것이오. 더 바라는 것이 있소?"

직설적인 청혼에 채령의 두 볼이 화들짝 붉어졌다. 진명의 물음에 그녀는 더 바라는 것이 없다는 뜻으로 고개를 가로저었다. 어차피 원하는 삶을 살 수 없는데 바라는 것이 있을 리 없었다.

채령은 혼인만 하면 되었다. 다만 선비께서 순순히 자신을 받아들이고 일사천리로 일을 매듭짓는 것이 예상과는 달라 어리둥절할 뿐이었다. 곰살궂게 굳자 마음먹고 술 한 잔을 따랐더니 결국 혼인을 하는구나. 급류에 휩쓸리듯 두렵기만 하였다. 두려움을 떨치기 위해 아버지의 근심과 미령의 부담을 덜게 되었다는 위안거리를 찾아 곱씹고 곱씹었다. 세간 없는 방만큼이나 삶이 공막하다 느낀 순간이었다.

바닥에 깔리는 선비의 묵직한 음성이 무척 낯설고 섬뜩하기까지 하였다.

"혼인은 쌍무계약이오."

"예?"

공막한 삶이 돌연 혼돈의 삶으로 바뀌었다.

"내 급부에 대한 반대급부가 있어야 할 것이오. 아내의 급부."

"예?"

바로 알아듣지 못하고 번번이 되묻게 되는 것이 채령은 스스로 한심하고 답답하였다. 나긋해야 하는 태도도 그럴 때마다 새 통스러워져 사내를 녹여야 하는 여인의 속살거리는 모습은 온데간데없이 무너졌다.

"그대가 내가 바라는 바를 해줄 수 있는가를 묻는 것이오."

"무, 무엇을 바라시는지요?"

선비가 쉽게 혼인을 수락할 때는 삶이 진창에 빠진 듯 두렵더니, 그가 한 걸음 물러서자 아버지를 실망시키게 될까 염려되어 절박해지고 쩔쩔매게 되었다.

진명의 눈가에 보일 듯 말 듯 메꽂은 웃음이 스쳤다.

"입으로만 재깔이는 그깟 건다짐은 믿지 않소."

아내의 자격을 몸소 시험하겠단 뜻이었다. 채령이 거부할 틈도 없이 휘말리게 되었다.

채령이 따라준 술을 단숨에 마시고 자세를 고쳐 앉은 진명이 말했다.

"급전을 융통할 만한 두툼한 낯이 있소? 생활인으로서의 자세가 궁금하오. 은전 백 닢이오. 시간은 해가 저물 때까지."

"예?"

사람새를 알아보고 부인을 고르겠다는 데야 할 말이 없지만 느닷없이 돈을 꾸어오라는 사내를 어찌 생각해야 할지 몰랐다. 도성 제일의 선비라던 아버지의 말씀이며 선비의 백옥 같은 차림이며 모두가 미덥지 못했다. 혹 겉만 번지레한 한량이 아닌가 하여 우물쭈물 망설이는데 선비가 옷 안쪽에서 묵직한 비단주머니를 꺼내어 술상 위에 던졌다.

"보증금이오."

얼핏 보아도 족히 백 닢은 넘어 보였다. 꾸어온 돈을 가로채 도망하지는 않겠다는 뜻이었다. 이렇게까지 해서 혼인을 해야 하나 하는 생각이 들지 않은 것은 아니었다. 그러나 채령의 버선발은 이미 방문을 나서고 있었다.

채령은 생활인의 자세뿐 아니라 인덕과 신망도 살펴 그간 살아온 삶을 점검해 보겠다는 선비의 야멸친 생각이라 여겼다. 그녀는 굴욕감을 느꼈다. 그러나 방을 나가 툇마루에 섰을 때, 기대로 눈을 빛내는 아버지의 노안을 마주하고는 굴욕감을 목 안으로 삼켰다. 제짝에게 허혼서를 보내지 못하고 있는 미령의 앳된 얼굴마저 보고는 무작정 사립문 밖으로 달려 나갔다.

인덕과 미령뿐 아니라 마당에 선 장길과 육두도 느닷없이 밖으로 나와 울음이 터질 듯한 얼굴로 집밖으로 뛰어나가는 이 댁 규수를 눈길로 쫓았다. 그리고는 대체 무슨 일이냐며 쑤군거렸다.

땀에 젖어 집으로 들어선 채령의 모습은 초췌하기 그지없었다. 그 모습에 기대로 빛나던 인덕과 남매의 눈빛이 다소 사그라졌다. 장길과 육두도 이게 무슨 상황이냐며 함께 고개를 갸웃했다.

숨을 몰아쉬며 툇마루에 오른 채령이 방 안에 들어섰다.

돈을 구해왔느냐는 뜻이 담긴 가볍게 들어 올린 진명의 시선에 그녀는 손안에 든 은전 몇 닢을 내보이며 머리를 조아렸다.

"금액을 좀 낮춰주시면 안 되겠사옵니까?"

채령의 간곡한 요청에 돌아오는 답은 서늘한 냉기뿐이었다.

"산골이라선지 날이 일찍 어두워지는군."

채령은 또다시 달렸다. 굴욕감 대신 오기가 발동했다. 빌려온 돈이야 그대로 갚아주면 되었다. 다만 지금 마음에 진 빚은 평생 갚게 하리라. 혼인해 살면서 굴욕을 씻게 될 날이 반드시 있을 것이다 생각하며 분기를 다스렸다.

입술을 깨물며 방을 나서는 채령을 보며 진명은 그녀가 이번에는 사철광업자 곽양에게 갈 것이라 짐작했다. 이 동네에서 시간 안에 그만한 돈을 내줄 능력이 되는 사람은 곽양뿐이었다. 그자가 어떤 자던가. 북만학파에 빌붙어 사철광 개발권을 행하는 그는 실리론자의 졸개답게 무척 인색한 자였다. 돈을 쌓아두기만 할 뿐 쓸 줄은 모르는 그에게서 은전 백 닢을 얻어온다면 그 능력만큼은 인정해 주겠다 생각했다.

곽양의 고래등 같은 기와집은 몇 번 오간 적이 있었다. 생신연에 초대받은 아버지를 따라서였다. 그땐 양반이랍시고 나름 융숭한 대접을 받았었는데 돈을 꾸러 가는 지금의 심정은 한마디로 숯등걸이었다.

채령의 방문을 전해들은 곽양은 의외라는 뜻으로 눈썹을 치켜들고는 반가의 부녀자를 대하는 예를 갖추어 기단 아래로 내려섰다.

"아씨께서 이곳까지 어인 일이십니까?"

손을 내려다보며 망설이던 채령이 애써 부끄러움을 누르고 눈을 들어 말했다.

"은전 백 냥이 필요하오."

그 순간 곽양이 머리를 흔들며 웃었다. 잠시 후 가까스로 웃음을 그친 그가 조롱조로 물었다.

"시집이라도 가십니까?"

채령은 한마디도 대서지 못하고 고개를 돌려 눈길을 피했다. 지금 하는 짓이 시집가고자 하는 짓이 맞기 때문이었다.

또다시 히물쩍 웃은 곽양이 이번엔 장광설을 늘어놓았다.

"그러니 나리께서 그토록 말리셨을 때 말씀을 들으셨어야죠. 스물넷이면 소꿉장난을 하며 놀 나이는 지난 거 아닙니까? 허구한 날 석쇠의 대장간에서 쇳물을 갖고 놀더니 괜히 혼기만 놓치지 않았습니까? 급하긴 급하셨나 봅니다. 돈자루를 싸들고 시집을 가야 할 만큼."

이제껏 겪어보지 못한 굴욕이었다. 채령은 발길을 돌릴까 말까 망설였다.

그녀가 돌아설까 말까 주저하는 모습을 지켜보던 곽양이 냅다 말을 던졌다.

"이자는 돈으로 받지 않겠습니다."

돈을 빌려주겠단 소리였다. 온갖 모진 소리를 했던 그가 선뜻 돈을 내주겠다 말하는 것이 믿기지 않아 채령이 정말이냐 되묻자 조건이 있다 하였다. 말을 듣기가 다소 겁이 났지만 채령이물었다.

"조건이란 게 무엇인가?"

곽양이 비린 웃음을 흘리며 답했다.

"석쇠가 저희 제철소에서 일하도록 해주십시오."

석쇠가 곽양을 위해 일하도록 설득해 달라는 얘기였다. 이 같은 상황 때문에 석쇠는 늘 재주를 감추려들었다. 여차하단 아씨마저 못 볼 꼴 볼 수 있다며 배운 재주를 숨겨주었고 알아도 모르는 척하라 누차 입단속을 하였다. 그러나 그들이 만든 물건들이 증거가 되어 번번이 석쇠를 탐하는 자들이 나타나 그를 괴롭혔다.

"그건 석쇠의 뜻이 아니겠나. 석쇠가 싫다는데 난들 도리가없네. 그냥 그가 살고 싶어하는 대로 살게 놔두시게. 그리고 그자는 찬간에서 쓰는 물건 외엔 만들지 않네."

일순간 곽양의 얼굴이 냉랭해졌다.

"아쉬운 소리를 하러 오셔선 해라 마라 하시는 경우는 무슨경우랍니까? 그렇다면 은전은 포기하십시오. 장사치가 본전도장담할 수 없는 곳에 어찌 돈을 그냥 뿌린답니까? 아니 그렇습니까?"

"돌아가겠네. 오늘일은 잊어주시게."

채령은 애초 이곳에 발을 들인 것을 후회하며 미련 없이 돌아 섰다. 선비에 이어 곽양까지, 연이어 맞은 가슴밭이 숯등걸에 녹아내렸다. 마당이 넓어 대문까지 가는 것이 멀기도 하였다. 얼추 문턱에 다다른 무렵이었다.

그녀의 발 앞에 돈꾸러미가 떨어졌다. 그 자리에 멈춰 선 채 령이 뒤돌아서 곽양을 보았다.

"석쇠에 관한 조건은 없던 일로 합지요. 그 대신 남들보다 이 자를 더 주셔야겠습니다. 4부 5리입니다!"

곽양은 일단 한 걸음 물러서 석쇠를 꼬이려 했던 계획을 접었 다. 어쨌든 석쇠와 소통하는 자는 채령 아씨뿐 아닌가. 관계를 트는 것이 우선이었다. 단언컨대 채령 아씨는 빚을 갚지 못할 것이었다. 백 닢의 본전은커녕 4부 5리의 이자를 갚을 형편도 못되었다. 먼저 다가와 머리를 조아린 아씨는 어쩌면 기회일지 도 몰랐다. 석쇠를 손에 넣을 기회.

곧 갚을 돈이기에 3부 5리든 4부 5리든 상관없었다. 잠시 망 설이던 채령은 허리를 숙여 돈꾸러미를 집어 들었다.

또다시 집으로 돌아온 채령의 모습은 형편없었다. 맥없이 시 들어 흐늘거렸다. 기어오르듯 겨우 툇마루를 짚고 올라서서 방 문턱을 건넌 그녀는 돈꾸러미를 상 위에 놓았다.

진명이 다소 의외라는 듯 놀란 표정이 되더니 이내 무심히 물었다.

"곽양에게서 빌린 것이오?"

이번엔 채령이 놀라 물었다.

"그것을 어찌 아십니까?"

진명은 그녀의 물음에 답하지 않고 자리에서 일어섰다. 한동안 방에 갇혀 있던 몸을 펴며 뇌까리길,

"필요 없는 돈이니 갚아야겠지?"

마루로 나선 그는 장길과 육두를 불러 채령이 빌려온 돈꾸러미에 이자로 몇 닢을 더 얹어 건네주고는 즉시 곽양에게 갚아줄 것을 명했다. 더불어 차용증을 꼭 되받아 올 것도.

장길과 육두가 나간 지 얼마 되지 않은 후였다. 사립문 안으로 가장 먼저 헐레벌떡 뛰어들어 온 자는 장길도 육두도 아닌 곽양이었다. 좁은 마당을 헤집듯 두리번거리더니 차림이 가장 고운 진명을 발견하고는 냅다 그 앞에 드러눕듯 엎드렸다.

"진명 나리! 나리께서 오신 것을 미처 알지 못하여 이 같은 불경을 저질렀사옵니다! 늦게나마 인사 올리옵니다! 이곳 사철광을 돌보고 있는 곽양이라 하옵니다!"

느닷없이 낯선 사내 둘이 찾아와선 채령 아씨가 빌린 원전에 이자까지 얹고는 차용증을 낚아채 가기에 얼빠진 듯해선 대체 뉘시냐 물었더니 예문의 진명 나리를 모시는 자라 답하는 것이 아닌가. 곽양은 그길로 그들을 제치고 힘껏 달려 인덕 나리 댁

을 찾은 것이었다.

엎드린 곽양 위에 진명이 서근서근 답했다.

"산속에서 짐을 잃고 정처 없이 떠돌던 발길이 이곳에 이르렀고 수중에 가진 것이 없다 보니 본의 아니게 그대에게 폐를 끼쳤네. 그 돈은 내가 빌린 것이네. 이곳 아씨께서 자네를 잘 안다며 수고를 대신 해주신 것이고. 하나 다행히도 잃어버린 돈을 찾았기에 필요가 없어져 돌려준 것일세. 잠시였으나 유용했네."

진명의 말이 거짓임을 남들은 몰라도 채령은 알았다. 수중에 가진 것이 없다는 자가 백 냥이 넘는 보증금을 내놓았을 리 없으니. 그녀는 다만 지켜볼 뿐이었다.

"이 마을엔 존귀한 분을 뫼실 마땅한 거처가 없음을 알고 이리 달려왔사옵니다! 소인이 뫼시겠사옵니다!"

"고맙네."

진명은 곽양의 제의를 흔쾌히 받아들였다. 그리고는 인덕에게 깊이 고개 숙여 인사를 마치더니 장길과 육두에게 떠날 채비를 하라 일렀다.

인덕도 그렇지만 누구보다 채령이 당황했다. 청혼에 대한 답도 주지 않고 이대로 떠나려는 모습에 한 걸음 그에게 다가섰다.

주춤주춤 자신에게 향하는 그녀의 기척을 느낀 진명은 장길에게서 그녀가 써준 차용증을 건네받고는 성큼 다가섰다. 4부 5리의 이자가 적힌 곳을 손으로 가리키며 몸을 낮춰 그녀에게만 들리는 목소리로 속삭였다.

"살림 결딴낼 처자로군."

일순간 그녀의 얼굴이 붉어졌다.

눈앞에서 멀어지는 선비의 뒷모습을 망연히 바라보다 그가 말 위에 오르는 모습을 보고 채령이 달려 나갔다. 남들 눈에는 떠나는 정인을 배웅하는 여인의 안타까운 모습으로 비칠지도 몰랐다. 그러나 채령은 분명하게 더 들어야 할 말이 있기에 망설이지 않았다.

사립문 밖으로 뛰어나간 그녀를 마치 기다렸다는 듯 진명은 홀로 말머리를 꺾었다. 마른 흙을 뿌리며 다가서는 말발굽 소리가 선명했다. 마침내 둘만이 마주한 때, 채령이 먼저 입을 열었다.

"선비님께선 분명 약조하셨습니다. 은전 백 냥을 빌려오면 저와 혼인하시겠다고."

분기로 입술을 깨무는 여인은 자못 상처받은 모습이었다. 그 모습을 물끄러미 바라보던 진명이 고개를 가로저었다.

"아니. 난 바라는 바를 해줄 수 있는가를 물었지, 돈을 구할 능력이 있는가를 보려 했던 것이 아니요."

채령은 어이가 없어 말을 잇지 못했다. 무슨 말을 해야 할지 무슨 표정을 지어야 할지 몰라 넋을 놓았다. 자신이 알아듣지 못한 것인지 선비의 말이 거짓부렁인지 구별하기 위해 그와 방에서 나누었던 대화를 자세히 기억하려 애썼다. 어찌되었든 자신을 농락한 데 대한 불쾌감만큼은 참을 수 없었다.

그녀가 모호하고 불확실한 기억 속에서 헤매고 있을 때, 진명이 물었다.

"입술을 깨무는 그대의 모습. 사는 내내 그리 살 것이오?"

질문의 뜻을 몰라 채령은 고개를 들어 선비의 눈을 들여다보았다. 그의 완악한 눈빛은 쇠구슬처럼 차갑고 단단했다.

"평생 참을 수 있소? 평생 힘겨워하지 않을 수 있소? 그렇다면 다시 생각해 보겠소."

채령은 이번에는 분명히 알아들었다. 그러나 답하지 못했다. 잠깐이 아닌 평생을 참으라는 조건은 말이나 말이 아니기에. 그가 무슨 말을 하려는지 알았다. 잠시 본심을 숨기고 참고 견뎌 다른 사람의 마음을 가지려는 경박한 마음이 싫단 뜻이리라. 이를 확인해 주듯 그는 한마디만을 남기고 돌아섰다.

"꾸밀 필요 없는 질박한 심성. 그것이 내가 아내에게 원하는 급부요."

은전이 아닌 질박한 심성. 가장하지 않은 진심을 원한다는 말, 명백한 거절이었다. 원하지 않는 혼인을 하겠다 마음먹은 것이 이토록 처참한 결과를 부를 줄 몰랐다. 애초 그를 꼬이려 작정했던 때부터 그는 이미 자신을 아내로 삼을 생각이 없었는지도 몰랐다. 홀연히 나타나 무참한 심정으로 만든 진명이란 자의 뒷모습을 채령은 망연히 바라보았다. 비명조차 지를 수 없는 이 순간, 그가 곧 금은골을 떠날 사람이라는 것만이 유일한 위로였다.

5

"애초 못 오를 나무였다. 그리 여겨라."

말로는 채령을 위로하면서 정작 자리보전하고 그녀에게서 죽을 받아먹는 이는 인덕이었다. 천한 대장장이와 어울리며 돈을 벌고 동생에게 치이더니 종국엔 혼담에서조차 퇴짜 맞는 맏딸이 가여워 견딜 수가 없었다.

"차라리 이리된 것이 소박맞아 돌아오는 것보단 나으니라."

채령을 위한 말인지 자신에게 하는 위로인지 몰랐다. 급기야 인덕이 참았던 눈물을 보이니 여태 잠잠하던 채령이 남은 죽을 아버지께 마저 드리며 입을 열었다.

"아버지, 저는 아무렇지도 않아요. 그리고 어떤 일이 있어도 미령이는 제때 혼례를 올리도록 할 터이니 아무 걱정 마시고 어서 기운 차리세요."

빈 대접이 담긴 소반을 들고 방에서 물러난 채령은 밭을 둘러보고 오겠다는 말로 아버지와 동생들의 측은한 눈길을 피했다. 서둘러 사립문을 나온 그녀의 발길이 모퉁이를 돌면서 느려졌다. 집 곁의 부대밭은 보지도 않고 그대로 스쳤다. 너절한 신세가 부끄럽지 않은 곳은 하나뿐이었다. 그녀의 발길은 그곳을 향했다.

쇠메를 내려치는 소리가 적막강산을 울렸다. 석쇠의 대장간이 보일 듯 말 듯한 거리에서 채령의 발걸음이 멈추었다. 외로운 메질 소리에 그녀가 속삭였다. '큰 메를 치고 난 다음 작은 메는 이제 누가 쳐주는가?' 그 순간 거짓말처럼 석쇠의 메질 소리가 멈추었다. 모루에서 망치를 거둔 그가 갑자기 허리를 세우곤 주위를 두리번거리며 살피는 것이 아닌가. 화들짝 놀란 채령은 다급히 나무 뒤에 몸을 숨겼다. 잠시 뒤 메질 소리가 계속되었다. '이제 누가 너의 메질에 장단을 맞춰 집게를 잡아줄 것인가?' 가까이 다가가지 못하고 대장간 주위를 맴돌던 그녀는 결국 뒤돌아섰다. 몸져누우신 아버지를 생각하니 대장간을 다시 찾은 발길이 죄스러웠던 까닭이다.

＊

밤새 잠을 설친 곽양이 날이 밝기 무섭게 주막을 찾았다. 금은골로 들어서는 초입이 되는 그곳에 진명 선비 일행이 머물고 있단 소문을 들었기 때문이다.

어제 저녁 인덕 나리 댁을 나와 자신의 별채에 그들을 모시려 했건만 극구 선비가 고개를 가로저으며 도성으로 돌아가겠다 하는 통에 하는 수 없이 채령 아씨에게 빌려주었다 받았던 돈이라도 노자로 드리려는데 그마저도 마다하며 유유히 떠나는 것이었다. 그냥 저리 보내도 되나 하는 찜찜함이 남아 있던 터에 간밤에 한 장꾼으로부터 선비님께서 주막에 머물고 계신다는 소식을 전해 듣고 까무러치는 줄 알았다. 호의를 뿌리치고 주막에 머무신 것은 필경 자신에게 노하신 것이리라, 그리 여겼다. 혹여 선비님의 잠을 깨울까 봐 뜬눈으로 밤을 지내고 밝을 녘이 되자마자 주막으로 내달렸다.

주막의 평상 위에 어제 보았던 진명 선비의 하인들이 마주 앉아 국밥을 먹는 모습이 보였다. 곽양이 그들에게 먼저 눈인사를 하자 육두가 귀찮은 표정을 짓더니 마지못해 일어서 방 앞으로 안내했다.

들이라는 명에 헐레벌떡 방 안에 들어선 곽양이 또다시 진명 앞에 냅다 엎드렸다.

"돌아가신 줄로만 알았사온데 어찌 이 누추한 곳에 머물러 계시옵니까?"

진명은 말없이 도포를 입고 가슴에 실띠를 맬 뿐이었다. 상념에 젖은 얼굴을 하고 있는 그는 곽양의 질문을 스스로에게 하고 있었다. '분명 도성으로 돌아가려 하였는데 돌연 이곳에 행장을 내려놓은 이유는 무언가?' 라고. 석쇠 때문은 아니었다. 양반과 관리에 불만이 많은 사람을 단번에 꾀어낼 수 있을 거라 애초에 기대하지 않았다. 그리하여 본심을 감추고 활자주조로 변죽만 건드린 것이었다. 지금쯤 소문으로 자신이 누구인지 들었을 테니 직접 이곳을 찾은 수고 정도는 알아주리라. 그를 자신의 사람으로 만드는 것은 역설적이지만 곽양의 몫이었다. 그의 흉포함을 견디지 못한다면 결국 제 발로 예문을 찾으리라.

'채령……'

진명은 목 안에 껄끄럽게 자리한 이름을 마음속으로 되뇌어 보았다. 그녀는 말과 행동이 좀처럼 조화롭지 못했다. 말로는 혼인을 원한다면서 몸짓은 쫓기듯 초조했다. 덥석 술병을 집어 들곤 정작 따르기를 주저했다. 혼인을 수락할 듯한 의사를 비치니 기뻐하기는커녕 눈빛은 유원한 곳으로 침잠했다. 그녀의 희롱에 희롱으로 응수하고자 돈을 빌려올 수 있겠냐 물었다. 그럴 때 다른 여인들은 농담하지 말라며 가슴팍을 느슨한 주먹으로 두드리거나 언짢은 기분을 풀어주겠다고 온갖 간살을 부린다.

한데 이 여인은 정말로 돈을 구해보겠다고 밖으로 나가는 것이 아닌가. 사람을 다루는 인사론. 다양한 인간군상을 접해왔지만 그때까지 보여준 그녀의 모습은 모두 낯선 것들이었다. 엉뚱한 모습은 그것에 그치지 않았다. 얼마 후 녹초가 되어 돌아와선 결국 눈앞에 내려놓은 은전 백 닢. 놀라웠다. 다른 자도 아닌 곽양에게서 그 돈을 빌려왔다는 게.

"선뜻 돈을 빌려준 이유가 무언가?"

"예?"

여태 알은체도 하지 않던 선비가 불쑥 던진 질문에 곽양이 당황하였다. 채령 아씨에게 돈을 빌려준 이유를 묻는 물음에 석쇠를 잡을 미끼로 던진 것이라 솔직히 대답할 수는 없었다. 지금 자신이 잡고 있는 줄은 예문이 아닌 북만이기 때문이었다.

"남들보다 이자를 더 주신다기에······."

"본래 이자를 그리 받나?"

진명은 곽양의 어설픈 대답을 끊어내었다. 돈을 빌리는 채령 낭자야 곧 갚을 돈임을 알기에 이자가 얼마가 되든 상관없었겠지만 빌려주는 곽양은 달랐다. 낭자가 빌리는 것으로 알았을 것이기에 원금 이상의 가치를 회수할 무언가가 담보되어 있지 않고서야 그리 쉽게 돈을 빌려줄 수는 없을 것이었다. 더구나 계산에 밝은 곽양의 성정으로.

"아, 아뇨. 아씨의 부탁을 거절하기가 어려워 거절할 요량으로 그리 불렀습죠. 한데 아씨께서 상관없다며 넙죽 돈을 받아가신 것이옵니다."

인심 사납다는 비난도 면하고 화제도 돌릴 겸 곽양은 채령의 험담을 늘어놓았다.

"자신이 갚을 돈이 아니니 이자가 얼마이든 상관없었겠지요. 본래 그 아씨가 좀 그렇습니다. 허울만 양반이지 하는 짓은 장돌뱅이입죠. 천것의 범위, 사내의 범위 가리지 않고 넘나들며 비럭질을 일삼다 보니 양반의 천성조차 잃어버린 것이옵니다. 때문에 인덕 나리의 시름이 이만저만이 아닙죠. 채령 아씨는 인덕 나리의 애물이옵니다, 애물."

예상하지 못한 평판에 진명의 눈썹이 실그러졌다. 의젓잖은 곽양의 언행을 그대로 믿는 것은 아니었다. 다만 다급히 화제를 돌리고자 나부대는 모양이 충분히 수상쩍었다. 사람을 공연히 저리 험담하는 것은 필시 돈을 빌려준 이유가 따로 있음을 의미했다.

실띠를 매듭짓던 진명의 손끝이 움직임을 멈추었다. 돈을 빌려오면 혼인하기로 약조하였잖느냐 따져 묻던 생채기난 음성이 떠올랐기 때문이다. 먼저 희롱한 주제에 가당찮게 자신이 상처받은 얼굴을 하고 있는 것이 어이가 없어 부박함을 꼬집어주고는 돌아섰다. 한데 자꾸만 검질기게 따라붙는 의문들이 이렇듯 발길을 붙들었다. 곽양은 왜 그녀에게 선뜻 돈을 빌려주었을까,

그녀는 왜 상처받은 얼굴을 하고 있었을까.

실띠의 매듭을 조인 진명이 밖으로 나섰다. 평상 위에서 노닥이던 장길과 육두가 자연스럽게 곁을 따랐다. 또다시 내박쳐진 곽양이 다급히 따라붙으며 요청하였다.

"오찬만큼은 소인이 뫼실 수 있도록 해주옵소서."

"뜻대로 하시게."

밥 한 끼 먹자는 제의에 건성으로 고개를 끄덕인 진명은 또다시 마을 어귀로 들어섰다.

채령이 석쇠의 대장간이 위치한 숲을 벗어나 길섶에 들어서려는 찰나였다. 익숙한 말굽소리에 기겁하여 냉큼 검불밭에 몸을 숨겼다. 진명 선비 일행이었다. 곽양의 인솔을 받아 또각또각 바닥을 짚는 일행의 말들이 마을로 향하는 모습을 숨어서 지켜보았다. 그녀는 그들의 뒷모습이 완전히 사라진 뒤에야 몸을 일으켰다. 진명이든 곽양이든 다시 보고 싶지 않은 사람들이었다. 깨진 혼담만 떠올리면 손발이 오그라들고 얼굴이 화끈거려 견딜 수가 없었다. 그저 마주하지 않는 것이 상책이었다. 그녀는 말이 다닐 수 없는 좁은 산길을 통해 집으로 가고자 방향을 돌렸다.

채령이 초가에 다다라 사립문에 손을 얹는 순간이었다. 방 안에서 기척이 있기에 아버지께서 기운을 차리시고 밖으로 나오시는가 여겨 반가움에 왈칵 들어서려는데, 방문을 열고 나오는 이는 엉뚱하게도 진명 선비였다. 간이 떨어질 듯 놀란 채령은 낮은 자세로 사립짝에 몸을 숨겼다. 깨진 혼담을 이어붙일 것도 아니고 왜 또다시 나타나 사람 불편하게 만드느냐 투덜거렸다. 채령은 싸리담 아래 납작하게 붙어선 오던 길을 되돌아갔다.

마당으로 나오면서 초가 밖의 기척을 느낀 진명은 의식할 뿐 시선을 주지 않았다. 아까 마을로 들어서는 숲길에서 자신을 보고 무너앉듯 길섶에 몸을 숨기고 있던 채령 낭자의 모습도 눈감아주었던 것처럼. 엉성한 싸릿가지 사이로 보이는 무명 치맛자락은 분명 낭자의 것이었다. 다급히 나가느라 싸릿가지에 옷자락이 끼어 허둥거리는 모양도 못 본 체하였다. 자신을 피하는 그녀를 쫓고픈 마음이 생긴 진명은 이미 그녀와의 술래잡기를 즐기고 있었다.

선비가 나가는 모습을 본 후에야 집으로 들어선 채령은 툇마루에 앉아 울고 계신 아버지를 보고는 몹시 놀라 냉큼 그 앞에 다가가 여쭈었다.

"아버지, 왜요? 무슨 일이에요?"

사실 여쭈기가 겁이 났다. 아버지께서 깊이 시름하시거나 눈물을 보이실 때면 채령은 언제나 털컥 심장이 주저앉았다. 자신의 탓일 거라 여긴 까닭이다. 어제 그토록 자신을 욕보인 선비가 또다시 나타나 아버지께도 모진 소리를 한 모양이라 여긴 채령은 차마 더 여쭙지 못하고 아버지 곁에 있는 무령에게 넌지시 눈짓으로 물었다. 무령이 작은 소리로 답했다.

　　"진명 선비께서 제게 도성에 함께 가겠냐고 물으셨어요."

　　의외의 대답에 채령의 눈이 동그래졌다.

　　"뭐? 정말 잘됐구나. 그렇지 않아도 누나는 이곳에서 네가 스승도 없이 혼자 글을 배우는 게 늘 마음에 쓰였었는데. 정말 잘됐어. 여기 걱정은 말고 따라가서 열심히 배워. 그분이 계신 곳이 알아주는 곳이라니까 네게 많은 도움이 될 거야."

　　채령이 기뻐하는 모습에 아버지의 눈물방울이 더욱 굵어졌다. 작은딸이 제짝을 만나고 외아들이 입신의 기회를 잡아 각자 제 살길을 찾아가는 중에 맏딸만이 홀로 남겨지는 것이 안쓰러웠던 탓이다. 그 마음을 모르는 채령이 아니었다.

　　"아버지, 제 혼인 자리가 되든 무령의 출셋길이 되든 모두 기쁜 일 아니겠어요? 기쁜 일에 왜 우세요."

　　채령의 손을 슬며시 가져간 인덕은 그것을 가슴에서 부르쥐었다.

　　"어찌 살 것이냐, 어찌 살 것이냐. 너는 어찌 살 것이냐."

아버지의 애끓는 물음에 채령은 그저 옥수수밭에 가서 김을 매고 오겠다 답할 뿐이었다.

"어찌 살 것이냔 말이다."

딸을 따라다니며 손에 든 괭이마저 빼앗으려 드는 아버지를 간신히 뒤로하고 그녀는 집을 나섰다.

부대밭의 옥수수가 어느새 허리에 닿을 만치 자라 있었다. 조막만한 밭뙈기에 며칠 새 잡풀이 많이도 일었다. 소매를 걷은 채령은 밭고랑에 쪼그리고 앉아 옥수숫대에 몸을 숨긴 채 풀을 매기 시작했다. 쇠메질로 다져진 손회목의 힘이 야무졌다. 한 번의 괭이질에 잡풀들이 한 무더기씩 뿌리를 드러내며 뒤집어졌다.

거의 이랑 끝에 다다랐을 때였다. 등 뒤로 고랑을 밟는 발소리가 들리자 그녀는 여전히 고개를 숙인 채 김을 매며 답했다.

"아버지, 예까지 따라 나오셨어요?"

뽑아놓은 잡풀을 지르밟는 발소리가 더욱 가까워지자 채령이 아버지의 생걱정을 누가 말리겠냐며 한숨을 내쉬듯 말했다.

"더운데 둔다 해서 부뚜막의 소금이 쉬더이까, 온종일 볕에 널어놓은 시래기가 썩더이까. 저는 그리 살 것이옵니다. 하오니 걱정하지 마셔요."

발소리가 그쳤다. 다가오지도, 뒤돌아 멀어지지도 않는 발소

리를 이상하게 여긴 그녀의 괭이질도 멈추었다. 천천히 허리를
펴고 등을 돌린 그녀의 어깨가 커다란 인영에 움찔하며 좁아들
었다.

"그리 살 거면서 그토록 혼인에 목을 맨 이유가 뭐요."

진명의 물음에 채령은 몸을 일으키며 동시에 뒷걸음을 쳤다.
한 걸음 두 걸음 물러서다 방향을 바꿔 밭고랑을 따라 달리려
할 때 진명이 큰 걸음 몇 번으로 이내 따라잡아 괭이를 쥔 그녀
의 손목을 낚아챘다. 잡힌 손을 빼내려 이리저리 비트는 채령을
좀 더 가까이 끌어당긴 진명은 둘둘 말린 그녀의 소매 아래로
보이는 팔을 붙들었다. 기겁하여 강하게 거부하는 그녀의 몸짓
에 상관없이 미동도 없는 그의 눈길은 팔 곳곳에 남아 있는 불
에 덴 상처에 머물러 있었다.

6

채령 낭자의 팔에 있던 상처와 그녀를 두고 장돌뱅이라 험담하던 곽양의 말이 진명의 머릿속에서 겹쳤다. 신산한 삶에도 변하지 않는 소금처럼 시래기처럼 살겠다는 그녀의 말과 혼인을 마치 짐처럼 여기는 그녀의 태도가 겹쳤다.

"무엇에 이리 마음 쓰십니까?"

장길의 물음에 먼 곳을 향했던 진명의 시선이 비로소 제자리를 찾았다. 곽양이 마련한 오찬만을 남겨두고 금은골을 떠날 채비를 하던 중이었다.

"아니다."

옷에 붙은 먼지를 털어내듯 도포를 후린 진명이 값눅은 주막의 세간들을 의미 없는 헛헛한 눈빛으로 살피다 문득 말에게 먹이를 주고 있는 육두에게서 눈길이 멈추었다. 뒷짐을 진 채로 그에게 다가섰다.

"육두야, 남이 차려주는 밥 받아 먹으며 사는 것은 어떠냐?"

말구유를 채우던 육두가 헤실거렸다.

"말씀만 들어도 좋구먼요. 하오나 소인이 그런 한가로운 형편이 되남요?"

"육두야, 녹양방초 벗 삼아 놀고먹으며 사는 것은 어떠냐?"

"자꾸 왜 그러십니까요. 소인 놀리지 마십시오."

육두는 말로는 싫다면서 혹여나 하는 기대로 눈을 반짝였다. 진명의 눈초리가 짓궂었다.

"그리 해주랴?"

진명의 물음에 육두는 거세게 고개를 끄덕였다.

곽양은 자신의 집 마당에 진명 일행을 환송하는 연회를 성대히 마련하였다. 자신은 신분이 낮아 겸상을 할 수 없으니 진명과 대작할 상대로 인덕을 비롯한 그의 가솔들도 초대하였다.

연못에 기둥을 박아 마당을 아우르도록 높이 세운 팔각정. 진명이 비워둔 자리에 무령의 부축을 받아 이곳을 찾은 인덕이 자리했다. 마을의 대소사에 어른 노릇 하는 것을 사명으로 여기는 그였기에 곽양의 초대를 마다하지 않았다. 한편 무령의 봇짐을 대신해서 챙겨 든 채령과 미령에겐 이곳 연회가 남동생을 떠나보내는 자리가 되었다. 그녀들은 햇볕이 가려진 널평상 위에서 상을 받았다. 곽양은 마당엔 넓게 멍석을 깔아 빈객을 떠나보내는 자리에 마을사람들이 함께하도록 하였다. 그들 중엔 석쇠도 있었다. 술 한잔 얻어먹고자 머쓱해하며 찾은 그를 곽양이 유난히 환대하며 곁에 아예 말술을 갖다놓았다.

풍악과 진귀한 음식들이 흥을 돋우는 가운데 인덕이 진명이 따라주는 술을 받으며 인사를 전했다.

"부족한 아들을 거두어주니 그 고마움이 한이 없네. 이 늙은이 한평생 소원이 학류에 몸을 담는 것이었네만 그 일을 마침내 아들이 이루게 된 것에 감개가 무량할 따름이네."

거듭 감사를 전하는 인덕의 시선은 마당의 널평상을 향해 있었다. 맏딸을 애틋하게 바라보는 인덕의 마음을 아는 진명은 그저 무령일랑 걱정 마시라 답할 뿐이었다. 진명은 곁눈질로 무령을 보았다. 심성이 부드럽고 곱다는 것 외에 어떤 재주도 확인되지 않은 자를 이렇듯 전격적으로 발탁해 가는 것은 전에 없던 일이었다. 스스로도 자신의 행동을 이해할 수 없었다. 군것진 끄나풀을 쥐고 있는 이유를. 그의 상념은 오래가지 못했다. 마당의 수선함에 답을 얻지 못한 채 그곳으로 시선을 옮겨야 했기 때문이다.

마당의 살평상 위에서 장길, 육두와 자리를 함께하고 있던 곽양이 짐짓 송구해하며 머리를 조아렸다.

"한갓지고 험한 곳인지라 기루조차 없사옵니다. 하여 선비님께 술을 따를 자들을 마련하지 못해 자리가 변변하지 못한 것이 못내 죄스러워 고개를 들 수가 없사옵니다."

"쓸데없는 걱정을 하고 있었군. 잠시 머물다 가려는 자를 이리 붙들어 환대를 해주는 것이 더없이 고마울 따름이네. 그러니 마음 푼근히 놓게."

마을에 기루가 없다는 것은 이곳 사람들의 형편이 어렵다는 것일 테고 이는 곧 사철광업을 쥐고 있는 곽양의 인심을 보이는 것이다 진명은 그리 여겼다.

안색이 밝아진 곽양이 말을 이었다.

"이곳의 인심이 본디 그렇사옵니다. 손객을 빈 입으로 되돌려 보내는 일이 절대 없습죠. 저희가 서운하여 그대로 못 보내 드립니다, 아무렴요."

평상에서 일어서 정중히 허리를 숙였다 편 곽양의 의뭉스런 시선은 원하는 것이 있으면 속 시원하게 말씀하시라 종용하고 있었다. 느닷없는 방문은 필시 속내가 있을 것이라 여기고 있는 곽양이었다. 빈손으로 돌려보내자니 찜찜하여 오찬연을 마련한 것이었다.

진명이 능청스러운 미소로 입가를 끌어 올렸다.

"내가 이곳에 온 이유가 궁금한가?"

정곡이 찔린 곽양은 입술을 달싹거릴 뿐 답을 하지 못했다. 당황하는 그에게 진명이 덧붙였다.

"궁금하면 저자에게 물어보게."

"예?"

곽양이 아닌 육두의 물음이었다. 육두는 진명이 눈길로 자신을 가리키자 입에 문 닭다리를 내려놓고 눈을 동그랗게 떴다.

"육두를 여기에 남겨놓을 테니 물어보게나."

진명의 말에 곽양은 머릿속이 혼란하였다. 혹을 뗀 것인지 붙인 것인지 헷갈렸다.

한편 육두는 자연을 벗 삼아 놀고먹으며 지내게 해주겠다던 선비의 말이 이것이었음을 깨닫고 먹고 있던 닭고기를 사방으로 분출하며 비명을 질렀다.

"선비님!"

*

진명 일행과 인덕의 가솔들은 마침내 이별을 위해 말을 매어 둔 주막에 모였다. 진명은 육두의 말을 무령에게 내주었다. 이미 모든 채비를 마친 진명은 말없이 서서 인덕과 그의 가솔들을 바라보았다. 아들의 어깨를 짚고 지그시 쥐는 인덕, 아버지께 엎드려 절하며 눈물을 글썽거리는 무령, 나중에 도성 구경시켜 달라 조르는 미령, 그리고 진명의 시선이 가장 오래 머문 곳은 봇짐을 챙겨 이것저것 말에 매다느라 바쁜 채령이었다. 품속에서 꺼낸 돈주머니를 몰래 봇짐 속에 끼워 넣는 모습까지 하나도 놓치지 않았다.

"선비님, 정녕 소인을 버리시는 겁니까?"

말에 기대 남들의 이별 장면을 지켜보고 있던 진명이 문득 고개를 돌린 것은 소맷단을 잡아당기는 제 권속, 육두 때문이었다. 그제야 진명은 육두의 머리를 쓰다듬으며 낮게 일렀다.

"우리가 석쇠를 만나러 이곳에 왔다는 말만 하지 않으면 된다. 그 외엔 무엇을 하든 마음대로 하거라. 들놀이 왔다 여겨라."

"들놀이인지 귀양살이인지 두고 볼 일입니다요."

버림받았다는 생각을 떨칠 수 없던지 육두의 음성엔 불만이 가득했다. 이에 진명이 목소리를 더욱 낮춰 속삭이기를,

"넉살로 치자면 하늘 밑에 네 집이 아닌 곳이 어디 있겠느냐. 금은골조차 네 집인 것이다. 곧 불러들일 것이니 걱정마라. 네 할 일은 하나다. 주막의 인편을 통해 매일 이곳의 사정을 적어 보내거라. 곽양과 석쇠는 물론, 무령 도령이 궁금해할 테니 어르신 댁의 사정까지."

"서찰만 보내면 됩니까요?"

육두를 어르는 진명의 말투가 요사스럽기까지 했다.

"그렇다니까. 가끔은 너도 상전에게 구애받지 않는 시간이 필요할 것이 아니냐. 그간 내 곁에 그림자처럼 따라다니느라 여간 피곤하지 않았을 터. 억눌린 것들이 있다면 이번 기회에 마음껏 풀거라."

데퉁스럽던 육두의 입매가 눈에 띄게 느슨해졌다.

"정말 마음껏 풀어도 됩니까요?"

"물론."

진명의 시원한 대답에 육두는 접었던 미간을 활짝 폈다.

인덕에게 인사를 올린 뒤 비로소 말에 오른 진명은 여동생의 등 뒤로 한 걸음 물러서 민망함을 감추고 있는 채령을 한 번 내려다본 후에 말고삐를 당겼다. 무령과 장길이 그 뒤를 따랐다.

✳

쉼 없이 달린 진명 일행의 말이 멈춘 곳은 도성에 이르러서였다. 머물 곳이 마땅찮은 무령에게 진명은 격문으로 반란군을 물리친 공로로 하사받은 집을 내어주었다. 숙부와 함께 살고 있는 진명의 집과 대문을 마주한 집이었다. 이 같은 호의를 받을 수 없다며 고개를 가로젓는 무령에게 진명은 어차피 사람이 살지 않는 빈집일 뿐이라 답했다. 주는 것이 아니라 빌려주는 것이니 부담스러워할 필요도 없다는 말도 덧붙였다. 숙부께 함께 인사를 드리고 그곳에서 멀리 떨어지지 않은 예문당에 비로소 도착하니 예문수장이 버선발로 다급히 맞았다.

"전하께서 네 학파에 경합을 서둘라 명하셨다. 이리 한가로이 지낼 때가 아니란 말이다!"

수장의 숨넘어갈 듯한 재촉에 진명은 심드렁히 무령만을 소개해 올렸다.

"무령이라 합니다. 유랑 중에 만난 선비이온데 온유한 심성이 곱기에 고락을 함께하자 청했사옵니다."

진명의 소개에 무령이 허리를 숙여 인사를 올렸다. 얼굴을 붉히는 숫된 청년의 인사를 건성으로 받는 예문수장의 얼굴은 억지로 웃고 있는 표정이었다. 그는 진명의 손을 잡아 한갓진 곳으로 끌고 가선 등을 때렸다.

"자꾸 남의 일 여기듯 할래?"

"제 일 아니라고 말씀드렸잖습니까."

진명의 무심한 대꾸에 약이 오른 수장이 보지 않아도 훤하다는 듯 그를 타박했다.

"이번엔 또 어디 가서 금속활자 만들어달라 했냐? 서고에 책이 넘쳐 나는데 왜 자꾸 책을 찍어?"

"삶의 등잔을 밝히는 양서라면 다다익선 아니겠습니까?"

느물대는 진명에게 예문수장이 왈칵 달려들었다. 하지만 그보다 진명의 몸짓이 더 빨랐다. 주먹을 들고 쫓았지만 진명이 이리저리 피하는 통에 수장은 결국 원하는 답도 듣지 못하고 분을 풀지도 못했다.

진명이 수장에게조차 감춰둔 깊은 속내는 따로 있었다. 납을 비롯한 무쇠, 구리, 주석 등이 합금된 금속활자는 고도의 야금술이 농축된 물품이었다. 그는 쇠메를 내려치는 자가 아닌, 광석에서 여러 가지 금속을 뽑아내는 야금술이 뛰어난 자를 찾는 중이었다.

도성에 도착한 지 이틀 후부터 육두의 편지가 진명의 집에 도착하기 시작했다. 예문당으로 향하려다 인편으로 서찰을 건네받은 진명은 대문 앞에서 도로 집 안으로 들어왔다. 육두의 서찰을 펼친 진명의 몸이 살짝 기울었다. 이번 기회에 억눌린 것들이 있다면 마음껏 풀라 했던 것이,

─곽양 그 오라질 놈이 선비님이 계실 때와 아니 계실 때가 천지상간인 것입니다요. 선비님께서 돌아서시자마자 쇠고기가 돼지고기로 바뀌고 닭이 병아리로 바뀌지 뭡니까요. 그뿐인 줄 아십니까? 우리 앞에선 생글거리던 이 젠장 맞을 놈이 사람 다루는 것은 어찌나 매섭던지 사철광에서 할당량을 채우지 못한 자에게 마구잡

이로 치도곤을 날리더이다. 이제 와 깨달았습니다요. 가끔 뒤끝이 있으셔서 그렇지 선비님의 대우가 나름 후하다는 것을. 아아, 참으로 서럽고 더럽습니다요. 마지막으로 인덕 나리 댁의 상황을 덧붙이자면, 선비님과 무령 도령이 떠나자마자 인덕 나리는 몸져누우셨습니다. 먼 길을 떠난 아들이 걱정스럽고 벌써부터 그립던 모양입니다요. 소인, 말이 거칠어질까 염려되어 이만 줄이겠습니다.

편지를 접은 진명의 손에 힘이 들어갔다. 금은골에서 자유롭게 지내며 억눌린 것을 풀라 했더니 육두는 서찰로 풀고 있었다. 서찰에 적힌 거친 욕들이 어째 곽양을 향한 것만은 아닌 듯했다. 육두의 육두문자 편지에 적응하는 데는 다소간의 시간이 필요했다. 잠시 침묵으로 충격과 분을 달랜 진명은 애써 웃으며 '고생이 많구나'라는 한마디를 답신에 적어 심부름꾼에게 전해주었다.

육두의 육두문자 편지는 하루도 거르지 않고 계속되었다. 결코 성내지 않고 잘한다 추어주는 진명의 답신에 육두의 육담은 나날이 거칠어졌다.

육두의 편지를 기다렸다가 집을 나서는 것이 버릇이 되어버린 어느 날이었다.

'소인을 버리고 꿈자리는 편안하시던가요?'로 시작되는 육두의 편지에 어금니를 문 진명이 나머지를 읽어 내려갔다.

─곽양 그 육시랄 놈이 이젠 소인을 소 닭 보듯 하옵니다요. 왠지 아십니까? 어제는 하도 심심하기에 주막에 들러 술을 걸쳤습죠. 아시겠지만 이곳엔 술을 따를 계집이라곤 주모밖에 없기에 한 잔 따라달라 했더니 글쎄 뭐라는 줄 아십니까? '귀찮으니 니가 따라 마셔라!' 하질 않겠습니까? 그래서 눈곱만 한 애교도 없이 무슨 술장사냐고 맞불을 놨습죠. 그랬더니 약이 오르던지 팔을 걷어붙이고 내가 애교가 없는 건지 네놈이 꼬장을 부리는 건지 어디 한번 따져 보자며 손톱을 세우고 달려들지 않겠습니까? 술한 욕을 들어먹곤 어이가 없어 술상을 걷어차려는 찰나, 주막에서 술을 나르는 노인이 살짝 제게 귀띔해 줍디다. 내일 북만학파의 수장이 마을에 올 것이라고. 이제 보니 이미 그것을 알고 있던 곽양 그놈이 절 홀대한 것이었습니다요. 북만수장이 올 때면 주모는 보름간 주막을 아예 닫고 곽양의 집에서 잔칫상을 차리고 치우는 등 허드렛일을 해야 한답니다. 그래서 주모의 신경이 날카로웠던 게죠. 소인이 참기로 했습니다. 소인이 이토록 고생하고 있다는 것을 선비님께선 알아주셔야 합니다. 그리고 말입니다. 내일은 북만에서 수장뿐 아니라 비룡 선비도 함께 이곳으로 온다 들었습니다. 아참! 인덕 나리 댁은 이제 걱정하지 않으셔도 됩니다요. 어제까지 시름시름 자리보전하고 계시던 나리께서 비룡 선비가 마을에 온다는 소식을 듣고는 송장이 깨나듯 벌떡 일어나셨습니다요.

"송장이 깨나듯?"

진명은 묘하게 신경이 쓰이는 글귀를 꺼내어 되뇌었다. 육두가 말한 내일이라면 오늘이었다.

7

굽실거리는 곽양의 허리가 잔뜩 휘었다. 북만학파에 기대 사철광사업권을 쥐게 된 때문이었다. 북만수장이 이번에는 처음으로 비룡이란 제자를 대동하였는데 그 제자가 귀한 분께 드릴 진귀한 선물을 당장 마련하라 요구하는 것이 아닌가. 곽양이 가뜩이나 휘는 허리를 더욱 구부리며 아뢰었다.

"이르신 것을 준비해 놓았사옵니다."

곽양이 손을 뻗어 가리킨 말 위엔 능라보자기에 싸인 귀한 음식과 비단들이 잔뜩 실려 있었다.

그 정도면 흡족하다는 듯 비룡이 입가에 연한 웃음을 띠었다. 곁에 있던 북만수장이 알 수 없단 표정으로 그에게 물었다.

"갑자기 이것들을 준비하라 이른 연유가 무어냐?"

"스승님께선 아낄 때는 아끼더라도 써야 할 때엔 쓰라 가르치시지 않으셨습니까?"

실리론의 거두 북만수장이 애지중지하는 제자, 비룡. 솜털처럼 보드라운 눈웃음은 상대를 편안하게 해주었고 비단결처럼 매끄러운 몸가짐은 빈틈이 없었다. 제자를 바라보는 북만수장의 표정엔 '오냐, 두고 보마' 하는 믿음이 담겨져 있었다.

한가득 짐을 실은 말이 인덕의 초가 앞에서 멈추었다. 대체 이곳엔 왜 오자 하신 건지 도통 이해할 수 없는 곽양은 그저 하란 대로 앞장서 초가 안으로 들어섰다. 그가 사람을 부르기도 전에 먼저 방문이 열렸다. 소란스런 밖의 기척을 이미 느낀 인덕이 몸소 밖으로 나선 것이었다.

"아아……."

'오오, 홍단!'

밖을 내다본 인덕은 외마디 감탄 외에 아무 말도 잇지 못했다. 북만의 비룡 선비가 수장을 따라 오늘 아침 이곳에 당도했다는 소문을 듣고는 들뜬 가슴을 진정시킬 수 없었다. 그 즉시 채령을 불러 오늘은 밭일이며 찬간일이며 하지 말고 비록 비단옷과 장신구는 갖추지 못하더라도 깨끗이 단장하고 있으라 일렀다. 그리고는 온종일 문 밖의 기척에 귀를 열어놓고 있었다.

누군가 지나가는 발소리에도 심지어 바람 부는 소리에도 문을 여닫기를 반복했다. 날이 어두워지기 시작하자 자리에 앉지 못할 만큼 애가 탔다. 혹여나 억척스럽게 살아온 채령에 대한 소문을 듣고 보지도 않고 도성으로 가버리려는 것은 아닌가 걱정이 되었다. 이제나 저제나 가슴을 졸이던 중에 한데 엉킨 말굽소리가 집 앞에서 멈추는 것을 듣고는 냅다 방문을 열었다. 인덕은 눈앞의 광경을 믿을 수가 없었다. 한 번도 본 적이 없으나 곽양의 인솔로 이곳을 찾은, 차림이 수려한 사람들이 다름 아닌 북만수장과 비룡임을 짐작으로 알 수 있었다. 북만수장이 수차례 금은골을 오갔으나 초대를 받은 적은 없었기에 아쉬운 마음으로 학류의 뒷자락을 바라보았을 뿐이었다. 한데 그가 이렇듯 비룡을 데리고 친히 찾아준 것은 분명 자신의 짐작이 맞으리라. 조금의 의심도 없었다. 필시 홍단의 소개로 이곳을 찾은 것이리라. 말에 얹힌 등짐조차 예단이나 이바지처럼 보였다.

먼저 다가가 머리를 숙인 자는 비룡이었다.

"북만의 비룡이라 하옵니다. 곽양 이자로부터 마을의 대소사로 힘겨울 때마다 나리께서 애써주신다 들었습니다. 이를 전해 들으신 수장님께서 그간 인사가 소홀하였다며 몸소 찾아뵙길 원하시어 이곳으로 모시게 되었습니다."

비룡으로부터 북만수장을 소개받은 인덕은 상황을 생뚱하다 여기는 수장의 시선을 알지 못한 채 공손히 머리를 숙였다.

"인덕이라 합니다. 그저 양반된 소임을 다하였을 뿐인데 이 누추한 곳까지 찾아주시다니 몸 둘 바를 모르겠습니다."

서둘러 그들을 안으로 들인 인덕은 채령으로 하여금 술상을 준비하게 하였다.

미리 준비해 둔 술상 위에 데운 술만 올리면 되는 것인데 채령이 방 안에 상을 들이기를 머뭇거리는 건 한 번 호되게 퇴짜를 맞았던 기억 때문이었다. 툇마루에 올라서지 못하고 망설이는 사이 술만 식어가고 있었다. 기다리다 못해 인덕이 방문을 열고 나와선 그녀를 채근했다. 온기가 가신 술병과 그녀의 굼뜬 행동을 부릅뜬 눈으로 나무라며 여기서 어기대면 미령이 혼처를 놓칠지도 모른다 부담마저 주었다.

마침내 술상을 높이 든 채령이 문지방을 건넜다. 북만수장 앞에 상을 내려놓고는 그에게 절을 올렸다. 다시 일어난 채령이 몸을 틀어 이번에는 비룡 앞에 절을 올리자 수장과 비룡이 다소 놀라 눈빛으로 물음을 주고받았다. 대체 이 무슨 난데없는 상황이냔 물음을. 서로 간에 어깨를 으쓱해 보이며 답을 얻지 못한 그들의 시선은 해맑은 음성으로 말문을 연 인덕에게 향했다.

"제 과년한 여식으로, 채령이라 합니다. 가진 것이 없어 험히 살았습니다. 일찍 어미를 여의어 부덕도 익히지 못했습니다. 다만 천성이 어지니 살며 가르친다면 도의를 저버리진 않을 것입니다."

부녀자의 덕을 운운하며 데리고 살며 가르치라는 말은 다름 아닌 청혼이었다. 어이가 없어 자리를 박차고 일어서려는 북만수장의 도포를 잡아당긴 자는 채령에게서 눈을 떼지 않는 비룡이었다. 그의 눈빛에 이는 열기는 분명 '관심'이었다. 그의 관심에 미간이 찌푸려진 북만수장이 이를 악물고 건너편에 들리지 않도록 호통을 쳤다.

"곧 부마가 될 몸이면서……."

북만수장은 말을 끝맺을 수 없었다. 비룡이 눈짓으로 수장의 입을 재운 탓이었다.

"이 외딴 곳에 저의 소중한 인연이 있는 줄 몰랐습니다."

비룡의 다정한 말씨에 고개를 숙이고 있던 채령의 말간 낯빛이 일순간 복사꽃처럼 발갛게 물들었다. 안절부절못하는 북만수장과는 달리 인덕은 드디어 일이 성사되는구나 하는 기대로 가슴이 벅찼다. 물론 진명도 좋으나 딸아이를 위해서는 비룡 같은 사위를 얻는 것이 좋을 것이라 여겼다. 사람됨을 보자고 돈을 빌려오라 시키는 날카로운 자보다는 진귀한 물건들을 안기며 따뜻한 말을 건네는 후덕한 자가, 이름의 높고 낮음보다 진정으로 제 식구를 아끼고 감싸줄 줄 아는 마음이 여인을 행복하게 해줄 것이라 믿었다.

"낭자에 대해 더 많은 것을 알고 싶습니다."

비룡이 좌우를 둘러보며 한 얘기는 두 어른에게 자리를 피해 주십사 하는 요청이었다. 탐탁하지 않지만 눈치를 읽은 수장이 먼저 자리에서 일어섰다. 이제야 비룡의 말을 이해한 인덕도 입가로 번지는 흐뭇함을 숨기지 않으며 슬그머니 모습을 감췄다.

누렇게 바랜 문풍지를 뚫고 얄푸른 빛이 방 안을 감쌌다. 채령은 혹여나 이 선비도 됨됨이를 보자 할까 봐 겁을 먹고 있었는데 비룡 선비가 느닷없이 숨소리마저 의식될 만큼 가직이 다가와선 속삭였다.

"듣고 싶습니다. 지금의 고민도, 꿈꾸는 미래도."

나긋한 선비의 음성에 채령은 모든 것이 꿈속처럼 어렴풋하고 산란했다. 앞서 진명 선비에게 하도 모질게 퇴짜를 맞았던지라 상황이 쉬 믿어지질 않았다. 땅으로 내려온 구름자락을 밟고 있는 듯 떨떨하였다. 사내의 마음에 들고자 술병을 들고 곰살궂게 굴어야 할 필요가 없다는 것이 그저 다행이었다.

"혼기를 놓친 불효녀인 제가 이제라도 아버지의 걱정을 덜어드릴 수 있게 된다면 더 바람이 없사옵니다."

"깊은 효심도 소박한 꿈도 아름답습니다. 모습은 더욱."

그의 꽃노래 같은 찬사에 쑥스러운 침묵이 흘렀다. 채령은 기분이 들뜨거나 가슴이 벅찬 것은 아니었다. 다만 더는 아버지에게 부담스러운 맏딸이 아니게 된 것이 다행이라 여겼다.

말소리를 듣기에 충분한 거리이건만 비룡은 방석을 당겨 더욱 가까이 다가앉았다.

"제 얼굴이 궁금하지 않습니까? 도통 절 봐주지 않으시기에 드리는 말씀입니다."

간절함마저 느껴지는 사내의 앙탈에 채령은 천천히 고개를 들었다. 휘황한 비단만큼이나 화려한 느낌의 외모였다. 짙은 눈썹 아래 두터운 쌍꺼풀은 눈망울을 더욱 크고 또렷하게 보이게 했으며, 생기 넘치는 큰 입술은 항시 웃을 것만 같았다. 망건 밖으로 보이는 구불거리는 잔털조차 쾌활했다. 모든 것이 진명 선비의 차갑고 고고한 분위기와 대비되었다. 설핏 훑고는 이내 바닥으로 내리려는 채령의 시선을 비룡이 붙잡았다.

"마음에 드십니까?"

잠시 머뭇거리던 채령은 들릴 듯 말 듯한 목소리로 짤막히 '예'라고 답했다.

"어째 듣기 좋으라고 하는 입에 붙은 소리 같습니다. 정말 마음에 드십니까?"

"……예."

이윽고 선비의 발랄한 웃음이 뒤를 이었다.

채령에겐 선비의 질문이 혼인을 원하는지를 묻는 것 같았다. 혼인을 해야 하기에 '예'라 답했다. 마음에서 우러나는 것이 없어 솔직히 이 자리가 거북할 따름이지만 그렇다고 딱히 도망칠 곳도 없었다. 그저 나무랄 데 없는 깍듯한 선비의 대우가 고마울 뿐이었다. 혼인하거든 다만 그 고마움을 잊지 말고 살자 다짐하였다.

"사람을 시켜 곧 이곳으로 사주단자를 보내겠습니다."

당긴 쇠뿔 빼듯 일사천리였다. 자리에서 일어선 비룡을 따라 채령도 일어섰다. 예의 바른 맞인사를 끝으로 비룡이 돌아섰다. 그가 문지방을 건너려는 찰나,

"선비님."

채령이 비룡의 걸음을 붙들었다. 순간이었지만 돌아서는 그의 등덜미에서 냉기가 느껴졌다. 문틈을 비집고 새 들어오는 살바람과 같은 싸늘함에 잠시 주춤한 채령은 돌아선 그가 여전히 미소를 짓고 있음을 발견하고 이내 안도하여 말을 이었다.

"비록 감사하나 말 위의 짐들을 내려놓는 수고는 하지 않으셔도 되옵니다. 성의를 알아주지 않는다 노여워 마십시오. 제 처지에 과분한지라 혹여나 아버지께서 혼사를 치르는 동안 부담을 가지실까 염려되어 부탁드리는 것입니다."

잠시 멈칫하던 비룡이 이내 따뜻한 눈빛으로 순순히 응했다.

"낭자의 뜻대로 하겠습니다."

비룡과 채령이 마당으로 함께 나서자 인덕이 흐뭇함을 감추지 않고 다가섰고 모른 체하며 반쯤 몸을 돌린 북만수장은 헛기침을 하였다. 언제부터 와 있었는지 마당에 서성거리던 육두도 경축드린다며 벌쭉벌쭉 웃었다.

힘들게 마련한 짐들을 도로 가져가는 곽양을 앞세워 놓곤 북만수장이 비룡의 도포자락을 냅다 움켜쥐어 멈춰 세웠다. 주위를 둘러보고 아무도 없음을 확인하고 한적한 길섶으로 몰아붙인 뒤 엄히 물었다.

"부마간택을 앞두고 대체 무슨 짓이냐! 느닷없이 한낱 촌구석의 보잘 것 없는 집안의 여식을 배필로 맞겠다는 의도가 무어냐 말이다!"

빙설도 녹일 듯 온후했던 비룡의 표정이 입꼬리를 비틀어 일순간 비린 웃음으로 변하더니 야멸치게 조소를 뱉어냈다.

"잠시 헛된 희망을 품게 하는 것도 괜찮을 것 같았습니다."

"뭐?"

수장의 멍한 물음에 비룡이 비로소 속을 내놓았다.

"청혼서를 보낸 일도 없고 허혼서를 받은 일도 없는데다 사주단자를 보낼 일도 없으니 혼인은 당치도 않습니다. 더군다나 수장님 말씀대로 전 부마가 될 몸이 아닙니까?"

일순간 표정이 밝아진 북만수장이 이번엔 이해되지 않는 것들을 한꺼번에 물었다.

"그럼 대체 왜 이 같은 농간을 벌인 것이냐? 처음부터 이를 계획하고 말 등에 짐을 얹도록 한 것이냐? 그래서 얻는 이득이 무어냐?"

"석철. 그 때문입니다."

비룡의 짧은 답에 수장은 눈을 빛내며 입을 다물었다. 자연에서 분해되어 모래의 형상을 띠고 있는 쇠인 사철砂鐵. 사금처럼 가루로 된 광물은 채취와 선별이 가능해 제련이 쉽지만 그 양이 많지 않다는 것이 문제였다. 한편 덩어리쇠인 석철石鐵. 사철광업자에게 석철은 지금으로선 그림의 떡이었다. 온갖 광물이 한데 섞여 덩어리를 이루고 있으니 그곳에서 쇠만을 뽑아내기란 쉬운 일이 아니기 때문이었다. 수장은 비로소 오늘 비룡의 행태를 이해했다. 어제 이곳 금은골에 왔을 때 언뜻 스치듯 곽양이 토로한 어려움을 떠올렸다. 석쇠란 자가 손재주는 있으나 좀처럼 말을 듣지 않는다, 하도 괘씸하여 한 번은 그에게 사철공급을 차단한 적이 있는데 그는 태연히 솥을 만들어 팔더라, 혹여 석철을 다룰 줄 아는 것이 아닌가 하여 그를 주시하고 있다, 그와 소통하는 자는 얼토당토않게도 채령이라는 반가의 처자뿐이라는 얘기까지.

"결국 석쇠라는 자를 꼬이기 위해 채령이란 처자에게 접근했단 것이냐?"

"혼사는 또 다른 수단이라고 제게 가르치신 분은 스승님이십니다. 다만 이번엔 잠시 혼인하는 척만 하는 것입니다. 궁극의 이익은 공주에게서 얻어야 하지 않겠습니까?"

"독하구나."

눈가에 미소를 띤 북만수장의 나무람은 차라리 기특하다는 뜻으로 들렸다. 함께 마주하고 웃던 비룡이 돌연 배꼽을 잡더니 참았던 웃음을 한껏 터뜨렸다.

"혼인을 미끼로 처자를 꼬이려 했던 터에 제 입으로 혼인을 청하는 부녀의 행태라니. 상황이 우습지 않습니까."

"일이 되려고 하늘이 돕는 것이 아니겠느냐. 풍문으로 듣자 하니 진명이 경합에 나가기를 거부해 예문수장이 골치를 앓는 다면서? 진정 하늘이 너를 돕고 있음이야. 한데 말이다, 석쇠라 는 자가 석철을 다룰 줄 안다면 처자를 마냥 홀대할 수는 없지 않겠느냐?"

"혼인하지 않는 대신 재물로 달래야겠지요."

"만일 석쇠라는 자가 석철을 다룰 줄 모른다면?"

"석쇠도 버리고 처자도 버려야지요."

백성들을 굶주림에서 벗어나게 하는 것을 원칙으로 하는 실 리론이 후대의 제자들에 의해 간혹 변질되어 운용되기도 하였 다. 그러한 후학 가운데 한 명이 비룡이었는데 그는 수단방법 가리지 않고 오로지 사리사욕만을 좇았다. 그에겐 갈등도 망설 임도 없었다. 삶의 분명한 잣대는 진심과 양심으로 갈팡질팡할 필요가 없게 했으니.

*

'소인을 버리고 꿈자리는 편안하시던가요?' 라던 육두의 푸념 때문일까. 진명은 밤새 깊이 잠들지 못하고 뒤척거렸다. 급기야 새벽녘 어지러운 꿈자리를 털고 일어섰다. 들창을 열어 탁하고 답답한 방 안의 공기를 묽혔다. 그러나 곧 성에 차지 않아 분합 문을 열어젖혔다. 차고 무거운 대기 속으로 흩어지는 한숨은 자 신을 향한 조소였다.

'그렇다 한들 무슨 상관인가.'

설마 또다시 맏딸을 아무 사내에게 보이지는 않으시겠지? 그 렇다 한들 나와 무슨 상관인가. 진명은 고개를 가로저었다. 자 신이 거절하였기에 설마 이번에는 비룡을? 비룡을 반기는 인덕 나리에 대해 적힌 육두의 편지 한 줄이 어제 아침부터 내내 뇌 리에 맴돌았다. 비룡. 이름 그대로 용이 아닌 자, 즉 뱀이었다. 단언컨대 경합을 앞둔 비룡은 누구와도 혼인하지 않을 것이다. 혼인을 청해보았자 인덕 나리와 채령 낭자는 상처만 받게 될 뿐 이었다. 그렇다 한들 나와 무슨 상관인가.

마당을 서성거리며 같은 질문을 수도 없이 반복하다 날이 새 는 것도 몰랐다. 그의 상념을 흩어버린 건 숙모의 밝은 웃음이 었다.

"큰조카, 무슨 생각을 그리 열렬히 하시는가?"

"숙모님, 오셨습니까?"

진명의 인사를 건성으로 받은 숙모는 뒤따라온 계집종에게 들고온 것을 대청에 내려놓고 나가보라 지시하고는 손짓해 진명을 불렀다.

"큰조카가 아침 먹곤 사라지기 일쑤여서 내 이번엔 작정하고 식전에 나섰지."

숙모는 툇마루에 걸터앉아 붉은 보자기에 싸인 묵직한 종이 뭉치를 풀어 보였다. 혼기에 이른 처자들의 신상명세서들이었다. 벌써부터 표정이 일그러진 진명의 손목을 숙모가 냅다 잡았다.

"또, 또, 지루해하는 눈빛! 귀찮게 여기지 마시게나. 이게 모두 큰조카를 위한 일이야. 예전부터 방물장수 홍단이 자주 찾아와 큰조카 얘기를 꺼내곤 했었거든? 큰조카가 하도 정색을 하기에 매번 그냥 돌려보냈었는데, 이대로 두었단 안 되겠다는 생각에 엊그제 홍단한테 괜찮은 처자가 있으면 한두 명만 귀띔해 달라고 했어. 그랬더니 신상서들을 아예 통째로 들고 왔지 뭐야. 까다로운 큰조카한테 맞추려면 차라리 이편이 나을 거 같아 다 들고 왔어. 좀 관심을 갖고 살펴봐 주시게나."

낱장 낱장을 뒤적거리며 대청에 늘어놓거나 눈앞에 내미는 숙모의 손길을 진명은 부드럽게 물리쳤다.

"혼인을 하지 않겠다는 것이 아닙니다. 필요할 때 말씀드리겠다는……"

숙모를 말리던 진명이 문득 말을 그쳤다. 돌연 조용해진 탓에 분주하던 숙모도 손놀림을 멈추고 진명을 올려다보았다. 그리고 붙박인 그의 시선을 따라갔다. 진명의 시선은 화장도 장신구도 하지 않은 수수한 처자의 용모화에 머물러 있었다.

—인덕의 장녀, 채령. 관향은 금은골. 부릴 하인 하나 없는 빈한한 형편.

　진명은 수북한 신상명세서들을 치우고 가장 바닥에 있던 용모화를 집어 들었다. 그림을 그리는 동안 수줍어했을 것이 선연한 섬섬한 모습, 돈을 꿔오라는 부당한 요구에 앙살 한 번 부리지 못하던 유순한 모습, 세상에 짓밟혀도 비명 하나 지르지 못할 듯한 가련한 모습, 그럼에도 가당찮게 소금처럼 시래기처럼 살겠다던 여무진 모습.

　"어설픈 사람."

매파가 화가를 보내는 것이 웃돈장사임도 모르는 사람. 웃돈을 주면 더 아름답고 화사하게 그려주고 못난 곳은 감춰주고 입지 않은 금의도 그려주고 붙이지 않은 장신구도 매달아주건만. 진명은 비로소 이해되었다. 그날 부녀가 벌인 황당한 청혼은 자신을 홍단이 보낸 것으로 오해한 데서 비롯된 것임을. 진명은 참담히 눈을 감았다. 그들 부녀가 비룡을 두고 어떤 오해를 할지 보지 않아도 알 수 있었던 탓이다.

"큰조카, 그 처자가 마음에 드오? 얼굴은 수수하던데 어디 사는 뉘댁 처자요?"

숙모가 신상서를 가로채려 들자 눈을 뜬 진명이 재빨리 그것을 품에 넣어 감추며 태연한 얼굴로 농을 해댔다.

"개인의 신상이 함부로 나돌지 않도록 단속하려는 것입니다. 처자들의 신상이 추풍낙엽처럼 아무렇게나 뒹굴게 해서야 되겠습니까?"

숙모는 대청마루에 어질러진 신상서들을 가리키며 히쭉 웃었다.

"다른 처자들 개인 신상은 아무래도 괜찮고?"

그러자 진명은 짐짓 엄한 얼굴로 답했다.

"안 되겠습니다. 홍단을 불러주십시오. 제가 따끔히 야단을 치겠습니다."

"내 큰조카가 하란 대로 하지."

여기저기 흩어진 신상서들을 추슬러 붉은 보자기에 도로 담는 숙모의 어깨가 잔웃음으로 들썩였다.

먹는 둥 마는 둥하며 조반을 대충 물린 진명의 손안에 어김없이 오늘도 육두의 편지가 들려졌다. 깊이 숨을 들이쉰 후 그것을 펼쳤다. 한 줄 한 줄 읽어가는 진명의 표정은 점차 쇳덩이처럼 차갑게 식어갔다.

—다른 데 가지 말고 인덕 나리 댁에 눌어붙어 있으라는 선비님의 명에 오후부턴 밥 먹고 뒷간 가는 시간을 빼곤 온종일 개미 낯빼기만 한 나리 댁 마당에서 놀았습죠. 심심해 죽을 만큼 심심합디다. 그 댁 사람들은 어찌 발소리도 내지 않고 산답니까? 모두들 방에 들어앉아 꿈쩍도 않는 중에 때때로 인덕 나리께서 방문을 열고 빠끔히 밖을 내다보곤 도로 문을 닫기만 스무 번은 넘게 하시더이다. 오후 늦게 소인이 잠시 뒷간에 다녀온 사이, 일은 벌어졌습죠. 그들은 소인을 몰라도 소인은 그들을 압니다요. 북만수장과 비룡 선비 말입니다. 말 등이 휘도록 선물을 가득 가져와서는 인덕 나리께 인사를 청하더니 방 안으로 쏙 들어가 버렸습니다. 인덕 나리도 채령 아씨를 불러서 찬간으로 들이고는 그들을 따라 방 안에 들어갔습죠. 잠시 후 찬간에서 나온 아씨가 손에 든 술상을 툇마루에 얹어놓곤 올라가려다 말고 올라가려다 말고 생야단을 하더이다. 그러다 술이 식으니 다시 데워 오고 또다시 데워 오고 이놈 눈에도 참으로 답답

하게 굴더이다. 결국엔 인덕 나리께 혼쭐이 났습죠. 우여곡절 끝에 아씨가 방 안에 술상을 들이고는 얼마 안 있어 북만수장과 인덕 나리께서 동시에 마당으로 나오셨는데 표정은 영 딴판이더이다. 북만수장은 밥 먹다 돌 씹은 얼굴이고 인덕 나리는 뒷걸음치다 돈 밟은 얼굴이더이다. 듣자 하니 방 안에서 혼담이 오갔다 하더이다. 잠시 후 비룡 선비를 따라 채령 아씨가 방에서 나오는데 마루에 선 그분들의 모습이 어쩌나 잘 어울리던지요. 소인도 경축드리온다 한마디 거들었습죠. 곧 잔치국수 먹게 생겼습니다요. 참, 아씨의 부탁으로 말 안장에 수북했던 선물들은 곽양 그놈이 도로 가져가더이다. 저같으면 눈 질끈 감고 없는 살림에 보태련만 양반질도 아무나 하는 게 아닌가 보다 하는 생각이 듭디다요. 모두 돌아가고 한껏 들뜬 인덕 나리께서 아씨보고 조만간 도성에 가자 하셨습니다요. 기쁜 소식을 무령 도령에게 알리고 안주인이 없으니 매파에게 앞으로의 혼사를 의논해야겠다면서. 소인도 따라 도성으로 가면 안될깝쇼?

믿을 수 없었다. 비룡이 청혼을 받아들였다는 사실이. 이는 수작이 틀림없었다. 다만 비룡의 의도가 짐작되지 않아 그것이 괴로웠다. 부마를 꿈꾸는 그가 왜 가진 것 없는 순박한 처자를 받아들이겠다며 희롱하는 것일까. 진명은 일단 육두로 하여금 인덕의 가솔들을 모시고 도성으로 오되 매파에게 가기 전 이곳에 먼저 당도하게 만들라 답신을 써서 전했다. 그리고는 저쪽 떨어진 장길을 손짓해 가까이 불렀다.

　숙모의 부름에 안채를 찾은 진명을 보자마자 홍단은 다급히 대청에서 내려와선 마당에 엎드렸다. 육두의 편지로 심기가 더욱 불편해진 진명이 홍단을 내려다보며 서늘히 물었다.

　"그대가 홍단인가."

　"예, 예. 그렇사옵니다. 홍단상전의 홍단이옵니다."

　머리를 든 홍단의 표정에 감탄이 어렸다. 말로만 듣던 귀공자의 푸른 기품을 접한 홍단은 최고의 귀빈을 맞는데 정신이 팔려 그의 심기 따위 살필 겨를 없이 그저 감격에 젖었다.

　숙모에게 선보이던 대청에 깔린 붉은 보자기 위의 진귀한 패물들을 건성으로 훑은 진명이 또다시 물었다.

　"그래, 방물전은 할 만한가."

　단순한 안부로 여긴 홍단이 웃으며 답했다.

　"도붓장사로는 입에 풀칠도 못합니다요. 저것들은 팔려고 가지고 다니는 것이 아닙니다요. 원하시는 것이 있으면 드리고자 가져온 것입지요. 아시겠지만 소인은 방물장수라기보다 매파입지요. 귀한 연을 맺어드리고 그 공을 알아주신다면 소인은 그 덕으로 먹고 사옵니다."

　"그래서 내 이름을 판 것인가!"

　진명의 서슬에 홍단의 얼굴에서 웃음기가 사라졌다.

"그대의 작태를 그냥 보아 넘기지 않을 것이다."

진명의 으름장에 홍단은 당황하여 덜퍼덕 주저앉았고, 마음에 드는 처자에 대한 혼담을 꺼낼 줄 알았던 숙모도 어리둥절해 진명과 홍단 사이를 갈팡질팡 오갔다.

*

없는 살림에도 집을 비운다는 것이 어찌나 손품이 들던지 인덕 일행이 금은골을 떠나기까지 꼬박 사흘이 걸렸다. 길잡이 노릇을 해준 육두가 아니었다면 도성까지 가는데도 그만한 시간이 걸렸을 것이었다. 도성 안으로 들어서자마자 인덕 일행은 지친 걸음을 멈춰 육두가 손가락을 펼쳐 가리키는 곳을 보았다.

"지금 우리가 지나는 마을은 광촌입죠. 저 멀리 잿빛산이 보이십니까? 납광으로 유명한 단천골입니다요."

도성의 서쪽과 이어져 성벽 역할을 하고 있는 산이었다. 흙보다 바위가 많아 나무가 많지 않고 발가벗겨진 능선을 그대로 드러내고 있었다. 인덕이 되돌아와 걸음을 재촉해야 할 만큼 채령의 시선은 한참 동안 그 산에 머물러 있었다.

도성에서 가장 큰 저자에 들어서면서 다리 아파 못살겠다던 미령이 호들갑스레 상전들을 들락거렸다. 북적이는 난전에서 사람들에 치이면서도 인덕은 목을 빼곤 이곳저곳을 기웃거렸다.

"아버지, 필요하신 게 있으세요?"

채령의 물음에 인덕이 답했다.

"널 부탁한 홍단과 무령을 부탁한 진명 선비에게 선물이라도 마련해야 할 듯싶다."

이때 불쑥 육두가 끼어들어 거들었다.

"선비님께서 다른 곳에 들르지 말고 먼저 뫼시라 하셨으니 홍단에게 줄 것은 사지 않으셔도 될 겁니다요. 그리고 선비님 취향은 제가 잘 아니 도와드리겠습니다."

육두에게 웃음으로 감사를 표한 채령이 봇짐 안으로 손을 넣어 뒤적거리더니 무명에 싼 작은 선물 둘을 꺼내 아버지께 보였다.

"이미 준비를 하였습니다. 백동으로 만든 비녀와 동곳이어요."

은회색의 묵직한 비녀와 상투를 고정하는데 쓰는 동곳이었다.

"네가 벌써 준비를 하였구나."

인덕이 다행이라는 듯 고개를 끄덕이는데, 돌연 육두가 배꼽을 잡고 웃기 시작했다. 그의 웃음을 의아하게 여긴 인덕과 채령이 동시에 그를 쳐다보자 육두가 간신히 웃음을 참고 설명을 시작했다.

"홍단이 누굽니까? 패물을 파는 방물장수 아닙니까? 그런 자에게 비녀라니요, 그것도 금비녀도 은비녀도 아닌 백동비녀라뇨. 에이, 치우십시오! 웃음만 살 것입니다요. 그리고 백동동곳은 또 뭡니까? 우리 나리는 금동곳이나 옥동곳을 쓰십니다요. 내밀지도 마십시오. 어차피 쓰시지도 않습니다."

"아……."

화들짝 얼굴을 붉힌 채령이 재빨리 비녀와 동곳을 무명천으로 감싸서 봇짐 속에 감추었다. 함께 무안해진 인덕이 짐짓 엄히 음성을 낮춰 무릇 선물이란 마음이 깃들면 그것으로 충분하다 나무랐으나 육두의 웃음소리는 더욱 커질 뿐이었다.

낮달이 빛을 낼 무렵, 솟을대문의 팔작지붕이 먼 여정으로 더욱 남루해진 인덕 일행을 굽어 내려다보고 있었다. 진명의 집은 단청으로 꾸미지 않았어도 시선을 끄는 위엄스런 모습이었다. 그 위용에 괜히 눌리어 멋쩍어하는 인덕과 채령을 뒤로 두고 육두가 대문 앞에 가슴을 내밀며 소리쳤다.

"선비님! 소인 육두입니다요! 선비님이 그리워 불원천리로 달려왔습죠! 간만에 밟아보는 도성 땅이 푸근하고만요!"

"아버지! 누님!"

대문을 열고 처음 모습을 드러낸 사람은 무령이었다. 진명으로부터 가족들이 올 거란 전언을 받고 다른 때보다 예문당에서 좀 더 일찍 나와 기다리던 참이었다. 아버지께 석반과 술을 대접할 것이니 자신의 집에서 기다리라는 진명의 명에 이곳으로 건너와 서성거리던 중이었다.

대문 밖에서 부둥켜안고 눈물까지 글썽거리는 법석을 숙부와 숙모, 그리고 진명이 마당에 서서 그저 조용히 바라보고 있었다. 그러다 문득 숙모가 눈이 가느스름해지며 고개를 갸웃하더니 상면하는 가족들 곁으로 다가가려 걸음을 떼자, 진명이 냅다 숙모의 치마폭을 붙들었다.

"회포를 나누도록 내버려 두십시오."

반신반의하던 숙모의 눈길에 돌연 흥미가 돌았다. 진명에게 치마폭이 잡힌 채로 얄궂은 웃음을 띠며 물었다.

"맞지?"

"뭐가요?"

진명의 퉁명한 대답에 숙모의 눈빛은 확신으로 바뀌었다.

"용모화에 그려져 있던 처자, 맞잖아."

"해서요."

방시레 웃기만 하는 숙모를 못마땅하단 눈으로 바라보던 진명이 건너짚지 마시라 단속해 놓고는 인덕에게 다가섰다.

대문을 나서는 진명을 발견한 인덕이 덥석 그의 손을 잡았다.

"고맙네. 뽀얗게 살이 오른 무령을 보니 보지 않아도 잘 지내고 있다는 것을 알겠네. 아들을 맡겨놓고 무심하다 이 늙은이를 욕하진 않았는가. 참으로 염치없네. 고맙네."

"당치 않으십니다. 아드님은 예문이 필요로 하여 데려온 것입니다. 믿고 맡겨주신 데 도리어 저희가 감사하지요. 여정이 쉽지 않으셨을 텐데 우선 안으로 드십시오."

진명의 소개로 인덕과 숙부모가 인사를 나누었고, 숙부모는 하인들로 하여금 손객이 행장을 푸는 것을 돕도록 하였다. 인덕과 무령을 외별당으로 채령과 미령을 내별당으로 안내해 방을 내어주고 차를 대접하였다.

따끈하고 아늑한 방 안이 절로 피로를 가시게 했다. 채령이 석반을 들기 전 갈아입으시라 하인들이 내놓은 금의를 구석으로 밀어두고 가져온 무명옷으로 갈아입자 미령이 미련하다며 언니를 나무랐다. 채령이 우리 것이 아니니 미령에게도 금의를 입지 말라 이르자 좋은 집에 시집가는 언니는 매일 입을 테지만 변변하지 못한 집안에 시집가는 자신은 언제 이런 옷을 입어보겠느냐며 막무가내로 차려입고 방을 나섰다.

안채의 큰 방을 나누었던 장지문이 떼어지고 문지방 안팎으로 남녀의 반상이 따로 마련되어 있었다. 채령과 미령이 방 안에 들어섰을 때 남자들은 이미 자리하여 식사 중이었고 진명의 숙모가 어서 오라며 손짓했다.

여인들의 기척에 옆을 돌아본 진명이 무명차림의 채령에게서 시선을 멈추었다. 풍성한 상차림에 놀라는 얼굴이며 숙모께서 자꾸만 그녀의 밥 앞에 놓는 찬들을 여동생 앞으로 옮겨놓는 손길까지 찬찬히 살피다 인덕의 말에 시선을 거두었다.

"무령에게 사는 집까지 내어주셨다는 얘기를 듣고 놀라 입을 다물지 못하였습니다. 갚을 길 없음에 다만 무령에게 이 은혜를 항시 잊지 말고 살라 일렀습니다."

인덕의 인사에 진명의 숙부는 함께 머리를 숙이며 지금의 이조령이 지난날 이조령을 지내신 무령의 고조부를 대접하는 것으로 여기시면 된다 하였다.

"그리 말씀해 주시니 고맙습니다. 저희가 도성을 찾은 것은 무령을 부탁한 진명 선비에게 인사를 전함과 동시에, 이번에 과년한 딸자식이 혼인을 올리게 되어 매파 홍단을 만나 절차를 논하기 위함입니다."

인덕의 말이 끝남과 동시에 채령에게로 반찬을 나르던 숙모의 손길이 멈칫하였다. 냉큼 뒤돌아 진명을 바라보았더니 그는 시선을 낮춘 채 태연히 듣고만 있는 것이었다.

"그래, 신랑이 누구랍니까?"

채령에게 다소 새된 음성으로 불쑥 물은 사람은 숙모였다. 어째 어투가 따져 묻는 듯하여 당황한 채령이 주눅 든 음성으로 대답을 하려는 찰나,

"매파가 혼담을 전주하는 단계일 뿐 아직 청혼과 허혼의 절차

도 밟지 않은 상황에 처자의 이름을 섣불리 사내의 이름과 섞어 밖으로 내는 것이 무슨 득이 있겠습니까."

냉랭하고 단호한 진명의 음성은 채령뿐 아니라 인덕을 비롯한 다른 이들의 입도 막았다. 진명이 비룡이란 이름을 입 밖에 내는 것을 실없는 짓으로 만들어 버린 탓이었다. 진명의 오지랖은 거기서 끝나지 않았다.

"홍단은 만나지 않으시는 것이 좋을 듯합니다."

"어째서인가?"

숙부와 인덕이 동시에 물었다. 건너편의 여인들도 눈길을 모았다. 모아진 눈빛들 가운데 진명은 이어지고 끊어지기를 반복하는 채령의 시선을 붙들어 나직이 답했다.

"매파가 때로는 혼인을 성사시키기 위해 간교한 화술로 사람의 마음을 휘젓기도 합니다. 물론 모든 매파가 그런 것은 아니오나 간혹 그렇사옵니다. 하오니 매파의 말을 그대로 믿지 마시고 은밀하게 상대를 알아보실 필요가 있습니다. 도성은 낯서실 테니 제가 알아봐 드리겠습니다."

근심으로 굳어 있던 인덕의 미간이 느슨히 풀렸다. 입가엔 웃음까지 머금으며 여유를 찾은 그가 손을 내저었다.

"걱정은 고맙네만 염려하지 않아도 되네. 명불허전이라 하지 않나. 채령과 혼담이 오가는 자는 평판이 좋고 이름이 높은 자이니 이미 세간의 인정을 받은 셈이네. 바쁜 선비께서 애쓰실 필요 없네."

생각에 잠긴 듯한 진명의 표정에 방 안엔 침묵이 흘렀다. 진명은 장길로 하여금 비룡의 속셈을 알아보라 지시했었다. 한데 혼사를 서두르는 인덕 어른은 장길로부터 답변을 들을 때까지 기다려 줄 모습이 아니었다. 진명은 하는 수 없이 고통스럽지만 빠른 길을 택했다.

"그러시다면 홍단을 불러 드리겠습니다."

석반을 마친 무렵, 마치 대기하고 있었던 듯 홍단이 외별당에 모습을 드러냈다. 대청에서 진명과 함께 차를 마시고 있던 인덕은 그녀를 몹시 반겼다. 툇마루까지 나와선 그간 어찌 지냈는지 묻고 덕분에 집안에 경사가 있게 됐다며 고맙다는 말을 되풀이했다. 그리고는 무령을 시켜 급히 채령을 데려오게 하였다.

외별당으로 온 채령이 섬돌 옆에 서서 홍단을 소개받았다. 그녀가 반갑다며 가볍게 고개를 숙이자 홍단이 머리를 긁적였다. 마당에 선 채 먼 시선으로 진명을 힐끗대던 홍단이 차마 얼굴을 들지 못하고 입을 여니,

"아무래도 이번 혼사는 힘들 것 같습니다."

채령의 표정에 눈길을 두고 있던 진명이 의아하다는 듯 미간을 좁혔다. 충격으로 주저앉지나 않을까 염려하였는데 그녀의 표정은 의외로 담담하였다. 냉큼 돌아선 그녀는 툇마루로 뛰어

가 휘청거리는 아비를 살피고 부축하였다. 채령의 부축으로 간신히 정신을 찾은 인덕이 갈라진 탁성으로 물었다.

"이, 이유가 뭔가."

홍단은 또다시 진명의 눈치를 살폈다. 외별당으로 오기 전 진명 선비가 명한 것은 채령과 인덕 어른이 상처받지 않고 먼저 혼사를 그만두도록 만들라는 것이었다. 대체 신랑감으로 오해한 사내가 누구인지 조심스럽게 여쭈었으나 진명은 알 것 없다며 눈을 부릅떴다. 그는 인덕 어른이 자괴감에 빠지지 않도록 엉뚱한 사내를 사윗감으로 오해한 사실을 모르시게 하라 덧붙여 명했다. 홍단은 참으로 막막하였다. 누구인지도 모르는 사내를 무슨 핑계로 떼어낸단 말인가. 궁리하고 고민하다 어렵사리 말을 이었다.

"신랑 쪽이 가진 것에 비해 인색한지라 부잣집에 시집갔다는 말은 들을지 몰라도 정작 부잣집 마님 행세를 하기는 힘들 것이라 합니다."

도리어 기운을 차린 인덕이 벌씬 웃었다.

"헛소문일세. 내가 본 바로는 그리 인심 사나운 청년은 아니었네. 그렇지 않다는 것을 아네. 알뜰하다는 얘기겠지. 그런 것은 흠이 아닐세."

당혹해진 홍단이 이내 골똘한 표정을 짓더니 또다시 입을 열었다.

"거침없이 출셋길을 달리다 보니 아집이 여간 아니란 소문도……."

"무릇 사내라면 고집이 있어야지."

"반지르르한 눈웃음으로 보아 인물값 좀 할 것 같다는……."

"인물값 무서워 그만두란 말인가. 구더기 무서워 장 못 담그는 꼴이지."

"입이 짧아 가리는 것이 많답니다. 이게 은근히 여자를 힘들게 하는 것으로……."

"살다 보면 부인의 손맛에 맞추게 되는 것이 사내의 입맛일세."

홍단의 빈약한 구실은 채 말을 끝맺지 못하고 잇따라 인덕에 의해 꼬리가 잘려 나갔다. 홍단은 또다시 대청 위에 앉아 차를 마시는 진명을 살폈다. 차향을 음미하며 눈을 감을 땐 그간 선비의 이름을 팔며 처자들을 농락한 죄를 참지 못하겠다 눈꺼풀이 움찔거리는 것으로 보였으며, 입술에서 찻잔을 떼며 눈을 뜰 땐 당장에라도 죄를 물을 듯 부릅뜨는 것으로 보였다. 이를 견디지 못한 홍단이 막다른 심정으로 나직이 핑계를 던지니,

"품행이 단정하지 못하여 정실만 없다뿐이지 애까지 낳은 첩실이 이미 곳곳에 수두룩하다 합니다."

진명은 하마터면 입안의 찻물을 내뿜을 뻔했다. 말로 사람을 주무르는 방물장수가 저리도 사람을 모르는가 혀를 찼다. 선비

들의 이름만 듣고 가진 돈을 모두 내준 인덕 어른이라면 학업에 매진하기 위해 아직은 가솔을 거느릴 형편이 되지 못한다는 핑계 정도만 해도 고개를 끄덕이실 터인데 말이다.

홍단이 얼굴 모르는 사내라고 결국에 애먼 상황을 만들고야 말았다. 인덕의 탄식과 함께 일순간 공기가 내려앉았다.

침묵을 깬 건 채령이었다.

"괜찮습니다."

결국 진명이 참지 못하고 입안의 찻물을 도포자락에 뿜고 말았다. 젖은 도포를 뒤로한 채 시선을 든 진명은 어이없다는 표정이었다.

인덕이 고개를 가로저으며 채령을 말렸다.

"아니 된다! 아니 된다! 과년하여 혼사가 급하다 하나 너더러 그리 살라 할 순 없다! 혼인하면 서방의 계집질에 눈물 마를 새가 없을 터인데, 몰랐으면 몰라도 알고도 그리 살라 할 순 없다!"

인덕은 홍단에게 시선을 옮겨 말을 마쳤다.

"늙은 내가 둔하여 자네가 에둘러 말하는 눈치를 읽지 못하였구먼. 이 혼담 없었던 것으로 하겠네. 그쪽엔 다른 말 말고 그저 우리가 형편이 기울어 버거워하더라 이렇게만 이르시게."

기진한 듯 맥이 빠진 홍단이 알겠다는 뜻으로 머리를 숙이곤 기단으로 다가와 품에서 돈주머니를 꺼내더니 섬돌 위에 놓았다. 그것이 무엇인지 익히 아는 인덕이 물었다.

"그것을 왜 도로 내놓는가?"

"일이 성사되지 않았으니 내놓는 것입니다."

흘끗 진명의 눈치를 살핀 홍단이 품에서 나머지 푼돈마저 내놓고 덧붙였다.

"얹어주신 노자도 돌려드리겠습니다. 일이 이리된 마당에 소인은 더는 혼담을 드리지 않을 것입니다. 아씨께서 부디 좋은 인연 만나시길 바랍니다."

돈만 얽어내려 했을 뿐 애초 혼담을 넣을 생각이 없던 홍단은 그리 물러갔다.

"그리 가면 우리 아이는 어쩌나!"

홍단을 쫓고자 섬돌에 발을 내린 인덕이 그녀가 내빼듯 사라지자 허탈함을 견디지 못하고 채령을 끌어안았다. 제 새끼가 애처로워 얼굴을 더듬고 등을 다독여 주는데 정작 기운을 잃은 인덕의 몸을 붙잡고 있는 건 채령이었다. 그녀는 죄스런 심정으로 차마 아버지와 눈을 마주하지 못하고 그저 아버지가 넘어지시지 않도록 힘을 다해 부축할 뿐이었다.

아버지의 잠자리를 봐드린 채령은 정작 본인이 잠을 이룰 수 없었다. 어디에 발을 디딜지 몰라 내별당 주위를 맴돌기만 하는 그녀의 걸음이 어수선하였다. 외별당과 내별당을 구분 짓는 작은 못 주변으로 한껏 머리를 숙인 나뭇가지가 처량하였다. 등골을 스치는 밤공기가 온정이라고는 느낄 수 없을 만큼 스산하였다. 간간히 들리는 부엉이 소리도 구슬펐다. 물 위의 정자로 이어지는 운교 위에 쪼그리고 앉아 두 팔로 움츠린 어깨를 끌어안고 못을 내려다보았다.

"제가 어찌해야 되겠어요?"

누구에게 묻는 것인지 스스로도 몰랐다. 그저 답답하여 내놓은 한숨과 같은 것이었다. 대답 없는 공허함이 넌 아무것도 할 수 없다 말하는 것만 같았다. 더욱 몸을 웅크렸다.

어느 순간 채령은 갑자기 머리를 들었다. 지척에서 들리는 기척이 풀잎 소리나 바람 소리처럼 자연스럽지 못하다 느낀 까닭에 냉큼 몸을 일으켰다. 두리번거리던 그녀의 시선이 멈춘 곳에 진명이 서 있었다.

다가서 머리를 숙인 채령이 못다 한 인사를 올렸다.

"과한 대접을 받고도 잠자리까지 신세를 지니 이 은혜를 모두 어찌 갚아야 할지 모르겠습니다."

채령 일행이 무령이 지내는 건넛집으로 짐을 옮기려는데 진명은 온기 없는 방을 데우려면 오래 걸리니 여독에 지친 인덕 어른을 이대로 외별당에 모시는 게 좋겠다는 말로 일행 모두를 자신의 집에 남게 하였었다. 그에 대한 인사였다.

인사를 마치고 그곳을 벗어나려는데 운교의 끝에 선 진명이

길을 내어주질 않았다. 채령이 치마폭을 추슬러 곁을 지나려는데 그 틈이 너무 비좁고 모양새도 우스워 발을 디디고 떼길 반복하며 뭉싯거리던 중이었다.

"어설픈 사람."

그의 자욱하고 탁한 음성이 스미듯 채령을 에워쌌다.

채령은 그에게서 번번이 질타의 시선과 말을 받는 것이 조금은 억울하였다. '선비님 말씀대로 심성이 질박하지 못하니 벌을 받아 이와 같은 수모를 겪나 봅니다'라며 불퉁거리고 싶은 마음이 울컥 일기도 하였다. 그러나 가솔들이 모두 그에게 의탁한 지금에 마음대로 기분을 드러낼 만큼 염치없지는 않았기에 입을 다물고 시선을 피했다.

"애를 쓰고 안간힘을 쓰는 그대가 정작 내 눈엔 죽지 못해 안달하는 것 같소."

나긋한 음성이 이번엔 질타인지 걱정인지 구분되지 않았다. 채령은 낮추었던 시선을 들었다. 그녀의 움직임에 따라 시선을 옮기지 않는 그는 이미 한참 전부터 그녀를 바라보고 있었던 듯했다. 세찬 눈길은 미련하다 탓하는 듯했고, 질긴 시선에선 연민이 느껴지기도 했다. 살갗을 파고들 듯 날카롭고 의중을 드러내지 않는 내밀한 그의 시선은 오래도록 마주하기가 힘겨웠다. 급기야 민망함에 시선을 낮춘 그녀가 자분자분 수습하였다.

"선비님의 눈에 족하지는 않겠으나 그래도 제 앞을 헤아릴 정도는 되오니 걱정하지 않으셔도 됩니다. 혹여 지난번의 일로 마음에 부담이 있어 그러시는 거라면 더더욱 걱정하지 마십시오."

자신의 청혼을 거절하고는 그것이 미안하여 무령을 거두고 아버지를 보살피며 여태 뒷수발을 하는가 하는 생각마저 들어 채령은 그러실 필요 없다 단호하게 말했다.

부담을 갖지 말라는 말에 진명이 실소를 터뜨렸다.

"명을 다하지 못하고 죽는 자가 선택한 길에는 네 갈래가 있소. 세상을 알고 꾀도 있는 자는 세상을 가지려다 죽고, 세상은 아나 꾀가 없는 자는 뜻대로 안 되니 울화병에 죽고, 세상은 모르고 꾀만 있는 자는 눈앞의 이득에 가려진 덫에 걸려 죽고, 세상도 모르고 꾀도 없는 자는 모두의 먹잇감이 되어 죽지. 부담을 떨치려는 것이 아니라 그대가 적어도 먹잇감이 되지 않게 하려는 거요."

상대를 작아지게 만드는 실소도 모두의 먹잇감이란 조롱도 듣기 좋은 것은 아니었다. 그럼에도 대꾸 없이 잠잠한 채령은 또다시 울컥하는 감정을 참은 것이 아니었다. 아주 잠시였지만 그가 어깨를 감싸 소나기를 가려주는 보릿짚도롱이처럼 느껴졌던 까닭이다.

9

　무령이도 보았으니 이제 집에 가자는 채령의 채근에 인덕이 이대로는 안 된다며 고집스럽게 고개를 저었다.

　"매파가 어디 하나뿐이라더냐? 홍단이 안 된다면 다른 매파를 만날 것이다."

　도성에 온 김에 또 다른 곳에 혼인을 부탁하고 돌아가겠다며 방을 나서는 인덕을 가로막고 채령이 외별당 대청 위에 무릎을 꿇었다. 집에 가면 전해 드리려 했던 결심을 하는 수 없이 이 자리에서 내놓았다.

　"혼인하지 않겠어요."

　채령을 지나치려던 인덕의 걸음이 휘청거리다 멈추었다. 대장간을 기웃거리는 것을 말릴 때마다 눈에 일던 서늘한 고집. 재울라치면 불뚝거리며 머리를 드는 채령의 고집을 내려다보는 인덕의 얼굴은 닳아 해어진 무명천처럼 힘없이 뭉그러졌다.

"지금 무어라 했느냐?"

"미령이 먼저 혼인을 시키세요. 동생의 채단함을 문 앞에서 가로막고 선 언니가 되고 싶진 않아요. 아버지도 힘드시잖아요. 이제 그만해요."

이러다 작은딸의 혼사가 자칫 잘못될까 하는 걱정이 인덕의 마음 한구석 늘 무거운 짐으로 놓여 있었다. 채령이 그것을 꼬집어 말했음을 아는 인덕은 더욱 단단히 마음을 먹었다.

"하나도 힘들지 않다."

아버지께서 하신 거짓말의 참뜻을 채령은 잘 알았다.

"제가 홀로 남겨졌다 생각지 마세요. 애처로워 마세요. 높은 가지가 부러지기 쉽다 하잖아요. 기를 쓰고 올라가서 매달린 듯 살고 싶지 않아요. 이대로 안분지족하며 살겠어요."

채령이 말을 맺자마자 인덕이 엄히 대청을 박차며 호통을 쳤다.

"네가 말하는 안분지족! 그것이 무엇인지 알기에 더욱 네 마음대로 살도록 놔둘 수 없다!"

또다시 대장간을 기웃거리며 천한 것들과 어울려 천한 일을 하며 살겠다는 것이리라. 격노로 입술을 떨던 인덕이 또다시 맏딸을 호되게 나무라려는 순간, 그는 더는 목소리를 높일 수 없었다. 언제부터인지 마당에 자리한 채 거침없는 시선으로 자신들을 지켜보고 있는 진명 때문이었다.

인덕이 민망한 얼굴로 진명의 인사를 받았다. 무릎을 꿇고 있던 채령은 서둘러 몸을 일으켜 마당으로 내려섰다. 멋쩍은 침묵 속에 채령이 먼저 입을 열었다.

"무령이 잘 지내는 것에 한없이 감사하오며 저희는 이만 금은골로 돌아갈까 합니다. 이른 아침에 길을 떠나는 것이 좋을 듯하여 서둘러 짐을 꾸리던 참이었습니다. 떠나기 전 대감님과 마님께도 다시 인사를 올리겠습니다."

채령의 깊은 인사를 그저 지켜보기만 하던 진명이 대답은 대청 위의 인덕에게 올렸다.

"예문당으로 가려던 참입니다. 무령 도령이 먹고 자는 것만을 보셨지 무엇을 어찌 배우고 익히는가는 보지 못하셨잖습니까. 어르신께서 힘겹지 않으시다면 저와 함께 가시기를 청하고자 이곳에 들렀습니다."

학류의 본당으로 모시겠다는 진명의 말에 인덕의 눈이 커졌다. 채령을 향한 격노가 가라앉은 인덕의 얼굴에 대신 설렘이 자리했다. 진명은 가마를 준비해 놓았다는 말로 채령의 나머지 말마저 막고는 그녀의 귓가에 나직이 속삭였다.

"육두에게서 들으니, 도성 저자에서 제법 비싼 값을 주고 비녀와 동곳을 사셨다고? 내가 안목이 좀 있소. 제값을 주고 산 것인지 속아서 산 것인지 오후에 돌아와서 감정해 주리다. 기다리시오."

육두가 정말 선비에게 저리 전한건지 선비가 전해들은 말을 다르게 얘기하고 있는 건지 알 수 없어 채령은 얼떨떨하였다. 잔즐거리며 이르는 기다리라는 말이 조롱보다는 기대에 찬 목소리여서 더욱 헷갈렸다.

질문이 가득한 그녀의 눈빛을 흘끔 곁눈질하던 진명은 냉큼 시선을 거두곤 발길을 돌렸다. 그의 걸음이 가벼웠다.

예문당의 제1서고 앞에 선 인덕의 눈이 휘둥그레졌다.

"이게 모두 선비님의 작품입죠."

진명이 데려온 수많은 대장장이들이 금속활자로 찍어낸 책들이었다. 참 많기도 많았다. 육두는 금은골에서 안면이 있었다는 이유로 부르지도 않았건만 스스로 인덕과 진명의 뒤를 따라나서 말을 거들었다.

"정말 많구먼. 몇 권이나 되려나?"

인덕이 무심코 혼잣말로 던진 물음을 진명이 '궁금하십니까?' 라며 성실히 받더니,

"육두야, 지금부터 1서고의 책이 모두 몇 권인지 세거라."

"예?"

"세라고."

명이 하도 어이가 없어 육두가 그런 걸 뭣하러 하냐고 되묻자,

"재고파악도 할 겸해서."

진명은 육두를 1서고에 남겨놓은 채 인덕을 모시고 2서고로 향했다.

2서고에서 책을 둘러보고 이야기를 나누며 한참 시간을 보내던 때였다. 손가락을 꼽으며 나타난 육두가 외쳤다.

"1서고의 책은 모두 합쳐 삼천육백사십칠 권입니다."

그러자 진명이 고개를 끄덕하며 인덕에게 되뇌었다.

"삼천육백사십칠 권이랍니다. 이곳에 있는 책도 얼마나 되는지 궁금하십니까?"

눈이 커진 육두는 이제야 선비의 심술이 발동되었음을 알았다. 또 무슨 일로 그러실까나 골똘히 생각했다. 그러나 떠오르는 것이 없었다. 어제 선비님의 명대로 어르신과 아씨들을 집까지 잘 뫼셔다 드렸고, 하도 배가 고파 선비님 댁 가마솥을 솥단지째 끌어안고 밥을 먹었었고, 눈 좀 붙이려니 느닷없이 홍단을 불러오라 하셔서 불러다 드렸고, 그때 채령 아씨께서 홍단에게 백동비녀를 주겠다고 사왔더란 말을 전하면서 한차례 웃었었고, 더불어 선비님께 드릴 백동동곳도 사오셨던데 내밀지도 말란 말로 선비님께서 별것 아닌 것 갖고 고마운 척해야 하는 가

식적인 수고를 하지 않아도 되게끔 했다 전했었고, 자고 일어나 아침에 뵌 것까지, 이게 전부였다. 아무리 생각해 봐도 육두문자 편지까지도 너그러이 봐주셨던 분이 골낼 만한 일은 없었다. 대체 이번엔 무슨 일로 삐치셨을까 그 속을 알 수 없어 끙끙 앓는데, 눈치 없는 인덕 나리께서 궁금하다며 고개를 끄덕이시는 것이 아닌가. 즉각 명이 떨어졌다.

"세거라."

"아, 예."

육두의 생고생은 2서고에서 끝나지 않았다. 그가 일을 마치고 3서고로 오자 이번에는 진명이 인덕에게 '예문당에 있는 책이 모두 얼마나 될 것 같습니까?'라고 묻는 것이 아닌가. 선비께서 틈만 나면 활자로 책을 찍어내는 통에 대체 이것들이 모두 몇 권이려나 궁금해한 적은 있었다. 그러나 직접 세고픈 마음은 추호도 없었다. 육두는 3서고, 4서고. …… 결국 마지막 서고의 재고마저 헤아려야 했다.

예문당에서 돌아온 인덕은 채령에게 호통 치던 아침나절과는 달리 얼굴에 웃음을 머금은 채 다소 들뜬 모습이었다. 대문 앞에서 아버지와 진명을 맞은 채령이 채비를 마쳤으니 내일은 날이 밝는 대로 이곳을 떠나자 말씀드리는데 인덕이 고개를 흔들었다.

"닷새 후 예문당에 제향의식이 있다는구나. 그때 나도 입재하기로 했다."

당분간 예서 더 머물겠다는 말에 채령이 당혹하였다. 다급히 인덕의 뒤를 쫓으려는데 그녀의 걸음을 붙든 자는 진명이었다.

"즐거워하시는 어르신의 모습이 보이지 않소?"

"성의는 감사하오나……."

진명은 그녀의 말을 끝까지 듣지 않았다. 듣지 않아도 안다는 듯이.

"그대의 안분지족이란 것이 이런 것이오?"

무슨 말이냐는 듯 채령이 눈을 들었다. 순진하다 느껴질 만큼 말간 눈빛을 진명은 가만히 들여다보다 답하였다.

"나라면 말이오. 이왕 도성에 걸음한 김에 이 집 주인에게 양해를 구하고 아버지의 평생의 숙원을 이뤄 드리겠소. 살면서 누군가에게 도움을 청하고 받는 것을 부끄럽게만 여길 만큼 철없는 것이오? 염치를 자존심으로 여기며 그리 사오? 때로는 낯없는 짓도 서슴없이 행하고 적당히 욕심도 드러내는 것이 세상살이인 것이오."

"예, 고맙습니다."

비록 가시 돋친 말이지만 그의 말은 양해였다. 예서 더 머물러도 좋다는. 그러나 고까운 기분이 드는 것은 어쩔 수 없었다. 그에게 다소 건성으로 인사를 건네고 돌아서려는데 그는 재차 그녀의 팔을 잡았다.

"안분지족은 투정인 것이오?"

이번에도 진명은 물음이 담긴 채령의 눈빛을 진득이 응시하였다.

"이름 높은 선비만을 찾더니 얼마 후엔 아무나하고 혼인해도 상관없다 말하고 이제는 혼인하지 않고 혼자 살겠다 하니 이같이 변덕을 부리는 까닭이 무엇이오? 모두가 같은 마음에서 비롯된 것일 텐데 정작 원하는 것이 무엇이오? 혹, 숫된 눈빛조차 위장된 것이오?"

질문을 이해한 채령의 얼굴이 화들짝 붉어졌다. 청혼을 거절당하고 아직도 진명에게 미련이 있느냐는 물음이었다. 미련이 남아 이처럼 혼인을 하니 마니 보란 듯이 자신에게 투정을 부리는 것이냐 묻는 것이었다.

채령은 고까움을 넘어 얼빠진 얼굴을 하였다. 그의 오해를 두고 굳이 해명하고 싶지는 않았으나 몇 마디 쏘아붙이지 않고는 견딜 수 없었다.

"본래 날면 기는 것이 능하지 못하다 하잖습니까. 선비님께선 보이지 않는 것을 꿰뚫고 들리지 않는 것을 짐작하다 보니 보이는 대로 보고 들리는 대로 듣는 것이 힘겨우신가 봅니다."

진명의 손에서 채령의 팔이 힘없이 떨어져 나갔다. 그의 손아귀의 힘이 느슨해진 탓이었다. 입으로 사는 정치가임에도 말문이 막혔다. 진명은 아무런 대꾸도 하지 못했다. 숫된 줄 알았던 눈빛이 다시 보니 묵묵히 삶을 관조하는 실박한 빛이었다.

"제 변덕스러운 행동에 뭐 그리 대단한 의도가 있었겠습니까. 되레 아무것도 아닌 것을 두고 의도를 파헤치는 선비님께서 유난하십니다."

차분히 인사하고 돌아서는 채령을 더는 잡지 못했다. 진명은 홀린 듯 한동안 멍하였다.

예문당을 둘러보고 수장으로부터 융숭한 대접까지 받은 인덕은 신선이라도 된 기분이었다. 사당에 제향할 때는 살다 보니 이런 날이 오는구나 감격에 겨워 눈시울을 적셨고 진명의 소개로 선비들과 인사를 나눌 때는 마치 강학을 행하는 스승이라도 된 듯 북받치는 기분을 억누를 길 없었다. 누각 밖으로 보이는 바삐 오가는 선비들 가운데 아들이 섞여 있다는 것이 진정 뿌듯했다. 그러나 저 많은 사내들 가운데 채령의 짝은 왜 없는 것인가 하는 물음이 들뜬 마음을 일순간에 무너뜨렸다. 찻잔을 술잔처럼 들이켠 인덕의 입에서 탄식이 흘러나왔다.

"천지가 사내로고."

저들 가운데 맏딸의 짝은 왜 보이지 않느냐는 탄식을 들은 진명이 차분히 입을 열었다.

"둘째 따님부터 혼인을 올리도록 하십시오."

인덕의 한숨은 더욱 깊어졌다. 그래야 한다는 것을 알지만 마음이 쉬 접어지질 않았다. 고개를 흔드는 그는 할 수 있는 데까지 해볼 기세였다.

"동생에게 밀린 아이라고 세상의 비웃음을 사면 어쩌나. 가문도 변변하지 못하고 혼기도 놓친 데다 흠이 더욱 늘어난다면 그 아이를 어느 사내가 거둬들이려 하겠는가. 그러다 결국 여인의 삶을 살지 못하게 되면 어쩌나."

생각도 하기 싫다는 듯 인덕은 몸을 떨었다. 시름으로 숨이 가늘어진 그를 진명이 달랬다.

"누군가는 큰따님의 진면모를 봐줄 것입니다."

추측의 말이나 어투는 확고하였다. 인덕의 모든 동작이 멈추었다. 줄곧 내뿜던 날숨조차도. 마치 채령에게 마음이 있다는 것처럼 들렸다. 이미 거절당한 기억이 있어 그럴 리 없다 생각하면서도 혹시나 하는 심정으로 눈길만 보낼 뿐이었다.

진명은 인덕의 눈에 가득한 물음을 모른 체했다. 채령 낭자를 향한 예사롭지 않은 이끌림을 부인할 생각은 없었다. 다만 혼인을 삶을 포기하는 것으로 여기는 여인 앞에 일찌감치 마음을 보일 수는 없었다. 어른께서 맏딸의 혼인에 목을 매는 마당에 자신마저 그녀를 옥죌 수는 없지 않은가. 눈가에 어려 있던 혼혼한 미소를 감추고 차분히 빈 찻잔을 내려놓는 그는 자연스런 순리와 최선의 방법으로 자신의 감정을 이끌고자 하였다.

"일찍 오시었네."

속뜻이 담긴 듯한 귀에 거슬리는 숙모의 한마디. 진명이 잔뜩 인상을 찌푸리자 숙모는 '내가 뭘?' 이란 표정으로 어깨를 들먹거렸다.

"아닙니다."

인사를 마치고 안채에서 나가려는 진명의 등 뒤로 숙모는 또다시 한마디를 톡 던지니,

"내별당 후원."

더욱 얼굴이 일그러진 진명의 발길은 결국 내별당 후원으로 향했다.

✳

채령은 후원의 어느 그루터기에 앉아 동생의 혼수품목을 정리하고 있었다. 형편이 빠듯하여 넣고 빼길 반복하다 보니 종이 한 장이 온통 먹칠이었다. 그녀가 화들짝 놀라 붓을 떨어뜨린 건 머리 위로 들리는 묵직한 음성 때문이었다.

"동생의 혼례준비는 잘 되가오?"

"아, 오셨어요? 아버지도 오셨을 테니 가봐야겠어요."

채령을 대신해 붓을 주워준 진명이 연이어 물었다.

"얼마 전 샀다던 동곳, 지금 볼 수 있겠소?"

격에 맞지 않는 물건이라던 육두의 말을 떠올린 채령이 그다지 신통한 물건이 아니다 하였으나 그것을 보고야 말겠다는 선비의 의지가 자못 강했다. 왜 그 물건에 집착하는지 모르겠으나 굳이 보고 싶으시다면 보여 드리겠다 하였다. 아버지께 인사를 여쭙고 이곳으로 가져오겠다 하였다.

외별당에 들러 아버지께 인사를 드리고 오느라 그런 것인지 물건을 보여주길 망설여 그런 것인지 모르겠지만 아무튼 채령은 기대만큼 빨리 오지 않았다. 이리저리 서성거리던 진명이 인기척에 반갑게 얼굴을 들었을 때였다. 그에게 다가서는 자는 채령이 아닌 장길이었다.

"선비님, 석쇠 그자가 도성에 와 있다 합니다."

"도성엔 왜?"

진명의 물음에 장길은 차례로 이야기를 풀어놓았다. 공교롭게도 사람을 시켜 비룡에게 채령 아씨가 혼인할 의사가 없음을 알린 후에 일이 벌어졌다 했다. 그저 입에 풀칠하는 수단으로만 기술을 사용해 오던 석쇠가 갑자기 사라진 것. 동네사람들의 말에 따르면 채령 아씨가 오랫동안 석쇠의 대장간에서 풀무를 밟아주고 집게를 잡아주며 푼돈벌이를 하여 가족을 건사하였다 했다.

그 순간 진명은 그녀의 팔에 있던 화상들을 떠올렸다. 괭이질을 하느라 걷은 소매 밑으로 보이던 불에 덴 자국들, 걷을수록 고스란히 드러나는 시련의 세월. 주먹을 부르쥐었다. 비룡이 채령의 청혼을 승낙한 것은 석쇠의 마음을 움직여 보려는 술수였으리라. 하여 파혼서를 받자마자 본색을 드러낸 것이리라.

장길은 말을 이었다. 석쇠의 행방을 알아보던 중에 곽양 또한 금은골을 떠나 북만당에 있음을 알고 수소문해 보니 석쇠 또한 그곳에 있다 하였다. 사철을 훔친 혐의로 곽양에 의해 끌려온 것이라 했다.

"죄인으로 압송되었다면 응당 관청을 찾을 것이지 북만당엔 왜? 모두가 농간이다."

진명은 석쇠가 누명을 썼을 확률이 크다 여겼다. 기술이 있는 한 죽이지는 않을 테지만 북만은 원하는 것을 얻을 때까지 갖가지 방법으로 괴롭히리라. 석쇠를 예문당에서 볼 때가 머지않았구나 여겼다. 진명은 장길에게 채령은 물론 그녀의 가족들이 이같은 사실을 모르도록 하라 일렀다. 그렇지 않아도 혼인을 달갑지 않게 여기는 사람이 비룡의 농간을 알면 혼인에 대해 환멸을 느끼게 될지도 몰랐다. 석쇠의 고초 또한 아무런 도움도 줄 수 없는 그녀가 알아서 좋을 것이 없다 여겼다.

장길에게 앞으로의 일을 마저 일러 보내고 나니 이미 날이 기울어 있었다. 그곳에서 좀 더 서성거리며 채령을 기다리던 진명이 못마땅하다는 듯 읊조렸다.

"동곳을 가지러 간다더니 대체……."

결국 백동동곳을 내놓기가 부끄러워 후원에 발도 들여놓질 않나 보다 여긴 진명이 아무리 감추어도 그 물건을 받아낼 것이라 다짐하며 그곳을 떠났다. 차마 내별당 안으로 들어가지는 못하고 먼발치에서 곁눈질로 지나친 그는 석반을 물리고 책을 보면서도 받아내지 못한 물건이 궁금해 견딜 수가 없었다. 공연히 마당으로 나가 달을 보다가 내별당과 가까운 안채에서 서성거리는데, 어찌되었건 가려운 데를 긁어주는 분은 숙모님뿐이었다.

"북만당."

"예?"

처음엔 잘못 들은 줄만 알았다. 진명이 얼떨떨한 표정으로 되묻자 숙모는 '그것 봐, 맞잖아'란 눈빛으로 비웃으며 소상히 일러주었다.

"채령 낭자가 하도 다급히 북만당이 어디냐 묻기에 길잡이로 노복을 하나 딸려 보내줬어."

본래 뽀얗던 진명의 얼굴이 창백하게 질렸다. 후원의 대화를 들었음에 틀림없었다. 어이가 없었다. 엿들었다 한들 자신이 뭘 어쩌겠다고 직접 북만당을 찾아 나선 것인지 도무지 이해되지 않았다.

"그때가 언제입니까!"

"제법 됐어. 석반을 들기 전이니까."

냉큼 걸음을 돌린 진명은 장길로 하여금 말을 준비하도록 하였다.

✳

걷고 뛰어 북만당에 도착한 채령은 대문 앞에 함께 온 노복을 기다리게 하고는 홀로 안으로 들어섰다. 더욱 깊이 안으로 들어간 그녀는 선비들이 가장 많은 강학마당에 서서 주위를 두리번거리며 살폈다. 그녀를 흘깃거리던 선비들 가운데 한 명이 다가와 친절히 물었다.

"반가의 규수께서 이곳에 무슨 일이십니까? 혹 오라비라도 뵈러 오셨습니까?"

"비룡 선비를 뵙기 위해 왔습니다."

채령의 대답에 주위에 있던 선비들이 일제히 웃음을 터뜨렸다. 사내를 쫓아 이곳까지 온 여인으로 오해하여 터진 비웃음이었다. 처음 채령에게 물었던 선비가 가소롭단 눈빛으로 그녀를 달랬다.

"선비님의 친절을 연정으로 오해하는 여인들이 종종 있었습니다. 그렇다고 해서 이곳까지 걸음한 여인은 없었지요. 용기가 가상해 특별히 이름은 전해줄 터이니 이름만 남겨놓고 돌아가 십시오."

이름을 말하라는 선비의 말이 조롱임을 모르지 않았다. 입술을 깨문 채령이 이번엔 다른 이름을 말하였다.

"석쇠를 만나러 왔습니다."

사내들의 조롱이 웅성임으로 바뀌었다. 석쇠가 누구냐는 물음에서부터 비룡에게 알려야 하나 말아야 하나 하는 망설임까지 함께 섞였다. 마침내 웅성임이 멈춘 건 비룡이 기단 위로 모습을 드러낸 때문이었다.

"무슨 소란이냐!"

선비들의 눈길이 쏠리는 곳을 따라 비룡도 시선을 옮겼다. 채령을 발견한 그는 눈을 비볐다. 파혼서를 던져 놓고 식솔들이 몽땅 금은골에서 자취를 감췄다더니 처자가 스스로 이곳에 나타날 줄은 예상 못했기에 다소 놀랐다.

"누구시더라?"

기억나지 않는다는 듯 미간을 접는 비룡의 모습에 마당에 있던 선비들이 또다시 키들키들 웃었다. 달콤한 눈웃음으로 정중히 청혼을 수락하던 선비가 돌연 낯설게 행동하는 것에 채령도 적잖이 놀랐다. 매정한 자가 아니기에 석쇠의 사정에 대해 적어도 얘기라도 들어줄 줄 알았건만 쉽게 표정을 고치고 말을 바꾸는 비룡이란 자는 자신이 알던 선비가 아니었던 모양이다. 혼인할 상대에 대해 좀 더 알아보라 아버지에게 청하던 진명 선비의 말이 문득 떠올랐다.

"석쇠가 이곳에 있다 들었습니다. 금은골에서 사철을 훔친 죄로 문초를 받고 있다고 들었습니다. 이는 사실이 아닙니다. 석쇠는 그와 같은 짓을 할 자가 아닙니다."

이번엔 비룡이 놀랐다. 혼인에 대해 언급할 거라 여겼던 낭자의 입에서 석쇠의 이름을 듣게 될 줄은 몰랐다. 비룡의 손짓에 채령을 가리고 있던 선비들이 재빨리 좌우로 물러나 시야를 틔웠다.

"그는 이미 죄를 자백했습니다."

던지듯 뱉은 비룡의 말에 채령은 고개를 가로저었다.

"지은 죄가 없는데 자백이라뇨. 그럴 리 없습니다."

잠시 생각에 잠긴 비룡이 등 뒤의 수하에게 석쇠를 끌고 와 대질할 것을 명했다. 무거운 석쇠의 입을 채령 낭자가 다소나마 열어주기를 기대한 이유에서였다. 석쇠를 기다리는 동안 잠시 대문 밖 말소리가 요란하였다. 그러나 이내 석쇠가 모습을 드러내면서 사람들의 이목은 온통 채령과 석쇠를 좇았다.

온몸을 피로 물들인 석쇠가 손발이 묶인 채 북만당 하인들의 곁부축으로 끌려 나오는 모습에 채령은 화염에 휘감긴 듯한 아픔과 분노를 느꼈다.

느즈러진 걸음으로 비척거리던 석쇠가 흙바닥으로 곤두박질

치자 그녀는 그의 이름을 부르며 달려가 끌어안았다.

"석쇠! 석쇠야!"

울음과 비명이 섞인 그녀의 부름에 초점이 없던 멀건 눈빛이 제자리를 찾고자 애를 썼다.

"아…… 씨?"

"그래, 나야. 나라고. 정신 좀 차려봐. 나한테 말해봐. 양반인 내가 대신 얘기해 줄 테니까 나한테 말해보라고! 대체 무슨 일이야? 대체 네가 왜 사철을 훔쳤다는 누명을 쓴 거냐고!"

채령의 채근에 석쇠는 어렵사리 맞추었던 초점을 이내 흩었다. 그리고는 힘없이 고개마저 떨어뜨리고 말했다.

"제가 훔쳤습니다."

그럴 리 없었다. 애초 양반과 관에 책잡힐 일일랑 하지 말아야 한다고 버릇처럼 말하던 석쇠였다. 채령의 시린 눈빛이 이번엔 비룡에게 향했다.

"대체 무슨 근거로 석쇠가 사철을 훔쳤다 의심하시는 겁니까!"

비룡이 읊조리듯 순순히 답해주었다.

"사철광업자 곽양이 말하길, 수개월 전 사철의 생산량이 부족하여 두어 달간 개인에게 사철 공급을 중단한 일이 있다 하였습니다."

채령도 잘 아는 일이었다. 다만 사실과 다른 것은 생산량 부족이 아닌, 석쇠가 뜻대로 움직여 주질 않으니 아예 원료공급을 중단하여 애를 먹이고자 곽양이 벌인 수작이란 것이었다.

"사철을 팔지 않았음에도 한 달 후부터 석쇠는 버젓이 솥을 만들어 팔았다 합니다. 이것이 무엇을 뜻하는 것이겠습니까? 사철을 훔치지 않고서야 어찌 솥을 만들 수 있었겠습니까?"

대항하여 벌떡 일어서려던 채령이 도로 주저앉은 건 있는 힘껏 그녀의 치마폭을 붙든 석쇠의 피 묻은 손 때문이었다. 석쇠는 가누기도 벅찬 목으로 연거푸 도리질을 하고 있었다. 웅얼거리는 입안엣소리가 무슨 얘기를 하고 싶어하는지 채령은 잘 알고 있었다. 대장간에서 일할 때마다 귀가 따갑도록 다짐받던 얘기.

'채령 아씨. 그 재주, 꼭꼭 싸매 감추십시오. 세상에 내보이시는 순간, 아씨의 삶은 가시밭길이 되는 것입니다.'

한 손을 떼어내면 다른 손으로 치마폭을 대신 움켜쥐며 무명천을 붉게 물들이는 석쇠의 어깨를 쥐고 채령이 그에게 부드러우나 엄히 말했다.

"비록 가시밭길이라도 이것이 내가 선택한 삶이야."

석쇠의 두 손이 그녀의 치마폭에서 미끄러지듯 떨어졌다.

피를 토하는 듯한 석쇠의 애끓는 울음 속에 채령이 분연하게 외쳤다.

"그것은 사철이 아닌 석철입니다!"

기단에 있던 비룡이 서둘러 마당으로 내려왔다. 비로소 원하
는 답을 얻은 때문이었다.

　"금은골 온 천지에 흐드러진 석철 말입니다!"

　석쇠의 울음이 더욱 커진 가운데 채령은 마지막 말마저 뱉어
내었다.

　"만일 석철에 손을 댄 것조차 죄가 된다면 그 죄는 제가 받아
야 할 것입니다!"

10

"석쇠! 석쇠야!"

애끓는 젖은 음성에 이제 막 강학마당으로 들어서는 첫 계단을 딛던 진명의 걸음이 멈추었다. 눈앞에 앙버티고 놓인 무수한 계단들이 갑갑하기만 하였다.

"그래, 나야. 나라고. 정신 좀 차려봐. 나한테 말해봐. 양반인 내가 대신 얘기해 줄 테니까 나한테 말해보라고! 대체 무슨 일이야? 대체 네가 왜 사철을 훔쳤단 누명을 쓴 거냐고! 대체 무슨 근거로 석쇠가 사철을 훔쳤다 의심하시는 겁니까!"

계단을 밟아갈 때마다 그녀의 외침은 더욱 핍절해졌다. 그녀를 쫓는 지금도 이해되지 않았다. 석쇠의 일을 자신의 일인 양

절박하게 여기는 이유가.

마당으로 들어서는 중문에 도착했을 때였다. 더욱 이해가 되지 않는 것은 제법 먼 거리임에도 또렷하게 보이는 석쇠의 간절한 눈빛이었다. 초주검이 되어 제 몸도 가누기 힘들면서 치마폭을 붙들고 온몸으로 채령을 말리고 있었다. 그것은 분명 섬기는 모습이었다. 양반이라면 질색을 하고 관료라면 쳐다보지도 않는다는 자가 무엇도 아닌 반가의 규수에게 진정을 다하고 있었다.

"비록 가시밭길이라도 이것이 내가 선택한 삶이야."

그녀가 선택한 삶. 그 말의 무게에 진명은 내딛던 발걸음을 멈추었다. 알 수 없는 말들뿐이었다. 그럼에도 그녀에게서 느껴지는 춘풍추상의 의기가, 짐승처럼 울부짖는 석쇠의 몸부림이, 자꾸만 귀 기울게 했다.

"그것은 사철이 아닌 석철입니다! 만일 석철에 손을 댄 것조차 죄가 된다면 그 죄는 제가 받아야 할 것입니다!"

그 순간, 흐름을 멈춘 대기마저 숨을 죽였다. 등줄기를 쓸어내리는 타격에 온몸이 뻣뻣하게 굳었다. 이슬처럼 맑기만 한 줄 알았더니 눈꽃처럼 시렸고, 구슬처럼 모나지 않은 줄 알았더니 칼을 품고 있었다. 석쇠가 아닌 그녀였다니. 믿기지 않았지만 믿을 수밖에 없었다. 꾸밀 줄 모르는 질박한 심성을 가진 그녀가 하는 말이었기에. 가난한 살림에 어울리지 않았던 상질의 놋

그릇과 금은골에서부터 준비해 왔다는 백동동곳이 무엇인지 이제 알았다. 아무하고나 혼인하려 드는 것이 제 삶을 하찮게 취급하는 것인 줄 알았건만, 석쇠의 무고함을 밝히기 위해 애쓰는 모습, 언젠가 그녀에게 말했던 대로 죽지 못해 안달하는 모습에서 정작 원하는 삶은 따로 있었음을 알 수 있었다.

"석철을 다룬 자가 석쇠가 아닌 낭자란 말입니까?"

싸늘하게 눈웃음을 걷고 채령에게 다가서는 비룡의 표정은 반신반의와 혼란이었다.

"그러니 석쇠는 풀어주십시오."

훨씬 몸집이 큰 석쇠를 보호하겠다는 듯 등 뒤로 두는 채령 앞에 비룡은 한 발 더 다가섰다.

"낭자께서 저라면 이 어처구니없는 말을 믿으시겠습니까? 석쇠를 데려가려는 수작으로 보일 수도 있겠다는 생각 안 드십니까? 몸소 재주를 입증해 주십시오. 그때까지는 석쇠를 내줄 수 없습니다."

고개를 끄덕이는 채령은 당장에 용광로에 불이라도 지필 듯한 기세였다. 석쇠를 데려가기 위해 무엇이든 할 수 있다는 하냥다짐이라도 하려는 찰나였다.

"재미있는 광경이로군."

비룡과 채령에게 쏠려 있던 시선이 저걱저걱 다가서는 낯선 음성에게로 흩어졌다. 운집한 선비들이 진명의 얼굴을 확인하고는 자못 놀라 두 갈래로 벌어졌다. 석쇠의 곁에서 등을 돌려 뒤를 바라본 채령 또한 눈이 커졌다. 그가 여기 왜? 음성이며 얼굴은 분명 진명 선비가 맞건만 그는 아주 낯선 모습을 하고 있었다. 피하는 것인지 무시하는 것인지 모를 냉랭한 시선에 채령도 이내 눈길을 거두었다.

"자네가 이곳에 어쩐 일인가?"

선비들이 터준 길로 거침없이 들어선 진명은 채령의 곁에 바짝 다가섰다.

"수장님을 뵈러 오는 길이었네만, 한마디 거들지 않을 수 없군. 비룡 자네는 채굴권이 엄연하게 나라에 있음을 모르는가."

"무슨 말을 하려는 겐가?"

채령을 사이에 두고 마주한 진명과 비룡. 마당의 기류가 바뀌었다. 채령과 석쇠를 멋대로 가벼이 상대하던 비룡의 얼굴에서 긴장이 느껴졌다. 느슨했던 공기가 끊어질 듯 팽팽하였다.

"낭자가 이 자리에서 시현을 통해 재주를 갖고 있음을 입증한다면? 그 다음은 무얼 할 텐가? 채굴권도 없이 직접 석철이라도 캐낼 생각인가?"

비룡은 입술을 깨물었다. 대꾸하길 주저하는 그에게 진명은 연이어 다그쳤다.

"북만이 곽양을 앞세워 따낸 사업권은 사철광업이지. 만일 석쇠가 사철을 훔쳤다면 그를 벌하는 것은 북만의 소관이겠지만,

낭자나 석쇠가 가진 재주가 사철이 아닌 석철에 관계된 것이라면 그건 범위를 넘어서게 된다. 따라서 낭자나 석쇠가 석철을 다루는 재주를 가졌다면 이곳 북만당이 아닌 채굴권을 내줄 조정에 보여야 하는 것이 마땅하다."

석철기술을 가졌다 해도 채굴권이 없다면 소용이 없었다. 비밀하게 기술을 얻은 뒤 석쇠를 없애 채굴권까지 확보하려 했건만, 헤살꾼 진명은 누구도 먹지 못하게 차라리 세상에 공개해버리겠다 으름장을 놓고 있었다. 그가 하필 이 순간 절묘히 때를 맞춰 나타난 것이 어이가 없고 분하여 비룡은 입술을 깨물고 주먹을 부르쥘 뿐이었다.

"저들의 재주를 마땅히 세상에 보여야 할 것이다. 또한 낭자도 석쇠도 누구의 사람이 아니니 북만당에 둘 수 없다. 하나 사철을 훔친 혐의가 온전히 벗겨진 것이 아니니 북만당에 권한이 아예 없다 할 수도 없다. 하니 기술을 시현할 때까지 저 두 사람을 예문과 북만이 나누어 맡는 것이 합당하다 본다. 둘 중 하나를 택하라. 북만은 누구를 택하겠는가?"

대장장이와 반가의 규수, 훔치지 않은 사철을 훔쳤다는 말로 무엇이든 숨기려 하는 석쇠와 석철을 자신이 다루었다 대놓고 말하는 채령, 갈등할 필요가 없는 선택이었다. 저들의 마당이면서도 북만의 선비들은 그렇게 진명에게 휘둘리고 있었다.

채령만은 이 상황을 받아들일 수가 없었다. 나누어 맡겠다니, 말도 안 되는 일이었다. 무고함을 밝혀 석쇠가 저 살고 싶은 대로 살게 하기 위해 이곳에 온 것이었건만 상황은 영 엉뚱한 곳으로 흐르고 있었다. 진명과 비룡을 번갈아 바라보며 고개를 흔들었다.

"석쇠를 데리고 나가지 못한다면 이곳에서 한 발짝도 움직이지 않을 것입니다!"

그러자 진명은 더욱 혹독한 시선으로 채령의 바람을 짓이기고 언성을 높여 비룡을 보챘다.

"누구를 택하겠는가!"

비룡의 눈길이 채령과 석쇠를 더욱 바삐 오갔다. 채령은 이제는 시선마저 거둬간 진명을 등지고 비룡에게 호소했다.

"그렇다면 제가 이곳에 남겠습니다!"

또다시 진명은 채령이 답을 들을 기회마저 가로채 갔다.

"선택이 힘들다면 내가 먼저 택하지."

진명의 시선이 석쇠에게 닿는 찰나였다. 비로소 비룡의 입이 떨어졌다.

"석쇠를 안으로 들여라!"

북만의 사람들에 의해 석쇠는 또다시 들려졌다.

"그대들의 이름이 선비라 들었다! 이곳이 학문과 덕망으로 이름이 높다 들었다! 한데 어찌하여 타인의 삶을 멋대로 농락물로 삼는가! 그러고도 가슴에 한 줌 부끄러움도 없단 말인가!"

선비들을 질타하는 채령의 애처로운 음성은 그저 부질없이 흩어졌다. 석쇠를 쫓던 그녀는 더는 따라갈 수 없었다. 우악하게 팔을 낚아챈 진명 때문이었다. 뿌리칠수록 빨려 들어가듯 쓸려가고 있었다. 그의 난폭한 걸음나비에 맞춰 마당을 벗어나고 계단을 뛰어넘어야 했다. 벗어나려 버둥거리던 채령의 몸짓이 멈춘 건 그에게 손이 잡힌 때였다. 시종 빈틈없이 자신을 옥죄던 그의 완악한 손아귀가 이제 보니 땀에 젖어 떨고 있었다.

채령과 진명을 함께 태운 말이 멈춘 곳은 달빛도 비집지 못하는 어둠 속이었다. 가슴과 등을 맞댄 채 들리는 그의 숨소리가 화를 삭이듯 거칠었다. 이윽고 말에서 내려선 갈피 없이 서성거리며 풀잎을 짓이겼다. 그녀의 주위를 맴돌던 성난 걸음이 돌연 멈추었다. 진명은 결국 삭이지 못한 기분을 모지락스럽게 뱉어 내었다.

"어설픈 사람!"

비룡의 의심을 막기 위해 선택권을 그에게 주곤 얼마나 가슴을 졸였는지 모른다. 가능성이 높은 석쇠를 택하는 것이 당연함에도 혹여 비룡이 순간 엉뚱한 마음으로 채령을 택할까 봐 식은 땀으로 등덜미를 적셨었다.

"저들이 순순히 석쇠를 내줄 것이라 기대했소? 그래서 상황도 살피지 않고 무작정 북만당에 간 거요?"

답답하고 한심하다는 듯 꾸짖는 그의 음성. 채령은 그 이상으로 가슴이 답답했다. 그가 화를 내는 이유 따위는 안중에도 없었다. 감출 것도 없이 삶의 전부를 드러낸 지금, 그녀는 그와는 달리 담담했다.

"그의 누명을 벗겨줄 수 있는 사람은 저뿐입니다. 그래서 간 겁니다."

눈앞의 이익에 굶주린 승냥이처럼 구는 비룡 앞에 채령이 자신의 모든 것을 내놓으려 했던 순간을 떠올리면 진명은 지금도 등골이 서늘해졌다. 그 꾀 없는 질박한 심성이 고우면서도 한편으로 불안하여 자꾸만 그녀를 탓하게 되었다.

"석쇠, 진정 그대의 사람이더군. 감동적이었소."

어조에 가득한 조소와 조롱. 뒤따라 말에서 내린 채령은 더는 참지 않았다.

"자신이 갖지 못한 재주를 사람을 통해 얻는 것이 인사人事라 들었습니다. 하여 그것을 가르치는 예문에선 아실 줄 알았습니다. 석쇠는 절 따르는 것이 아니라 그의 재주를 재주로 인정해주는 자를 따르는 것입니다. 필요하면 도구로 쓸 뿐 천하디천한 것으로 취급받던 그의 기술에 자부심을 느끼게 해주었기 때문입니다. 쇠메를 쥔 손을 부끄럽지 않게 만드는 자부심 말입니다."

무디나 미련하지 않고 고지식하나 너그러운 그녀의 음성에 어둠 속에서 들먹거리던 진명의 분노가 조금씩 잦아들었다. 혼이 빠질 정도로 다그치려다 한 걸음 물러나 마무리를 짓고자 하였다.

"좋소. 하지만 두 번 다시 세상에 그대의 재주를 내보일 생각은 마시오."

그러나 물러나 준 한 걸음 이상으로 채령은 파고들었다.

"선비님도 다르지 않군요. 제가 어떻게 살아야 하냐고 물으면 아버지도 무령이도 석쇠도 결론은 같았습니다. 감추라는 거. 그들과 해온 싸움을 이젠 선비님과도 해야 합니까? 싫습니다."

마주하던 얼굴을 제멋대로 싸늘하게 거두고 돌아서는 채령을 그대로 둘 수 없었다. 보기보다 더듬어 알고 싶고 듣기보다 가슴에 새기고 싶은 갈증, 그녀는 자꾸만 갈증을 느끼게 했다. 성큼 걸어와 바스러뜨릴 듯 그녀의 어깨를 움켜쥔 진명은 다짐이라도 받아내야겠단 기세였다.

"그대의 성심이 진심으로 가상하오. 하나 어리석고 무모하고도 한심하오! 석쇠에게 누명을 씌우는 것이 석철을 다루는 기술을 얻기 위한 덫임을 모르오? 석쇠에게 그 기술이 있는 것으로 믿는 한 비룡은 그를 절대 죽이지 않을 것이란 것도 모르오? 공공연히 재주를 드러내는 것이 모두의 먹잇감이 되어 갈가리 찢겨질 수 있는 것임을 모르오?"

"제 무엇이 한심합니까? 제 무엇이 그리 답답하신 겁니까? 짓밟은 자의 탐욕보다 밟힌 자의 무능이 더 한심하다 말씀하시는 겁니까? 기술을 천시하는 세상보다 기술을 만들어내는 사람이 더 한심하다 말씀하시는 겁니까? 지키지 못할 것이 두려워 세상에 보이지도 말라 말씀하시는 겁니까? 이번에 피하면, 다음은 없습니까?"

채령의 몸을 앞뒤로 흔들던 진명의 억센 손이 더욱 깊이 살속에 박혔다. 소나기를 피할 줄도 모르는 그녀 앞에 자연스런 순리에 맡기려 했던 그의 감정은 답답한 흐름을 기다릴 수 없었다. 지금으로선 최악의 방법이 최선의 방법이었다.

"없게 만들 것이오, 내가."

또다시 밀려드는 보릿짚도롱이를 쓴 것 같은 기분. 채령은 지난번처럼 이번에도 말문이 막혔다. 더욱 깊이 파고드는 그의 손에 살갗이 아렸다.

"선비님이야말로 제 길에 휘말리지 마십시오."

털어내려 했지만 억센 손은 좀처럼 떨어지질 않았다.

"세상 모든 반가의 여인이 걷는 길을 저버리고 스스로 대접이 소홀한 길을 가겠단 이유가 대체 뭐요!"

"기술을 입증해 석쇠를 빼내겠다는 것이 석쇠만을 위한 일은 아닙니다. 쇠메를 쥐고 난 후부터 호된 괄시를 받아왔습니다. 이런 저를 위한 겁니다. 하고 싶고 자신 있는 일을 천하다는 이름에 더는 숨기고 싶지 않기 때문입니다. 인정도 받고 자부심도 가질 수 있는 일로 만들고 싶습니다."

늘 재주 있는 자를 찾던 진명이 그녀에게만은 재주를 숨기라 말하는 것이 모순됨을 모르지 않았다. 그럼에도 말리고만 싶었다. 아니 무조건 가지 못하게 막을 것이었다.

"고된 길이 될 것이오."

"그 길, 그래도 양반인 제가 가는 것이 저들보다 쉬울 겁니다."

"그대는 여인이오."

"여인이기에 비룡 선비도 절 놓아준 것이 아닙니까?"

이미 오랜 세월을 거쳐 다져진 고민인지라 채령은 쉽사리 뜻을 굽히지 않았다. 거센 바람에 더욱 두드러지는 질풍경초와 같이 굳세었다. 그때였다. 돌연 손길이 거두어진 그녀의 어깨 위를 찬바람이 훑고 지나갔다. 사방을 분간 못할 어둠 속에 울리는 그의 음성 또한 선득했다.

"세상모르는 아이의 배냇짓, 귀엽게 봐주는 것은 여기까지요."

그녀의 진정한 바람을 아는 체하고 싶지 않았다. 남들과 다를 것 없다는 비난도 아프지 않았다. 천박하고 졸렬한 수단이라는 비난도 감수할 수 있었다. 수고로우나 소득은 없을 길에, 의미는 있겠으나 상처가 더욱 큰 길에, 그녀를 세워둘 순 없었다. 지킬 힘도 없고 살아남는 방법도 모르는 그녀를 참혹하고 허망한 늪에서 몸부림치도록 놔둘 순 없었다.

"그대와 혼인할 것이오."

함박웃음으로 시종 입을 다물지 못하는 색시의 얼굴이 다홍
빛 연지처럼 상기되어 있었다. 멍석 위에 펼쳐진 대란치마 위로
깊이 허리를 숙여 절을 올리는데 화관이 비뚤어져 마당엔 재그
르르 웃음이 쏟아졌다. 살짝 입만 대면 될 술을 훌쩍 들이켜는
바람에 또다시 웃음이 터졌다.

당황한 인덕이 헛기침을 뱉으며 주위를 살폈다. 하객이 없어
휑할 줄 알았던 마당이 예문수장을 비롯한 무령의 친우들이 찾
아와 자리를 메워주니 시집가는 딸자식에게도 힘이 되고 사돈
에게도 면이 서는 듯하여 마음이 부듯하였다. 다만, 멀리서 동
생의 혼례를 바라보는 맏딸이 가슴에 끼이고 못내 아파 마냥 즐

겁지가 않았다. 채령을 부탁하는 마음을 담아 두리번거리며 진명을 찾았다. 남들보다 늠름한 모습으로 예문수장 곁에 서서 혼례 뒷수발에 여념 없는 채령을 봐주는 눈길을 보니 내심 위로가 되었다. 늘 그렇게 곁에서 보아주길 바라고 바랐다.

마치 취기에 내뱉은 말인 양 진명은 미령의 혼사를 치를 때까지 그날 저녁의 일을 입 밖으로 꺼내지 않았다. 다만 인덕에게 미령의 신랑집이 도성 안에 있고 장손인 무령이 곁에서 혼사를 지켜볼 수 있게 혼례를 도성에서 치르는 것이 좋겠다 하였다. 또한 여태 숙모께서 드나들며 무령의 생활을 챙겨주셨으나 이 제부터는 가족이 이곳에 머물러 숙모님의 힘을 덜어주시면 좋겠다 하였다. 모든 제안을 인덕은 흔쾌히 받아들였다.

신방을 꾸민 지 사흘이 되던 날, 채령이 새신랑이 타고 왔던 조랑말 위에 음식 몇 가지를 얹는데 허리를 감아오는 온기에 하던 손짓을 멈추었다.

"살면서 언니 생각이 제일 많이 날 것 같아. 여태 들떠 있어서 아무것도 보이지 않았는데, 막상 떠나려니까 언니가 제일 많이 보여. 그리고 말 안 한 게 있었는데, 이 백동비녀 정말 예뻐."

미령의 올림머리에 질러진 비녀를 본 채령이 미소를 지으며 눈물이 그렁한 동생의 손을 토닥였다.

"홍단을 만나러 올 때만 해도 네가 예서 혼례를 치를 줄을 몰라서 네 것을 준비하지 못했더랬어. 처음부터 네 것이 아니었다

고 서운해할 줄 알았는데 마음에 든다니 고마워. 잘 살아. 너 잘
산다는 얘기가 제일 기쁠 것 같아. 새색시가 울긴 왜 울어. 너나
나나 도성 안에 있으니 보고 싶을 땐 언제든 만날 수 있잖아. 먹
고 싶은 게 있든지 하면 언제든 말해. 그리고 나중에 백동비녀
말고 더 예쁜 것 만들어줄게."

때마침 대문 밖으로 나온 남자들에 의해 자매의 대화가 끊겼
다. 차비를 마친 새신랑이 미령의 곁에 섰다. 제 색시의 눈물을
소매를 올려 닦아주고 장인, 처형과 처남에게 인사를 올렸다.
그저 말없이 고개만 끄덕인 인덕은 돌아선 작은딸과 사위의 뒷
모습이 시야에서 사라질 때까지 자리를 지켰다. 함께 자리를 지
키고 있던 채령이 아버지의 뒤를 따라 집 안으로 들어서려던 때
였다. 무령이 옷자락을 잡아당겼다.

"진명 선비께서 미령 누나가 시집에 가거든 그 즉시 누님더러
선비님 댁 외별당을 찾게 하라 하셨어요. 아마도 기다리고 계실
듯해요."

마치 이때까지 참고 기다려 주었다는 뜻으로 들렸다. 오늘부
터 석쇠를 구하기로 마음먹었던 채령은 막연한 불안함과 거부
감이 들었으나 일단은 외별당으로 걸음했다.

※

중문을 넘어 외별당으로 든 채령 앞에 장길이 머리를 숙였다. 빠른 걸음으로 마당을 지나친 그는 제 주인에게 전언도 없이 큰 방의 문을 열더니 그녀를 들게 했다.

방 안은 그곳을 가득 메운 서장 탓에 종이내와 묵향이 가득했다. 서장에 꽂힌 책들이 정치에 관한 것만은 아니어서 다소 놀랐다. 농업과 상업, 심지어 공업과 의술에 이르기까지 광범위한 서책의 종류에 잠시 시선을 빼앗겼던 채령이 이내 반쯤 열린 장지문 가까이 다가가 서탁 앞에 앉아 자신을 바라보고 있는 진명에게 머리를 숙였다. 서로 간의 말문을 튼 것은 의례적인 인사였다.

"덕분에 무사히 잔치를 치를 수 있었습니다."

"동생은 잘 보냈소?"

반월창으로 스며든 햇살이 은은하고 아늑하였다. 진명은 채령을 안으로 들이고는 서탁 너머에 가까이 앉게 했다. 그러나 채령은 그 거리를 부담스러워하는 듯했다. 일전의 느닷없는 청혼으로 말을 꺼내기도 듣기도 주저하는 그녀는 치마폭으로 눈길을 숙여 시선을 피했다. 살짝 미간을 접은 진명이 그녀의 시선을 들게 할 요량으로 입을 열었다.

"직접 보아 알겠지만 재주를 보이더라도 비룡은 피하는 것이 좋소. 그는 재주를 옳게 대접해 줄 수 있는 자가 아니오. 그래서 말인데 만일 내가 석쇠를 구해준다면……."

냉큼 얼굴을 든 채령이 진명은 반갑고도 야속하였다.

"그대는 내게 무엇을 해줄 수 있겠소?"

짧은 순간, 채령의 머릿속에 수백 가지 생각들이 스쳤다. 형편이야 잘 알 테니 돈을 요구하는 것은 아닐 테고, 가진 능력이라면 야금술뿐이니 비룡 선비처럼 그것을 원하는 것인가, 아니면 또다시 혼인말을 꺼내려는 건가 갖가지 경우를 머리 안에 늘어놓았다.

"다시 묻겠소. 얼마를 줄 수 있겠소?"

가장 먼저 젖혀두었던 경우가 이유인 것에 놀라 순간 채령의 눈이 커졌다. 이내 놀라움을 가라앉힌 채령이 솔직히 말했다.

"큰일을 치른 지 얼마 되지 않아 가진 것이 많지 않사오나 제가 가진 전부를 드리겠사옵니다. 그것으로 부족하다 하시면 벌어서 드리겠사옵니다."

값도 모르면서 섣불리 전부를 주겠다니. 벌어서 갚겠다 섣불리 앞날까지 담보로 내놓다니. 흥정이라고는 할 줄도 모르면서 세상과 싸우겠다니. 언짢아진 진명은 더욱 짓궂어졌다.

"외상보단 맞돈이 좋소."

당황한 채령이 더욱 간절히 청했다.

"힘닿는 대로 구해보겠사옵니다. 원하시는 액수를 말씀해 주소서."

진명이 침묵했다. 애초 영악하지 않은 사람이었기에 쇠메를 들었으리라. 하나 살면서 반상의 구분에 눈을 뜨고 세상사에 유불리를 따지는 나이가 되면 들었던 쇠메를 진즉에 놓았으련만 도리어 세상이 잘못되었다 말하니 한편으로 의뭉스럽기도 하였다. 성질로 보아 누구보다 순응하며 살 것 같은 사람이 세상을 뒤집으려 하고 있다는 부조화에, 살아온 여태 의심하지 않던 것에 의문을 품었다. 남의 수를 헤아려 처세하는 기변에 능한 자를 실력을 가진 질박한 자가 이길 수도 있지 않을까 하는. 술책보다는 정도가 우선시되는 것이 마땅하지 않은가 하는. 그러나 쉽지 않다는 것이 경험으로 체득한 진실이었다.

"백동동곳. 그것이면 되오."

"예?"

"그것을 준다면 석쇠를 빼내주겠소."

새벽이슬에 젖은 머루알처럼 빛을 낸 검은 눈동자가 미동도 없었다. 등골까지 빼먹을 것처럼 을러대던 선비가 고작 동곳 하나만을 바란다니 채령은 어리둥절하였다. 그러나 이렇게 가만히 앉아 있을 때가 아니었다. 선비의 마음이 바뀌기 전에 냉큼 움직여야 했다.

"드릴 것입니다. 지금 바로 드리겠사옵니다."

들어올 때 내딛던 조심스런 걸음이 어느새 달음박질이 되어 마당을 나서고 있었다.

채령이 숨을 헐떡이며 외별당 큰방에 들어설 때 진명은 서탁에 놓인 종이 위에 무언가를 적고 있었다. 채령은 그의 붓놀림이 멈추길 기다리며 숨을 고르다 그가 서탁을 한 곁으로 물리는 모습을 보고 그 앞에 동곳을 싼 무명천을 내놓았다. 혹여 물건이 마음에 들지 않는다 할까 봐 천천히 천을 걷어내는 진명의 손길을 살피는 채령의 표정은 온통 긴장이었다.

　"금동곳이나 옥동곳을 쓰신다 들었사온데 혹여 격에 맞지 않는 물건일까 저어되옵니다."

　물건을 손바닥 위에 올려놓고 다른 손으로 무명천을 걷어내는 그의 손짓은 마치 의식을 치르듯 경건하기까지 했다. 마침내 드러난 깨끗하고 소박한 은회색 광택을 쓰다듬는 손길은 갓난아이를 대하듯 조심스럽고도 신중하였다. 뜻밖에도 이토록 귀하게 다뤄주는 것에 감격한 채령이 다소 상기되어 덧붙였다.

　"구리에 주석을 섞으면 청동이 되고, 아연을 섞으면 황동이 되고, 백철을 섞으면 이 백동이 되는 것입니다. 저는 이 중에서 백동을 만드는 것이 가장 재미있었답니다. 구리 7돈 반에 백철 2돈 반을 섞는 것이 보통이지만, 사실 구리와 백철의 배합을 미세하게 조절하면 은빛이 나는 백동을 얻을 수 있답니다. 석쇠는 저더러 비율을 맞추는 데는 귀신이라 하였지요. 그래서 어려운 합금을 할 때면 석쇠는 제가 올 때까지 기다리곤 하였답니다. 이 동곳, 어찌 보면 정말 은 같기도 하지요? 어느 날 배합을 하던 중 은빛을 얻은 것을 기념하여 공전 대신 그 백동을 얼어 만든 것이 이 동곳이옵니다. 기회가 되면 구리에 금을 섞은 오동도 만들어 보고 싶습니다. 금은 값이 비싼지라 아직 다뤄본 적이 없어……."

정신없이 떠들던 채령이 어느 순간 말을 그쳤다. 시종 재잘거리는 모습을 신기한 듯 뚫어져라 바라보는 진명의 시선에 다소 방정맞은 자신의 모습을 자각한 탓이었다. 현실로 돌아온 채령이 눈치를 살피며 조심스럽게 물었다.

"정말로 이것만으로 석쇠를 구해주실 것입니까?"

"믿어도 좋소."

채령의 낯빛이 급격히 밝아졌다. 언제 어떻게 구해주겠다는 건지 그 얘기까지 마저 듣고 싶었지만 묻자니 귀찮아할 것 같고 묻지 말자니 혹여 일이 제대로 안 되면 어쩌나 걱정되어 방에 남지도 나가지도 못하였다.

좌불안석인 그녀의 갈등이 무엇인지 알지만 진명은 짐짓 모른 척 태연히 백동동곳을 다시 천에 싸서 품에 넣은 후 물렸던 서탁을 끌어당겨 다시 붓을 들곤 아까 쓰던 서찰을 마무리 지었다.

채령은 무심한 그의 태도를 지켜보며 버선발을 떼었다 붙였다 망설이다 결국 조용히 일어서 뒤돌았다. 장지문의 문지방을 지나치려는 찰나였다.

"마르는 동안 읽어보시오."

서찰을 자신에게 내미는 뜻밖의 행동이 의아했을 뿐, 그것을 읽기 전까진 채령에겐 그저 남의 일이었다. 그러나 뒤돌아서 '청혼서'라는 제목과 수신인이 아버지임을 확인한 순간, 눈앞이 까매져 주저앉을 뻔했다.

—다만 탁마에 힘쓰던 조정의 퇴물이었으나 근래 어스레한 저녁 빛에 가슴에 먼지가 일고 창연한 하늘빛에 눈이 시립니다. 은연한 바람을 품에 안고 발치에 어른거리는 그림자를 휘젓다, 못내 견디지 못해 감히 청을 드리옵니다. 단려한 귀댁의 따님 채령 낭자와 종욱지연을 맺기를 청하옵니다. 서로 간 태산양목과 같은 지주가 되어 세상을 살 것이옵니다. 두서를 잃은 느닷없는 청혼이라 마시고 부디 혜량하여 주옵소서.

진명 배상.

앞이 보이지 않는 어둠 속에서 씹어뱉듯 했던 '그대와 혼인할 것이오'란 말은 청혼이라기보다는 위협처럼 들렸었다. 이후, 말을 던져 놓고 이렇다 할 내색이 없어 흐지부지 넘어가는 것인가 보다 여겼었다. 다시금 혼담을 꺼낸 이 순간, 연심이 가득해 보이는 청혼서 또한 채령에겐 숨 막히는 속박으로 느껴졌다. 그가 무슨 생각을 하고 있는 것인지 본심이 의심되었다. 청혼서를 거두려는 그녀보다 진명의 손이 빨랐다. 먹이 마른 서찰을 그는 잽싸게 접어 품에 넣었다.

"오늘 이것을 인덕 어른께 드릴 참이오."

진명의 무거운 음성이 다소 탁하였다.

마치 무릎을 꿇듯 주저앉은 채령의 떨리는 눈망울은 대체 왜 이러시냐는 물음을 담고 있었다. 청혼서가 아버지께 전해진다면 혼례까지는 일사천리였다. 보지 않아도 훤한 일이었다. 그녀는 머리를 조아렸다.

"송구합니다. 같은 입장에 처하고 보니 이해가 됩니다. 마음에 없는 청혼에 당황하셨을 선비님의 입장을 헤아리지 못한 채 금은골에선 그저 모질다 원망 어린 마음뿐이었는데 지금 저도 그런 모진 마음이 울컥 일고 마네요. 제게 질박한 심성을 원한다 하셨던가요? 저 또한 선비님의 진심이 궁금합니다. 그러나 여쭙지 않겠습니다. 한 번씩 주고받았으니 이대로 눙치길 간곡히 청하옵니다."

차디찬 눈서리만큼이나 냉랭한 그의 눈길이 그녀의 허둥거리는 눈망울에 닿았다.

"이대로 눙칠 일이었다면 번거롭게 청혼서를 쓰지는 않았을 것이오."

진명의 표정엔 청혼하는 자에게 기대되는 따사로움이라곤 없었다. 좀 전에 백동동곳만으로 석쇠를 빼내주겠다 약조하였던 그 선비가 맞는가 의심스러웠다.

"미령이 혼사를 올리기 전엔 아버지의 말씀에 따라 여인으로 살고자 하였었으나 지금은 아닙니다. 여인으로 살 수 없는 저를 누군가로 하여금 부인으로 삼게 한다는 것은 그 사내에게도 못할 짓입니다. 그런 못할 짓, 선비님께 시키고 싶지 않습니다."

에두른 완곡한 표현에 그는 눈도 꿈쩍하지 않았다. 청혼서가 아버지께 닿지 않도록 애쓰는 채령의 노력은 점차 간절하고 솔직하게 변해갔다.

"왜 이러십니까? 제게 원하는 것이 무엇입니까? 가진 것이라곤 비루한 야금술뿐이옵니다. 결국 선비님도 비룡 선비처럼 제 재주를 필요로 하시는 것이옵니까? 필요한 곳에 소중히 쓰이고 싶은 제 마음을 아시지 않습니까. 이런 식은 비룡 선비와 다르지 않습니다."

다르지 않다는 말이 부순 자존심. 진명의 입가에 미끈하고 차디찬 웃음이 비꼈다.

"명색이 사람을 다룬다는 예문이오. 석철을 다룰 줄 아는 자가 그대뿐만은 아니란 말이오."

진명에게 금속활자를 만들어준 무수한 사람들, 그들은 별의별 기술로 갖가지 삶을 살고 있었다. 풍운아에게 때를 만들어주는 것이 진명의 몫이었다. 그러나 이번은 달랐다. 그녀에게 아예 때를 없애 두각을 드러내지 못하게 하는 것이 그의 뜻이었다.

"다시는 석쇠를 만나지 마시오."

그 한마디에 채령의 두 눈이 깊이 가라앉아 빛을 잃었다. 돈을 달라는 것도 기술을 달라는 것도 혼인을 하자는 것도 무엇도 아니었다. 결국 청혼서는 그녀가 다시는 쇠메를 들지 못하게 하려는 흰수작이었다. 석쇠를 만난다면 청혼서를 아버지께 드릴 테고 혼인을 하게 되면 지아비의 이름으로 석쇠를 만나지 못하게 할 테니 그와 혼인을 하든 안 하든 어쨌든 석쇠를 만날 수 없게 되었다. 그렇게 그녀의 삶을 송두리째 흔들고 있었다.

"제게 혼인으로 겁박하시는 것은 선비님께 자충수요 무리수가 아닙니까?"

정말로 혼인도 불사하겠다는 의지가 있어야 먹힐 수 있는 수작이었다. 말로만 혼인할 것처럼 떠드는 것은 씨알도 먹히지 않을 일이었다. 채령은 진명에게 왜 마음에도 없는 여인과 혼인까지 하려들며 남의 삶을 가로막으려 드는 것이냐 묻고 있었다.

진명은 쉬 대답을 주지 않았다. 자리에서 일어선 그는 대답 대신 차라리 그녀를 방에 홀로 남겨놓기를 택했다. 엉큼성큼 걸어 나가던 그의 걸음이 장지문을 지나치다 돌연 멈추었다. 고작 청혼서 따위를 두려워하진 않겠다는 듯 빳빳이 세운 그녀의 고개가 마음에 걸렸던 까닭이다.

"얼굴도 모르는 처자를 부인으로 삼는 일이 허다하오. 한데 나는 그대의 얼굴을 아니 손해가 아니오. 가문 간에 이해득실을 따져 정략으로 맺는 혼인이 허다하오. 한데 나는 집안에서조차 피곤한 셈을 하고 싶진 않소. 그대가 셈에 밝지는 않은 듯하니 이 또한 내겐 손해가 아니오. 더불어 공주님을 피할 수 있게 되니 손해가 아니오. 난 그만하면 되오."

그렇게 주인이 먼저 사라진 방 안에 채령이 덩그러니 남겨졌다. 공주를 피한다는 말이 무슨 뜻인지는 알 수 없었으나 그는 정말로 혼인까지 작정하고 있었다.

12

위엄 서린 궁궐의 동쪽, 가장 밝은 그곳은 한갓진 구석에 놓인 달개비조차 마디가 굵었다.

"진명, 자네가 동궁전을 찾은 것이 얼마 만이지?"

새치름한 세자의 눈길은 그냥 묻는 것이 아니라 원망하고 따지는 것이었다.

"송구하옵니다."

"자네가 충선관 직제사로 있던 시절이 종종 그리웠네. 신하이나 벗이었고, 벗이었으나 우러르고 흠모하였네."

세자의 호기로운 웃음에 진명은 정색하며 고개를 저었다.

"어찌 저를 희롱하시어 민망하게 만드시나이까."

곤혹스러워하는 진명의 표정에 상관없이 세자는 서탁에 올려 놓은 팔에 턱까지 괴고 더욱 얼굴을 내밀어 진명을 이리저리 살폈다.

"반드러우나 살갑지 않은 모습, 여전하이. 옥 같은 얼굴로 여인의 마음에 불을 지르고 무뚝뚝한 언사로 생채기를 내던 모습도 여전하겠지? 그 죗값, 죽기 전에 치를 수나 있겠는가?"

세자가 하려는 얘기가 무엇인지 알기에 진명은 침묵했다. 여태 이 얘기를 듣는 것이 거북하여 궁궐에 발길을 들이지 않은 것인데, 세자는 보자마자 그 얘기부터 화제로 꺼냈다. 무엇이든 대처함에 망설임이 없던 진명이 유일하게 꽁무니를 빼며 피하는 것이 있었으니 바로 공주였다. 세자는 그것을 약점 삼아 또는 재미 삼아 진명에게 휘두르곤 하였다.

"자네가 격문으로 민란을 진압한 뒤 느닷없이 관직을 버리고 예문당에 숨어 지내는 이유를 내가 모를 것 같은가? 내 누이가 시집가기를 기다려 궁궐에 들어올 참이었지?"

듣는 사람 입장을 생각해 빈말이라도 천부당만부당이라 하면 좋으련만 진명은 여전히 대답이 없었다. 진명과 공주의 성정이 조화롭지 않음을 아니 이해는 되면서도 오라비로서 자못 서운하여 세자는 탓하는 투로 말하였다.

"둘만 있는 자리이니 하는 소리네만, 그냥 눈 딱 감고 데리고 살아주면 안 되겠나? 전하께서도 내 딸 데려가라 한마디만 하시면 될 것을 번거로이 경합까지 벌이시면서 머뭇거리시는 것을 보며 마음에 부담이 일지도 않던가? 경합에 나가지 않겠다는 자네 때문에 요즘 애꿎은 예문수장만 전하의 닦달에 곤란한 지경이지 않는가."

한 번은 부아를 이기지 못한 왕께서 진명이 계속해서 공주를 받아들이지 않겠다 하면 아예 평생 귀양살이를 시켜 몽달귀신을 만들겠다며 역정을 내시는데 그를 수습하느라 애를 먹었더랬다.

"전하께서 자네를 사위로 삼고자 함은 공주가 아닌 나를 위한 일임을 알지 않는가."

왕의 뜻은 진명을 온전히 왕권 아래 두어 장차 세자의 사람으로 쓰게 하려는 것이었다. 이처럼 세자가 체면마저 내려놓았건만 자신은 이미 왕의 사람이라 말하는 진명은 차라리 귀양살이를 택할 듯 뻣뻣하였다.

"자네도 벌써 스물일곱인데 영영 혼자 살 것도 아닐 테고 따로 정인이 있는 것도 아닐 테니……."

세자가 돌연 말을 멈춘 건 여태 눈을 내리고 있던 진명이 고개를 든 까닭이었다.

"송구하오나 저는 이미 마음에 둔 여인이 있사옵니다."

미처 예상하지 못한 대답이었다. 그의 입을 통해 듣는 여인이란 말조차 낯설었다. 본래 허튼소리를 하는 사람이 아니기에 자

리를 면하고자 싱거운 농 말라 탓하지도 못하였다. 고요하나 굳
센 진명의 눈빛에 세자는 속으로 이 혼사는 끝났구나 하였다.
신하와 벗을 넘어 친족처럼 지내길 기대했던지라 자못 허탈하
고 민망하여 웃음만 나왔다.

"이쯤 되면 잔소리는 접고 물어야겠지? 그래, 나를 찾은 연유
가 무언가?"

매무새를 고쳐 앉은 진명이 입을 열었다.

"석철광을 열어주십시오."

"천자국의 횡포를 피해 숨겨둔 석철기술을 이제는 보이라?"

"예."

자애롭던 세자의 표정이 돌연 눈썹을 기울이며 의문과 걱정
을 드러냈다. 청보국은 해마다 천자국에 조공을 바치느라 허리
가 휘었다. 애를 먹이는 공물 중 하나가 철이었는데 만일 석철
제련술이 있음이 알려진다면 요구하는 양이 더욱 늘어날까 걱
정하여 진명을 통해 얻은 기술을 여태 숨기고만 있었다.

"어째서인가? 어째서 이제는 드러내라 하는가?"

"작년부터 천자국에선 철광석 대신 가공된 생철을 요구하고
있사옵니다."

"그러니 더욱 숨겨야 하는 것이 아닌가. 제련술이 있음을 알
면 생철의 요구량이 늘어날 것이 아닌가 이 말이네."

"제련술이 부족함을 알면서도, 사철광을 통해 얻을 수 있는

생철의 양이 제한적임을 알면서도, 무조건 생철을 달라 생떼를 쓰는 천자국의 본심이 무엇이겠습니까."

누이를 가지고 진명을 놀리던 좀 전과는 세자의 태도가 사뭇 달랐다. 경청하며 엄중한 얼굴로 대답을 기다리는 세자에게 진명이 답했다.

"주지 않으면 직접 와서 가져가겠단 뜻입니다. 즉, 기술부족을 이유로 채굴권을 빼앗으려는 수작인 것입니다. 기술을 내보이든 보이지 않든 천자국은 해마다 조공을 늘릴 것입니다. 청보국이 감당하지 못할 때까지."

이미 올해의 조공을 마친 터라 좀 더 추이를 지켜보려 했으나 진명은 조금 이르게 의견을 내놓았다. 조정이 석철기술을 가졌음을 안다면 비룡에겐 석쇠도 또 다른 석철기술자도 필요 없게 될 것이었다. 이제는 석철기술이 아닌 채굴권을 얻는 것이 시급할 테니. 석쇠는 그대로 버릴 테고 채령을 찾으려 들지도 않을 것이었다.

진명을 보내기에 앞서 세자는 의문점 하나를 짚었다. 세자보다는 왕에게 이르는 것이 훗날 예문이 채굴권을 얻는 데 유리할 터였다.

"한데 이 같은 뜻을 전하가 아닌 내게 이르는 까닭이 무언가?"

"석철의 채굴이 예문으로부터 비롯되었음을 다른 이들이 모르게 하기 위함입니다."

세자의 눈이 놀람으로 커졌다. 애써 얻은 기술을 남에게 주겠다는 진명을 도통 이해할 수가 없었다.

"예문은 채굴권을 포기하겠단 건가?"

"예."

진명은 석철기술을 가진 자가 애초 예문에 있었다는 사실이 밖으로 알려져 상관없는 채령이 의심받고 함께 들추어지는 것이 싫었다. 앞으로 석철채굴권을 두고 엉큼한 비룡과 성마른 중방의 대립이 예상되는 바, 그 틈에 채령을 두고 싶지 않았다.

언제 또 올 것이냐는 세자의 하문에 진명은 그저 부르시면 찾아뵙겠다 답하였다. 궁을 벗어나 다음에는 사냥이나 하자는 청에 진명이 고개를 숙였다. 끝으로 공주는 보지 않고 갈 것이냐 농을 던졌는데 진명은 농을 농으로 받아들이지 않고 충분히 뜻을 전해 드린 것으로 안다 답하였다. 함께 동궁을 나서 마당에 발을 딛는 순간이었다.

"저하, 저하, 오라버니 저하!"

애교 가득한 목소리에 진명이 흠칫하며 걸음을 멈추었다. 누구보다 놀란 얼굴을 하고 있는 사람은 이제 막 내전에서 동궁으로 헐레벌떡 들어서던 공주였다.

"진…… 명? 진짜 진명?"

다급히 오라비를 부르던 공주는 이제 오라비는 안중에도 없었다. 차분히 머리를 숙이는 진명의 얼굴이 굳는 것도 그녀의 눈엔 보이지 않았다. 원삼의 둥근 자락을 훑던 그녀의 손가락이 옷고름을 감더니 진명에게 다가섰다.

"나 보러 온 거, 맞지? 내 인내심을 시험하려고 떠났다가 진명이 먼저 지친 거지?"

"공주님의 수복강녕을 바라옵니다."

공주가 무슨 말을 하든 진명의 대답은 언제나 수복강녕뿐이었다. 진심이었다. 진명에게 공주는 종사의 안위를 위해 신하로서 보살필 왕족, 그 이상도 이하도 아니었다. 정중한 인사를 끝으로 무심히 곁을 지나치는 그가 섭섭해 공주는 투정을 내놓았다.

"수복강녕 말고 다른 말 좀 해주면 안 돼? 불로장생을 넘어 이젠 불사의 경지라고!"

아예 뒤를 쫓으려는 그녀를 가로막은 것은 세자의 손길이었다. 공주의 소매를 붙든 세자가 부드러운 표정으로 물었다.

"오라비 보러 온 거 아니었어?"

아쉬운 눈길로 진명의 뒤를 쫓던 공주는 마지못해 세자를 따라 전각으로 발길을 돌렸다. 짧은 만남이 서운하였다. 다음에는 아예 직접 예문당을 찾을 생각이었다.

✱

점심을 조금 일찍 차려놓고 집을 나서는 채령을 부른 인덕이 어딜 가느냐 물었다. 심심하여 삯바느질거리라도 찾아 자수공방에 가보려 한다 대답을 드리곤 집을 나선 그녀의 발길은 공방도 저자도 그대로 지나치고 있었다.

'석쇠를 만나지 말라고만 하였으니.'

걸핏하면 눈앞에 내밀 듯한 차용증 같은 청혼서가 다소 마음에 걸리긴 했다. 약속을 어기고 죄를 짓는 듯한 마음이 일긴 했으나 그것이 그녀의 발길을 늦추진 못했다. 한참을 걷고 뛰었다. 북적거리는 곳을 벗어나 눈에 익은 한적한 마을이 보이자 가슴이 뛰었다. 도성에 들어올 때 육두가 일러준 단천골이었다. 마을길마저 벗어나 좁고 구불구불한 산길로 접어들었다. 더욱 가파른 곳을 찾아 산을 오르는 그녀의 걸음은 날다람쥐처럼 잽싸고 가벼웠다. 발을 딛는 바위마다 기름을 바른 듯 광택이 흐르니 이곳은 바로 납광이었다.

부역을 나온 농민들의 모습이 곳곳에 보였다. 채령은 갱도에서 나온 채굴된 납괴가 운반되는 길을 따랐다. 납괴는 예상대로 대장장이들이 모인 대장간으로 향했다. 반가의 복색을 한 그녀를 흘깃대는 다소 경계하는 시선들 속에서도 채령은 줄곧 이곳저곳의 대장간을 기웃거렸다. 그러다 제법 큰 용광로를 가진 어느 대장간에서였다.

"여기선 석탄은 안 쓰는가?"

그녀의 물음에 화덕에 목탄을 밀어 넣던 수염이 덥수룩한 사내종 하나가 시큰둥한 눈길로 옆을 돌아보더니 복색을 보곤 냉큼 일어서긴 했으나 가당찮단 표정이었다.

"물러나십시오. 다치십니다."

말로는 위험하단 핑계로 등을 졌지만 속으론 별일을 다보겠다며 혀를 찼으리라. 처음엔 석쇠도 그랬었다. 일을 가르쳐 달라 했더니 대꾸도 하지 않았더랬다.

"네 일을 방해하지 않고 구경만 할 것이다."

채령은 근처에 있던 잘게 부서진 납광석 위에 쪼그리고 앉아 턱을 괴었다.

＊

저물던 해가 자취를 감춘 지 이미 오래였다. 석반을 물리면 사랑채와 외별당에 으레 오룡차가 들여지곤 하였다. 하루의 고단함을 물리치고 서책을 보는 머리를 맑게 하기 위함이었다. 사랑채에 이어 외별당을 찾은 숙모가 오룡차를 들이려는데 밖으로 나온 진명은 당분간 마시지 않겠다며 찻상을 그대로 물렸다. 이유를 묻자 요즘 차를 마시면 잠이 오지 않는다는 것이었다. 그 말을 들은 숙모는 찻상은 문 앞에 둔 채로 방 안에 들어가 진명과 마주 앉고는 대뜸 물었다.

"큰조카, 정말로 나를 생각해서 무령 도령에게 따로 살림을 살라 한 것이 맞는가?"

무얼 여쭙는 것이냔 물음이 담긴 눈빛에 숙모는 말을 고쳤다.

"채령 낭자를 앞집에 두려고 나를 판 것이 아니냔 말일세."

"조카의 진심을 그리 말씀하시면 서운합니다."

안색 하나 바뀌지 않고 서슴없이 거짓말을 할 수 있는 예문의 사람들에게 단련된 숙모는 피식 콧방귀를 뀌었다.

"난 말일세. 공주님과 채령 낭자 중에 질부감을 고르라면 채령 낭자야. 형님이 살아계셨다면 내 아들을 어디다 붙이려드느냐고 목을 조르려 할지 모르지만 내 눈엔 그래. 한 지붕 아래 정을 나누고 사는데 필요한 것은 위세도 명망도 아닌 깊고 따뜻한 눈빛이거든. 난 따뜻하고도 강단 있는 채령 낭자의 눈빛이 마음에 들어."

또한 낭자를 바라보는 조카의 눈빛도 예사롭지 않더란 말까지 하려다 그만두었다. 큰조카를 믿었다. 그의 신중함엔 이유가 있을 터. 숙모는 일어나 찻상을 도로 들고 나가다 다만 한마디만을 덧붙였다.

"지금 인덕 나리와 무령 도령을 모셔다 저녁이라도 대접할까 하는데……."

이 늦은 밤 무슨 소리냐는 뜻으로 진명이 눈썹을 들어 올리자 숙모는 툇마루에 앉아 비단신을 신으며 새치름히 답했다.

"오늘 저녁 앞집 굴뚝에 연기가 없더라고."

책장을 넘기던 진명의 손짓이 얼어붙듯 멈추었다. 밥하는 여인이라곤 채령 밖에 없는 집 굴뚝에 아직까지 연기가 나지 않았다면 이 시간까지 채령이 집에 없단 얘기였다.

앞집에 사람을 보낸 숙모는 한 상을 더 차리는 것이 습관이되어 이미 마련된 석반이니 드셨더라도 건너오셔서 좀 더 드시라 청해 인덕과 무령을 외별당으로 불렀다. 시비들의 밥시중을 거들던 숙모가 채령 낭자는 왜 함께 오지 않았느냐 떠본 물음에 곁에 있던 진명의 눈길에 긴장의 기색이 돌았다.

"점심에 자수공방에 간다고 하였는데……."

끝맺음이 흐릿한 인덕의 말을 무령이 거들었다.

"삯바느질거리를 얻겠다 하고 나갔다 들었습니다. 일이 많아서 늦나 보다 여기곤 있사온데……."

걱정 가득한 무령의 말을 또다시 인덕이 받았다.

"여인들의 입심이 본래 그렇잖습니까. 삼삼오오 모이면 수다로 밤을 지새울 만큼."

인덕의 억지웃음이 어설펐다. 그렇지 않아도 걱정이 되어 대문 밖을 내다보길 수십 번을 하던 중에 건너오시라는 얘기를 듣고 이처럼 외별당에 앉아 수저를 뜨고 있으나 음식을 목으로 넘기는 것이 힘겨웠다.

갑자기 바람이 일도록 도포자락을 펄럭이며 자리를 박차고 일어선 사람은 진명이었다. 어딜 가냐는 물음을 받을 겨를도 없이 외별당을 나선 그는 눈에 보이는 대로 사람을 모으고는 동서남북으로 흩어져 채령을 찾게 하였다. 자신 또한 대문 밖으로 나가 손수 마구간에서 말을 꺼내어 안장을 얹었다.

말 위에 올라 집을 나서려던 찰나였다. 하인들이 밝힌 불에 저만치서 뛰어오는 여인의 인영이 비쳤다. 마침 그곳으로 향하던 노복 하나가 채령을 발견하곤 함께 뛰어오고 있었다. 지친 숨소리가 들릴 만큼 가까워진 때에 집으로 들어가려는 채령을 돌려세운 건 말에서 내린 진명이었다.

"인사를 드릴 곳은 그곳이 아닌 외별당이오."

분기 가득한 음성에 채령이 흠칫 놀라 뒤돌았다. 평소와 다르게 집 앞엔 횃불이 걸려 있었다. 그 불그림자만큼이나 이글거리는 선비의 눈빛에 석쇠를 만나고 온 것도 아니건만 만난 것인 양 공연히 죄책감이 들고 움츠러들었다.

"밤이 늦었습니다."

꾸벅 머리를 숙이고 집으로 들어가려는 채령을 진명은 아예 손을 뻗어 또다시 돌려세웠다.

"늦은 것은 아오?"

"다음에 다시 뵙겠습니다. 아버지께서 무척 시장해하실 테니……."

"외별당에 계시다 하지 않았소!"

자수공방이 아닌 흙밭을 구르다 온 것 같은 몰골을 해선 손을 뿌리치려는 채령을 진명은 더욱 옥쥔 채 자신의 집으로 이끌었다.

인덕과 무령이 앉았던 밥상 위에 급한 대로 밥과 국만 새로 얹어 채령 앞에 내민 숙모가 날선 분위기를 재우고자 시종 입을 다물지 않았다.

"저녁 때문에 헐레벌떡 뛰어오셨구먼? 늦게까지 일하고 와서 고단할 텐데 오늘은 예서 있는 밥으로 때워. 한 끼 이렇게 넘기는 게 얼마나 수월한 일인데."

"송구합니다. 이러지 않으셔도……."

밥상을 물릴 듯 사양하던 채령은 말과는 달리 수저를 들자마자 걸신들린 듯하였다. 장아찌 한 조각도 남기지 않고 보시기를 모두 비우고 숭늉대접마저 내려놓기까지 그다지 오래 걸리지 않았다. 수저를 내려놓은 채령이 그제야 주위를 둘러보았다. 비록 눈빛의 온도는 다르지만 한데 모아진 시선들이 무엇을 묻는지 그녀는 잘 알았다.

"도성 구경을 하였습니다."

그 순간 터져 나온 안도의 숨소리와 허탈한 웃음, 그리고 어이없다는 식의 조소. 그 가운데 채령이 가장 신경 쓰이는 것은 진명의 조소였다. 그저 어쩌다 하루 늦은 것뿐인데, 그로 인해 아버지와 동생의 석반이 늦어졌기로서니 남의 집안일일진대, 내 집도 아닌 옆집에 와서 문초를 받는 것이 심정적으로 다소 억울했으나 그녀는 이미 변명을 늘어놓고 있었다.

"낮길과 밤길이 다르더이다."

그 말에 숙모가 큰 웃음을 터뜨렸고 무령도 쿡쿡 새는 웃음을 참고 있었다.

"너 때문에 이 댁에서 하인들을 풀고 말까지 내는 수선이 있었다. 다시는 이 같은 걱정을 끼쳐선 안 될 것이다."

"예, 아버지."

한껏 걱정이 누그러진 인덕이 그제야 자리에서 일어섰다. 숙모에게 인사를 하고는 채령과 무령에게 일어서라 하는데,

"낭자에게 이를 말이 있습니다. 잠시면 됩니다."

인덕에게 허락을 얻은 진명이 따라오라는 눈빛을 채령에게 보냈다.

떠밀리듯 마지못해 뒤를 따른 채령은 진명을 따라 연못가에서 걸음을 멈추었다. 몸을 틀어 밤공기에 탁한 숨을 쏟아낸 진명이 싱겁게 물었다.

"그래, 구경은 재미있었소?"

"예."

곁눈으로 채령을 보던 진명이 늘어진 소매 안에서 서찰을 꺼냈다. 그것을 지켜보던 채령은 순간 숨을 멈추고 얼어붙었다. 청혼서란 제목만 봐도 소스라치는 그녀의 모습에 진명은 입술을 깨물었다. 문득 낮에 세자께서 이르신 것이 떠올랐다. 그간 여인들을 홀대한 죗값을 어찌 치를 것이냐던 물음이.

"이제부터요."

뜻을 몰라 종잡지 못하는 그녀의 시선을 힘차게 붙든 진명이 재차 다짐을 받았다.

"이후로 석쇠를 만난다면 난 곧바로 이것을 어르신께 드릴 것이오."

청혼서에 흠칫하던 채령이 점차 상황을 깨닫곤 눈을 빛냈다.

"석쇠가 풀려났군요! 선비님께서 석쇠를 빼내셨군요!"

"그리고 오늘처럼 기별도 없이 늦는 일도 없었으면 좋겠소."

"아! 고맙습니다! 이 은혜, 잊지 않겠습니다!"

물음엔 대답 않고 제 기분에 취한 그녀가 못마땅했지만 나풋나풋 이는 웃음소리에 더는 다그치지 못했다. 그녀의 웃음소리를 듣는 것은 힘겨운 일이었다. 싸늘하게 표정을 거둔 진명은 떠밀 듯 인사를 던졌다.

"늦었으니 그만 건너가오."

진명의 냉기에 그제야 채령은 웃음을 그쳤다. 기쁨에 겨워 호

들갑을 떤 것이 민망해 서둘러 인사를 마치고 그곳을 **빠져나갔**
다.

벗어나는 뒷모습을 끝까지 지켜보던 진명이 아쉬운 듯 발길
을 돌리려는 찰나였다. 때마침 그곳을 지나치던 숙모가 혀를 찼
다.

"질기게 좇으면서도 모질어."

"무슨……?"

"눈빛 말이야. 큰조카, 이유가 뭔가? 왜 솔직하지 않느냐 말
이야."

진명이 시선만 피할 뿐 대답을 않자 숙모는 더 다그칠 생각은
없었다. 다만 걱정스러워 몇 마디 덧붙였다.

"남편이며 조카며 예문의 사내들과 한솥밥을 먹은 지가 수십
년일세. 사람을 다루는 자들 곁에서 귀동냥으로 배운 것이 제법
돼. 다른 건 몰라도 조카 기분 읽는 데는 날 따라올 자가 없을
거야. 남의 속도 꿰뚫는 사람들이 자신의 속을 모른다 하진 않
겠지. 알면서도 달리 행동하는 데는 그만한 이유가 있을 테지
만, 나야 조카가 상할까 봐……."

"주무십시오."

숙모의 어깨에 두 손을 얹은 진명이 애써 웃음을 지어 그녀를
달래 보냈다.

홀로 남은 진명은 못 주위를 서성거리며 좀체 침소로 들지 못

했다. 오룡차를 마시지도 않았건만 오늘 밤도 잠들기가 쉽지 않을 듯했다. 귓가에 여전한 그녀의 웃음소리 때문이었다. 잇따라 뱉어내는 한숨이 아무런 도움이 되지 않았다.

그녀에게 모질지 않으면 안 되었다. 청혼서가 진심임을 알게 되면, 한자락 웃음에도 이처럼 맥없이 무너지는 것을 알게 되면, 그녀가 원하는 대로 해줄 수밖에 없는 사람임을 알게 되면, 그녀는 나 따위에게 구애받지 않고 멋대로 원하는 삶을 살려들 것이기 때문이었다.

　　이른 아침 조반을 물리면 즉시 예문당으로 나서던 무령이 오늘은 유난히 미적거렸다. 한편 그 모습을 채령이 상을 치우는 척 찬간을 오가면서 살피고 있었다. 사랑채며 마당이며 순간마다 마주치는 눈빛을 서로가 피하면서도 어느새 뒤를 좇고 있었다. 무령이 좀처럼 집을 나설 기미가 없자 집 안을 빙빙 돌던 채령이 우뚝 멈춰 곁에서 서성거리는 그를 불렀다.

　　"오늘은 예문당에 안 가?"

　　"누님은 자수공방에 안 가세요?"

　　뜨끔해진 채령이 대답은 않고 말을 돌렸다.

　　"진명 선비님께서 기다리실 텐데 어서 가야지."

"오늘은 좀 늦겠다 말씀드렸어요."

빤히 내려다보는 무령의 얼굴을 채령이 성급히 피했다.

"그래, 그럼. 볼일 보고 가."

돌아서는 채령의 옷자락을 무령이 붙들었다.

"누님께서 일하시는 공방을 한번 보고 싶어서요."

누나의 경직된 몸에서 긴장이 느껴졌다. 한 달 전 밤늦게 집에 왔던 이후로 누나가 조금 달라졌다. 그때처럼 늦게 귀가하는 일은 없었지만 그 대신 자수공방에 가는 시간이 빨라졌다. 아버지 말씀에, 자신이 진명 선비와 함께 예문당으로 출타하면 미리 차려놓은 아버지의 밥상에 상보를 덮어놓곤 부리나케 공방에 간다는 것이었다. 눕기만 하면 곯아떨어지도록 녹초가 된 모습이면서도 표정은 활기가 넘쳤다. 누나의 눈빛에 이는 생기, 일찍이 보아왔기에 무령은 그것이 무엇인지 잘 알았다. 알면서도 모른 체하려 했건만 그것을 들춘 건 예상 밖에도 진명 선비였다. 어제 저녁 함께 예문당을 나오면서 선비께서 이른 것은 누나가 일하는 자수공방이 어떤 곳인지 따라가든 뒤를 밟든 한번 가보라는 것이었다. 더불어 벌이가 있긴 한 거냐 물으시기에 솜씨가 그만저만해 그저 시원찮다 답해 드렸다.

아무런 응답이 없는 채령에게 무령이 나긋이 말했다.

"물론 흔치 않은 일이지만, 부끄러운 일은 아니라고 생각해요, 전."

채령이 조심스레 고개를 들어 뒤를 보았다. 그녀의 눈망울을 흔드는 건 이미 눈치채고 있었다는 사실이 아닌, 아버지와 생각이 다르다는 말이었다. 열망할수록 더욱 깊숙한 곳으로 숨어들어야 하는 고통 속에서 이 순간 무령의 말이 크나큰 용기와 위로가 되었다.

"어떻게…… 알았어?"

동생의 짐작을 순순히 인정하는 채령의 물음에 무령의 입가에 웃음이 번졌다.

"누님의 바느질솜씨, 제가 잘 알잖아요. 바늘을 만드신다면 믿어도 돈을 받고 바느질을 하신다는 얘기를 어찌 믿겠습니까?"

채령의 작은 주먹이 무령의 가슴팍을 매섭게 쳤다. 연이어 등짝마저 내준 무령이 물었다.

"매일 어디에 가시는지 제게만 알려주세요."

채령은 고개를 흔들었다. 그곳은 그녀에게 남겨진 최후의 보루였다. 그곳을 잃으면 그녀가 선택한 삶은 정말로 끝이었다.

"아무한테도 얘기하지 않을게요. 아버지는 물론, 진명 선비께도 비밀로 할게요. 가족 중 한 명은 알고 있어야 하지 않겠어요?"

무령은 정말로 누구에게도 얘기하지 않을 생각이었다. 누나의 뒤를 밟아보라 했던 진명 선비에게조차도. 저자의 작은 자수 공방에서 침선을 배우더라 거짓으로 둘러댈 참이었다. 누나의 뜻을 돕지는 못할 망정 훼방을 놓을 생각은 없었다. 여태 누나가 쥔 쇠메 덕으로 먹고 살았으면서 그 일을 부정하고 욕보이는 것은 양심에 있을 수 없는 일이었다. 무령은 다만 속으로 마음을 다잡았다. 학문에 정진하여 훗날 험히 살았던 누나의 삶을 반드시 갚아드리리란 결심을.

무령의 재촉에 주위를 살펴 다른 사람이 없음을 확인한 채령이 조용히 입을 열었다.

"단천골."

단천골 대장간의 노비 만득은 채령만 나타나면 학을 떼었다. 호기심에 며칠 두리번거리다 말겠지 여겼건만 한 달이 지난 요즘엔 아예 새참으로 주먹밥까지 싸가지고 다녔다. 대체 여긴 왜 오시는 거냐 여쭈면 대답을 늘 같았다. 그저 구경하러 오는 것이란다. 말로는 구경만 하는 것이라지만 종 입장에서야 어디 그런가. 여기저기 두리번거리고 파고드는 눈길에 질리고 거북하여 입맛도 잃은 지 오래였고, 하도 골치를 썩었더니 요새는 머리카락뿐 아니라 수염마저 빠져 턱밑이 엉성했다. 오늘은 평소 같으면 나타났을 시간이 지났음에도 보이지 않기에 이제 안 오시는 모양이라고 앓던 이가 빠진 듯 가슴이 후련하였었는데 용광로에 납괴를 넣으려 할 때였다. 갑자기 튀어 들어온 치맛자락에 만득은 귀신을 본 듯 놀라 뒤로 나자빠졌다.

"누가 보면 반가워 놀라는 줄 알겠다."

다시는 오지 않을 줄 알았던 채령 아씨가 전에 없던 생글대는 얼굴로 나타나 농담까지 건네자 만득의 얼굴이 하얗게 질렸다. 다가선 채령이 물었다.

"네 주인이 누구냐."

"그건 왜 물으시옵니까?"

흠칫 뒤로 물러나는 경계의 몸짓에 개의치 않고 채령이 답하니,

"오늘부터 예서 일을 하고 공전을 받으려 한다."

채령이 말을 마침과 동시에 만득은 넘기던 침을 제대로 삼키지 못해 이번엔 앞으로 고부라져 숨을 헐떡였다. 구경만 하겠다던 아씨가 오늘은 무슨 변덕인지 상기된 얼굴로 아예 일을 하겠다고 나서니 기함할 노릇이었다. 가까스로 충격을 추스른 만득이 울며 웃는 얼굴로 고개를 저었다.

"주인은 계시나 이곳엔 오시지 않습니다요. 전 그저 웃전의 명대로 이곳을 관리하여 납의 할당량을 채워 보내 드릴 뿐이옵니다."

"그럼 너한테서 공전을 받으면 되겠구나."

사정없이 밀어붙이는 채령에 만득이 자칫 발목을 잡힐까 펄

쩍 뛰었다.

"말도 안 되는 말씀 마십시오. 노비가 양반을 쓴다는 얘기는 들어본 적 없습니다요."

"양반의 위세로 너를 대하지 않을 것이니 그 얘기는 접거라. 어찌하면 나를 쓰겠느냐?"

"소인은 듣지 않은 것으로 하겠습니다요."

아예 몸을 틀고 납괴가 있는 곳으로 수레를 나르는 만득을 채령이 가로막았다.

"그럼 내 재주를 보여주면 되겠느냐?"

눈도 마주치지 않은 만득은 채령을 그대로 지나치며 콧방귀로 대답을 대신했다. 납괴더미 위에 주저앉아 퉁명스런 얼굴로 묵묵히 무거운 납괴를 선별해 수레에 담는데, 채령이 그가 내던져 버리는 가벼운 납괴들을 가리켰다.

"내가 저것들로 너보다 많은 납을 얻는다면 나를 쓸 것이냐? 너는 지금 네가 고르는 납괴를 쓰거라. 나는 버려진 것들을 쓸 터이니."

무거운 납괴를 고르던 만득이 눈살을 찌푸렸다. 그 무슨 말도 안 되는 소리냐는 뜻이었다. 본디 납은 비중이 크기 때문에 같은 부피에 무거운 광석일수록 납 함유량이 높은 질 좋은 납광석이었다. 납이 함유되어 있더라도 가벼운 납광석은 불순물이 많아 제련이 어렵고 따라서 회수율이 적어 가치가 없으므로 버려지게 되었다. 한데 가벼운 납광석으로 무거운 납광석보다 더 많은 납을 회수하겠다니. 허리를 펴고 벙글거리는 만득은 기꺼이 아씨가 청한 대결을 수락할 생각이었다. 아씨를 떼어낼 수 있는 절호의 기회이기 때문이었다. 다시는 대장간에 발을 들이지 못하게 할 것이었다.

"아씨의 뜻대로 하겠습니다요."

다소 늦게 예문당에 들어선 무령은 진명의 명대로 들어오는 즉시 그를 찾았다. 그의 걸음은 하인들의 살림 공간인 내행랑으로 향했다. 예문당에서 진명은 특별한 일이 없으면 보통 내행랑에 머무는 경우가 많았다. 그곳에 위치한 인쇄실에서 전국 각지에서 데려온 야금술사에게 활자주조를 지시하고 지켜보는 경우가 많기 때문이었다. 품질 낮은 납괴 등을 비롯한 쓸모없는 광석을 던져 주곤 무작정 활자를 찍어내라는 통에 대장장이들이 시도조차 않고 발길을 돌리는 경우도 많았고, 시도한다 한들 마음에 드는 결과가 도출되는 경우는 드물었다. 어쨌든 진명은 주조과정에 있어 실패한 과정은 물론 활자를 만들고 남은 부산물까지 꼼꼼히 기록하고 남겨두게 하였다. 무령이 예문에 들어오게 된 후로 기록하는 일은 줄곧 그의 몫이 되었다. 무령이 인쇄실 안으로 들어섰을 때, 진명은 여느 때처럼 대장장이들을 상대하고 있었다.

주형틀을 만드는 것을 지켜보던 진명이 무령이 들어서는 기척에 고개를 들었다. 재빨리 다가와 곁에 선 무령은 진명이 든 붓을 받아 들고 일을 대신하였다. 탁상 앞에 앉아 활자주조과정을 기록하는 무령을 지켜보던 진명이 붓끝이 들려지는 순간 나직이 물었다.

"자수공방에 따라가 보았는가?"

"예."

"그래, 어떻던가. 작업환경은 어떻고 어울리는 사람들은 어떻던가."

"모두 그럭저럭 괜찮았습니다."

"돈에 연연할 건 없고 일에 재미만 붙이면 되네. 재미있어 하던가?"

"예."

진명의 눈길이 다소 가늘어졌다. 무령의 대답은 공손하였으나 시선은 온통 주조되는 활자에 있었다. 아니, 그런 척을 했다. 무령의 공허한 시선은 갈피를 잡지 못하고 있었다. 진명이 마지막으로 덧붙여 물었다.

"채령 낭자도 수를 놓던가?"

"예."

"알겠네."

진명은 알았다. 무령이 거짓으로 답하고 있음을. 채령 낭자가 바느질은 몰라도 수를 놓을 리는 없었다. 비단옷을 입는 사람이라곤 곽양뿐인 금은골에서 여태 나고 자라온 사람이 돈을 받고 수를 놓을 만한 실력을 갖췄을 리 없었다. 무명옷에 수를 놓는 일은 극히 드물기 때문이다. 공방에 다닌 지 한 달여밖에 되지 않았으니 그사이 돈을 받고 수를 놓을 만큼 실력이 늘었을 리가 없었다. 거짓말에 서툰 자가 쓸데없는 거짓말을 할 필요는 없다. 분명 무언가 숨길 것이 있기에 제 누이를 감싸고자 거짓말을 했을 터였다. 진명은 더는 무령을 추궁하지 않고 일단 그 정도로 덮어두었다.

쇳물이 식고 거푸집에서 활자를 떼어낼 때였다. 하인들의 부산스런 걸음으로 돌연 내행랑이 소란했다. 그러거나 말거나 진명은 활자를 만들고 남은 부산물을 헤집기에 여념 없는데 갑자기 인쇄실의 문이 벌컥 열렸다. 문을 걷어차고 나타난 사람은 예문수장이었다.

"지금 활자를 만들 때가 아니다!"

수장은 쪼그리고 있던 진명에게 달려와선 무작정 옷자락을 잡아끌었다.

"공주님께서 오셨다! 지금 이곳으로 오고 계시다!"

"수장님 선에서 맞으시면 되잖습니까."

번거롭다는 듯 잔뜩 얼굴을 찌푸린 진명이 자리를 피하려들자 수장은 아예 팔을 벌려 문 앞을 가로막았다.

"보나마나 널 만나러 오셨을 텐데 내 선에 해결이 되냐!"

진명이 나가는 것을 막으려는 수장은 아예 발길질까지 해댔다.

"예문수장, 왜 우리 진명을 괴롭혀?"

새된 목소리에 문 앞에 있던 진명이 움찔 뒷걸음을 쳤다. 물러난 이상으로 그 곁에 바짝 다가선 공주의 앙칼진 시선이 예문수장을 쏘아보고 있었다. 냉큼 진명의 뒤로 숨은 수장이 오해시라며 머리와 두 손을 마구 내저었다. 일손을 멈춘 대장장이들 틈에 섞여 있던 무령은 쩔쩔매는 수장의 모습에 새침한 그녀가 말로만 듣던 공주임을 알았다.

"진명은 왜 이런 곳에 있어? 수장님이 진명한테 이런 일도 시켜?"

"아, 아뇨. 그, 그럴 리가 있습니까? 저가 좋아 하는 일이지요."

억지로 공주의 비위를 맞추는 수장의 눈에도 진명과 공주는 적절한 조합이 아니었다. 응석받이 공주가 철이 드는 것도, 태생적으로 까다로운 진명이 너그러워지는 것도, 모두가 불가능했다. 다시 태어나면 모를까 죽어라 노력해도 되지 않는 일이었다. 공연히 그 사이에 낀 자신만 난처하기 이를 데 없어 어찌되

었든 잘난 네 탓이니 사태를 수습하라 진명의 등허리만 찔러댈 뿐이었다. 진명이 마지못해 나서니,

"이곳은 공주님께서 계실 만한 곳이 못되오니 다른 곳으로 뫼시겠사옵니다. 제가 지금은 이곳을 비울 형편이 되지 못해, 송구하오나 저자가 공주님을 뫼실 것이옵니다."

진명이 가리킨 사람은 무령이었다. 갑작스럽게 지목된 무령이 놀라 당황하였다. 한편 공주는 자신이 이곳에 온 이유를 알면서도 엉뚱한 자에게 떠맡기는 것이 괘씸하여 진명이 아니면 싫다 생떼를 부리려는데, 진명이 그 입조차 막았다. 공주가 명을 내리려는 찰나, 진명이 곁에 있던 무령의 어깨에 손을 얹으며 말했다.

"이름은 무령이라 하옵니다. 전 요즘 이자와 뜻이 맞아 자주 어울립니다. 제 마음과 다름없이 공주님을 뫼실 것이옵니다."

갑작스레 소개된 무령이 당황하여 수차례 머리를 숙이며 공주에게 예를 갖췄다.

조금 토라져 있던 공주의 낯색이 부쩍 밝아졌다. 마음이 같을 만큼 통하고 자주 어울리는 자라 하였다. 공주의 눈에 무령은 인내 끝에 찾아온 기회로 보였다. 친한 벗에게서 느끼는 배신은 더욱 클 것이었다. 앙큼한 표정을 짓고 있는 공주의 머릿속에는 투기심에 일그러진 진명의 얼굴마저 어른거리고 있었다. 무령

에게 공주는 따라오라는 뜻으로 손가락을 가볍게 내젓고는 밖으로 나갔다.

어쩔 줄을 몰라 하며 어찌해야 하냐고 묻는 무령에게 진명은 따라가라는 뜻으로 턱을 까닥였다. 경험에 따르면, 사내의 투기심을 유발하는 것을 좋아하는 여인들이 간혹 있곤 했다. 공주가 그러했다. 지금, 고약하지만 그런 공주를 이용한 셈이다. 투기심 유발을 좋아하는 여인을 멀리하는 방법은 투기심 유발을 유발하게 하는 것이다. 예상대로 공주는 자신의 눈앞에서 보란 듯이 무령을 택했고, 덕분에 진명은 번거로운 상황으로부터 벗어날 수 있었다. 다만 주뼛주뼛 따라나서는 무령의 뒷모습이 다소 측은하게 느껴졌다. 그러나 말릴 생각은 없었다. 채령에 대해 자신에게 거짓말을 한 대가였다.

단천골에 진동하던 숯내가 사라진 지 오래였다. 하늘 복판에 떠 있던 해도 이미 고개를 기울였다. 납은 다른 금속에 비해 쉽게 녹기 때문에 제련이 비교적 간단했다. 같은 방법으로 추출된 납의 양은 당연히 만득의 것이 많았다. 따라서 패배를 인정하고 돌아설 줄 알았건만 아씨는 부산물을 또다시 용광로에 넣는 것이 아닌가. 만득은 더 할 일이 없기에 그저 아씨가 무엇을 하는가 지켜볼 뿐이었다. 처음엔 배딱하게 몸을 기울여 팔짱을 끼고 있던 만득의 태도가 시간이 지나면서 점차 휘둥그레진 표정으로 바뀌었다. 석탄이나 목탄으로는 미처 건드릴 수 없는 경지까지 광석을 다루고 있었다. 용광로를 식히고 데우기를 수차례 반복하였다. 만득은 이제 아씨가 무엇을 하는가 보다는 대체 어디서 무엇을 하던 사람인가가 더 궁금해졌다. 그의 얼굴에서 조롱기나 장난기가 완전히 사라진 건 아씨의 경이로운 재주 때문만은 아니었다. 재주를 구사하는 아씨의 모습은 정성 그 자체였다. 권문세가나 부유한 상인들이 천한 것으로 기술을 대하는 태도가 아니었다. 추어올리는 소리로 거저 부려먹거나 모진 매질로 재주를 쥐어짜내는 그들과는 확연히 달랐다. 미간을 접고 불순물을 하나하나 제거해 가는 얼굴은 누구보다 진지하였고 턱 끝에서 목으로 넘어가는 땀방울조차 아슬아슬하게 느껴질 만큼 손길이 섬세하였다. 결국 몇 차례에 걸쳐 용광로를 바꿔가며 제련된 납의 양은 아씨의 것이 더 많았다.

그제야 허리를 펴고 목덜미의 땀을 훔쳐 낸 채령이 참았던 큰 숨을 뱉어내곤 다짐을 받았다.

"내가 이긴 것에 이의가 없을 것이다. 내일부터 네 일을 도와 공전을 받을 것이다. 그리고 청이 한 가지 더 있는데……."

"무엇입니까?"

채령을 대하는 만득의 태도는 아침과는 달리 사뭇 유순하였다. 무령으로부터 힘을 얻어 오늘의 용기를 낸 채령은 나름 보람된 기분에 젖었다.

"버려지는 저 품위 납괴와 부산물들을 내가 쓰고 싶구나. 처음부터 저것들이 아까웠다. 백성들이 애써 캐낸 것을 도로 땅에 버리는 것이 안타깝지 않느냐. 버리지 않고 쓴다면 그들의 부역을 줄일 수도 있을 것이다."

고개를 끄덕이는 만득의 표정은 뜻대로 하시라 말하고 있었다.

어서 출발해야 채령은 해가 지기 전에 집에 도착할 수 있었다. 구경만 하던 단천골이 내일의 일터가 된 것이 자못 뿌듯해 돌아가는 발길이 가벼울 듯했다.

바쁜 걸음으로 집에 도착한 채령이 살며시 대문을 두들겼다. 문을 열어준 사람은 아버지가 아닌 뜻밖에도 육두였다.

"아씨, 오랜만……."

넙죽 인사를 올린 육두가 눈을 들다 말고 말끝을 흐렸다. 채령의 모습을 위부터 아래까지 훑고는 예전만 못한 구저분한 모습에 혀를 찼다.

"선비님을 가까이하는 여인들은 보통 얼굴에 복사꽃이 피고 점차 차림이 세련되어지던데 아씨는 어째서 그 반대이십니까? 도성의 공기가 금은골보다 못하여 그런 것입니까?"

온종일 불가마 곁에 있었으니 초췌해지는 것이야 당연한 것이었다. 노엽게 들을 것도 없고 이러쿵저러쿵 답해줄 물음이 아니었기에 채령은 그저 멋쩍게 웃어줄 뿐이었다.

"네가 여긴 웬일……."

이냐 물으려던 때였다. 마당 안의 날선 호령이 섬뜩하였다.

"쓸데없는 소리 그만두고 길을 열어드리거라."

육두의 거구가 사라지면서 보인 것은 대청 위의 아버지와 기단 위에 고상한 풍채로 서 있는 진명 선비였다. 집 안에 들어선 채령은 평온한 얼굴로 웃으며 반겨주는 아버지에게 먼저 인사를 올리고는 살짝 방향을 옮겨 진명 선비를 마주하였다. 고개를 숙이는데 배딱해진 그의 시선이 얼굴에 닿는 것이 느껴졌다. 언제나 자신을 대하던 마뜩잖아 하는 시선에 채령의 언행 또한 돌처럼 굳어 뻣뻣하였다.

"여긴 어쩐 일이십니까?"

채령의 건조한 물음에 진명의 표정은 더욱 날카로워졌다.

"내가 내 집에 와 있는 것이 이상하오?"

맞는 말이었다. 이곳 또한 그의 집이었다. 채령은 답변이 군색하여 다만 어둔하게 한 번 더 머리를 숙이곤 안채로 향하고자 몸을 틀었다. 뒤돌아 떼려는 걸음을 그가 재차 붙들었다.

"바느질을 온몸으로 하는가 보오."

속뜻이 있는 듯한 말에 채령이 흠칫하여 멈춰 섰다. 그의 깊

숙한 눈길이 자신의 손에 닿아 있음을 알고는 채령은 추저분한
두 손을 슬며시 등 뒤에 감추었다. 연이어 뒷걸음으로 물러났
다. 진명이 기단에서 내려와 다가오고 있기 때문이었다.

"내일부터 육두가 이곳에 머물며 그대를 도울 것이오."

내일부터 야금을 할 수 있게 되어 들떠 있던 채령에겐 청천벽
력과도 같은 얘기였다. 불더미에 찬물을 끼얹어 재만 남은 양
허탈하였다. 채령은 동요하기보다는 애써 침착히 진명을 대하
였다.

"예문의 사람을 제가 어찌 사사로이 부리겠사옵니까. 선비님
을 보아서도 무령을 보아서도 있을 수 없는 일이옵니다. 말씀
거두어주옵소서."

"육두는 이 집과 마찬가지로 민란을 수습한 공으로 얻었기에
예문이 아닌 내게 배속된 자요."

돌연 채령의 눈구석에 그늘이 졌다. 조금이라도 헤적거릴라
치면 이내 다가와 옥죄는 선비의 종주먹이 마치 자신의 숨통을
조르는 양 답답하기만 하였다. 자신의 일을 인정해 줄 만한 푼
푼한 사내가 아님은 익히 알았지만 남의 삶조차 가로막으려 드
는 것이 어이없고 억울하게만 느껴졌다. 무령을 거두어주고 석
쇠를 구해준 것이 한없이 고마워 그를 다시 보아야겠다 마음먹
었다가도 유독 자신에게만 이토록 매정한 것이 야속하여 때때
로 결심이 무너지곤 하였다. 뭐 그리 내세울 구석이 있는 건 아

니지만, 남들이 천하다고 손가락질하는 일을 하고 싶어하는 숙맥이지만, 그래도 원하는 삶을 누구보다 잘 아니 최소한 모르는 척은 해줄 수 있지 않은가. 그를 올려다본 그녀의 시선에는 원망만 한가득이었다.

14

매지구름에 가려진 해는 온종일 제 모습을 드러내지 못했다. 한바탕 비를 쏟아내고 비로소 하늘이 가벼워졌다 여겼건만 빛을 잃은 차디찬 으스름달이 그 자리를 대신하고 있었다. 혼혼함이라곤 찾아볼 수 없는 희미한 빛살 속에 채령은 넋을 놓고 띠살문을 바라보고 있었다. 촘촘한 문살을 훑던 엄부렁한 눈길이 비로소 제자리를 찾은 건, 이대로 물러설 수 없단 생각 때문이었다. 구석에 쪼그리고 있던 채령은 벌떡 일어서 방문을 열었다. 마당에서 서성거리던 육두가 반갑다는 표정으로 먼저 알은체를 하였다.

"사흘 밤낮 닫혀 있던 문이 이제야 열렸구면요."

"네 주인께선 댁에 계시느냐."

육두는 재바르게 등롱에 불을 붙이며 답했다.

"그렇지 않아도 방문이 스스로 열리거든 아씨를 외별당으로 뫼시라 하였습죠."

흘러내린 머리숱을 추스르고 옷고름의 매듭을 고쳐 매어 간단히 차림을 마친 채령은 장옷을 걸치고 육두를 앞세워 건넛집으로 향했다.

외별당의 고즈넉하고 호젓한 분위기가 다소 부담이 되었다. 평온하기 그지없는 곳에 투쟁심이 가득한 발을 들이는 것이 철없는 짓으로 느껴진 까닭이었다. 그러나 채령은 발길을 되돌리진 않았다. 분명 진명 선비의 처사는 부당하였다. 그것을 알려줄 필요가 있었다. 이대로 쇳물일을 그만둘 수는 없었다. 마당에서 자신의 방문을 아뢰려는 육두를 제치고 올라가 문지방을 건너자마자 선비의 인영만 확인하곤 눈도 마주치지 않은 채로 채령이 먼저 말문을 열었다.

"이리 불쑥 찾아든 것이 결례인 줄은 아오나 선비님께서도 저를 찾으셨다 하니 인사는 접겠습니다."

여태 하던 대로 서탁 위의 책을 보는 진명 선비는 자신과는 달리 무척 평온한 모습이었다. 아픔과 절망에 허우적거리는 자신과 대비되는 모습이었다. 그러나 주저하지 않았다. 그에게 좋은 사람으로 남기엔 이미 틀렸다는 것이 용기를 내는데 한몫을 하였다.

"허심탄회하게 말씀드립지요."

부당함을 깨우치고 설득하고자 그를 찾았으나 어째 모양새는 조르는 것 같았다. 이것이 모두 그가 가진 청혼서 때문이었다. 앉으라는 말도 없는 남의 방에 채령은 절퍼덕 주저앉았다. 그리고는 말 그대로 허심탄회하게 한마디를 내놓으니,

"춘래불사춘春來不似春이라 하였습니다."

여태 시선도 주지 않던 그가 그 한마디에 움직였다. 아니 멈추었다. 비로소 고개를 들어 눈을 마주한 그는 책장을 넘기던 손을 그대로 내려놓았다. 나풋나풋 흔들리는 등잔불을 따라 그의 얼굴에 어른거리는 그림자가 때때로 모양을 바꾸었다.

춘래불사춘. 오랑캐와 마지못해 혼인하고는 무엇을 해도 즐겁지 않았던 한 여인의 마음을 봄이 와도 봄인 줄 모르겠다고 빗대어 표현한 시구. 야금을 하지 못하는 삶은 즐겁지 않다고도 해석되었고, 선비와의 혼인이 싫다고도 해석되었다. 채령은 무엇으로 해석되든 상관없었다. 뭐가 되었든 혼인으로 남의 삶을 가로막지 말라는 뜻이 되기 때문이었다. 비로소 그가 입을 열었다.

"세상은 그대가 원하는 대로 살도록 내버려 두지 않을 것이오. 때늦은 후회로 그대가 고통받길 바라지 않소. 또한 그대가 원하는 삶이 무엇이든, 부덕을 갖춘 정숙한 여인의 이름값에 미

치지 못할 것이오. 그러니 경거망동 마시라 이르고자 그대를 부른 것이오."

또다시 눈길을 거둔 그는 서탁에 팔꿈치를 걸치고 더는 할 말이 없으니 자신의 방에서 나가달란 듯 배딱하게 돌아앉았다. 이에 채령은 자신은 아직 할 말이 남아 있단 뜻으로 좀 더 가까이 다가가 그와의 거리를 좁혔다.

"이 같은 입씨름을 아버지와 하고 있는 것이라면 납득이 됩니다. 한데 선비님께선 무슨 자격으로 제 삶을 쥐고 흔드십니까? 고통받길 바라지 않으신다고요? 억하심정으로 고통받고 있는 제가 안 보이십니까?"

억하심정이란 말에 그가 눈길을 치올렸다. 단지 그뿐, 더는 대꾸가 없자 채령은 아예 서탁 모서리를 돌아 그의 곁에 바짝 붙어 따지는 대신 이제는 애걸복걸하였다.

"헌헌장부이신 선비님께서 사람을 무작스레 대하는 분이 아님을 잘 압니다. 제 가족과 석쇠에게 베푸신 은혜로 알고도 남음이 있사옵니다. 선비님께 제가 미만함을 아오나 다른 이에게 베푸신 그 같은 아량으로 저를 너그러이 보아주옵소서. 다시는 청혼서로 저를 위협하지 않겠다 다짐해 주옵소서. 갖고 계신 청혼서를 제게 주옵소서."

"으르나 어르나 결국은 그대의 인생에서 손 떼란 얘기로군."

더는 못 들어주겠다는 듯 진명은 다소 거칠게 책을 덮었다.

그리고는 냉랭한 조소를 뱉어냈다.

"상당히 간단하고 쉬운 방법이 있소. 정 억울하고 못 견디겠 거든 나를 연모하려 노력해 보는 것은 어떻소? 연심이 억하심정 을 흔적 없이 밀어낼 것이오."

그의 무참한 조롱에 채령은 입술을 깨물었다. 결국 누차 들었 던 여인으로 살란 말이었다. 무관심과 조롱으로 대꾸하며 좀처 럼 뜻을 굽히지 않는 그를 채령은 오로지 정성과 진심으로만 상 대하였다.

"천하다고는 하나 필요 없다 말하지는 못할 것입니다. 누군가 는 해야 할 일인 것입니다. 그 누군가가 저인 것이 어찌 문제란 말입니까?"

진정이 담긴 담백한 물음에 진명은 틀었던 허리를 바로 고쳤 다. 서탁에 바짝 붙어 자신의 표정에 온 신경을 기울이고 있는 채령을 지긋이 바라보며 그가 간결하게 답했다.

"기술을 가진다는 것은, 부려진다는 것이오."

그는 가진 기술이 좋을수록 더욱 많이 부려질 뿐이라 하였다. 험히 부려진다는 말은 있어도 곱게 부려진다는 말은 없단 얘기 도 덧붙였다. 말이 다르고 식이 다를 뿐, 결국에 부린다는 것은 예문도, 북만도, 중천도, 남백도, 나아가 주상전하도 마찬가지 라 하였다.

"그렇게 기술로 먹고 사는 일을 천박한 짓으로 만든다면 어느 누가 기술을 가지려 하겠습니까? 필요하다며 손을 뻗으면서 입으로는 인정할 수 없다하니 설 곳이 어디이겠습니까? 선비님의 말씀대로라면 종국엔 부리는 자의 손해가 될 것입니다. 모두가 숨기고 버린 탓에 필요한 기술을 얻지 못할 테니 말입니다. 아버지는 재물에 집착하는 것은 상스럽고 비천한 짓이라 하셨습니다. 석쇠는 아들만은 대장장이로 만들지 않겠다며 대장간 근처에 얼씬도 못하게 하였고 제가 가진 기술도 그저 감추라고만 하였습니다. 하지만 전 아버지, 석쇠와는 생각이 다릅니다. 천한 것으로 치부되는 기술들이 실은 어렵사리 세상에 나온 것들이란 말입니다. 비녀에도 동곳에도 땀이 배어 있고 삶이 깃들어 있습니다. 따라서 신분의 고하가 있다지만 필요로 하는 기술이라면 응당 상응한 대가와 대우가 있어야 할 것입니다. 기술을 가진 것을 자랑스러운 일로 만들 것입니다. 제 기술만큼은 자랑스럽게 펼쳐 보이고 반드시 지킬 것입니다."

즐거움을 넘어 사명으로 굳어져 있었다. 기술은 천한 것이 아니다 부르짖고 있었다. 말씨는 온화하나 뜻이 야무졌다. 풋풋하나 맹랑하였고 가상하나 어처구니없었다. 진명은 치마폭 안에 감춰진 부르쥔 주먹부터 완고하나 되바라지진 않은 음전한 눈길까지 그녀를 샅샅이 보았다.

"왕을 비롯한 위정자가 기술의 중요성을 인식하지 못하고 있는 것이 아니오. 물론 앞선 기술을 원하고 바라오. 하지만 사조思潮를 흩트리는 것을 경계하는 것이오. 그것이 세상이오. 제련과 대장일을 주관하는 관청 '장야관'을 공조에서 분리해 따로 두고 관장에게 무려 정4품의 품계를 내린 것은 중요성을 인식한 데 따른 위정자의 최소한의 양보였소. 한데 지금 장야관의 모양이 어떻소? 야금술에 문외한인 문사가 관장을 꿰차고 앉아 채굴권을 내주고 세금을 거둬들이는 일만 하고 있으니 호조나 다름없는 관청으로 전락한 지 이미 오래요. 그것이 세상인 것이오. 잘못을 바로잡기는커녕 이참에 아예 장야관을 공조가 아닌 호조에 두자는 의견까지 있소. 채굴을 기술이 아닌 소득원으로만 여긴 까닭이오. 지금 조정에서 적극적으로 나서 발굴하는 기술은 활자기술뿐이오. 문사들이 이론을 갖추는데 책만큼은 반드시 필요한 것이기에 그렇소. 따라서 지금 가장 발달된 야금술을 가진 곳은 활자를 만드는 관청인 '주자관'이오. 그것이 세상이오. 백성들은 정작 마을의 광산을 감추려고만 하오. 자신들에게 소득은커녕 오히려 부역과 세금이 될 것이 뻔하기에 그리하는 것이오. 그것이 세상이오. 기술을 가진 장인들이 권력에 농락당하다 결국 쓸모가 없어지면 갖가지 명목으로 목숨을 잃는 경우가 허다하오. 그것이 세상이오. 그것이 세상의 인식이오. 세상의 인식을 바꾸겠다는 그대의 당돌한 꿈은 결국 그대에게 고통만을 남길 것이오."

자못 위협적인 언사에도 채령은 눈도 꿈쩍하지 않았다. 영역을 뒤섞는 일은 역모라는 아버지의 말씀과 크게 다르지 않기 때문이었다.

"고통을 받는다 해도 그건 제 몫입니다."

번번이 선을 긋는 그녀의 언행에 진명 또한 뜻을 분명히 드러냈다.

"그대의 몫으로 놔두지 않을 것이오!"

채령이 할 말을 잃은 건, 집어삼킬 듯한 맹렬한 기세 때문도 숨통을 조이듯 잦추르는 어투 때문도 아니었다. 어물다 탓하는 말은 모질었지만 눈빛은 세찬 비를 대신 막아주는 도롱이처럼 자신을 보듬고 있었다. 느닷없이 대화의 갈피를 잃어 채령은 마땅한 응대를 못하고 어물거리는데 진명은 연이어 몰아붙였다.

"잘못되었다 부르짖는 것만으로 격식은 깨지지 않소. 파격을 원한다면 그것을 상대할 또 다른 파격이 있어야 할 것이오. 그것이 없다면 그대의 바람은 공염불에 지나지 않소."

그 말을 끝으로 진명은 더 할 말이 없다는 듯 덮어두었던 책을 펼치곤 시선을 거두었다.

채령은 마땅한 대답이 없음에도 자리를 뜨지 못했다. 파격을 상대할 파격이 있느냐는 물음 때문이었다. 물음을 던진 그는 어쩌면 답을 알고 있을지도 모른다는 생각이 들었다. 적어도 그 대답에 대해 이미 많은 고민을 한 듯했다. 채령은 서탁 다리에 무릎을 붙일 만큼 가까이 다가가 다소 상기된 표정으로 나직이 물었다.

"파격을 상대할 파격이 무엇인지 아십니까?"

숨결도 느껴질 만큼 가까운 거리에서 내밀히 속삭이는 그녀의 음성에 진명은 하마터면 그것이 무어다 입을 열 뻔하였다. 파격에 이르기도 전에 그녀가 먼저 다칠 수도 있음을 재차 머릿속에서 되짚곤 짐짓 화가 난 듯 가장하여 주먹으로 서탁을 거칠게 내려쳤다.

"그런 게 있을 리 있겠소! 답을 생각하라는 것이 아니라, 불가능하니 꿈도 꾸지 마시라 말하고 있는 거요! 다시 말하지만, 파격을 상대할 파격은 곧 불가능이오."

불가능이란 단어는 더 이상의 말을 무색하게 하였다. 무안해진 채령은 다급히 일어섰다. 선비를 설득하지 못한 것도 쇳물일을 되찾지 못한 것도 모두 아쉬움을 남겼으나 지금은 물러날 수밖에 없었다. 다시 찾아뵙겠단 말을 남기고 허무하게 돌아섰다.

✳

군력론을 앞세우는 중천학파. '나라와 백성의 안위를 보장하는 군력이 곧 국력이다' 라는 논리가 핵심이었다. 중천학파의 본거지, 중천당. 궁궐과 함께 도성 복판을 차지하고 있으니 중천당이 있는 곳은 말 그대로 중천中天이었다. 한데 오래된 평화로 인해 중천당엔 칼보다는 붓을 든 후학이 많아졌고 그러한 대표적인 젊은 문사가 중방이었다.

석철사업권을 두고 요사이 북만당과 중천당이 첨예하게 대립각을 세우고 있었다. 이를 해결하기 위해 비룡이 몸소 중천당을 찾았다. 사뿐한 걸음으로 대문을 넘으려다 문득 걸음을 멈춘 건 머리 위로 느껴지는 묵중한 존재감 때문이었다. 뒤로 물러나 유난히 높은 대문을 올려다보는데 거칠게 휘고 굽은 도랑주에 떠받쳐진 문루 위에 자신을 벼르는 눈길이 있었으니 중천당의 왕성한 혈기, 중방이었다. 역발산기개세力拔山氣蓋世를 지녔다 일컬어지는 그답게 우람하고 사내다웠다. 비룡은 애써 경쟁의식을 감추고 머리를 숙여 정중한 인사를 문루 위로 올려 보냈다.

소맷돌을 짚고 돌층계를 밟아 문루에 올라선 비룡을 맞는 중방의 얼굴에 가식이란 없었다. 대접할 술상을 이곳 문루에 마련하면 된다 하인들에게 이르니 이는 곧 대문보다 안으로 들일 필요는 없는 손님이란 뜻이었다. 비룡이 문루에 앉기 무섭게 중방은 미간이 보이지 않을 정도의 짙은 눈썹을 한곳에 모으며 곧장 본론으로 돌진했다.

"이는 거래도 장사도 아닌 당위요. 그것을 알기에 예문도 남백도 이처럼 조용한 것이 아니겠소? 탄탄한 국방을 위해 석철사업권은 응당 중천당이 가져야 할 것이오."

우직한 중방의 말투는 타협의 여지는 없다 말하고 있었다. 이에 비룡은 노여워 않고 여전히 얼굴에 웃음을 띠며 느물거렸다.

"철이 무기를 만드는 데만 쓰이는 것은 아니지 않습니까? 더구나 저희 북만은 오랜 사철사업으로 인해 철을 다루는 방법을 아주 잘 알고 있지요. 그것을 나누고 싶단 뜻입니다. 곧이곧대로 힘으로 해결하기보다는 협상의 묘미를 살리는 것이 중천당에도 도움이 될 것입니다."

살살 간질이듯 군력론의 한계를 꼬집는 비룡의 비틀린 말에 중방의 눈엔 핏줄이 꼿꼿이 섰다. 그는 대답 대신 하인들이 내려놓은 술상에서 술병을 치우고 비룡의 잔에 넘치도록 냉수를 쏟아부었다. 그리고 그 앞으로 내밀었다.

"마시고 속 차리시오."

비룡의 빈정거림에 대한 답으로, 간사한 술수에 놀아나지 않겠다는 뜻이었다. 중방의 도발에 비룡이 살짝 입꼬리를 비틀었다.

"소문대로 성질 한번 급하십니다. 그런 성질로 사업권을 얻을 수나 있겠습니까?"

주먹을 쥐어 불뚝성을 애써 누른 중방은 떨리는 입술로 분노를 내뱉었다.

"지금까지는 온전히 일에 쏟아 부었으나 앞으로는 그러지 못할 듯하오. 공주가 있으니 말이오."

"공주를 얻는 것이 과연 뜻대로 될까요?"

보다 많은 광맥을 차지하려는 그들의 공방은 시간이 흐를수록 날이 서고 노골적으로 변해갔다.

합의가 점점 멀어지고 있는 와중에 중천당의 하인 하나가 불쑥 문루 위로 올라와 중방에게 소식을 전했다. 전해들은 바, 단천골에서 납을 제련하는 머슴 만득이 요사이 일을 게을리해 납의 할당량을 채우지 못하고 있기에 그자를 이곳까지 끌고 왔다 하였다. 성마른 중방은 지금 즉시 매질로 다스려 왜 할당량을 채우지 못했는지 혹여 뒤로 빼돌린 납이 있는지 확실히 알아보라 지시하였다.

"자초지종을 들어보지도 않고 매부터 드는 것이오? 단천골의 납괴 채굴량 자체가 줄어든 것일 수도 있지 않소?"

비룡이 불쑥 끼어든 것은 부러 하인들 앞에 상전의 옹졸함을 들춰 중방을 난처하게 만들려는 지금까지 했던 입씨름의 연속일 뿐이었다. 이에 중방은 마지못해 만득이란 자를 문루로 데려오라 명했다.

얼마 후, 손발이 묶인 만득이 온몸에 잔뜩 피멍이 든 모습으로 중방 앞에 무릎을 꿇었다. 중방의 우렁찬 음성이 문루 전체를 울렸다.

"네 대답에 한 치의 거짓도 있어선 안 될 것이다!"

"소인은 여태 거짓을 말한 적이 없사옵니다!"

만득은 울먹이며 머리를 조아렸다. 이 일로 웃전에 불려가 여러 날 고초를 겪으면서 수도 없이 같은 말을 되풀이하였다. 그러나 끝까지 들어주는 이도 믿어주는 이도 하나 없었다. 눈앞에 버젓한 위세 좋은 두 선비가 마지막 기회임을 본능적으로 알았다. 만득은 조금도 숨김없이 있는 그대로 절절히 고하였다.

"나리, 소인이 납을 빼돌린 것이 아니옵고 귀신에 홀려 귀신의 흉내를 내다 보니 그리된 것이옵니다. 소인에게 있었던 일을 빠짐없이 말씀드리겠사옵니다. 남루한 무명차림이나 양반의 복색이 분명한 반가의 아씨께서 근 한 달간 줄곧 제게 따라붙기에 처음엔 멀리하려고만 하였사옵니다. 한데 어느 날 버려지는 저질의 납괴로 저보다 더 많은 납을 만들어낼 수 있다 하시기에 속는 셈치고 해보시라 하였더니 정말로 고품위의 납괴보다 더 많은 납을 뽑아내시더란 말입니다. 재주가 하도 신묘하여 그곳 대장간에서 일하시고 싶단 청을 받아들였습죠. 한데 약조한 다음날부터 아씨께서 일절 모습을 보이질 않았습니다요. 그곳에 오시지 말라 말릴 때는 하루가 머다 하고 찾으시더니 앞으로 오시라 하였더니 발길을 뚝 끊으시지 뭡니까? 그 후로 수일 동안 곰곰이 고민을 하다 신묘한 재주는 사람의 것이 아니다 결론을 내렸습죠. 소인이 귀신에 홀려 귀신의 재주를 본 것이다 말입니다. 혹여 그 재주를 익힐 수 있을까 하여 그날 보았던 것을 따라해 보려 했으나 소인은 귀신의 재주를 본뜰 수는 없었습니다. 그리하여 저질의 납괴를 다룬 며칠간 납 생산량이 적어 할당량을 채우지 못한 것입죠. 여기까지가 가감 없는 전부입니다요!"

말을 마친 만득이 목을 늘리고 애절한 눈으로 제 상전을 올려다보는데 중방의 처분은 변함이 없었다.

"저자를 끌고 가 매우 쳐라!"

또다시 입에서 귀신 소리가 나오거든 죽여도 좋다며 불뚝성을 내는데 생각에 잠겨 있던 비룡이 느닷없이 자리를 박차고 일어서 끌려가는 만득을 불러 세웠다. 번번이 자신의 명을 가로막는 비룡에 대한 불쾌감으로 중방은 얼굴을 잔뜩 찌푸렸다. 만득을 끌고 가던 하인들이 누구의 명을 따라야 할지 몰라 주춤거리는 때, 비룡이 불쑥 물었다.

"그 낭자의 이름을 아느냐?"

만득은 어둠 속에서 마주한 서광을 대하듯 거세게 머리를 끄덕였다. 지금껏 자신의 얘기를 들어준 사람들 가운데 가장 성의 있는 질문이었다.

만득이 답을 하려는 찰나, 질문을 한 비룡의 입이 먼저 떨어졌다.

"혹 채령이라 하더냐?"

만득의 눈이 커졌다.

"그것을 어찌 아십니까?"

휘둥그레진 만득을 보던 중방의 시선이 다급히 비룡을 좇았다. 재주를 가진 자는 귀신이 아닌 정말로 살아 있는 사람이란 얘기였다. 그것도 양반댁 규수라는. 묘한 상황을 읽는 마주한 둘의 눈이 동시에 빛났다. 비룡이 가만히 읊조리니,

"그 낭자는 지금 진명의 손에 있습니다."

좀처럼 타협이 없을 것 같던 그들의 동맹, 즉 합종合從이었다.

도성의 남쪽, 속세를 피해 대숲 속에 한갓지게 자리한 남백당은 옛 성현의 명분론을 토대로 남백이 주장한 위분론位分論을 내세워 학류를 이루고 있었다. 사람마다 처한 위치에서 본분과 책임에 충실함으로써 세상엔 욕심이 사라지고 덕이 충만하게 된다는 이론이었다. 이로써 위분론은 찬란한 문화를 꽃피우고 고귀한 정신적 가치를 남기는데 지대한 공헌을 해왔다. 하나 때로는 신분의 고착화처럼 경직된 양상을 띠기도 하였는데 위분론을 경직된 태도로 받드는 대표적인 후학은 남훈이었다. 그는 위치와 본분을 곧 신분과 직업으로 여겨 귀천을 나누고 주종의 질서를 사회에 제공하는 것을 사명으로 여기고 있었다.

북만의 실리론과 중천의 군력론을 평소 경박하기 이를 데 없다며 폄하해 왔던 남백당의 남훈으로선 한꺼번에 자신을 찾은 비룡과 중방이 썩 달갑지는 않았다. 누대에 앉아 그들을 마주한 남훈은 고고하게 턱을 들고 있었다. 그의 고답적 자세에 즉각 반응을 보인 사람은 역시나 성마른 중방이었다.

"부마를 대할 때도 그리할지 두고 보겠소!"

남훈은 크게 동요하지 않고 그저 한심하다는 듯 혀만 찰 뿐이었다.

"중방께서 부마의 본분이 되신다면 부마가 되겠지요."

격이 되지 않는다는 비웃음처럼 들렸다. 이에 더욱 화가 난 중방이 또다시 불퉁거리려는 것을 비룡이 넓적다리를 꼬집어 말렸다. 탈을 쓰듯 상대에 따라 쉽게 얼굴을 바꾸는 비룡이었다. 남훈을 대하는 그의 자태는 중방을 대할 때와는 달리 제법 고상한 기품을 갖춘 양 행세하였다.

"남훈. 본분을 따져야 할 사람은 따로 있습니다. 그 일로 저와 중방이 이곳을 찾은 것입니다. 이 일의 심각성을 누구보다 잘 알고 제대로 해결할 수 있는 분은 역시 남훈 선비뿐이라 여겨 이리 걸음을 한 것입니다."

남훈은 의문의 표시로 살짝 눈썹만 들었다. 비룡은 그 정도의 관심이면 충분하다 여겼다.

"양반이 쇳물 만지는 일을 하는 것에 대해 어찌 생각하십니까?"

"절대 있을 수 없는 일이오!"

나긋하고 새침하던 남훈의 표정이 감사납게 변했다. 양반이 품팔이를 한다는 것은 본분을 망각한 행위라며 격노하였다. 비룡은 연이어 들쑤셨다.

"더구나 그가 양가의 규수라면요."

"가정으로도 있을 수 없는 일이오!"

양반의 본분에 부녀자의 본분까지 잃었으니 사람으로 살길 포기한 것이라 봐야 한다며 남훈은 어기찼다. 비룡은 대숲을 가르는 살바람에 회심을 감추며 남은 말마저 주저 없이 던졌다.

"가정이 아닌 현실입니다. 진명이 사람을 쓰다 쓰다 이젠 쇳물일에 반가의 규수까지 쓴다 합디다."

"뭐요!"

남훈은 아예 자리를 박차고 일어섰다. 당장에 예문당을 찾을 기세였다. 다른 학파의 사람들 중 그나마 진명이 가장 나은 자라 여겨왔건만 이제 보니 더한 자였다며 주먹을 쥐었다. 성난 걸음으로 누대를 내려서는 남훈의 뒷모습을 보면서 비룡과 중방이 미소 띤 얼굴을 마주했다. 남훈의 칼을 빌려 진명에게서 채령을 떼어내면 자신들은 그저 낭자를 주워 담기만 하면 되었다. 북만, 중천, 남백. 북중남이 손을 잡았으니 합종의 마무리였다.

다만 비룡의 웃음 끝이 흐린 것은 채령 낭자를 손에 쥘 기회가 두 번이나 있었음에도 모두 놓치고 이처럼 번거롭게 합종책을 행하는 것이 애석한 까닭이었다. 낭자가 스스로 혼인을 청해 왔던 때, 석쇠를 구하러 북만당에 왔던 때, 그저 모두가 아쉽기만 하였다.

예문당에 전해진 서찰 한 통. 예문수장은 그것을 진명에게 은밀하게 건넸다.

"남백이 네게 전하라 하는데?"

영문을 몰라 그저 시큰둥하게 서찰을 받아든 진명은 내용을 읽어 내려가면서 점차 표정이 어두워지더니 급기야 낯빛을 잃었다.

미중유요, 전대미문의 일을 전해 듣고는 혼절할 지경이란 말로 서문을 연 서찰은 남백의 선비, 남훈의 것이었다. 내용인즉, '쇳물일을 하는 반가의 규수가 그대에게 있음을 안다. 재주 있는 자를 중용하는 예문의 입장을 탓하려는 생각은 없다. 그러나 인사人事가 지나쳐 귀천을 구분하지 않는다면 그냥 보아 넘길 수 없도다. 이는 낭자 하나로 끝날 일이 아니다. 양반의 본분이 훼손될 수도 있음이다. 하니 지금이라도 채령 낭자를 내놓으라. 그리한다면 예문의 잘못을 들추진 않으리라'. 대략 이런 것이었다.

"채령 낭자라면 얼마 전 혼사 때 보았던 무령의 큰누이가 아니냐. 그 낭자가 쇳물일을 한다니 대체 이게 무슨 소리냐."

수장의 물음에 진명은 다만 참담히 눈을 감을 뿐이었다. 그 모습에 비치는 혼돈으로 서찰의 내용이 사실임을 짐작하고는 수장이 경악하였다.

"버려라!"

냉엄하기 이를 데 없는 명령에 진명이 눈을 떴다. 혼돈이 가신 그의 눈빛엔 짙은 후회가 가득했다. 수장은 그것을 채령 낭자와 그의 식솔들을 도성에 데려온 것을 후회하는 것으로 오해하고 재차 을렀다.

"당장에 버려라. 인사人事라 하여 재주 있는 자랍시고 아무나 쓰지 않는다. 필요한 재주만 거둘 뿐이지 번거로운 잡음까지 끌어안진 않는단 말이다. 또한 공주와의 혼사를 앞둔 시점에 구설에 오르내리는 것이 네게 득이 될 것이 없다. 지금껏 우린 그리해 왔지 않느냐. 상대가 양반이라 하여 달라질 것은 없다."

"예. 그리해 왔지요."

주먹 안에 서찰을 구겨 쥔 진명이 입술을 짓이기며 덧붙였다.

"그렇게 비겁했지요."

사람을 쓰고 버리는 일에 익숙한 예문이었다. 이번에도 채령 낭자를 버리면 그만이었다. 야금밖에 모르는 삶이 짓밟히거나 말거나 모른 체하면 그만이었다. 그러고도 인사人事가 만사萬事

라 말할 수 있는가. 정치에 문외한인 그녀가 마음으로 석쇠를 부리는 것만도 못한 것이 아닌가 하는 생각이 들었다. 공자의 금옥 같은 가르침 가운데 '위정재인爲政在人 취인이신取人以身 수신이도修身以道 수도이인修道以仁'을 근간으로 하여 선사께서 인사론을 일으키셨다 하였는데, 인仁과 도道로 수양하여 사람을 얻어 정치를 행함에 있어 지금 인仁과 도道의 원칙은 어디에 있단 말인가.

"왜 굳이 구접스런 물에 손을 담그겠단 것이냐! 그래서 네가 얻는 것이 무어야! 손만 더러워질 뿐이다!"

도무지 이해할 수 없단 수장의 표정에 진명은 왜 굳이 험한 길을 가려는 것이냐 채령을 닦아세웠던 자신의 모습이 겹쳐졌다. 재주를 알아주는 예문이라면서 재주를 숨기라 했던 모순, 질박한 심성을 원한다 해놓곤 요령껏 처세하라 이르는 모순, 고집 피우지 말라 윽박지르고 청혼서로 위협하면서 내 마음을 알아달라 했던 모순. 그녀를 제대로 봐주려 하지 않고 원하는 길을 가로막기에만 급급했던 지금까지 자신도 남훈과 다를 것이 없었다. 진작 그녀의 고민에 귀 기울였다면 이와 같은 일은 없었을지도 모른다는 생각이 짙은 후회가 되어 그를 괴롭혔다. 그녀의 꿈을 조롱한 것이, 진작 같은 꿈을 꿔주지 않은 것이 미안하기만 하였다.

"혼탁한 물에 손을 담글 줄 아는 제가 지킬 것입니다. 세상에 낭자의 기술을 부끄럽지 않게 만들 것입니다."

어이없다는 얼굴로 말을 잇지 못하는 예문수장을 뒤로하고 진명은 밖에 있는 하인을 불렀다. 내행랑에 있는 무령을 속히 이곳으로 오게 하라 명했다.

당장에 박차고 일어설 듯했던 예문수장은 대체 상황이 어떻게 돌아가는 것인지 알아야겠다며 줄곧 자리를 지켰다. 그의 새치름한 눈길은 시종 무령을 노려보고 있었다. 이런 분란을 만들고 키운 자 취급을 하여 원망이 가득 서려 있었다. 수장의 눈치가 전과 다름에 영문을 모르는 무령은 그저 앉은 자리가 가시방석만 같았다.

"대체 왜 자꾸 그와 같은 것을 물으시는지……."

무령은 수장과 진명을 번갈아 살폈다. 말은 달라도 진명 선비는 줄곧 같은 것을 묻고 있었다. 자수공방에 간다며 근 달포간 낮에 집을 비웠던 누님의 행적을 솔직히 말하란 것이었다.

"너는 분명 알고 있다."

"자수공방이라고 말씀을 드렸……."

진명이 말을 가로채 채근했다.

"거짓을 말한 것을 두고 벌하거나 원망하지 않을 것이다."

요즘도 거짓말의 값을 치르느라 공주를 만나 진땀을 흘리고 있는 무령을 따로 탓할 생각은 없었다. 진명은 그저 정확한 사실만을 원했다. 그의 채근에 무령의 눈길이 대번에 바닥으로 떨어졌다. 불안감이 가라앉기를 기다렸다가 진명은 재차 물었다.

"채령 낭자가 그사이 어디서 무엇을 하였다 들었느냐."

마침내 무령은 입을 열었다.

"다, 단천골을 오간 것으로 압니다."

그 순간 진명은 운명적인 느낌마저 들었다.

"단천? 정말 단천골이라 하던가?"

"그렇게만 들었습니다. 누님께서 정확히 무엇을 하였는지는 저도 모릅니다."

진명은 무령에게 더는 묻지 않았다. 다만 내일은 낭자도 함께 예문당에 올 것이니 그리 전하라 이르고는 물러나게 하였다.

무령이 물러난 뒤 예문수장이 다급히 진명 곁에 붙었다.

"단천골이라면 중천당이 돌보고 있는 납광이 있는 곳이 아니냐."

진명이 고개를 끄덕였다. 단천골은 최대의 납산지로 중천당이 채굴권을 갖고 있었고 실제로 중방이 다스리고 있었다. 즉, 남훈의 선전포고 뒤엔 중방이 있음을 뜻했다. 한편 채령 낭자가 자신에게 있음을 아는 이는 비룡이었다. 이는 곧 남훈과 중방 뒤엔 비룡이 있음을 뜻했다. 진명은 알았다. 남훈이 겨눈 칼끝은 자신을 향해 있지만 실은 자신이 아닌 채령을 노리고 있음을. 또한 깨달았다. 그녀의 재주를 갖겠다는 비룡과 중방의 욕심이나 재주를 막아 그녀를 갖겠다는 자신의 욕심이나 크게 다르지 않다는 것을. 천시받는 과학기술이 설 곳을 몰라 방황한 만큼이나 닳고 닳은 정치도 세상은 본래 그런 거란 안일함에 눌러앉아 있었음을. 북중남의 합종合從을 끊어낼 연횡連衡의 칼자루를 진명은 힘껏 움켜쥐었다.

✳

빠끔히 열린 가마의 창으로 기와집들의 화려한 수막새와 높기만 한 들판의 짚가리가 출렁거리며 보였다. 채령은 생전 처음 타보는 가마보다는 예문당에 함께 가자는 진명 선비의 말이 더욱 혼란스럽고 신기하였다. 의중을 알 길 없어 몇 차례 물으려다 가보면 알겠란 생각으로 그만두었다. 의문을 갖고 가는 길이다 보니 지루할 새가 없었다. 오래지않아 물결처럼 들썩이던 가마의 움직임도 곁을 지키던 말굽 소리도 멈추었다. 무령에게 말로만 듣던 예문당에 온 것이었다.

문을 열어 미투리를 신은 발끝을 밖으로 내고 몸을 일으키는데 익숙한 내음이 코끝에 닿았다. 아스라하게 퍼진 쇳물내의 원인은 내행랑에 자리한 인쇄실이었다. 채령은 믿을 수 없다는 듯 당혹스런 표정을 짓고는 놀란 시선을 진명에게로 옮겼다. 그는 대답 대신 손을 뻗어 혹여 머리칼 한 올이라도 내보일까 그녀의

머리에 얹힌 장옷을 끌어당겨 단속하고는 손수 인쇄실의 문을
열어주었다.

따라 들어간 인쇄실은 규모며 장비며 여느 대장간 못지않았
다. 채령은 조판대 주변에 가지런히 놓인 금속활자들을 하나하
나 손끝으로 더듬어보았다. 주로 납으로 된 것이 많았으나 구리
며 무쇠며 가리지 않고 온갖 금속으로 만들어진 다양한 서체의
활자들이 한곳에 놓여 있었다. 조판대로부터 옮긴 걸음이 멈춘
곳은 실험일지를 차곡차곡 쌓아둔 구석이었다. 얼핏 표제를 통
해 본 것만으로도 금속활자를 만들기 위한 실험이 수년에 걸쳐
계속되었음을 알 수 있었다. 비로소 활자를 만드는 화덕 주위로
걸음을 옮겼을 때였다.

"직접 만들어보겠소?"

선비의 제안이 그저 잔뜩 부푼 털구름처럼 헛것으로 들렸다.
눈앞의 작업대엔 이미 밀랍자가 준비되어 있었고 일을 거들고
자 대기 중이던 사내종 하나가 진명의 말이 떨어지기 무섭게 화
덕에 불을 지피고 있었다. 그럼에도 채령은 선뜻 작업대로 다가
서지 못했다. 그녀의 망설임이 무엇인지 아는 진명은 품 안에
있던 청혼서를 꺼내어 내밀었다.

"처분은 그대에게 맡기겠소."

다시는 청혼서로 위협하지 않겠다는 뜻이었다. 원하는 삶을
살란 뜻이었다. 청혼서를 받아든 채령은 돌연 선비의 마음이 바

뀐 것이 얼떨떨하였다. 아직 온기가 남은 청혼서를 자신의 품에 넣고는 까닭을 물었다.

"갑자기 태도를 바꾸신 데는 이유가 있을 것입니다."

"더는 진심을 숨기지 않기로 마음먹었을 뿐이오."

솔이한 음성과 선선한 눈빛엔 어떤 셈속도 꾸밈도 없었다. 채령은 여전히 얼떨떨하였으나 더는 의심하지 않았다. 마침내 작업대 앞에 다가섰다. 그가 지켜보고 있다는 것이 색다른 의욕을 불러일으켰다. 잘 보이고 싶고 인정받고 싶다는 욕구가 발밑에서부터 스멀거렸다. 채령은 이제 막 불이 붙은 화덕 주위로 다가가 풀무를 밟으며 불길을 키웠다.

"특별히 원하시는 합금이 있으시면 말씀하십시오. 납, 구리, 주석, 무쇠, 아연 등이 재료가 되는데 배합에 따라 무른 정도도 빛깔도 달라진답니다. 어떤 것을 원하십니까?"

채령의 물음에 진명은 아무런 대답도 하지 않았다. 풀무질이 계속되면서 숨이 차오른 채령도 더는 묻지 않았다. 인쇄실 안은 화덕 안으로 들어가는 바람소리와 채령의 숨소리뿐, 고요하였다. 정적을 부순 건 말소리가 아닌 진명의 성근 발짓이었다. 채령의 발장단에 맞추어 그가 돌연 풀무에 발을 올린 것이었다. 예상치 못한 상황에 그녀의 눈이 휘둥그레졌다. 놀라기는 일을 거들던 사내종도 마찬가지였다.

"합금은 그대가 하고 싶은 대로 하면 되오."

뒤늦게 답변을 내놓은 진명은 쑥스러운 듯 고개를 돌렸으나 풀무에서 내려서진 않았다. 비단도포에 그을음이라도 내려앉을까 염려된다며 채령이 정색을 하고 말려도 그는 고집스럽게 풀무질을 계속했다. 자신이 알던 선비가 아닌 것만 같아 채령은 한동안 넋을 놓고 그를 이리저리 보았다. 여태 가슴에 쌓였던 불만은 눈 녹듯 물크러진 지 오래였고 이제는 도리어 그가 걱정되었다.

"저야 원래 이리 살았으니 그렇다 쳐도 선비님께선 왜 이러십니까? 이러지 마십시오. 재미로 한 번쯤 밟아보고 싶으셨다면 이것으로 충분합니다. 자칫 소문이라도 번져 고매하신 명망에 흙물이라도 튈까 저어되옵니다."

"내가 하던 걱정을 이제는 그대가 하는 것이오? 그럼 난 그대와 같은 답을 주겠소. 난 내가 원하는 삶을 살 것이고 내 일은 내가 알아서 할 테니 그대는 염려 마시라고."

그의 장난스런 대답에 채령은 아무런 대꾸도 하지 못했다. 처음 해본 것이 분명한 서툰 풀무질이 가슴을 저릿하게 만들었다. 농담인지 진담인지 모를 에두르는 말들이 가볍게 들리지 않고 마음겨웠다. 군시럽기만한 생경한 기분을 애써 젖혀두고 채령은 일에 몰두하였다. 화덕의 불을 제법 키워놓고는 밀랍자를 주형틀에 넣으며 곁에서 시중을 드는 사내종에게 물었다.

"활자를 만들 금속들은 어디에 있느냐."

사내종은 곧장 뒤꼍으로 나가더니 바퀴를 굴리기도 힘겨울 만큼 무거운 수레를 끌고 와 그녀 곁에 내려놓았다. 수레 위에 덮여 있던 거적을 걷어낸 채령이 경악하였다. 정련된 금속이 아닌 캐낸 그대로의 거친 광석들이 아무렇게나 담겨져 있었기 때문이었다. 용광로에 담아 그냥 녹이기만 해선 안 되었다. 따라서 개개의 금속을 뽑아내는 제련을 해야 하는데 문제는 광석들의 빛깔과 품위였다. 그녀는 손끝으로 섬세히 광석의 결을 훑었다. 한 광석덩어리를 무쇠판 위에 내려놓곤 사내종으로 하여금 쇠메를 가져오게 하였다. 쇠메로 몇 번 내려치니 광석은 수 갈래의 파편으로 조각조각 나뉘어졌다. 단면의 빛깔과 결정질을 매만지던 채령이 생각에 잠긴 듯 돌연 바위처럼 굳었다. 그녀의 표정엔 어떠한 감정도 담겨 있지 않았다. 사물을 꿰뚫는 눈빛은 들끓지도 수선스럽지도 않았다. 욕심도 번민도 자리할 곳이 없었다. 그녀는 다만 관조할 뿐이었다. 다른 광석들도 연이어 같은 방법으로 쪼개고 부수고는 얼마 후 채령은 쇠메를 내려놓았다. 그리고는 물을 끼얹어 애써 피워놓은 화덕의 불길을 단숨에 재우는 것이었다. 곁의 사내종에게 이르길,

"활자를 만들지 않을 것이니 수레를 치워주게. 수고했네."

흔한 일이었다. 대부분의 대장장이나 야금술사가 이 단계에서 금속활자 만들기를 포기하였었다. 대부분의 사람들이 저품위의 광석들을 보곤 절레절레 고개를 흔들었었다. 그러나 금속

활자를 만드는 데는 적은 양의 쇳물로도 충분하기 때문에 몇 차례에 걸쳐 광석을 녹여간다면 거푸집을 채울 쇳물을 얻어내기엔 충분했다. 누구보다 의욕적으로 보였던 그녀이니 그만한 끈기는 가진 줄 알았건만 용광로에 광석 한 번 넣어보지 않고 돌연 허무하게 자리를 파하니 사내종뿐 아니라 진명도 당황하였다. 진명의 눈짓에 비로소 사내종은 수레를 도로 끌고 나가며 자리를 비웠다.

진명과 채령 둘만 남은 상황에서 진명은 말없이 그녀의 입이 먼저 열리기만을 기다렸다. 침묵이 길어졌다. 뒤얽힌 상념들을 추스르는데 그녀에겐 다소간의 시간이 필요한 듯했다. 여린 얼굴에 드러나는 혼란스러운 표정이 무엇인지 진명은 짐작조차 할 수 없었다. 다만 그녀의 표정변화에 촉각을 곤두세운 채 막연히 기다릴 뿐이었다. 마침내 그녀가 눈을 마주했다.

"갑자기 궁금해졌습니다. 금은골엔 왜 오셨던 겁니까?"

지금의 그녀는 평소의 서툴고 어설프기만 했던 눈빛이 아니었다. 담금질로 고통을 삼키고 벼림질로 날을 세운 칼날처럼 유연하고도 날카로웠다. 그녀는 대답을 기다리지 않고 스스로 답을 찾아내었다.

"홍단 때문이 아니었군요. 석쇠를 찾아오셨던 겁니까?"

채령은 그저 뭉근히 웃었다. 어설픈 사람이란 비난이 하나도 억울할 것이 없었다. 아버지의 말씀을 철석같이 믿고 진명 선비와 비룡 선비에게 잇따라 청혼을 한 것이 어이가 없고 부끄러워 실소 끝에 그녀의 볼이 잔잔히 붉어졌다.

진명으로선 그저 어리둥절하기만 하였다. 단지 저품위의 광석들을 깨뜨려 보았을 뿐인데 느닷없이 정황을 읽는 그녀가 무슨 생각을 하고 있는 건지 궁금해 견딜 수가 없었다. 재촉하고 다그치고 싶었지만 어느 때보다 성의를 다하여 자신을 상대하고 있는 그녀의 모습을 막고 싶지 않아 애써 침묵하였다. 잠시 후, 그녀가 결심이 선 듯 나름 명쾌한 표정으로 이르길,

"선비님의 꿈. 제가 돕겠습니다."

그 순간, 진명은 숨소리를 삼켰다. 바위에 얻어맞은 듯 얼얼하였다. 가슴에 옮겨 붙은 벼락불이 쉽사리 진정되지 않았다.

"나의 꿈이라면……. 무엇을 이르는 것이오?"

"금속활자라는 가면에 감춰둔 선비님의 꿈 말입니다."

"좀 더 소상히 말해주겠소?"

정치를 하며 협잡과 의심이 습관이 되어 그런지 진명은 허심탄회한 질박한 대화가 버겁기만 하였다. 이미 들켰음을 알면서도 자꾸만 두드리고 확인하려 들었다.

채령은 귀찮은 기색 없이 순순히 입을 떼었다.

"발부리에 차이는 쓸모없는 돌들이 제련이란 과정을 통해 수천, 수만 배의 가치 있는 금속으로 둔갑하곤 합니다. 아까 수레에 있던 광석들은 모두 쓰지 않고 버려지는 저품위의 납괴들입

니다. 그러나 그 안엔 다량의 은이 포함되어 있지요. 이를 모르는 사람도 많고 다만 알더라도 은을 분리해 낼 기술이 없어 그림의 떡으로만 여길 뿐이지요. 저 또한 지금으로선 그렇습니다. 아시겠지만 청보국엔 제대로 된 은광이 없습니다. 은전의 재료인 은이 없으니 해마다 천자국으로부터 비싼 값을 치르고 은을 사들여야 했고 그 은으로 또다시 천자국으로부터 필요한 물자들을 사들여야 했으니 결국엔 이중으로 천자국의 배만 불려주는 셈이 되었지요. 은을 갖지 않고는 천자국의 세도를 물리칠 방도가 없으니 단천골에 흩뿌려진 버려지는 납괴로부터 은을 얻어내고 싶으신 거지요? 그러나 그러한 의도를 들키면 내부의 여타 학류든 외부의 천자국이든 견제가 만만치 않을 테니 아무도 의심하지 않을 금속활자기술을 개발하는 척 가장하여 선비님께선 실은 은 제련기술을 발굴하고 계셨던 겁니다. 제가 세상일엔 눈이 어두우나 야금술에 관한 일이라면 누구보다 예민하고 감이 발달해 있습니다. 은銀, 이것이 선비님께서 말씀하셨던 파격을 위한 파격 아닙니까?"

놀람으로 말을 잃은 진명은 침묵으로 수긍했다. 단 한마디도 틀린 것이 없었다. 그녀는 금속활자를 만들 필요가 없기에 수레를 물린 것이었다. 금속활자라는 협잡질을 질박하게 꿈으로 알아주는 그녀가 가슴에 좀처럼 잠재울 수 없는 격랑을 일으켰다. 처음이었다. 자신의 꿈을 들킨 것이. 허구한 날 붙어사는 예문수장조차 왜 자꾸 쓸데없는 짓을 하느냐 타박하기 일쑤였고 명에 따라 금속활자를 만들었던 수많은 기술자들도 불필요한 짓이라며 슬그머니 꽁무니를 뺐다. 애면글면 찾아 헤매던 기술자였건만 그 기술을 버린 채 살라 하였던 자신이 어처구니가 없었다. 낭자의 재주는 그리 얄팍하게 숨긴다 하여 감출 수 있는 것이 아니었다.

"내가 해줄 수 있는 일은 고작 풀무를 밟아주는 것뿐이오."

정치가는 과학을 몰랐다.

"저 또한 세상의 이치에 아둔하기 그지없습니다."

과학자는 정치를 몰랐다.

"그대의 꿈은 내가 돕겠소."

그러나 서로의 꿈은 누구보다 잘 알았다.

"반가의 처자가 쇳물일을 한다는 것이 사실이오?"

바람에 쏠리는 댓잎이 바늘처럼 곤두섰다. 몸에 닿는 죽피가 서늘했다. 남백당을 찾은 진명을 말없이 이끌던 남훈의 걸음이 노여움을 드러내며 대숲에서 멈추었다. 따라서 멈춘 진명이 짐짓 심드렁히 되물었다.

"사실이라면, 문제가 됩니까?"

남훈은 정녕 답을 몰라 그따위로 되묻는 것이냐 눈길에 날을 세웠다.

"사실이라면 양반의 본분을 저버렸으니 서인庶人으로 강등시켜야 할 것이오! 아니, 그것으로 부족하오. 부녀자의 본분마저 저버렸으니 마땅히 관노로 삼아 강상의 지엄함을 보여야 할 것이오!"

남훈의 대찬 눈길과 음성을 지켜보던 진명은 애써 요동치는 가슴을 잠재웠다.

"작금의 금옥지세가 남백당의 위분론에 의지하고 있음을 잘 압니다. 삶의 원리를 밝히고 고결한 덕성과 숭고한 절의로써 정신을 살찌웠지요. 또한 통치의 근간을 사회에 제공하여 청보국은 오늘날의 질서를 갖추었지요. 그것을 부정하고자 하는 마음은 없습니다. 다만 얼마 전 있었던 민란, 앞으로도 있을 크고 작은 민심의 동요를 막는데 채령 낭자의 재주가 쓸모가 있지 않을까 고심하고 있던 참이었습니다."

반가 규수의 천한 재주를 탓하는 마당에 재주의 용도를 거론하는 것이 상황에 어울리지 않았으나 호기심을 불러일으키기엔 충분했다. 여전히 탐탁하지 않다는 얼굴이었으나 무슨 뜻이냐는 물음이 담긴 남훈의 표정은 좀 전에 비해 분명 누그러져 있었다. 그 틈을 이용해 진명은 너스레를 떨었다.

"반가의 처자가 쇳물일을 한다니. 저도 처음엔 그저 코끝으로 웃었습니다. 한데 말입니다. 노비가 양반이 되겠다 하는 것이나 양반이 왕이 되겠다 하는 것보다는 사안이 덜 심각하지 않느냐 말입니다. 여유를 갖고 조금 생각을 달리하신다면 채령 낭자는 학형에게 눈엣가시가 아닌 또 다른 명분이 될 수도 있습니다."

남훈은 입꼬리를 비틀며 말을 끊어내었다.

"나와 말놀이를 하자는 것이라면 지금 그만두는 것이 좋을 것일세!"

진명은 그의 으름장을 경고라기보다는 호기심과 채근으로 여겼다. 주눅 들기보다는 도리어 서운한 척을 하였다.

"쟁패가 아닌 합의를 위해 학형을 찾은 것입니다. 이를 혀끝의 희롱으로 여기신다면 저도 더는 할 말이 없습니다. 한 가지만 덧붙이겠습니다. 석철채굴권을 두고 대립각을 세우던 비룡과 중방이 돌연 학형께 함께 손을 뻗은 데는 분명 이유가 있을 것입니다. 그 이유가 궁금하지 않으시다면, 그들의 동맹에 기꺼이 미끼로 쓰이고 싶으시다면, 저도 굳이 말리진 않겠습니다."

매몰차게 돌아서 대숲을 나서는 진명의 뒷모습에 남훈은 조바심이 일었다. 언급조차 않은 비룡과 중방의 이름을 그에게서 듣는 것이나 미끼로 쓰이게 될 것이란 말이나 모두 가슴을 무겁게 했다.

"멈추시게나! 자네의 얘기를 한번 들어보겠네!"

남훈이 붙들어 다시 자리하게 된 남백당의 죽루는 이전과 분위기가 달랐다. 스스로 이곳을 찾았음에도 진명은 마지못해 자리한 듯 도도하였고, 도도하였던 남훈은 진명이 또다시 뒤돌아설까 마음을 졸였다.

"비룡과 중방의 뜻이 무어라 보는가."

남훈의 물음에 진명이 되물었다.

"학형께서 제게서 채령 낭자를 떼어내 서인이나 관비로 만들었다 칩시다. 훨씬 다루기 쉬운 신분이 된 낭자를 비룡과 중방이 그냥 놔둘 것 같습니까?"

그들 또한 채령 낭자의 재주를 탐하고 있단 얘기였다. 남훈을 이용해 손쉽게 채령 낭자를 얻으려는 수작이라 말하고 있었다. 대답을 머뭇거리는 남훈은 그저 혼란스러울 뿐이었다. 쇳물일을 하는 반가의 규수를 모른 체할 수도 없고 낭자의 재주를 탐하는 자들에게 놀아났다는 오명을 뒤집어쓸 수도 없는 일이었다. 이럴 수도 저럴 수도 없는 상황에 처신을 고민하는데 진명이 느닷없이 물어왔다.

"에둘러 여쭙지 않겠습니다. 얼마큼 양보하실 수 있습니까."

알 수 없는 물음에 남훈은 그저 눈썹을 들어 올렸다.

"이미 한 번 양보해 준 자리라면 남백당은 굳이 명분을 찾으려는 노력을 하지 않아도 될 것입니다."

그제야 남훈은 진명의 뜻을 알아차렸다. 쇳물일을 주관하는 관청 장야관, 존폐가 논해지는 그곳을 채령 낭자에게 내주자는 것임을. 비록 지금은 유명무실한 곳이 되어 있지만, 일찍이 조정은 장야관을 공조에서 분리하고 관장에게 높은 품계를 내주어 그 기술의 중요성을 인정한 바 있었다. 진명이 말한 한 번 양보해 준 자리란 장야관을 뜻하는 것이었다. 진명은 남훈이 원하는 대로 채령을 내주되 누구도 갖지 못하게 하는 방법으로 내주겠단 말이었다. 그러나 그것은 낭자로 하여금 쇳물일을 계속하게 만드는 것이 되며 여인에게 조정의 한구석마저 내주자는 얘기이지 않는가. 얼토당토않은 일이었다.

"불가하오!"

남훈의 손바닥이 교자상을 거칠게 내려쳤다.

진명으로선 충분히 예상한 반응이었다. 남모르게 식은땀으로 등을 적시는 지금, 마침내 시작이었다. 남의 방에서 남의 창을 잡는다는 말처럼 진명은 위분론을 뺏어 들고 그에게 휘둘렀다.

"가당찮다 여기시는 마음 압니다만 제가 드리는 얘기의 요지는 낭자에게 벼슬을 주자는 것이 아니라 낭자를 처단하는 일은 조금 미뤄도 늦지 않다는 얘깁니다. 민란과 같은 민심의 동요가 위분론이 변질되었다는 오해에서 비롯된 것임을 아실 겁니다. 비록 난은 진압되었으나 위분론만으로는 부족하다는 인식이 민심의 저변에 뿌리를 내리고 있는 상황입니다."

진명이 되작이는 아픔에 남훈은 입술을 깨물었다. 위대한 정신적 자산을 창출하고 통치의 근거를 제시하여 세상의 질서를 세웠음에도 위분론은 때로는 늙은 준마 취급을 받았다. 위분론은 속세와 섞이지 않으면서도 속세를 지배할 수 있는 정도의 거리를 유지해야만 했는데 이 사이의 줄타기가 여간 어려운 것이 아니었다. 가깝거나 멀어지면 지배력이 약해져 어지러운 세상을 바로잡겠다는 위분론이 종국엔 권력을 비호하는 데만 쓰인다는 변질론으로까지 번졌고 결국엔 반란으로 표출되곤 하였다. 이 같은 위분론의 아픔을 오달지게 들추는 진명의 행태가 고약하긴 했으나 남훈은 애써 화를 삼키고 턱을 치올려 고고한 자태만은 무너뜨리지 않았다.

"그러니까 자네의 뜻은 반란의 죗값을 위분론이 치르라는 얘기인가? 자네가 반란을 진압하였다 하여 기고만장한 게로군."

다소 비위가 뒤틀린 남훈의 어투에 진명은 차분히 응대하였다.

"남백당이 죗값을 치르라는 것이 아닙니다. 적어도 위분론을 향한 백성들의 오해만큼은 풀어야 하지 않겠습니까? 학형께서 몸소 선비의 기개를 보여주십시오. 일찍이 공자께선 선부후교先富後教라 하여 백성의 형편을 돌본 뒤 가르치라 하였고, 맹자께선 항산항심恒産恒心이라 하여 재물이 유지되어야 한결같은 마음을 유지할 수 있다 하였고, 관중께선 의식족이지예절衣食足而知禮節이라 하여 백성은 입고 먹는 것을 만족해야 예절을 안다 하였습니다. 세상과 동떨어졌다 오해를 받는 위분론이 이를 실천하신다면 변질론은 자취를 감출 것입니다. 낭자가 양반이니 벼슬을 갖는 것이 반상의 질서를 어지럽히는 것이 아닐 것이며, 천한 쇳물일을 한다 해도 여인이니 선비의 체면을 깎아내리는 것은 아닐 것입니다. 또한 채령 낭자가 차지할 자리는 고작 미관말직일 뿐더러 장야관은 지금 존폐가 거론되는 곳 아닙니까? 어차피 없어질 곳입니다. 하오니 낭자의 처단을 늦추십시오. 반가의 규수가 천한 일을 하는 것을 두고 미증유요, 전대미문이라 하셨습니까? 그렇다면 학형께선 전인미답의 길로 응하면 될 것입니다. 낭자에게 조금만 양보한다면 세상에 위분론의 덕후함을 보이는 것이 되고 후일 장야관에 죗값을 묻는다면 위분론이 주장하는 귀천의 질서가 더욱 공고해 질 것입니다."

'진명은 사람을 저리 쓰는가.'

깔축없는 외양만큼이나 빈틈없고 당찬 말씨에 진명을 대하던 남훈의 새침한 눈길이 눈에 띄게 물크러졌다. 양반이자 여인인 채령 낭자의 애매한 위치를 이용해 남백당이 명분과 실리를 모두 얻을 수 있을 거란 얘기였다. 진명이 뭐든 가볍게 쓰지 않고 쉽게 버리지 않음으로써 기회를 얻는다 하더니 과연 인사人事에 도통하였구나 여겼다. 그러나 그가 내미는 연횡의 손을 덥석 잡기엔 석연찮은 점이 하나 있었다.

"한데 그리하여 자네가 얻는 것은 무엇인가."

남훈의 물음에 진명이 보인 것은 시린 웃음이었다. 그러나 그 표정엔 쿰쿰하거나 비릿한 기색은 없었다.

"이제는 사람을 쓰기보다 얻고자 합니다."

뜸을 들이다 내놓은 답은 석연찮은 부분을 해결해 주기엔 너무 간결했으나 남훈은 그것으로 만족했다. 진명의 위치에서 쓰지 않고 얻어야 할 사람이라면 공주 또는 각 학류의 이름난 선비들뿐이었다. 진명이 공주를 원하지 않는다는 것은 웬만한 사람들이 다 아는 사실이니 공주일 리는 없을 터, 그렇다면 남훈 자신을 원한다는 뜻이리라. 자신과 더 이상 반목하고 싶지 않다는 진명의 뜻이 듣기에 나쁘지 않았다. 한편 단작스런 비룡보다는 언행에 무게가 있는 진명이, 논거가 부실한 중방보다는 명민한 진명이 평소 더욱 믿음직했다. 그가 공주를 원하지 않는다는 점에서도 부딪힐 것이 없었다. 따라서 자신도 굳이 누군가와 손을 잡아야 한다면 진명이 나았다. 남훈은 연횡책을 받아들이겠단 뜻으로 살짝 턱 끝을 끄덕였다.

마침내 자리에서 일어선 진명은 남훈의 오해를 굳이 말리지 않았다. 방향을 돌린 남훈의 분노가 비룡과 중방에게 향하도록 일단은 내버려 둘 참이었다.

해거름녘 예문당 내행랑을 달구던 불길이 차츰 잦아졌다. 산마루를 적시는 노을이 짙어갈수록 마당에 자리한 곧게 뻗은 적송 줄기 또한 더욱 붉어졌다. 이마에 맺힌 땀이 어느새 얼굴을 뒤덮었다. 허기조차 느끼지 못할 만큼 온종일 납괴에 매달렸던 채령이 비로소 허리를 편 건 등 뒤의 묵중한 기척 때문이었다. 육두를 비롯한 일을 돕던 하인들이 일제히 일어서 그쪽으로 머리를 숙였다. 좀처럼 이곳엔 걸음하지 않던 예문수장이었다. 그는 활개를 젖혀 위세를 키우곤 채령에게 다가섰다.

"진명의 뜻을 꺾기보다 낭자에게 이르는 것이 빠를 듯해 이리 걸음하였소. 내 한마디만 전하리다. 무얼 하든 어찌 살든 낭자의 일엔 관여치 않겠소. 다만 장차 부마가 될 진명의 곁에 머무를 목적이라면 당장에 무령을 데리고 고향으로 돌아가는 것이 좋을 것이오."

진명 선비가 부마가 될 것이란 말에 채령의 눈동자가 움직임을 멈추었다. 곁에 머무를 목적이라면 떠나라는 말에 들숨도 멈추었다. 그녀는 당혹감을 감추려 애썼다. 불가마 앞에서 남루해진 차림이 그제야 신경 쓰였다. 매무새를 만져 미처 드리지 못한 인사를 전하고는 세차게 고개를 흔들었다.

"선비님도 저도 그와 같은 의도는 없습니다."

"애초 진명을 꾀기 위해 남동생을 앞세운 것이 아니요?"

"아닙니다."

"그렇다면 진명 곁에 얼씬거리는 이유가 뭐요?"

진명이 부마가 되는데 방해가 될까 봐 걱정하는 마음은 알겠지만 예문수장의 물음이 꽤나 외람스럽고 시비하는 듯해 채령은 대응이 곤곤하였다. 설명하기조차 난감하고 민망하여 대답을 망설였다. 상황을 뚫어져라 바라보는 육두를 비롯한 하인들의 시선도 버겁기만 하였다. 그러나 마냥 입을 다물고 있을 수만은 없었다. 침묵이 오해를 시인하는 꼴이 될 수 있기 때문이었다. 마침내 채령은 기나긴 변명 대신 간단한 답을 내놓았다.

"그저 합종연횡으로 이해해 주옵소서."

예문수장의 거친 코웃음이 그악하게 채령의 얼굴을 그었다.

"진명이 낭자를 통해 무엇을 얻는다는 것인지 모르겠소만 어쨌든 낭자께선 아니라 하니 되었소. 훗날 마음이 바뀌면 아니되오. 그 다짐만 받고 돌아가리다."

채근하는 예문수장의 눈길에 채령이 고개를 끄덕였다.

"걱정하시는 일은 없을 것이니 염려 마옵소서."

채령의 암팡진 대답에 그제야 수장의 표정에 여유가 찾아들었다. 약조만 지켜준다면 무령을 내쫓진 않을 거란 위안인지 위협인지 모를 말을 남기고는 수장은 발길을 돌렸다. 인쇄실을 나가는 뒷모습에 머리를 숙인 채령은 손으로 작업대를 짚어 몸을 의지했다. 부러 하인들이 있는 곳과 반대방향으로 몸을 틀었건만 육두가 재바르게 눈앞에 따라붙었다.

"아씨, 괜찮으십니까?"

"괜찮다. 하던 일이나 마무리 짓자."

채령은 측은하게 바라보는 육두의 눈길을 피해 실험기록이 쌓인 구석으로 갔다. 수년에 걸쳐 비축된 실험기록은 비록 실패한 실험들이나 채령에겐 비급이나 다름없었다. 그 가운데서 의미 있는 기록들을 찾았다. 적어도 똑같은 실수를 되풀이하지 않게 하고 새로운 실험에 대한 영감을 얻게 할 기록들을. 낮에 보던 것들은 제자리에 챙겨 넣고 밤에 집에서 볼 것들을 찬찬히 골라 새끼줄로 묶으려는데 호들갑스레 뒤따라온 육두가 그것마저 가로챘다.

"이리 주십시오. 제가 묶겠습니다."

"너는 네 할 일을 하거라."

"모르셨습니까? 제 할 일은 인쇄소일이 아니라 아씨를 돕고 살피는 것입니다요."

그리고 수다스럽게 덧붙이길,

"남들은 아니라 해도 저는 아씨의 말을 믿습니다요. 지금껏 아씨께서 진명 나리께 보여주신 언동은 예의 바른 것을 넘어 무심함 그 자체였지요. 여태 우리 나리를 그리 험히 대한 여인은 없었더랬지요. 아씨께서 우리 나리께 한조각의 마음도 없다는 것을 소인만은 아옵니다. 하오니 수장님의 억측을 너무 억울해 마십시오. 아씨께서 수장님을 이해해 주셔야 합니다. 우리 진명 나리의 파란만장한 청춘 역사를 돌이켜 보면 수장님의 걱정이 무리도 아니란 말입지요. 나리께서 워낙에 옥골선풍이다 보니다가서는 여인들이 제법 되었답니다. 하나 눈길 한 번 주지 않고 애만 태우며 희망고문으로 피를 말리는 나리의 못된 취미 때문에 여인들은 번번이 눈물을 흘려야 했지요. 나리의 청춘은 여인들을 괴롭힌 고문의 역사입니다요. 공주님도 그 가운데 하나이고요. 하지만 저는 나리의 속셈을 알지요. 빙빙 맴돌다가 결국엔 공주님께 갈 겁니다요. 지금은 싫다고 저 야단을 해대시지만 실은 왕실을 상대로 권세를 흥정하는 수작질인 것이지요. 채령 아씨께서 워낙에 아랫것들을 배려해 주시니 믿고 말씀드리자면, 우리 나리가 겉은 꽃 같고 신선 같아도 속을 들여다보면 순 시커멓습죠. 저도 수없이 당했습죠. 그렇지만 살려면 하는 수 있습니까? 당하고 사는 수밖에요. 아씨도 언제 어디서 뒤통수를 맞을지 모르니 나리를 너무 가까이 하지 마십사 하는 얘길 드리고 싶었……."

채령을 위로하려 시작한 얘기가 어느덧 제 상전의 흉허물을 들추는 데로 꺾여져 있었다. 속을 푸는 재미에 정신이 팔린 육두를 입 다물게 만든 건 미처 깨닫지 못했던 냉랭한 침묵과 곁눈에 비친 눈에 익숙한 갖신 때문이었다. 육두가 돌연 말을 멈추자 쪼그리고 앉아 지난 실험일지를 넘겨보던 채령도 덩달아 시선을 들었다. 기척도 없이 곁에 서 있는 사람은 진명 선비였다. 채령과 육두는 거의 동시에 몸을 일으켰다. 혼백이 흩어진 듯 정신을 못 차리던 육두가 뒷걸음으로 도망하더니 훨씬 체구가 작은 채령의 뒤에 바싹 붙어 몸을 숨겼다.

진명의 표정엔 실망인지 분노인지 구분되지 않는 몰아치는 기분이 노골적으로 드러나 있었다. 격렬한 시선이 닿는 곳이 정작 말을 떠벌린 육두가 아니어서 채령은 당황하였다.

"선비님, 오셨습니까. 육두는 그저……."

수습하고자 허둥거리는 채령의 말을 단번에 잘라낸 진명이 육두에게로 시선을 옮겨 싸늘하게 물었다.

"수장님의 억측이란 게 무엇이냐! 조금이라도 빼거나 보탠다면 가만두지 않을 것이다!"

우로는 채령이 탄 가마를 쥔 채 좌로는 진명이 탄 말을 두고 사이에서 걷던 육두는 명백하게 실세의 편이었다. 가마 안에서 얘기를 듣고 있을 채령의 민망한 입장은 안중에도 없었다. 가감이 없어야 할 것이란 진명의 엄중한 명에 육두는 토씨 하나 틀리지 않고 아뢰겠다며 집에 도착할 때까지 시종 입술을 가벼이 놀렸다.

수장이 채령에게 동생까지 앞세워 진명의 곁에 맴도는 이유가 무어냐, 엉큼한 수작이라면 당장에 고향으로 돌아가라 하였다는 말에 고삐를 쥔 진명의 손에 힘이 잔뜩 들어갔다. 가마를 살피는 눈길엔 긴장이 역력했다.

채령이 수장에게 걱정하시는 망측한 의도는 없으며 단지 합종연횡일 뿐이라 설명드렸다는 얘기에 말 위에서 가마를 내려다보던 진명이 잠시 숨을 멈추었다.

부마가 될 진명의 앞길에 방해가 되지 않을 것을 다짐받으려는 수장에게 채령이 그러마 하고 순순히 약조를 하였다는 대목에서 진명의 흑마가 돌연 말굽을 멈추었다. 가마를 나르던 육두도 덩달아 멈춰 서야 했다. 진명의 불편한 호흡을 온몸으로 느낀 육두는 이제부터가 걱정되어 사시나무처럼 다리를 떨었다.

"무령 도련님은 오늘도 공주님을 찾아뵙는가 봅니다."

육두는 오늘따라 무령 도령의 빈자리가 크게 느껴졌다. 이 난처한 자리에 무령 도령이 계셨다면 한결 숨쉬기가 편했을 텐데 하는 아쉬움에 부질없이 그를 찾았다. 이제 남은 것은 예문수장이 인쇄실을 나간 후의 일이었다. 상전을 험담하다 그 자리에서 들켰으니 꼼짝없이 혼날 형편이었다. 대충 둘러댈 변명조차 떠오르는 것이 없어 멍하니 서 있는데, 다시금 말을 움직인 진명이 가까스로 짜낸 탁한 음성으로 명했다.

"가마를 외별당으로 뫼시거라."

"예, 당장 뫼시겠사옵니다!"

육두의 표정이 돌연 밝아졌다. 응당 자신에게 향할 줄 알았던 선비의 노여움이 가마로 향해 있는 것을 본 까닭이다. 육두는 함께 가마를 들고 있는 하인들을 다그쳐 가마 안에 든 아씨가 뒹굴든 말든 상관 않고 쏜살같이 달렸다. 부리나케 진명의 거처인 외별당에 가마를 던지듯 내려놓곤 냅다 줄행랑을 놓았다. 부디 제 잘못까지 채령 아씨께서 넘겨쓰시길 빌며.

가마 안에서 나동그라진 채령은 비로소 가마가 멈춘 것을 깨닫고 몸을 추슬러 밖으로 문을 열었다. 어룽이는 초롱불보다 먼저 눈앞에 닿은 것은 진명 선비가 내민 손이었다. 가마를 험히 나른 것마저 보태 죄를 물을 것이라며 육두를 나무라는 음성보다 손끝이 주는 온기가 먼저 느껴졌다. 이미 가마에서 몸을 일으켰건만 그는 잡은 손을 등허리에 얹은 채 놓아주지 않았다. 잡힌 손을 모지락스레 빼내는 것도 뭣하여 채령은 그의 뒤에 그렇게 엉거주춤 서 있었다.

　진명은 온몸을 헤집고 달구는 그녀의 손을 쉽게 놓아줄 수 없었다. 자신의 곁에 맴도는 이유가 무어냐는 수장님의 힐난이 만들었을 멀어진 거리가 더욱 멀어질까, 시린 뼛속까지 함께하는 삶을 꿈꾸었건만 건조한 합종연횡이 되어버린 맞잡은 손 그것마저 떨어질까, 본심보다 껍데기에만 관심을 두는 여인들을 홀대한 죗값을 자칫 낭자로부터 치르게 될까, 자신을 공주의 상대로 지레짐작하고 아예 마음에 불씨조차 지피지 않으려 할까, 온갖 술수를 마다하지 않고 살아온 자신이 추악하게 비쳐질까, 모든 것이 근심되어 그녀를 놓을 수 없었다. 워낙에 다각적인 수습이 필요한 터라 어디부터 손을 써야 할지 몰라 마냥 그녀를 붙잡고만 있었다.

　"정치는 내 몫이오. 수장님도 내 몫이니 함께한 대화는 모두

잊으시오."

"예. 마음에 담아두지 않겠습니다."

그녀의 대답이 우려했던 만큼은 아님에 다소 용기를 얻은 진명은 그제야 뒤돌아 눈을 마주했다. 또렷하고 청명한 그녀의 눈빛은 흔들림이 없었다. 그는 비로소 안도하였다.

"분명 많이 아프고 힘들었을 것이오."

채령이 미소를 보이며 고개를 가로저었다. 그때는 분명 아팠을 것인데 미간을 찌푸리며 물어오는 그의 모습이 너무도 부드럽고 다정하여 그 순간이 기억에조차 없었다.

"제 꿈이 멸시받고 조롱받는 것은 새삼스럽지 않은 터라 이젠 상처가 되지 않습니다. 그러니 마음 쓰지 마십시오."

진명은 벗어나려는 그녀의 손을 재차 움켜쥐고 잡도리하였다.

"또한 육두가 지껄인 것들은 모두 사실이 아니오. 나에 관한 것이라면 앞으로는 내가 하는 말들만 듣고 믿으시오."

"절 처음 예문당에 데려가신 이후로 동분서주하시는 선비님을 압니다. 잊지 않을 것입니다. 저는 오직 선비님의 뜻과 노력만을 기억할 것입니다."

진명은 정작 손을 잡고 있는 자신이 잡힌 것만 같았다.

17

진명은 아침이면 으레 대문 앞에 가마를 내놓고 채령을 기다려 함께 예문당으로 가곤 하였다. 한데 문 밖으로 나온 채령이 오늘은 가마를 타지 않겠다 하였다.

"육두가 가마를 험히 다루어 겁이 난 것이오?"

받은 만큼 돌려주는 것에 그치지 않고 이자에 이자까지 덧붙이는 선비의 뒤끝을 아는지라 가마 곁에 대기 중이던 육두가 질겁하여 머리를 들었다. 그 일이 언제적 일이냐 묻는 듯한 울컥한 표정을 하고 있었다.

채령이 고개를 저었다.

"육두 때문이 아니옵니다."

"그럼 이유가 뭐요?"

"단천골에 다녀와도 되올는지요. 만일 된다면 가마를 타기엔 멀고도 험한 곳인 탓에 직접 걷고자 합니다."

몰래 단천골을 드나들던 예전과는 달리 의견을 물어오는 것에 진명은 부듯이 채령을 응시했다.

"생각해 봅시다."

한편 채령은 그의 대답이 아니 된다, 불가하다는 말이 아니어서 고마웠다. 가마와 가마꾼들을 물리고 손짓하는 진명을 따라 기꺼이 외별당으로 향했다.

외별당에서 진명이 주저하던 끝에 채령에게 내놓은 것은 예전에 남훈이 예문당으로 보내온 서찰이었다. 쇳물일을 하는 반가의 규수를 처단할 것이니 즉각 내놓으라는 내용의. 채령은 아버지에게 익히 들어 남훈이란 자가 남백학파의 선비임을 알았다. 그러나 일면식도 없는 선비가 자신을 콕 집어 칼을 겨눈 것이 선뜻 이해가 가지 않아 눈을 동그랗게 뜨고 진명을 보았다.

"듣기 좋은 일은 아닐 테지만 언제든 그대도 알아야 할 일이기에, 그래야 나와 그대의 호흡이 매끄러울 것이기에, 이제부턴 모든 일을 빠짐없이 이를 참이오."

채령이 하려는 일이 신분질서를 훼손하는 것이기에 남훈이 저토록 분개한 것이며 이는 모두 채령의 기술을 탐내는 비룡과 중방의 수작이라 하였다. 지난번 석쇠를 통해 채령을 알게 된 비룡이 중방을 통해 그녀의 재주를 확인하고 남훈을 부추긴 것이라 하였다. 남훈에게 이를 깨우쳐 처단을 늦추게 하였으니 너무 걱정은 말라 다독여 가며 말을 잇던 진명이 실은 중방이 단천골 납채굴사업권의 실질적인 소유자라 이르던 대목에서 돌연 말을 멈추었다.

채령은 비로소 알 수 있었다. 비룡 선비를 거쳐 중방 선비로, 중방 선비를 거쳐 결국 남훈 선비가 자신을 찾은 것이 지난날 자신이 북만당과 단천골에서 남긴 족적을 따라온 것임을. 채령은 얼굴에서 상념을 거두고 다시금 진명을 보았다. 그간 야속하기만 하였던 하지 말란 말들이 이제와 새삼스러웠다. 군불을 머금은 방바닥처럼 혼혼하였다. 그가 때때로 어깨 위에 얹어진 보릿짚도롱이처럼 느껴졌던 이유를 이제야 알 것 같았다. 진심으로 한 사람의 삶을 걱정하고 위하는 마음이었음을. 한편 진명 선비가 갑자기 말을 멈춘 이유 또한 알았다. 대체 단천골에서 무슨 일이 있었는지 묻는 것이리라. 자신의 대답에 따라 중방을 상대할 진명 선비의 처신이 달라질 것이리라. 지난 일을 떠올리는 채령의 맑은 눈은 이제 그 앞에 숨김이 없었다.

"자수공방에 간다 해놓곤 실은 단천골을 오갔었습니다. 도성에 처음 왔을 적에 길잡이였던 육두를 통해 그곳을 알게 되었지요. 그곳에서 한 달여간은 그저 만득이라는 노복이 일하는 대장간에서 납을 제련하는 것을 지켜만 보았지요. 그러다 참지 못하고 용광로에 손을 얹게 된 건 버려지는 저품위의 납괴들 때문이었습니다. 납이 덜 든 대신에 다른 것들이 더 들었을 것인데 헤아림도 없이 무작정 버려지는 그것들이 아깝기 그지없었습니다. 그리하여 그것들을 얻고자 만득에게 저품위의 납괴에서 고품위의 납괴보다 더 많은 납을 얻을 수 있다 장담하였고 몸소 보여주었습니다. 그날이 단천골에서의 마지막이었습니다."

왜 그날이 마지막이 되었는지는 진명도 익히 아는 것이었다. 같은 꿈을 꾸고 있었음을 미처 모르고 다시는 단천골에 발을 들이지 못하도록 훼방을 놓은 자가 다름 아닌 자신이었으니. 혹여 그녀의 얼굴에 원망은 없는가 살피는데 초롱초롱 눈을 빛내며 무릎걸음으로 바짝 다가서는 채령은 그런 것 따위는 마음 쓰지 않는단 표정이었다.

"제가 하루빨리 은제련술을 얻는 것만이 이토록 애쓰시는 선비님을 위하고 결국에 저를 위하는 것임을 압니다. 문제는 예문당에 반입된 납괴들만 가지고 실험하는 데는 한계가 있다는 겁니다. 따라서 제가 직접 단천골로 가야 할 필요가 있습니다. 한데 선비님의 말씀을 들으니 무작정 그곳으로 가서는 안 될 듯한데 어찌 해야 할지 모르겠습니다."

진명은 다가온 채령을 단단한 눈길로 붙들고서 다짐받듯 물었다.

"내 그대에게 단천골을 얻어주리다. 그때까지 나를 믿고 조금만 기다려 줄 수 있겠소?"

"이르다뿐이겠습니까. 기다릴 것이옵니다."

흔쾌히 고개를 끄덕이는 채령의 모습에 진명의 입가에 조용한 미소가 번졌다. 그녀에겐 비록 급부를 주고받는 것에 지나지 않을지 모르나 이전과 다르게 자신을 믿고 따라주는 것에 설핏 마음이 들떴다. 문득 든 생각은, 저 여인의 사랑을 받는다면 어떤 기분일까 하는 것이었다. 진심을 다하면 진심으로 보답해 주는 사람에게서 받는 사랑은 상상만으로도 가슴이 벅찼다.

요새 부쩍 회동이 잦아진 비룡과 중방이었다. 좀체 남훈으로부터 기별이 없자 급기야 얼마 전 다시 한 번 함께 남백당을 찾았었다. 그러나 남훈이 그곳에 없다는 허탈한 대답만 듣고는 문전에서 쫓겨나다시피 나와야 했다. 오늘 마치 약속이나 한 듯 북만당에서 마주한 비룡과 중방의 손에는 발신인이 같은 서찰이 들려 있었다. 다급한 만남엔 인사도 생략되었다. 빼앗듯 냉큼 서찰을 바꾼 그들이 끝까지 읽을 필요도 없었다. 남훈으로부터 받은 서찰들은 글자 하나 다르지 않은 같은 내용들이었다.

"남훈이 본래 이런 자였습니까? 어찌 이리 쉽게 얼굴을 바꾼

답니까?"

당장에라도 채령 낭자를 옥죄어 눈앞에 데려다 놓을 것처럼 서슬 퍼렇던 남훈의 태도는 온데간데없었다. 그보다 어이없고 기가 막힌 것은 남훈이 구설을 피해 응당 은밀하게 처리할 줄로만 알았건만 낭자를 세상에 드러내 처분하겠단 것이었다. 조정에서 뵙자는 마지막 대목에서 비룡도 중방도 입을 다물지 못하였다.

난감한 비룡이 잔뜩 찌푸려진 미간을 손으로 문질렀다.

"본래 그런 자가 아니기에 이상하다는 겁니다."

"도움을 얻고자 청한 일이 도리어 방해가 되게 생겼으니 이를 어찌하면 좋겠소. 남훈 때문에 낭자의 재주를 갖기가 더욱 어려워지지 않았느냔 말이오."

중방은 가슴이 답답하여 도포마저 좌우로 풀어 젖히고 크게 숨을 내뱉었다. 애초 낭자의 잘잘못을 가리는 것 따위엔 관심 없었다. 다만 재주만을 취하려 했건만 일이 더욱 뒤틀려 버렸다. 남훈이 이 일을 왜 굳이 조정까지 끌고 가려는지 알 수 없었지만 그리 된다면 낭자가 진명의 손에 있던 때보다 상황이 더욱 곤란했다. 낭자를 손에 넣기도 다루기도 힘들어질 것이 뻔했다. 한편 개인적으로 채령이라는 낭자가 어지간히도 미련하구나 여겨졌다. 걸맞지 않는 재주임을 안다면 진즉에 버려 자신의 안전이나 챙길 것이지 어찌하여 상황을 예까지 내몰아 스스로 신세를 고달프게 하는가 말이다. 어쩌다 저질의 납괴를 다룰 줄 알게 되었는지는 모르나 한낱 처자의 재기는 세상에 내보인다 한들 감탄보다는 비웃음만 사게 될 것이 뻔했다. 남훈이나 비룡이 어찌 마음먹고 있는지는 몰라도 중방은 낭자를 만나면 재주만을 취하고는 정신 차리라 타일러 조용히 덮어주려 했건만 사태는 들불처럼 번져 가고 있었다. 이제는 낭자의 신세까지 헤아려 줄 여유가 없었다. 남훈이 일을 터뜨리기 전에 어떻게든 낭자의 재주를 손에 넣어야만 했다.

같은 생각으로 눈이 가늘어진 비룡이 나직이 물었다.

"평소의 남훈 같으면 분명 민심의 동요를 피해 조용히 처리하였을 것입니다. 한데 돌연 이 일을 세상에 드러내겠다 나서는 이유가 무엇이라 생각하십니까? 아니, 누구 때문이라 생각하십니까?"

무엇이 아닌 누구라는 물음에 비로소 중방의 눈이 번뜩였다.

"그래, 진명이로군. 남훈이 진명을 만나고는 태도가 변한 것이야. 진명을 잡으라 보냈더니 도리어 훼방을 놓고 있으니 이를 어쩐다?"

골똘해진 중방에게 비룡이 목소리를 높여 자신의 판단을 보였다.

"조정을 공론장으로 만들겠다는 것은 허언에 불과합니다. 낭자의 재주를 들춰내는 것은 진명한테도 우리한테도 득이 안 됩니다. 자칫 누구도 갖지 못하게 될 수도 있는데 진명이 죽도 밥도 안 될 일을 할 리 있겠습니까?"

왕권이나 민심이 개입된다면 골치가 아팠다. 낭자의 쇳물일이 공식적으로 금지될 것이니 공공연히 재주를 빼앗기가 더욱 어려워질 테고 그래도 기어코 쇳물일을 한다면 죽임을 면치 못할 것이니 죽은 자의 재주가 무슨 소용 있으랴. 어찌되었든 낭자는 살아야 했고 세상은 그녀의 재주를 몰라야 했다. 그래야만 재주를 빼앗기가 쉬웠다. 이를 진명이 모를 리 없었다.

"그렇다면 진명이 괜히 남훈을 선동한 이유가 뭐란 말이요?"

중방의 물음에 눈초리를 비트는 비룡의 눈빛은 확신에 가득 차 있었다.

"낭자의 재주를 혼자 가지거나 좀 더 많이 가지려는 흥정입지요. 아무튼 제가 드리는 얘기의 요지는 그의 허언에 겁낼 필요는 없단 겁니다. 남훈에 대한 기대가 무너진 것은 아쉬우나 우리가 직접 진명을 상대하면 될 것입니다."

진명과의 담판을 앞두고 그들은 재차 공조체제를 확인하고 전의를 다졌다.

✳

진명은 장길로 하여금 예문당 내행랑에 쌓여 있던 실험일지

들을 자신의 집 내별당으로 옮겨놓게 하고는 그곳에 낯선 자가
드나들지 않도록 항시 경계토록 하였다. 채령이 당분간 그곳에
머물게 된 때문이었다. 더불어 육두에게 이른 것은 앞으론 어딜
가든 비가 오든 눈이 오든 항시 채령 낭자의 꽃가마를 들라는
것이었다.

"채령 낭자께서 이제 예문당에 가지 않으신다면서요?"

육두는 아무도 타지 않은 빈 가마를 왜 들게 하느냐 마침내
불만을 드러내었다. 채령 낭자가 밤낮으로 줄곧 내별당에 계시
니 이제 그럴 필요가 없어졌건만 육두는 요즘도 아침저녁으로
가마를 나르고 있었다. 하도 괴상하고 기가 막혀 참고 참다 결
국은 용기 내어 입을 떼었다. 자못 퉁명스런 그의 표정을 본체
만체하며 내놓은 진명의 대답은,

"채령 낭자를 모시라는 것이 아니라 가마를 나르라는 것이
다."

"예?"

어처구니없다는 듯 말을 잇지 못하는 육두를 대신해서 진명
이 무정히 뇌까리니,

"가마를 나르는 법을 모르는 것 같기에 내 너를 가르치고자
한다."

"선비님!"

육두의 울적한 외마디 항의가 가련하였다. 좀체 받을 빚을 잊

지 않으시는 상전 때문에 못 살겠단 표정이었다. 지난 잘못을 하나하나 되새기는 상전에 육두의 얼굴은 점차 오만상이 되어 갔다.

"이리저리 흔들고는 내동댕이치다니 참으로 방자하다! 그리하면 가마 안의 사람이 온전할 수 있겠느냐? 또한 가마꾼은 가마만 나르면 되는 것이다. 함부로 혀를 놀려 멀쩡한 선비를 난봉꾼으로 욕보이다니, 그래서야 앞으로 어찌 너를 믿고 가마를 들게 할 수 있겠느냐? 도량이 남다른 나였으니 망정이지 다른 상전이었다면 목숨을 보전치 못했을 것이다! 또한 길잡이는 뫼시는 자의 명이 없이는 걸음을 멈추어서도 지체해서도 아니 된다. 듣자 하니 채령 낭자에게 단천골을 알려준 자가 너라면서?"

그때가 언제던가. 육두는 망연히 하늘을 보았다. 생각해 보니 인덕 나리의 식솔을 뫼시고 처음 도성에 올 적에 그런 말을 했던 것 같기도 했다. 별의별 지난 일까지 들춰 되갚는 선비의 모진 계산에 육두는 그저 앓는 소리만 하였다.

"가마를 언제까지 날라야 합니까요?"

"내 분이 가라앉을 때까지."

곁을 지나치는 진명의 뒤에서 고개를 떨어뜨린 육두는 다른 가마꾼들을 마저 불러 대문 앞에 덩그러니 놓인 빈 가마를 마지 못해 들어 올렸다.

언제까지가 될지 모르지만 진명은 그때가 머지않았음을 알았다. 육두는 목숨을 버려가며 빈 가마를 지킬 만큼 어리석진 않기에 이 일에 적격이었다.

빈 꽃가마와 함께 예문당으로 들어선 진명을 맞이한 것은 중방이 찾아와 기다리고 있단 소식이었다. 마침내 올 것이 왔구나 여긴 진명은 육두에게 이번에는 가마를 내행랑이 아닌 자신의 집무실 앞에 내릴 것을 명했다.

마당에 가마를 내리던 때였다. 대청의 기척은 이른 아침부터 외로이 찻상을 받아 들고 있는 중방의 것이었다. 슬금슬금 내려온 그와 짐짓 모른 척 때마침 기단 위로 올라서던 진명이 마주쳤다.

"중방이 아닙니까! 여긴 어쩐 일이오. 아니, 예서 이렇게 아니라 올라갑시다!"

진명의 다소 서툰 인사와 당황한 표정은 등 뒤를 의식하는 것으로 보였다. 서둘러 방 안으로 들이려는 몸짓을 뿌리친 중방의 시선은 진명의 어깨 너머 꽃가마에 닿아 있었다. 예문당에 여인의 가마가 드나들 일이 없잖은가. 저건 필시 채령 낭자의 가마일 것이라 중방은 짐작했다. 가마를 열지 못하도록 하고 서둘러 물리라 명하는 진명의 눈짓이 짐작을 확신으로 바꾸었다.

방 안에 자리한 두 사람의 껄끄러운 시선이 수차례 허공에서 공방을 펼쳤다. 평소 고즈넉하던 그곳이 화살을 겨누는 사냥터인 양 팽팽하였다. 먼저 입을 뗀 자는 성마른 중방이었다.

"피곤하니 돌려 말하지 맙시다! 진명, 그대가 채령 낭자를 데리고 있소?"

"그렇습니다."

본디 의중을 잘 드러내지 않는 진명의 순순한 답에 중방의 눈초리가 가늘어졌다. 필시 어떤 의도를 지니고 있을 거라 여긴 그는 경계하며 연이어 물었다.

"남훈에게서 듣자 하니 처자를 조정에 내보이겠다고? 그것이 남훈의 뜻인가 자네의 뜻인가?"

"우연히 남훈 학형과 제 뜻이 일치하였다 해두겠습니다."

다소 조롱조인 진명의 대답에 중방은 입매마저 비틀었다. 애써 뚝별난 성질을 감추고 응대하는 그의 콧바람이 거세었다.

"걸핏하면 속세에 눈길을 내리까는 남훈이라면 몰라도 자네는 아니지! 언제나 남의 재주를 탐하던 자네가 아닌가. 세상에 드러내면 신분적 질서에 의해 아예 못쓰게 되거나 탐욕스런 손길에 의해 이리저리 찢겨질 것이 뻔한데 그래도 낭자를 세상에 드러내겠다고? 내가 그 같은 거짓불에 속을 성싶은가!"

"믿고 안 믿고는 중방의 뜻대로 하소서."

느직하고 나른한 진명의 대답에 찻잔을 거머쥐던 중방의 주먹이 불끈하였다. 그럼에도 아직까지 화를 참고 있는 것은 자꾸만 견주고 가늠하게 되기 때문이었다. 비룡의 약빠른 셈속이나 남훈의 오만한 턱 끝을 상대할 때와는 달리 진명은 인내를 발휘하게 했다. 비룡처럼 발밭게 움직이지 않지만 누구보다 실속이 있었고 남훈처럼 부러 턱을 치올리지 않아도 그대로 고고하였으니 진명이야말로 실리와 명분 사이의 줄타기에 있어 능력자였다. 따라서 그의 행보는 무척이나 신경 쓰이는 것이었다. 학류의 본류에 발을 담그고는 있으나 번번이 변방단속이나 잘하라는 듯 구석으로 밀리는 군력론은 피 흘리지 않고 반란군을 물리친 진명을 의식하지 않을 수 없었다. 우선은 화를 내기보다 그의 속을 가늠해 볼 필요가 있기에 애써 분노를 재웠다.

입술을 짓이기는 중방의 모습을 넌지시 지켜보던 진명이 도포자락을 추스르고 바짝 다가앉았다.

"돌려 얘기하지 말라 하시니 한 말씀 여쭙지요. 중방께서 원하시는 것이 납제련술입니까?"

중방은 진명이 속내를 감추는 것도 못마땅했지만 그래서 이곳을 찾은 것이냐 대놓고 물어오니 그 또한 불쾌하였다. 남훈을 이용해 처자를 버리게 했다면 체모를 잃지 않았으련만 지금은 마치 구걸이라도 하는 양 군색해져 버렸으니 말이다. 중방은 헛기침과 허공을 향한 시선으로 긍정하였다.

"원하신다면 드립지요. 그 대신."

마땅히 둘 곳이 없어 두리번거리던 중방의 시선이 초점을 찾았다. 횃눈썹을 들어 올린 그는 진명이 덧붙이는 조건에 유심히 귀 기울였다.

"값을 지불하고 사가십시오."

"뭐라?"

마침내 참고 참았던 중방의 주먹이 찻물이 흘러넘치도록 거칠게 상을 내려쳤다. 이어 쏟아내는 그의 분노는 기술에 대한 통상적인 인식을 여실히 드러냈다.

"눈에 보이지도 않는 기술을 돈을 주고 사가라? 지금 그대가 공기를 팔겠다는 것과 무엇이 다른가! 게다가 아랫것들의 천한 기술에 값을 매기란 말인가? 어쩌다 반가의 규수가 그 같은 기술을 가졌다 하나 쇳물일이란 것이 본래 천한 자들의 것이 아니던가! 사람을 조롱하여도 정도가 있지 이 무슨 해괴한 짓거리인가! 납채굴권이 없는 예문에겐 어차피 쓸모없는 기술일진대 소용도 없는 기술을 붙들고 한바탕 챙기려 설치는 꼴이 아주 가관이요! 진명, 그대가 내게 이리 해선 안 되지. 납 야금술을 받아줄 데가 나뿐임을 모르는 것이요? 조용히 낭자를 넘겨준다면 나름 성의를 보이려 했네만, 채굴된 납의 양을 두고 배분하자 논했다면 한 귀퉁이 떼어줄 수도 있었네만, 이젠 그 생각마저도 달아나는구먼!"

중방은 기술을 사가란 진명의 제안을 외상도 아닌 맞돈도 아닌 선금을 달라 생떼를 쓰는 것으로 여겼다. 좀 다른 줄 알았더니 진명도 장사치에 지나지 않는구나 여겼다. 장사치를 상대하는 것은 자신보다는 역시나 비룡이 낫겠다 생각하며 몸을 일으키려 바닥을 짚었다.

그러나 진명의 도발은 여기서 그치지 않았다.

"납이야 제련이 쉽고 값이 싸니 아쉽지 않으신 모양입니다. 그렇지만 석철이라면 얘기가 다르겠지요?"

"허튼수작 부리지 마시오!"

일어서다 어정쩡하게 멈춘 자세에서 중방은 눈을 부릅뜨고 황소숨을 뿜었다. 자리를 뜨려는 모습에 진명이 다급히 석철채굴권을 들먹인 것이 자신과 비룡의 공조체제를 무너뜨리려는 이간질이라 여겼다. 중방은 미련 없이 돌아섰다. 그가 문지방을 건너려는 찰나였다.

"중방께선 납제련술 때문이라지만 비룡은 왜 채령 낭자를 필요로 할까, 한 번쯤 생각해 보지 않으셨습니까? 단지 채굴된 납의 한 귀퉁이를 얻고자 비룡이 중방을 돕고 있다 그리 여기십니까?"

석철채굴권을 두고 싸워왔지만 지금은 엄연히 비룡과 손을 잡고 있는 형편이었다. 그렇기에 귀를 닫으려 애썼지만 문지방에 발을 얹고 있던 중방은 어느새 서서히 뒤돌아서고 있었다. 그렇다고 진명에게 호의적인 것은 아니었다. 앉아 있는 진명을 내려다보는 중방의 눈빛은 여전히 간악한 장사치를 대하듯 했다.

"채굴권을 얻으면 석철을 채굴할 기술은 갖고 계십니까? 조정에서 채굴권과 함께 기술도 내줄 것이라 생각하신다면 오산입니다. 그 기술은 지금 조정이 아닌 예문이 가지고 있습니다."

"뭐라? 이제는 조정에도 기술을 팔아먹겠단 소리인가? 자네 제정신인가?"

조정이 원한다면 순순히 내주는 것이 천한 기술의 명예이건만 나라를 상대로 장사를 하겠다니. 이 순간 중방의 눈에 비치는 진명은 비룡보다 탐욕스럽고 남훈보다 오만하였다. 어이가 없어 실소마저 비쳤다.

중방의 실소를 따라 진명도 여유롭게 입가에 미소를 띠었다.

"못 팔아먹을 것도 없지요. 조정에 팔아먹는 것이 안 된다면 아예 예문이 석철사업권을 가지렵니다."

"무어?"

중방은 얼얼한 뒤통수를 움켜쥐었다. 여태 석철사업엔 관심이 없던 예문이 돌연 끼어들어 이파전을 삼파전으로 만들겠다는 으름장이 공연한 위협으로만 느껴지지 않은 까닭이다. 정말로 조정이 아닌 예문이 석철기술을 가지고 있다면 사업권은 예문에게 넘어갈 가능성이 컸다. 군력론을 공고히 하기 위해 누구보다 석철채굴권이 절실한 중천당으로선 예문이 끼어든다면 여간 곤란하지 않았다. 문제는 예문이 정말로 석철기술을 가지고 있는가 하는 것이었다.

중방의 생각을 훑은 듯 진명이 심드렁히 말하였다.

"그 기술 또한 채령 낭자에게 있지요."

중방의 눈이 커졌다. 중방과 손잡은 비룡의 속내는 납이 아닌 석철 때문이란 뜻이었다. 또한 돈을 주고 낭자의 기술을 사가든지 석철사업을 포기하든지 둘 중 하나를 택하란 종용이었다. 비척거리다 문설주를 짚은 중방은 결국 방을 나서지 못하였다. 그런 그를 진명이 나긋이 채근하였다.

"본래 이런 때는 값이 얼마이냐 묻지요."

"그래, 납제련술의 값이 얼마인가?"

중방은 진명이 시킨 대로 웅얼거렸다. 진명이 내놓은 값은,

"단천골에서 나는 납 이외의 모든 부산물. 그것을 낭자에게 주십시오."

이번엔 '겨우 그거?'라는 뜻으로 중방의 눈이 또다시 커졌다. 천한 기술을 두고 거래라는 형식을 취하는 것이 못마땅하긴 했으나 어차피 버리는 것을 달라는데 어려울 것은 없었다. 다만 흔쾌히 답하지 못하는 그의 혼돈은 불신 때문이었다. 채령 낭자가 정말로 석철기술을 가지고 있는가, 비룡이 정말로 석철사업을 독식하려 자신과 손을 잡은 것인가, 두 가지가 문제였다.

이번에도 진명이 나섰다.

"낭자의 기술과 비룡의 속내, 두 가지가 궁금하십니까? 궁금증을 한 번에 해결해 드리지요."

"어떻게?"

방법을 묻는 중방은 이미 기운 듯 보였다.

"내일부터 낭자의 꽃가마를 비운 채로 예문당을 드나들게 하겠습니다."

고개를 끄덕이는 중방은 진명의 의도를 단번에 알아차렸다. 비룡에게 가서는 낭자가 꽃가마를 타고 예문당을 드나드는 것을 보았다, 진명이 석철사업에 뛰어들려 하더라, 그것을 원치 않는다면 비싼 값에 기술을 사들이라 하더라, 이렇게 전한 뒤 비룡의 반응을 살펴보란 뜻이리라. 만일 비룡이 중방 모르게 은밀히 낭자의 꽃가마를 가로챘다면 낭자의 석철기술도 비룡의 욕심도 모두 사실일 것이었다.

중방은 그렇게 사명을 띠고 돌아섰다. 뒷짐을 진 채 마당에서 그를 배웅하는 진명은 남훈에 이어 중방과의 연횡도 조만간 성공할 것이라 확신하였다. 지금으로선 한없이 등질 것만 같은 비룡과도 언젠가는 연횡하게 되리라. 그 날은 모략을 일삼는 자신이 아니라 술책 따위 모르는 채령 낭자의 손에 달려 있었다. 그때는 각개동맹이 하나의 동맹이 될지도 몰랐다.

18

흙먼지 날리는 푸석땅을 오랜만에 단비가 적셨다. 한동안 화덕의 열기에 달구어져 있던 예문당 내행랑도 끄느름한 하늘빛에 일찌감치 비설거지를 마치고 내리붓는 달구비를 맞았다. 최근 채령이 발길을 끊은 탓에 휑뎅그렁하였던 그곳은 육두의 군소리가 대신하고 있었다. 궂은비로 한층 무거워진 가마를 옮겨야 했던 오늘은 불평하는 목소리가 더욱 컸다.

"이 내 속을 어찌 보여 드려야 아시려나. 쇤네 속은 화병으로 들끓는데 나리 속은 빗속을 뚫고 달려온 공주님 덕에 들렁들렁하던가요?"

앙가슴을 쥐어뜯던 육두는 내행랑 한편에 놓인 꽃가마를 망

연히 바라보았다. 또다시 그것을 날라야 할 어둑해질 무렵엔 세
찬 빗발에 더욱 무거워질 것이었다. 군소리 끝에 한숨을 가득
뿜었다.

　예문당으로 들어선 공주를 본 무령은 이내 달려가 궁인으로
부터 일산을 건네받았다. 공주를 위해 비나 햇빛을 가리는 일산
을 드는 것은 예문당에선 으레 무령의 몫이 되어 있었다. 궁인
들조차 그것을 그에게 넘기는 것을 당연하게 여겼다. 애초 공주
가 무령을 찾아 그것을 들게 한 것이 원인이었으나 요즘엔 무령
이 스스로 자처하는 모습이었다.
　"날이 궂은데, 오늘도 오시었습니까."
　"궂은 날에 일산을 들려니 짜증이 나나 보지?"
　종종걸음을 걷는 공주의 장옷 위로 행여나 빗물이 튈까 살피
며 뒤따라 걷던 무령이 펄쩍 뛰었다.
　"한뎃바람에 행여 옥체 상하실까 염려가 되었을 뿐이옵니
다!"
　무령의 말에 공주가 걸음을 멈추고 돌아섰다. 하마터면 공주
의 비단신을 밟을 뻔한 무령은 당황하여 물웅덩이를 밟고 말았
다. 그는 엉망이 된 자신의 신은 안중에 없이 행여나 흙탕물이
튀지 않았는가 공주의 장옷만을 머리를 조아리며 살폈다. 무령
의 모습을 지켜보던 공주의 얼굴에 쓸쓸한 미소가 걸렸다. 진명

이 무령의 반만 닮았었더라도 하는 아쉬움 때문이었다.

"참으로 냉정한 사내야, 진명은."

공주의 야속한 속내를 모르는 무령은 그녀의 말에 세차게 고개를 저었다.

"아니옵니다. 워낙에 대공지평하시어 만사에 사사로움을 두지 않으시니 그리 비칠 수 있겠으나 진명 선비는 결코 매정한 분이 아니옵니다. 선비께선 궁벽진 곳에서 뜻을 펼치지 못하는 제 처지를 안타깝게 여기시고는 저뿐 아니라 제 식솔들까지 직접 챙겨주시었고 지금은 거의 동정식하는 것과 다름없이 지내고 있사옵니다."

"그래?"

새침하게 되묻는 공주의 얼굴이 돌연 밝아졌다. '동정식을 할 정도란 말이지?' 투기심 가득한 진명의 얼굴을 떠올리는 것만으로도 공주는 가슴이 두근두근하였다. 상기된 표정을 들키지 않기 위해 공주는 갑자기 화제를 돌렸다.

"평소 궁금한 것이 있었어."

"하문하십시오."

"가끔 이곳에 여인의 가마가 보이던데 누구 거야?"

선비들의 공간인 예문당을 드나드는 낯선 꽃가마가 조금 신경이 쓰였더랬다.

"제 큰누님이옵니다."

"그렇구나."

진명하고 상관없기만 하면 되었다. 충분히 안도한 공주는 더는 가마에 대해 묻지 않았다. 또다시 공주의 걸음이 우뚝 멈춘 것은 평소 여타 학류와의 교류로 바쁘다던 진명이 오랜만에 강학마당에 모습을 드러낸 때문이었다. 공주를 본 진명은 그 자리에서 정중하게 머리를 숙여 예를 갖추었다. 공주는 건성으로 인사를 받고는 새침하게 시선을 거두어 부러 쌀쌀맞은 체하였다. 그리고는 반대로 무령을 향해 활짝 웃음을 건네었다. 이에 그치지 않고 갑자기 머리 위에 썼던 세모시 장옷을 벗어 무령에게 건네고는 딴청을 부렸다.

"이 같은 채찍비에 어쩌자고 이러십니까. 끝자락비랍시고 만만하게 보아선 아니 되옵니다."

공주의 예상대로 무령은 몹시 근심하며 받아든 장옷을 다시 덮어주려 하였다. 이에 공주는 앙살스럽게 몸을 비틀며 투덜거렸다.

"곁마기가 없는 옷은 뚱뚱해 보이잖아."

"아닙니다. 공주님은 장옷에도 충분히 아리따우십니다."

무령의 대답은 언제나 흡족했다. 공주는 같은 말을 한 번 더 들을 요량으로 이제는 일산마저 벗어났다.

"보모상궁이 그러는데 자고로 여인은 깜찍하고 앙증맞아야 여인답다 하더라고."

"공주님께선 장옷에도 아리따우십니다."

한 손엔 일산을, 다른 손엔 공주의 장옷을 든 무령이 공주를 쫓느라 바빴다. 그의 얼굴에는 비에 젖어가는 공주의 홑당의에 대한 걱정만이 가득했다.

"정말? 오늘 새로 머리에 얹은 금나비떨잠 때문은 아니고? 어제 장야관에서 얻은 거야."

"떨잠 따윈 보이지도 않습니다. 공주님만 보이는 걸요."

해맑은 웃음으로 빗속에서 비척거리는 공주 앞에 마침내 진명이 다가섰다. 공주는 가슴이 터질 것만 같았다.

"공주님의 수복강녕을 바라옵니다."

들썩거리던 공주의 호흡이 일순간 멈추었다.

잠시 걸음을 멈추어 공손히 허리를 숙이는 진명의 행동과 어투는 오며 가며 마주하는 선비들을 대할 때와 다름이 없었다. 데면데면한 진명의 태도에 실망한 공주에게 더욱 충격이었던 것은 지나치며 남긴 '공주님의 수복강녕을 바라옵니다'란 인사였다. 갈모를 쓰고 도롱이를 덮어쓴 진명은 예문당을 나가려는 차림새로 무령의 어깨만 다독여 주고는 가던 길을 가고 있었다.

공주는 빗발에 아랑곳하지 않고 마당을 벗어나고 있는 진명을 향해 뛰었다. 진명이 아파할 이 순간을 얼마나 기다렸는지 모른다. 한데 저토록 변함없는 모습이라니. 진명의 걸음이 워낙 빨라서 거의 대문에 이르러서야 그의 옷자락을 잡을 수 있었다.

돌려세우고는 냉큼 물었다.

"진명은 비를 맞고 서 있는 내 모습이 안타깝지도 않아?"

빗줄기는 얼굴의 고운 분칠마저 씻어 내리고 있었다. 진명의 눈에 가물거리는 물기 없는 건조한 빛은 염증도 연민도 아니었다. 공주의 내숭스런 짓에 여태 비겁한 외면으로 응대해 온 그가 이제 공주와의 관계에 끝매듭을 짓고자 함이었다. 공주를 떼어내는데 더는 기만하는 방법으로 임시변통하고 싶지 않았다. 비로소 확고부동한 마음을 보이는 것은 자신의 삶을 방해할 티끌 같은 오해조차 피하려 함이었다.

"땀에 젖은 적삼을 본 자는 비 맞은 당의에 마음이 동하지 않습니다."

공주가 여태 진명에게서 들어본 말 중에 가장 성의가 담긴 것이었다. 하나 가장 잔인한 말이기도 했다. 가까스로 묻는 그녀의 음성은 떨잠 위의 금나비처럼 파르르 떨리고 있었다.

"진명의 눈엔 요 금나비떨잠이 어때?"

오직 공주님만 보인다는 무령과 같은 대답까진 기대하지 않았다. 그저 잘 어울린다, 어여쁘다는 얘기면 족하건만 진명은 더욱 매몰차고 싸늘하였다.

"빛깔과 모양을 내기 위해 얼마나 담그고 벼리었을까를 생각하느라 미처 떨잠이 장신구임을 깨닫지 못하였습니다."

공주는 차디찬 빗물이 섞인 듯한 그의 말이 한낱 떨잠만을 이르는 것이 아님을 알았다.

각별히 멋을 내었건만 진명은 멋을 낸 줄도 몰랐다며 매몰찬 표정을 짓고 있었다. 떨잠을 머리에 올리며 공주가 얼마나 설레 었을지 따위는 안중에도 없다 말하고 있었다. 본래 다정다감한 사람이 아님을 알고 있었으나 여태와 다른 느낌의 소홀함에 당 황한 공주는 공손히 돌아서는 진명을 부르지도 잡지도 못하였 다. 내숭스런 몸짓을 멈춘 그녀는 진명의 도포자락이 시야에서 벗어날 때까지 망연히 비를 맞고만 있었다.

비로소 정신이 든 것은 머리 위로 드리워진 일산 때문이었다. 공주는 그제야 얼굴을 들어 무령을 봐주었다. 공주의 눈이 커졌 다. 진명에게 기대했던 좌절과 실의가 엉뚱하게도 무령에게서 보인 때문이었다. 그녀는 고운 미간을 잔뜩 찌푸려 그를 엄히 나무랐다.

"왜 네가 그런 얼굴을 하고 있는 것이냐!"

무령에게서 장옷을 빼앗듯 가로채어 머리 위에 두르고 옷섶 을 여민 주먹을 부르쥐었다. 공주는 진명의 거절을 그대로 믿을 수 없었다. 한 번 더 확인해야만 했다. 진명에게 무참히 짓밟힌 여심에도 공주의 얼굴이 다시 밝아진 것은 그와 동정식을 한다 던 무령의 얘기가 머리에 번뜩 스친 때문이었다.

＊

줄곧 쏟아붓던 굵은 빗줄기가 가늘어졌을 무렵, 진명의 숙모는 소반에 주전부리를 마련해선 내별당을 찾았다. 툇마루를 짚고 방문을 열어젖힌 숙모는 쯧쯧 혀를 차며 여태 그러고 있냔 표정을 했다. 채령 낭자는 장길이 예문당으로부터 날라다 놓은 해묵은 책 속에 파묻혀 지내길 여러 날이었다. 낭자는 기척조차 느끼지 못했는지 서책들을 방 안에 흩던져 놓은 가운데 여전히 그 속을 헤집고 있었다.

"그러다 책 속으로 들어가겠소. 매일 그 모양 그 자세로 삭신이 쑤시지도 않소?"

방 안에 소반만 밀어 넣고는 돌아서려던 숙모를 문 밖을 돌아본 채령이 냉큼 툇마루로 나와 붙들었다. 이래저래 감사하다는 인사에 숙모가 고개를 가로저었다.

"실은 이것저것 궁금해서 먹을 것을 핑계로 자꾸 들여다보는 것이라오."

숙모 곁으로 다가가 툇마루에 나란히 걸터앉은 채령이 다정히 여쭈었다.

"무엇이 궁금하십니까?"

뭐든 대답해 줄 것 같은 채령의 적극적인 응대에 숙모는 환한 표정으로 치마폭을 여미곤 바짝 다가섰다.

"낭자는 본디 책을 그리 보오?"

미처 예상하지 못한 엉뚱한 물음에 잠시 대답을 주춤하던 채령이 어질러진 방 안을 돌아본 뒤 질문의 뜻을 이해하고는 함박웃음을 지었다. 이조령 대감과 진명 선비가 차분히 정독하는 것만을 보아온 숙모는 책더미를 뒤적거리고 대충 책장을 넘기는 채령이 정말로 책을 보긴 하는 건가 의심하였던 모양이다.

"보는 것이 아니라 찾는 것이기에 그렇습니다."

"찾는다니. 무얼 찾기에?"

요즘 진명이 부쩍 내별당을 자주 드나들며 채령 낭자와 교류가 잦기에 마침내 정분을 나누는가 보다 여겼는데 자세히 분위기를 살피니 그것이 아니었다. 세상일에 관한 한 알 것 없다며 번번이 내쳐지곤 하는 것이 여인일진대 진명이 채령을 대하는 것은 조정의 정사를 논하는 것과 다를 바 없이 묵중하였으며 이에 응하는 채령 또한 전에는 숫된 얼굴로 어려워하기만 하더니 요샌 제법 교연한 눈빛으로 진중히 그를 대하였다. 모두가 진명의 수작일 거라 짐작은 하면서도 언뜻언뜻 보이는 그들의 교감이 일방에 의해 조작된 것만은 아닌 것처럼 보일 때가 있었다. 숙모는 실은 채령이 무슨 일을 하는가 보다는 진명을 어찌 여기는가가 궁금했다. 대뜸 내뱉은 질문은 솥에 찌는 고구마가 익었는지 알아볼 요량으로 무턱대고 찔러보는 젓가락질과 다름없었다. 단서를 흘릴지도 모르는 그녀의 대답에 숙모는 귀 기울였다.

"제가 하는 일은 글을 곱씹고 되새기는 것과는 다릅니다. 선비님들께서 하시는 일이 인륜을 바로잡는 삶의 규칙을 만드시는 거라면, 제 일은 아주 오래전부터 이미 존재하던 자연의 규칙을 찾는 것이지요. 지금은 실패한 실험을 거울 삼아 반복되는 규칙을 찾고 또 다른 규칙에 대한 영감을 얻고 있어요."

낭자의 충실한 답이 숙모의 귀에는 그저 알맹이 빠진 쭉정이일 뿐이었다. 미처 단속하지 못한 마음자락을 엿보려 했던 숙모의 입가엔 헛헛한 웃음만이 맴돌았다. 그러나 여기서 멈출 그녀가 아니었다.

"모호한 말로 애써 좋게 둘러댈 것 없구려. 본래 큰조카가 좀 짓궂소. 큰조카 때문에 피곤하다든지 난처하다든지 하면 솔직히 말해보시요. 혹 아오? 내가 도움이 될는지. 큰조카가 예문당에 있던 낡은 책들을 공연히 이곳으로 옮겨와 번번이 낭자를 불러들이는 것이 못마땅하던 참 아니었소? 그리하여 화풀이로 읽는 둥 마는 둥 책장을 넘기고 책을 내던져 방 안을 어지럽힌 것이 아니냔 말이오."

숙모는 마음껏 진명을 험담하라며 멍석을 깔았다. 채령이 일하는 모습을 어기대는 것으로 부러 말하기도 하였다. 낭자가 진명을 어찌 여기는지 솔직한 속내를 듣기 위함이었다. 아무렇게나 넘겨짚는 것에 어떻게든 반응을 보일 것이었다. 고개를 가로젓고 펄쩍 뛰는 채령의 모습에 숙모는 애써 호기심을 감추고 차분한 마님의 모습으로 귀를 기울였다.

"처음엔 능히 당해낼 수가 없어 힘겹고 알 수 없는 분이라고만 여겼습니다. 하오나 지금은 아닙니다. 비록 절 대하시는 모습이 일관되지 않아 간혹 대처가 어려울 때가 있으나 그마저도 모두 제가 부족한 탓입니다. 견문이 좁아 선비님의 깊은 뜻을 헤아리지 못한 탓이지요. 선비님은요……."

채령이 말끝을 흐리며 가느직한 목을 빼 온종일 비를 뿌리는 궂은 하늘을 보았다. 그리고 이내 말을 이었다.

"세찬 비를 대신해서 받아주는 저 처마 같은 분이십니다. 선비님께선 삶의 규칙과 자연의 규칙이 서로를 지배하기보다 기대고 도우면서 공존해야 한다고 말씀하셨지요. 그러한 선비님의 뜻이 제게 얼마나 큰 힘이 되는지 아십니까? 선비님의 은덕에 보답하는 길은 처마를 벗어나서도 홀로 설 수 있게 되는 것이라 여기고 있습니다. 이곳 내별당에서 보신 제 의젓잖은 짓들은 화풀이가 아닌 보답을 위한 몸부림이옵니다."

숙모의 고개가 갸웃했다. 큰조카가 못마땅하냔 물음에 채령 낭자가 처음엔 도리질을 하며 세차게 부인하기에 실은 큰조카를 좋아하는구나 여겼는데, 결국 처마를 벗어날 궁리를 하고 있다는 것이 한편으로 마음에 걸렸다. 불그스름한 볼이 여인의 것 같기도 하였고 도움받는 처지를 맥쩍어하는 모습 같기도 하였다. 진명에 대한 마음이 생각보다 깊은 것도 같고 영 아닌 것도 같아 헷갈렸다. 분명하게 확인하고 싶었다. 큰조카가 사내로는 어떠한가 대놓고 물으려는데 그때였다.

"숙모님께서 이곳에 계시다 들었습니다."

엉큼성큼 내딛는 걸음으로 내별당 마당을 지나 기단 위로 훌쩍 올라선 자는 진명이었다. 젖은 갈모와 도롱이를 벗어 빗물을 털어내며 숙모에게 넙죽 허리를 숙였다. 숙모는 내별당에 있을 때만 굳이 찾아 인사하는 큰조카를 나무랄 생각은 없었다. 다만 눈초리가 비틀어진 건 하필 궁금한 것을 물으려는 순간에 나타난 것이 못마땅한 때문이었다.

"요샌 한낮에 큰조카를 보는구려. 더구나 이 빗속에 말이오."

곁에 채령 낭자가 있음에도 숙모는 진명을 놀리려 수다스럽게 떠벌렸다. 그러나 진명은 당황하기는커녕 넉살스런 웃음으로 응하였다.

"제가 본래 궂은 날엔 낮이 짧은 탓에 귀가를 서두르곤 하였잖습니까."

속 보이는 능청에 숙모가 비식비식 웃었다. 빗길에 차림이 더러워지면 숙모만 애를 먹는다며 아예 예문당에서 책을 보며 날을 넘기곤 하였던 것이 생각난 때문이었다. 숙모는 진명의 손에 들린 갈모와 도롱이를 뺏어 들며 말했다.

"아랫자락이 다 젖었구먼. 도포도 주시게. 말끔한 것으로 내 드릴 테니."

진명이 도포를 벗기 위해 실띠를 풀던 찰나였다. 숙모는 세찬 비에 갈모도 소용없던가 보라며 그저 무심히 그를 도와 갓끈을 풀어내고는 빨랫감을 거둬 발길을 돌렸다.

겉옷들을 숙모에게 빼앗긴 진명은 졸지에 차림이 허술해진 탓에 난감했다. 돌아서고 싶지 않으나 이대로는 채령 낭자와 마주할 수 없기 때문이었다. 진명은 반대쪽으로 몸을 돌리다 채령에게 다만 일렀다.

"오늘 안에 언제든 좋소. 하던 것을 마치고 다소 한적해지거든 외별당을 찾아주겠소?"

"예."

채령은 넋을 놓은 채 그저 알겠노라 답했다. 대답을 듣고는 진명은 비로소 발길을 떼었다. 선비가 무슨 일로 보자는 것인지 딱히 궁금하지는 않았다. 채령의 쇳물일이나 진명이 만난 사람들이 화제가 되어 그들은 종종 담소로 하루를 마무리 짓곤 했기 때문이다. 주로 진명이 내별당을 찾는 일이 많았으나 간혹 상황에 따라 채령이 외별당을 찾기도 하였으니 여느 때와 별반 다르지 않았다.

그러나 지금의 채령은 조금은 달랐다. 기단에 붙박이로 서서는 멀어지는 진명에게서 눈을 떼지 못했다. 혼란이 가득한 그녀의 시선은 그가 보이지 않을 때까지 줄곧 상투를 꿰지르고 있는 백동동곳에 머물러 있었다. 남루한 물건을 선비께서 손수 착용

할 줄은 몰랐기에 적잖이 당황하였다.

누런 흙물이 내는 맑은 소리에 가만히 귀 기울였다. 흙마당을 튕기는 빗소리가 청명하기만 하였다. 갓에 가려 보이지 않았던 백동동곳이 비로소 보였다. 동곳을 처음 그 앞에 내놓던 날, 그 것을 귀하게 어루만지던 선비의 손길을 떠올렸다. 그리고 그 감 동이 다시는 석쇠를 만나지 말란 말로 이내 사라졌던 것도 함께 떠올렸다. 이제 보니 모진 말보다 그 손길이 진심이었나 보다. 선득한 시선에서 느닷없이 온정이 느껴지고, 타박하던 말들이 새삼 다정하게 들리곤 했던 것들이 이제야 이해가 되었다. 은을 얻고자 한 걸음 물러나 준 줄 알았건만 선비는 진정 자신을 아 끼고 있었음을.

좀처럼 기세가 수그러들지 않는 빗발에 처마 밑을 돌며 망설 이던 채령은 치맛단을 덜름하게 들어 올렸다. 낡은 장옷을 머리 위로 덮어쓰고는 냅다 달리려는데 섬돌을 밟으려 할 때 한 여종 이 기다렸다는 듯 달려와선 잽싸게 도롱이를 머리 위에 펴들었 다. 고맙구나 하였더니 여종은 진명 선비께서 이르신 대로 할 뿐이라 하였다. 여종은 채령을 외별당의 처마 밑까지 데려다 놓 고 대청에 선 진명에게 잠시 머리를 숙이고 이내 사라졌다.

대강 방만 치워놓고는 미처 차림을 수습하지 못한 채 급히 나 선 채령과는 달리 진명은 빗물을 말끔히 씻어내고 새롭게 단장한 모습이었다. 감동이 가득한 채령의 시선은 그의 차림이 아닌 지금은 감추어져 보이지 않는 백동동곳이 있을 진명의 상투 근처에 머물러 있었다. 흘끗거리는 시선을 느낀 진명이 대청에서 기단으로 내려와 눈을 마주하곤 무슨 일이 있는지 물었다.

"그 물건을 정말 쓰실 줄은 몰랐습니다."

그의 머리 위를 보다가 다소 수줍게 시선을 내리는 채령의 모습을 본 진명은 의아함에 고개를 갸웃하다 이내 백동동곳을 뜻하는 것임을 알아차렸다.

"쓰지 않을 물건이었다면 애초 사지도 않았소. 질박한 빛이 좋아 항시 착용하였을 뿐인데 고작 이런 일에 감동을 받는 것이오?"

가냘픈 떨림으로 아롱거리는 그녀의 두 눈은 감격에 듬뿍 젖어 있었다. 그러나 정작 마음을 가누지 못하는 사람은 진명 자신이었다. 자신을 다시 봐주는 듯한 그녀의 살가운 시선에 몸을 떨었다. 가슴의 진동이 금세 발끝까지 번졌다. 그러면서도 그녀의 감동을 퉁명스레 탓하게 되는 건 감동을 되갚고자 노력이 지나치면 어쩌나하는 염려 때문이었다. 꿍꿍이셈도 없으면서 뱃심은 좋은 그녀가 적잖이 걱정되어 그녀의 소매단을 다급히 잡았다.

"낭자의 고혈로써 내 꿈을 이루고자 하는 것이 아니니 혹에라도 부담은 갖지 마시오. 난 우리의 합종연횡이 얼마든지 길어져

도 상관이 없는데, 그대만이 조바심을 내는 것 같기에 이르는 것이오. 이왕 뜻한 길로 접어들었으니 그대가 원하는 삶을 살아야겠지만 이 길에서 살아남아야 한다는 것도 잊지 마시오."

채령은 선비가 늘어놓는 잔사설이 이제는 싫지 않았다. 실패해도 탓하지 않겠다는 말이며 뜻대로 살라는 말이며 모두가 고마운 것들이었다. 왈칵 쥐어져 잔뜩 구겨진 소매단에서 느껴지는 조바심은 어쩌고 자신에게 조바심 내지 말라 다그치는 것조차도.

채령이 진명의 손짓에 섬돌을 밟으려 할 찰나였다. 추적거리는 마당이 일순간 소란해진 것은 갑작스런 육두의 등장 때문이었다.

"선비님! 선비님!"

빗물과 흙물에 온통 젖은 모습으로 달려온 육두는 거친 호흡을 채 가다듬지도 못하고 진명 앞에 드러눕듯 엎드렸다. 그 뒤를 따르던 가마꾼들도 함께 엎드렸다.

"가마를 잃은 소인들을 용서하소서!"

기다리던 소식을 접함에 진명의 입초리가 살짝 휘어졌다. 가마를 가로챈 것은 비룡의 짓임에 틀림없었다. 이로써 비룡과 중방의 합종마저 끊어내게 되었다. 진명은 애써 반색의 기미를 감추고 짐짓 모른 체 물었다.

"가마를 잃다니?"

여태 빈 가마를 나른 것으로 모자라 가마를 잃은 값마저 선비
님께 치르게 되었다 생각한 육두는 질겁을 하였다.

"가마를 들고 으슥한 산비탈을 오르는데 웬 사내들이 나무 위
에서 쏟아지듯 나타나는 것이 아니겠습니까? 다짜고짜 칼을 내
밀고 가마를 내놓으라 하는데 소인들은 검을 빼내어 들 틈도 없
었사옵니다! 눈 깜짝할 새 벌어진 일인지라 어찌해 볼 도리가
없었사옵니다! 어차피 빈 가마임을 아는지라 가마부터 내던지
고는 냅다 도망하였사옵니다. 가마도 가마지만 일단 목숨부터
건져야 하지 않겠습니까? 가마값은 쇤네의 세경에서 떼시고 부
디 용서를……."

그대로 두면 끝이 없을 육두의 말을 욕봤다는 말로 진명이 부
드럽게 잘랐다. 더불어 빈 가마를 버린 일은 아주 잘한 것이란
칭찬과 가마값을 물리는 일은 없을 것이란 첨언도 함께.

예상과는 다른 훈훈한 처리에 육두의 얼굴빛이 급격히 밝아
졌다. 하얗게 질려 있던 얼굴이 온전한 빛을 찾더니 헤실헤실
웃으며 덧붙이길,

"하온데 말입니다, 선비님. 평소보다 가마가 무거웠던 거야
가마가 비에 젖은 탓일 테고 분명 빈 가마였사온데 말입니다.
내던질 때 웬 여인의 비명이 안에서 들리지 않겠사옵니까?"

대청을 향하던 진명이 움찔하였다. 돌아선 그의 표정이 심각
해진 것을 모른 채 육두는 계속해서 아뢰었다.

"무뢰배가 내민 칼도 무서웠지만 그 처녀귀신 소리에 혼비백산하여 뛰었습죠. 집에 거의 다 와서야 함께 있던 가마꾼들에게 가마 안에서 들렸던 귀신 소리에 대해 얘기했더니 이자도 듣고 저자도 들었다 하더이다. 귀신이 참말로 있긴 있는가 봅니다."

"선비님. 선비님?"

한 걸음 다가선 채령이 나직이 진명을 불렀다. 가마 안에 귀
신이 있더라는 육두의 얘기에 선비는 한 손으로 기둥을 짚더니
그대로 한참 동안 미동도 없었다. 그 모습이 생각에 잠긴 것인
지 넋을 놓은 것인지 알 수 없었다. 평소 하늘을 굽어보던 기세
는 어디로 가고 그의 미간은 고심참담으로 깊이 패여 있었다.

채령은 그깟 호들갑스런 귀신 소리에 뭐 그리 마음을 쓰시느
냐 물으려다 그만두었다. 손을 뻗어 잔뜩 굳은 선비의 옷자락을
흔들려다 그만두었다. 자신이 알 필요는 없는 것일 터, 나름 이
유가 있는 근심일 거라 막연히 여기고 채령은 그저 자리를 피해

주고자 하였다. 뻗었던 손을 거두고 돌아서는데 채령은 또다시 돌아서서 진명을 마주해야만 했다. 그가 뻗었던 손목을 낚아채 단단히 붙든 탓이었다.

진명은 느닷없이 돌아 세워져 비척거리는 채령을 자신에게로 당기며 완강한 눈길로 그녀를 붙들었다.

"동살이 비치거든, 그때부턴 경박한 내 입이 하는 소리를 믿지 마시오."

채령은 자신이 그의 도포자락에 둘러싸여 있단 것을 깨달을 겨를도 없었다. 오로지 그의 음성에 서린 비통함이 들릴 뿐이었다. 그가 뱉어내는 불안한 신음만이 신경 쓰였다.

"믿어야 할 소리와 믿지 말아야 할 소리를 구분하라 하시는 거라면 그리 하겠습니다."

"남들이 이끄는 길에 오를 땐 무작정 따라나서지 말고 의심부터 하시오."

"저는 이제껏 끈에 매달린 망석중이로 살지는 않았습니다."

그의 근심을 덜어주려는 야무진 답변에 진명은 애절한 기분을 가누지 못했다. 눈앞에 있어도 아렴풋하기만 하였던 그녀를 힘껏 붙들었다. 맨가슴을 드러내지 않아도 마음을 알아주는 가날픈 사람을 한껏 부둥켰다. 그녀를 차마 떼어내지 못한 채 진명은 읊조렸다.

"가마와 함께 내던져진 것은 귀신이 아닌 공주님이시오."

"예?"

공주가 자신의 가마에 타고 있었다는 얼토당토않은 얘기에 잠시 멍멍한 표정을 짓던 채령이 이내 정신을 가다듬었다. 진명의 걱정이 고스란히 그녀에게로 옮겨졌다.

"무뢰배에게 가마를 빼앗겼다 들었사온데 공주님께서 그 안에 계셨다니, 아아……. 지금 이럴 게 아니라 어서 공주님을 찾아야죠! 우선 무령이를 만나보겠습니다. 요즘 공주님과 왕래가 잦았으니 무뢰배가 누구인지 짐작할지도 모릅니다."

얼굴도 모르는 공주를 당장에라도 찾아 나설 것처럼 품에서 벗어나려는 채령을 진명은 더욱 옥죄어 안았다.

"장담하건대, 공주님께선 무사하오."

비룡에게 갔을 공주는 분명 무탈할 것이기에 찾아 나서거나 걱정할 필요는 없었다. 진명이 근심하는 것은 정작 다른 것이었다.

진명의 품 안에서 채령은 시선을 들었다. 눈으로 보지도 않은 것을 어찌 그리 장담하는 것인지 모르겠지만 신기한 것은 그의 말처럼 공주님은 정말 무사할 것이란 생각이 드는 것이었다. 그럼에도 채령 또한 걱정을 늦추지 못했다.

"선비님은요? 선비님은 괜찮은 것이옵니까? 선비님 댁으로 오던 가마로 인해 벌어진 일이옵니다. 자칫 선비님께서 화를 입으실까 심히 염려되옵니다."

채령의 두 눈은 진명이 당장에라도 포승줄에 묶여 끌려갈 것처럼 여기는 듯했다.

여느 때 같았으면 그녀의 근심을 그대로 내버려 두었을 것이다. 자신을 걱정하는 어여쁜 모습을 좀 더 지켜보고 싶었을 것이다. 그러나 진명은 다가올 시련이 눈앞에 선연한 탓에 여유를 잃었다. 그저 보드라운 손길로 그녀의 등을 다독거릴 뿐이었다.

"아니, 그 반대일 것이오."

"예?"

영문을 몰라 눈이 커진 채령에게 진명은 마음에도 없는 느긋한 미소를 애써 만들어 보였다.

"아마도 전하께옵선 내게 충선관 직제사를 제수하실 것이오."

여전한 의문에 채령의 눈은 더욱 커졌다. 죄를 벌하기는커녕 도리어 벼슬을 내린다니, 왕이 친히 벼슬을 내리신다는데 기뻐하기는커녕 근심 가득한 표정은 뭔지, 도무지 알 수 없었다.

"그렇다면 대체 선비님께서 근심하시는 것이 무엇이옵니까?"

진명은 그저 채령의 얼굴을 빤히 내려다볼 뿐이었다. 그녀의 두 눈에 가득한 물음들에 지금은 아무런 대답도 하고 싶지 않았다. 왕의 부름이 무엇을 뜻하는 것인지 차마 자신의 입으로 이를 수가 없었다.

＊

　온종일 빗속을 헤매던 진명의 꽃가마가 질척한 궁궐 조당에 비로소 들어섰다. 공주가 예문당에서 사라졌다는 소식을 궁인들로부터 전해 듣고는 왕실이 발칵 뒤집혀졌었다. 저녁 내내 눈물짓던 중전이 온전한 낯빛을 찾게 된 건 북만당으로부터 공주를 모시고 있다는 기별을 받은 후였다. 친히 조당에 나와 공주를 기다리고 있던 왕과 중전은 비룡에 의해 궁궐 안으로 들여지는 꽃가마를 지켜보고 있었다.

　'예문당에 갔다던 공주가 북만당에 있다라?'

　왕은 기별을 받을 때부터 의문이 들었었다. 하얗게 질린 비룡의 안색과 긴장이 역력한 언행을 바라보고 있는 지금, 의문은 확신이 되었다. 공주가 무사한지 살피려 한달음에 달려가는 중전과는 달리 왕은 다만 상황을 지켜볼 뿐이었다.

　중전이 가마문을 열기가 무섭게 드세게 가마를 박차고 나선 공주는 힘껏 비룡의 뺨을 쳤다. 북만당에서 따귀를 때린 것에 이어 두 번째였다. 생각할수록 괘씸하여 참을 수가 없었다. 가마 안에서 나뒹구는 동안, 얼마나 두려움에 떨었던가. 아무것도 생각할 수 없었다. 위급한 순간 공주의 입에서 터져 나온 비명은 온통 무령의 이름이었다. 항상 필요할 때마다 곁에 있어준 무령을 애타게 불렀었다.

"무뢰배를 시켜 날 납치하다니! 감히! 감히……!"

자신에 대한 연심으로 진명을 질투한 나머지 비룡이 이와 같은 납치극을 벌였을 것이라 공주는 오해했다.

이 무슨 해괴한 소리냐 분기에 몸을 떠는 중전까지 가세해 얼얼한 뺨을 움켜쥔 비룡은 더욱 궁지에 몰렸다.

어지러운 사태를 수습한 사람은 지켜만 보고 있던 왕이었다. 공주가 무사한 것으로 충분하니 중전에게 공주를 안으로 들이라 명하였다. 한편 달도 뜨지 않은 적막 속에 덩그러니 남겨진 비룡을 편전으로 들게 하였다.

편전에 비룡이 모습을 드러내자마자 왕은 용상을 거칠게 내려쳤다.

"비룡. 공주의 말대로 정말 네가 공주를 납치한 것이냐!"

무너지듯 부복한 비룡은 고개를 내저었다.

"수차례 공주님께 아뢴 바, 소신은 그 가마에 공주님께서 타고 계신 줄 꿈에도 알지 못하였사옵니다!"

"당찮은 상황에 변명이 알량하도다! 네가 공주를 납치한 것만큼은 분명하지 않느냐! 한데 고작 몰랐다는 대답이라니!"

왕의 의도적인 불쾌한 시선이 비룡을 싸늘하게 노렸다. 왕은 구차하고 시시한 변명을 듣고자 함이 아니었다. 비룡을 모르지 않았다. 설령 공주를 탐했을지언정 납치를 통해 얻으려들 만큼 미련한 자가 아님을 누구보다 잘 알았다. 왕이 궁금한 것은 상황이 이 지경이 된 원인이었다. 입술을 깨무는 비룡은 진명의 덫에 걸려들었음이 틀림없었다. 진명이 덫을 놓은 이유를 듣고자 왕은 용포자락을 거칠게 젖히며 엄히 다그쳤다.

"네 궁색함이 빈 가마가 탐이 났다 답할 기세로다!"

'빈 가마'라는 말에 비룡은 참담히 눈을 감았다. 북만당에 내려진 가마 안에서 나오는 공주에 무척이나 놀랐었다. 그때서야 그 가마가 애초 빈 가마였음을 깨닫고 기겁하였었다. 채령 낭자가 진명이 내어준 꽃가마를 타고 공공연히 예문당을 드나든다는 중방의 전언, 그것이 덫이었음을 미처 몰랐다. 석철기술을 갖기 위해 중방 모르게 채령 낭자를 가로채려던 것이 소득도 없이 허무하게 중방과의 동맹을 무너뜨리고 말았다. 공주를 납치했다는 누명까지 쓰게 된 마당에 다른 선택은 없었다. 풀지 못할 매듭이라면 아예 끊어놓으리라. 낭자의 석철기술, 자신이 갖지 못할 바엔 동시에 진명도 중방도 갖지 못하게 할 것이었다. 차라리 왕의 손에 쥐어주는 것이 그나마 기술을 가질 수 있는 최선이었다. 비룡은 머뭇거리던 시선을 비로소 들었다.

"가마 안에…… 석철을 다룰 줄 아는 대장공이 있는 것으로 오해하였사옵니다."

그러자 왕의 헛헛한 웃음소리가 밤공기를 울렸다.

"천한 대장공이 말을 타고 있었다 해도 믿지 못할 터인데, 여인의 꽃가마를 타고 있었다? 지금 과인더러 그 말을 믿으라?"

얼토당토않은 대답은 실소를 뿜기에 충분했으나 다만 신경이
쓰이는 것은 비탄에 잠긴 비룡의 음성이었다. 비룡의 말이 참인
지 거짓인지를 가리고자 왕은 촉각을 곤두세웠다.

"대장공은…… 반가의 처자이옵니다."

"무어라?"

놀라 뒤로 널브러진 왕은 한동안 눈도 끔뻑이지 못했다. 옥체
를 살피고자 곁에 달려든 비룡에게 왕은 손을 내저었다. 늦었으
니 돌아가고 밝은 날에 다시 보자는 말로 왕은 비룡을 물렸다.

이윽고 왕의 화통한 웃음이 편전을 가득 메웠다. 석철기술을
가지려는 저들끼리의 물밑싸움이 난데없는 공주의 개입으로 세
상에 드러난 것이었다. 진명을 눈앞에 붙들어놓을 절호의 기회
였다.

'떳떳하게 세상에 드러낼 수 없는 것을 두고 서로 가지려 아
귀다툼을 하고 있었단 말이지?'

이미 벌어진 경합, 조정으로 자리를 옮겨놓고 왕은 구경만 하
면 되었다. 밤이 깊었건만 왕은 마음이 들떠 숙직 중인 승지를
서둘러 불렀다. 진명의 충선관 직제사 복직을 명하는 유지를 그
의 손에 쥐어주곤 날이 밝자마자 전하라 일렀다. 오만하고 약빠
르던 진명이 이번에는 경험이 일천하단 이유로 물리치지 못할
것이었다.

이른 아침부터 조참장이 술렁였다. 조정에 늘어선 신하들은 간밤의 일을 전하고 나누느라 바빴다. 그들의 이목은 온통 사건의 당사자인 비룡과 홀연히 모습을 드러낸 진명에게 쏠려 있었다. 지난밤 비룡이 공주가 탄 가마를 가로채 북만당으로 들였다는 소식에 전하께서 진노하였다더라, 때마침 진명이 조정에 발을 들인 것이 이와 관계 있는 것이 아니겠느냐, 결국 진명도 부마가 되기를 원했으면서 여태 그리 뻗댄 것이로구나 등등 온갖 추측들이 조정을 떠돌았다.

일순간 술렁임이 잦아든 것은 왕과 세자가 정전에 모습을 드러낸 때문이었다. 월대에 올라선 왕은 조참에 참석한 신하들을 두루 둘러보았다. 크고 작은 벼슬로 궁궐을 오가던 비룡, 중방, 남훈의 곁에 진명이 버젓이 관복을 갖추고 서 있는 것을 보고 보일 듯 말 듯한 웃음을 입가에 머금었다. 조참은 진명이 관복을 입은 것을 확인한 것으로 충분했다. 신하의 문안이며 조계며 일상적인 것들이었으며 왕은 간밤의 일에 대해 언급조차 하지 않았다. 다만 조참을 마치고 넌지시 세자에게 이르길, 조강을 마칠 때쯤 그들을 궁원으로 부르라는 것이었다.

꽃잎이 떨어진 자리마다 붉은 열매가 오밀조밀 맺혀 있었다. 궁원 산사나무숲 한쪽에 조용히 자리한 누각에 여느 때보다 일찍 조강을 마친 왕이 공주와 함께 있었다. 지난밤 왕이 공주에게 어찌하여 남의 가마에 올라탄 것이냐 물었더니, 무령이란 자의 누이가 타는 가마인데 그것이 진명의 집으로 간다기에 몰래 숨어들었나이다 하였었다. 이 자리에서 새삼 그 얘기를 또다시 꺼내어 다시는 그런 짓을 해선 아니 된다 공주에게 재차 다짐을 받았다. 화제를 돌려 이번엔 공주에게 어떤 신랑이 좋으냐, 인품을 보느냐, 인물을 보느냐, 허우대를 보느냐, 집안을 보느냐, 능력을 보느냐, 꼬치꼬치 캐물었다. 공주가 볼을 붉히며 이것저것 다 필요 없고 진명을 원하나이다 하니 대답이 흡족한지 왕은 호탕하게 웃었다. 컬컬한 목을 찻물로 축이려는 찰나, 저만치서 풀잎을 짓이기는 인기척에 왕은 허리를 비틀었다. 세자를 비롯해 진명, 비룡, 중방, 남훈이 차례로 모습을 드러내었다. 누각에 다가가 허리를 숙여 예를 갖추는 그들 앞에 세자가 나서 아뢰었다.

"아바마마, 분부하신 대로 준걸들을 데려왔사옵니다."

"비로소 한자리에 모였도다!"

감격의 어조에 진명이 움찔하는 것을 왕은 놓치지 않고 보았다. 반가웠음에도 여전한 그가 새삼 괘씸하였다.

왕의 부름을 이해했음에도 달갑지 않은 기색으로 뻣뻣한 진명, 야멸친 공주의 눈길에 당황한 비룡, 비룡의 배신에 몸서리치는 중방, 호들갑스런 두 선비를 한심하다는 듯 바라보는 남훈까지 용상으로 눈길을 모았다.

"과년한 공주를 품고 있는 것이 이제 심히 부담스럽도다. 너희가 과인의 시름을 덜어줄 수 있겠느냐?"

왕이 드러낸 본심에 기류가 바짝 조여졌다. 간밤의 일로 불리해진 비룡은 조바심을 감추지 못했으며, 두 눈을 이글거리는 중방에게선 전의마저 느껴졌고, 남훈의 도도한 눈길은 자신은 저들과는 격이 다르다 말하고 있었다.

진명만이 좋은 내색도 싫은 내색도 없이 담담히 눈길을 내릴 뿐이었다. 그를 바라보는 또 다른 시선은 세자의 것이었다. 얼마 전 자신 앞에서 당당하게 정인이 있다 말하였던 진명을 떠올린 것이다. 고개를 숙였지만 이 자리를 견디기 싫다 말하는 그의 차디찬 표정을 오랜 벗으로서 보지 않아도 알 수 있었다. 평소 대놓고 공주를 밀쳐 내던 그가 느닷없이 벼슬을 받아들이고 공주를 싫다 말하지 못하는 것이 그저 의아할 뿐이었다.

긍정의 침묵에 왕은 내심 흐뭇해하며 말을 이었다.

"경합에서 이기는 자는 본감록에 스승의 책을 올리게 될 것이다. 또한 부마가 될 것이다."

다소 상기된 중방이 불쑥 여쭈었다.

"무엇으로 경합하오리까?"

왕은 좌우에 시립한 궁인들에게 명했다.

"처자를 들이라!"

잠시 후 설익은 산사열매 사이로 어룽거리는 희뿌연 무명색에 모두가 숨을 죽여 그녀를 바라보았다. 선바람에 이곳까지 끌려왔음에도 채령은 당황하거나 허둥거리지 않았다. 궁인들에 의해 포박된 그녀가 네 명의 선비 앞에 꿇어 앉혀졌다.

20

누각에서 내려선 왕의 표정엔 호기심이 가득했다. 처자의 얼굴을 자세히 보겠다고 친히 허리까지 굽히니 채령은 그저 황공할 따름이었다. 고개를 들라 이르니 그제야 눈을 든 채령을 왕은 꼼꼼히 뜯어보았다. 그만하면 반반하였다. 앳된 처자들보다 이들이들하진 못해도 조촐한 기품이 그것을 대신하고 있었다. 위엄에 눌려 가까스로 시선을 마주하는 처자는 분명 어깨는 옹그리고 있건만 눈빛만은 밑구린 기색 없이 오롯하였다. 핏기가 가신 애처로운 낯빛은 닳고 닳은 정치판에 한 줌거리도 되지 않을 듯했지만 수없이 쇠메를 쥐었을 작은 주먹에선 끈덕진 기운이 불거졌다.

"너의 이름이 채령이냐. 석철을 다룰 줄 안다고?"

채령이 조용히 '예'라 답했다. 그러자 부마간택으로 긴장되었던 대기가 더욱 조여졌다. 말로만 들었던 처자를 직접 보게 된 중방과 남훈, 본의 아니게 처자를 세상에 드러내게 된 진명과 비룡, 생각지도 못한 상황에 놀란 세자까지 시선을 한데 모았다.

채령을 확인한 왕은 허리를 펴면서 사분사분한 시선마저 거두고는 냉큼 싸늘하게 얼굴을 바꾸었다.

"세상엔 엇나가려는 불측한 속성이 뒤섞여 있기 마련이지. 거스르는 재미를 모르는 바는 아니나 그 정도가 과하면 장난으로 웃어넘길 수 없을 터. 어찌 생각하는가, 남훈?"

왕이 넘긴 판단을 남훈이 머리를 숙이며 다소곳이 받았다. 발치를 내려다보는 그의 시선엔 경멸이 가득했다.

"망측하여 눈을 뜨기조차 어렵사옵니다. 귀천을 나누어 주종의 질서를 세우기 위해선 종속된 자가 제 분수를 아는 것보다 중요한 것이 주인된 자가 본분을 잃지 않는 것이옵니다. 낭자가 스스로를 단속하지 못하고 천한 쇳물일로 양반의 영역을 훼손한다면 종국엔 왕실마저 능멸하려 들 것입니다. 하오니 그전에 적절한 조처가 따라야 할 것입니다."

남훈의 말에 고개를 끄덕인 왕은 단칼에 내려치듯 채령을 을렀다.

"영역을 섞는 일은…… 역모다."

채령은 자신을 향한 모진 눈길들 속에서 차라리 희미한 미소를 지었다. 아버지께서 수없이 되풀이하셨던 말을 급기야 어전에서 확인받게 되자 두려움보다는 허탈함이 밀려들었다. 전하의 뜻이 그와 같다면 그저 뜻대로 조처하면 될 것을 굳이 네 명의 문사들 앞에서 욕보이는 이유, 채령은 그것만이 궁금하였다.

왕은 그렇게 을러놓고는 채령이 아닌 네 문사들의 표정을 살폈다. 애바른 시선에서 느껴지는 안달을 가늠하고 있었다. 남훈에게선 처단의 의지를, 비룡과 중방에게선 처자의 기술을 탐하는 성급한 조바심을 충분히 읽을 수 있었다. 정작 가늠되지 않는 것은 낭자에게 눈길조차 주지 않는 진명의 서늘한 태도였다. 역모란 올가미로 처자를 죽일 수 있다 을렀음에도 그는 눈도 꿈쩍하지 않고 시큰둥했다. 진명을 주시하며 왕은 이번엔 비룡에게 물었다.

"비룡, 네게 처자를 맡긴다면 어찌하겠느냐?"

뱀이 머리를 쳐들듯 고개를 빳빳이 세운 비룡의 눈빛이 날카롭게 빛났다.

"남훈의 말이 틀린 것은 아니오나 세상일이 어찌 이슬처럼 순수하고 하늘처럼 드높기만 하겠나이까. 머리는 하늘을 우러르되 발밑은 흙바닥을 딛고 있는 것이 인생일 것이옵니다. 먹지 않고 살 수 있겠나이까, 빈손으로 나라를 지킬 수 있겠나이까.

양반이 쇳물일을 하는 것이 문제라 하나 채령 낭자의 석철기술 또한 분명 필요한 것임에 낭자에게서 기술만을 거두고 양반의 이름을 버리게 하면 될 것입니다. 번거롭다 여기신다면 실리론에 명하시면 되옵니다. 그 일은 기꺼이 소신이 하겠사옵니다."

가마탈취사건으로 궁지에 몰린 비룡은 누구보다 적극적이었으며 그런 만큼 매서웠다.

비룡이 궁지에서 내놓은 답에 왕이 입가에 미소를 띠었다. 기꺼이 자신의 손을 더럽히겠다 나서는 것이 예상 그대로였기 때문이다. 호기롭게 가슴을 젖힌 왕은 비로소 모두를 아우르며 뜻을 드러냈다.

"과인은 본분도 필요하고 실리도 필요하다. 왕의 본분과 석철기술, 이 모든 것을 과인에게 줄 자 누구인가! 또한 천자국으로부터 석철을 온전히 지켜낼 힘은 누가 과인에게 줄 것인가! 이로써 나머지 셋의 합의를 가져오는 자, 그가 스승의 저서를 본감록에 올리게 될 것이다! 그에게 공주를 줄 것이다!"

남훈의 본분과 비룡의 실리, 중방의 힘과 진명의 인사를 모두 갖겠단 뜻이었다. 모두를 필요로 한다는 뜻이었다. 다만 이것들을 한꺼번에 가져오는 자에게 공주를 주겠다 하니 왕이 주문한 것은 경쟁이자 화합이었다. 혼자서 나머지를 상대하는 것보다는 여럿이 힘을 합쳐 나머지 하나마저 이끄는 것이 유리한 경합이기 때문이었다. 네 학류는 합종연횡으로 이합집산을 반복하며 결국에 하나를 추리리라.

'그에게 공주를 줄 것이다!'

왕의 마지막 말이 떨어지기 무섭게 채령은 눈을 들어 진명을 보았다. 번번이 어긋나던 시선이 비로소 마주쳤다. 그도 자신을 봐주고 있었다. 한데 그 시선이 너무도 냉랭한 것이어서 그 순간 통렬한 아픔이 가슴을 꿰뚫었다. 채령은 냉큼 시선을 내렸다. 경박한 내 입이 하는 소리를 믿지 말라 당부했던 진명 선비의 말을 물론 기억하고 있었다. 그의 냉랭함이 가장된 것임을 모르지 않았다. 다만 이제야 깨닫게 된 자신의 마음이 고통이었다. 된더위에 시든 듯 숨통이 막혔다. 혹한에 얼어붙은 듯 한숨이 부서졌다. 진작 화덕에 태워 없애려 했던 청혼서를 차마 버리지 못하고 묻어둔 저고리 섶 안쪽이 아렸다. 통한이 서린 기술을 전하께서 고작 사윗감을 고르는 데 이용하는 것에 대한 실망만큼이나 아팠다. 문사들의 다툼 속에서 손상을 입게 될 자신에 대한 배려는 없는 것에 대한 분노만큼이나 아팠다. 어디에도 자신의 뜻은 없었다.

"어쩌하냐. 과인의 뜻이 싫다면 이 자리를 떠나도 좋다. 금전옥루도 저가 싫다면 할 수 없는 것이지."

왕은 빠져나갈 틈까지 만들어주며 꺼드럭거리면서도 한편으로는 진명이 발을 빼려나 눈치를 살폈다. 흐뭇하게 웃음 짓고 있는 공주를 동시에 바라보던 비룡, 중방, 남훈은 지체 없이 학류의 명예를 위해 최선을 다하겠노라 답해 올렸다. 머뭇거리던 진명도 뒤늦게 덧붙였다.

"배움이 일천하여 그간 엄두를 내지 못하였으나 다시없을 기회인 즉 마음이 들썩하옵니다. 감히 동참하고자 하옵니다."

비로소 뜻대로 된 것에 왕은 소리 내어 웃었다. 오직 진명을 얻고자 벌인 일이니 채령 처자에 대한 처우는 뒷전이었다. 어차피 진명이 기술을 노리고 처자를 데리고 있었을 터, 진명을 얻는다면 그 기술은 자연히 따라올 것이었다. 다만 당장에 처자의 거처가 마땅찮았다. 죄인 아닌 죄인을 살던 대로 둘 수도 없고 하옥할 수도 없었다. 자칫 기술을 얻는 것을 그르칠 수 있기에 비밀한 곳에 두어야 하나 네 문사들과 자유로이 소통할 수 있는 곳이어야 했다. 처자를 어디에 두는 게 좋을 것인가 묻는데 그때 가장 먼저 나선 이는 뜻밖에도 세자였다.

"소자, 낭자에게 궁금한 것이 있사옵니다."

"무엇이 궁금한 게냐."

왕 앞에 머리를 숙여 허락을 얻곤 세자는 돌아서서 발밤발밤 채령에게 다가섰다. 고개를 들라는 명에 채령이 궁인들에 의해 두 팔이 잡힌 채 목을 늘였다. 그 모습을 딱한 시선으로 한참을 내려다보던 세자가 마침내 입을 열었다.

"어찌하여 다시는 쇳물일을 하지 않겠다 말하지 않는 것이냐. 어찌하여 이제라도 여인의 길로 들어설 것이니 놓아달라 청하지 않느냔 말이다. 대체 너의 뜻이 무엇이냐."

전하의 셈속이나 문사들의 꿍심이야 익숙한 것이었고, 세자는 채령 낭자가 이해되지 않았다. 아귀다툼에 어떠한 배려도 없을진대 굳이 부대끼며 험한 꼴을 겪는 것보다는 재주를 버리는 것이 낫지 않느냔 말이었다. 그 같은 계산도 할 줄 모르는 것인가, 포식자에게 잡힌 피식자의 체념인가, 아님 그녀도 또 다른 잇속이 있는가. 무릎을 꿇고 있으면서도 목 놓아 울지는 않는 겉모습만으론 모호하였다. 그래서 직접 나서 물었다.

채령은 천천히 눈을 들었다. 아무도 물어주지 않는 자신의 뜻을 물어준 것이 황감할 따름이었다. 세자저하의 온기 어린 눈빛에 그녀도 정성스레 답했다.

"제 재주가 부끄러운 것이었다면 진작 쇠메를 놓았을 것입니다. 지금 물러나지 않는 건 더는 숨어 살고 싶지 않기 때문입니다. 세상 밖으로 내딛은 걸음이 다른 누구도 아닌 저의 뜻이기 때문이옵니다."

"허어!"

다소 당황함이 묻어난 짧은 탄성. 세자는 더는 묻지 않았다. 느직한 눈길에 은근한 빛이 감돌 뿐이었다.

조용히 제자리로 물러나는 세자를 진명이 눈길로 좇았다. 낭자를 대하는 저하에게서 찰나인데다 분명하지 않지만 언뜻 호기심을 본 탓이다. 흘끗 저하의 표정을 되작이다 애써 껄끄러운 기분을 숨기고 진명은 어전을 향해 머리를 숙였다.

"아뢰옵건대 낭자의 거처로 단천골이 적당하다 여기옵니다."

진명의 제안에 중방이 머리를 곧추세웠다. 단천골이라면 자신의 손바닥이나 다름없는 곳이니 더할 나위 없이 유리한 곳이었다. 예전에 예문당을 찾았을 때 진명이 한 말이 떠올랐다. 납제련술을 줄 터이니 그 대신 납 이외의 버려진 부산물을 모두 채령 낭자에게 주라 하였던. 낭자를 단천골에 두자는 진명의 제안은 곧 그날 맺은 동맹의 연장인 셈이었다. 그가 뻗은 손을 잡지 않을 이유가 없었다.

"소신의 뜻도 진명과 같사옵니다. 단천골은 도성 안에 있는 유일한 광맥이니 쉽게 손이 미치면서도 발길이 드문 곳이옵니다. 하오니 낭자의 재주를 엿보기에도 편리할 뿐더러 낭자의 망령된 바람을 재우기에도 적절한 곳입지요. 그만한 곳이 없다 여기옵니다."

중방의 부언에 남훈과 비룡의 표정이 다급해졌다. 느닷없이 낭자를 중방의 손에 쥐어주는 진명의 행동이 당황스러웠다. 그들은 머뭇거리며 섣불리 찬반을 말하지 못했다. 거처를 단천골로 정하는 것이 일단 진명에게서 낭자를 빼낸다는 면에서 의미는 있겠으나 진명과 중방의 동맹이 반가운 것은 아니기 때문이었다. 차라리 나머지 셋이 뭉쳐 진명을 상대하는 것이 유리했다. 한편 반대를 하게 되면 중방을 적으로 돌리는 것이었다. 중방에게 신임을 잃은 비룡으로선 부담이었다. 중방을 얻기 위한 진명의 양보에 대해 거듭 고심한 끝에 남훈과 비룡은 일단은 낭자의 거처를 단천골로 하자는데 동의했다. 진명보다는 중방을 상대하는 것이 훨씬 수월하다 여긴 때문이었다. 이로써 채령은 공공연히 단천골에 머물 수 있게 되었다.

*

후원을 벗어나던 공주가 갑자기 돌아섰다. 자리를 떠나는 왕과 세자를 배웅하던 문사들을 제치고 그녀는 채령에게 다가갔다.

"네가 무령의 누이냐?"

"예."

눈앞에 어른거리는 화려한 비단폭 앞에 채령이 잔뜩 엎드렸다. 찬란한 복색만큼이나 밝고 경쾌한 풍모를 지닌 공주는 지금까지의 상황을 여유롭고 즐거운 시선으로 바라보고 있었다. 특히 진명 선비를 바라보는 표정은 지아비를 대하듯 스스럼없었다. 그랬던 공주님이 자신의 앞에서 위엄을 갖추니 괴란쩍고 죄스런 마음이 들어 제대로 눈을 들지 못했다. 채령이 알고 있는 공주의 모습은 두 가지였다. 공주라는 말만 들어도 머리를 내젓던 진명 선비를 통해, 그리고 밤마다 공주님에 대해 수다꽃을

피우며 상기되던 무령의 모습을 통해:

"네가 단천골에서 지내게 되었다는 소식, 무령에겐 내가 전하
마."

"망극하옵니다, 공주마마."

잔뜩 머리를 조아리는 처량한 모습을 공주는 물끄러미 보았
다. 채령과 무령 남매, 우연이라기엔 인연이 기막혔다. 채령의
가마에 몰래 숨었던 빗발이 거센 그날, 가마 안에 숨어 가마가
들릴 때까지 귓가에 쟁쟁거렸던 무령의 울먹이는 외침이 지금
도 생생했다. 공주가 사라졌다는 소식에 다급히 예문당을 살피
는 궁인들의 발소리에 섞여 자신을 애타게 찾던 무령의 간절함
이 마음에서 떠나지 않았다. 한편 느닷없이 가마가 납치되어 죽
는 줄로만 알았는데 그 일이 도리어 진명을 코앞에 데려다 놓는
계기가 되었다. 그것이 채령 낭자의 재주로 인해 벌어진 일이라
니 고마운 일이 아닐 수 없었다. 또한 저리 욕보는 꼴이 마음에
쓰였다. 후원을 떠나려다 발길을 돌린 것은 다소간 마음을 불편
하게 만드는 미안함 때문이었다. 진명과 혼인을 올린 뒤 너희를
잊지 않으마 다짐하며 공주는 돌아섰다. 자신을 얻고자 한자리
에 모인 문사들을 뿌듯하게 훑고는 궁녀들과 함께 사라졌다.

왕가가 떠난 자리에 기다렸다는 듯 세 문사가 동시에 달려들
었다. 남훈, 비룡, 중방은 피비린내에 몰려든 까마귀 떼처럼, 누
린내를 맡은 승냥이 떼처럼, 채령을 발치에 놓고는 대립하였다.

가마사건으로 마음이 상해 있던 중방이 비룡을 싸늘하게 등지며 채령을 막아섰다.

"비룡, 단천골에 걸음할 생각은 마시오!"

중방이 궁인들에게 서둘러 낭자를 단천골로 데려가라 호통을 치자 이번엔 비룡이 채령을 일으켜 세우는 궁인들을 막아섰다.

"중방, 당장에 유리하게 되었다 하여 나중을 장담할 수 있다 보오? 훗날 진명에게서 내쳐지고서 나를 찾을 때도 그리 호언할 수 있을지 두고 봅시다!"

이번 경합은 혼자서는 이길 수 없는 싸움이었다. 제 살점을 떼어주듯 나머지 셋을 구슬리고 달래야만 했다. 비룡은 가장 껄끄러운 진명을 셋이 힘을 합쳐 나누어 맡는 것이 유리하건만 진명의 사탕발림에 놀아나는 중방이 답답하기만 하였다.

둘의 싸움을 홀연히 지나친 남훈이 나긋한 몸짓으로 채령에게 바짝 다가섰다. 그의 읊조림은 차분하나 음산하였다.

"나는 낭자의 기술이 아쉽지 않은 사람이오. 자칫 천자국의 세도를 불리는데 쓰일지도 모르는 그깟 석철기술을 세상에 꺼내는 것이 잘하는 짓이란 확신도 없소. 주종의 질서로 세상을 단속하는 것이 나의 일이오. 무너지는 신분질서를 다잡기 위해서라면 나는 위분론에 기대 능히 낭자를 죽일 수도 있소."

기술로써 흥정을 할 생각 따위 말라는 으름장이었다. 순순히 따르지 않으면 언제든 단천골을 무덤으로 만들겠다는 위협은 위협으로 그칠 기세가 아니었다. 저 같은 서슬에 석쇠가 곤죽이 되고 자신은 재주를 숨겨온 것이리라. 막상 실체를 접하니 두렵기 보다는 서글펐다. 채령이 항변하려는데 그 입을 막은 것은 물러서 있던 진명이었다.

"죽이시오."

남훈에게 다가서는 진명은 채령을 철저히 외면했다. 시선에 온기도 온정도 담지 않았다. 오직 냉정한 면모만으로 날을 세웠다.

"구더기가 무서우면 장독을 깨고 재주의 쓰임이 염려되면 장공을 죽이는 것이 남훈 학형의 식이라면 그리 하시오. 그리하여 변질론을 버텨낼 수 있거든 단천골까지 갈 것도 없소. 당장에라도 낭자를 죽이시오."

변질론이란 말에 남훈은 눈썹을 치떴다. 구정물에 빠진 듯 꺼림한 표정으로 진명을 노렸다. 세상의 질서를 바로 세운 위분론이 결국엔 권력의 수단으로 전락했다는 변질론으로 인해 촉발된 민란, 격문으로 난을 진압한 진명을 응시하는 남훈은 채령에게 주었던 아픔을 고스란히 되받고 있었다. 본분과 실리를 함께 가져오라는 왕의 분부는 위분론의 한계와 실리론의 한계를 에둘러 꼬집는 것이었다. 이제야 떠오른 것은 얼마 전 남백당의 대숲에서 접했던 진명의 인사人事였다.

"낭자가 양반이니 벼슬을 갖는 것이 반상의 질서를 어지럽히는 것이 아닐 것이며, 천한 쇳물일을 한다 해도 여인이니 선비의 체면을 깎아내리는 것은 아닐 것입니다. 또한 채령 낭자가 차지할 자리는 고작 미관말직일 뿐더러 장야관은 지금 존폐가 거론되는 곳 아닙니까? 어차피 없어질 곳입니다. 하오니 낭자의 처단을 늦추십시오. 미증유요, 전대미문에 학형께선 전인미답의 길로 응하면 될 것입니다. 낭자에게 조금만 양보한다면 세상에 위분론의 덕후함을 보이는 것이 되고 후일 장야관에 죗값을 묻는다면 위분론이 주장하는 귀천의 질서가 더욱 공고해질 것입니다."

늙은 준마 취급을 받는 위분론은 낭자를 처단하는 방법에 있어 조금만 돌아간다면 변질론을 벗어던지게 될 것이라 했었다. 세상과 동떨어졌다 오해받는 위분론이 세상과 가까워질 것이며 동시에 선비의 기개를 보여주게 되니 세상과의 간격이 적당해질 것이라 했다. 그 후에 장야관을 없애도 늦지 않다 했었다.

남훈의 미간이 깊이 파였다. 어처구니없는 것은 아니나 섣불리 받아들이기엔 무리가 있었다. 남훈은 그때 물었던 것을 또다시 물었다.

"그리하여 진명 자네가 얻는 것이 무언가?"

"학형이나 저나 부마가 되고자 하는 일 아니겠습니까?"

능청스럽고 천연한 되물음에 남훈의 눈동자가 흔들렸다.

진명은 애써 여유를 가장하며 흘끗 채령을 살폈다. 그녀가 남훈을 마주하고 있었기에 보이는 것은 뒷모습뿐이었다. 당장에라도 어깨를 잡아 어떤 말도 듣지 말라 다조지고 싶었지만 힘겹게 참았다. 진명은 자신이 할 일이 무엇인지 잘 알고 있었다. 이 경합에선 누구도 이겨선 아니 되었다. 이 경합의 승자는 채령 낭자가 되어야 했기에. 따라서 아무도 이기지 못하게 분탕하는 것이 목적이었다. 채령 낭자가 파격을 상대할 파격을 손에 넣을 때까지 그녀를 안전하게 지켜주고, 결국 최종협상은 채령 낭자의 몫으로 넘기는 것, 그것이 경합에 발을 디딘 이유이자 자신의 몫이었다.

21

곧장 단천골로 보내질 줄 알았건만 채령이 들르게 된 곳은 뜻
밖에도 동궁이었다. 채령이 그곳에 모습을 드러내자마자 세자
는 궁인들에게 낭자는 도망할 기회를 노리는 죄인이 아니니 그
리 옥죌 것 없다 이르고는 뒤돌아 전각을 벗어났다. 세자의 뜻
을 알지 못해 그저 서성거리는 채령에게 동궁의 궁인들이 다가
와 세자의 뒤를 따르도록 하였다. 키 작은 나무와 진귀한 돌로
호젓하게 길을 내놓은 뒤뜰로 세자가 들어서고 있었다. 주춤하
는 채령을 궁인들이 재촉하였다.

어색한 산책을 한 지 얼마 되지 않았을 때였다. 위엄에 눌려
멀찍이 뒤를 따르던 채령이 멈칫하였다. 세자가 문득 뒤돌아선

때문이었다.

"말소리가 들릴 만한 거리로 좁히거라."

그 말에 채령이 두어 걸음을 앞으로 내딛었는데 세자는 손을 내저으며 아직 멀다 하였다. 한 발 한 발 옮기던 걸음이 팔을 뻗으면 잡을 수 있을 만큼 가까워지자 비로소 세자는 턱 끝을 끄덕이며 뒤돌아 또다시 걷기 시작했다.

"전하께옵선 부마를 얻고자 하심이니 또 다른 경합의 방법을 찾으시면 될 터, 지금이라도 그만두고 싶다면 말하라."

세자의 산책은 채령이 경합의 도구로 소용되는 것을 막아주고자 하는 최후의 저지선이었다.

감사도 사양도 멋쩍어 채령이 대답을 머뭇거리는 사이, 세자의 물음은 혼잣말이 되었다. 침묵의 뜻을 안다는 듯 그럴 줄 알았다는 듯 세자는 체념 어린 웃음을 보였다.

"겁도 없이 냉혹한 곳에 발을 들였구나. 사람이 사는 곳 어디든 이유가 있을 테지만 너의 그것은 참으로 위태롭구나."

보드라운 세자의 음성은 긴장을 느슨하게 했다. 탓하기보다는 걱정이 가득한 따뜻함에 채령은 어려운 자리를 견딜 수 있었다.

채령과 함께 단천골로 동행할 궁인들이 기다리고 있건만 산책은 계속되었다. 세자는 채령을 이끈 채 뒤뜰 곳곳을 걸었다. 다리가 저려오고 숨이 가빠질 무렵이었다. 돌연 돌아선 세자가 채령을 마주하고 물었다.

"따로 기댈 곳이 있더냐?"

"예?"

채령은 하문하신 뜻을 알지 못해 처음엔 제대로 답하지 못하였다.

"지난한 싸움을 앞둔 자이면서 도통 어찌해 달라는 말이 없구나."

그제야 갈피를 잡지 못하던 채령의 시선이 차분해졌다. 비로소 질문의 뜻을 알았다. 뜻한 바가 있어 기꺼이 어려움을 마다하지 않겠다면 해명하고 청할 것이 많을 것인데 어찌 아무런 도움도 청하지 않느냐 얘기였다. 말없이 걷기만 했던 산책이 세자가 채령에게 준 기회임을 이제야 알았다. 힘을 가진 자가 처지를 이해해 주고 위로하면 절박한 자는 응당 구체적인 청을 내놓기 마련인데, 산책으로 부러 자리까지 만들어주었건만 채령이 아무런 반응이 없자 기댈 곳이 따로 있는지 묻는 것이었다.

절박하지 않을 리 있겠는가, 도움이 필요하지 않을 리 있겠는가. 그럼에도 허둥거리며 부딪지 않는 이유, 채령의 마음에 절로 떠오른 것은 진명 선비였다. 미약하고 보잘 것 없던 자신이 어림없을 상황을 당당하게 받아들일 수 있는 이유는 그였다. 가진 재주를 어찌할 줄 몰라 철없이 날뛰던 자신을 다독이고 보듬어준 사람. 이제는 가야 할 길과 해야 할 일이 분명했다. 단천골에 멍석을 펼쳐 준 진명 선비의 뜻을 결단코 저버리지 않을 것이었다. 이제 자신의 차례였다. 온 마음을 다하겠다는 결심이 눈망울에 서렸다.

"제 스스로 해야 할 일이기 때문이옵니다."

시종 온유하던 세자의 눈빛이 일렁였다. 애처롭고 위태하게 보여 동궁으로 불렀건만 정작 그녀는 안달복달하지 않았다. 조바심이 이는 쪽은 되레 자신이었다. 지금 자신이 해줄 수 있는 것이 고작 가마를 내주는 것뿐이라는 게 안타까울 따름이었다.

*

건너편에 다소곳이 앉아 진명이 따르는 술을 받는 무령의 두 손이 바들거렸다. 마침내 터질 것이 터졌구나 하며 몸져누우신 아버지를 대신해 진명의 외별당을 찾은 무령은 진명으로부터 저간의 사정을 상세히 듣고는 정신이 혼미하였다. 그리 험한 방법으로나마 마침내 바라던 삶을 살겠다 나선 누님이 애달팠고, 이 일이 공주님을 시집보내기 위함이라니 고통으로 가슴이 미어졌다.

"선비님, 누님은 장차 어찌 되는 것이옵니까?"

"무탈할 것이네."

무령을 위로하는 진명은 정작 자신은 지난밤 식은땀으로 홑청을 적시었다. 살면서 이토록 곤곤했던 적이 없었다. 타들어가는 마음을 어쩌지 못해 바들거리는 주먹으로 수차례 가슴을 쓸어내렸고 못내 불안하여 뒤척이다 일어서면 마른땅에 닿은 냉기에 몸을 떨어야 했다. 이대로는 살 수 없을 듯하였다.

입술을 달싹거리며 주저하던 무령이 조심히 물으니,

"이번 간택, 공주님께서도 바라는 것이옵니까?"

진명은 대답 대신 엷은 실소로 입매를 비틀었다. 쓰디쓴 탕약을 마시듯 술잔을 단숨에 비웠다. 골탕을 먹이려 공주의 곁에 붙여놓았건만 귀찮아하기는커녕 들떠하는 모습에서 무령의 마음을 다소간 짐작은 하였더랬다. 공주가 가마에 숨어 있던 동안 그가 예문당에서 벌인 소동을 듣고는 짐작이 확신으로 바뀌었었다. 자신의 대답을 기다리며 초조하게 할끗대는 그의 눈빛에서 진명은 자신과 비슷한 종류의 고통을 보았다. 어떤 대답이 그에게 위로가 되겠는가. 진명은 말없이 준비해 둔 서찰을 그 앞에 내밀었다.

"무엇이옵니까?"

"자네가 석쇠에게 전해주게나."

진명은 예문의 사람보다는 채령의 피붙이인 무령의 간절함을 석쇠가 더욱 믿을 것이라 여겼다.

"석쇠가 누님을 도울 수 있단 말입니까? 어떻게 말입니까? 석쇠는 어디에 있습니까?"

무령의 연이은 물음에 진명은 다만 석쇠가 있는 곳을 일러주었다. 채령 낭자에게 부담이 될 듯하여 만나지 못하게 했던 석쇠를 이제는 내놓을 생각이었다. 석쇠를 채령 낭자에게 보내주고자 했다. 그러나 온전히 보내기 위해선 조금 먼 길을 택해야 했다.

비룡은 지붕 없는 가마 위에서 단천골의 산세를 좌우로 훑다 돌연 혀를 찼다. 중방이 요즘 중천당을 버리고 단천골에 둥지를 틀었다 들었다. 병무에 능한 그답게 채령 낭자 주위에 철통같은 방어벽을 거듭 둘러쳐 아무도 접근하지 못하도록 한다는 소문도 들었다. 낭자가 고집스럽게 석철엔 손도 대지 않고 엉뚱하게도 납괴를 주물럭거린다는 얘기도 들었다. 분명 중방은 아직까지 낭자로부터 석철기술을 얻어내지 못한 것이리라. 석철기술을 얻어냈다면 그토록 두터운 방어벽을 칠 필요가 없을 테니 말이다. 기술을 얻은 후엔 낭자는 버리면 그만이었다. 버리지 못했다는 것은 아직 기술을 얻지 못했다는 뜻이었다.

'그럼 그렇지. 진명이 중방에게 순순히 낭자를 넘겨줄 때는 그만한 단속은 하고 보냈을 테지. 다룰 재주도 없으면서 손에 쥐고 있으면 뭐하누. 중방은 지금 낭자를 죽이지도 살리지도 못하고 쩔쩔매고 있을 테지.'

흔들리는 가마에 맞춰 너풀너풀 고개를 끄덕이며 비웃음을 흘렸다. 여태 그를 홀대했던 중방이 이번만큼은 자신을 내박칠 수 없을 거라 확신하면서.

가마가 중방의 거처에 내려앉았다. 비룡이 서너 번 이곳에 방문하였었기에 중방의 노복들이 금세 그를 알아보고는 제 주인에게 고하였다. 그럼에도 중방은 밖을 내다보지도 않았다. 실익을 위해서라면 그깟 푸대접이야 얼마든지 견딜 수 있었다. 비룡은 팔을 저어 노복들을 물리치고는 큰 걸음으로 단숨에 대청에 올라섰다. 노복들이 미처 말릴 틈 없이 방문을 열어젖힌 그는 들이덤비듯 중방 앞에 앉았다.

"이런, 이런, 중차대한 시기에 고작 병서나 뒤적거리고 있다니……. 쯧쯧."

비룡을 보자마자 중방은 책을 덮고 돌아앉았다. 앵돌아진 그에게 비룡은 혀를 찼다. 냉대에 개의치 않고 천연덕스럽게 물었다.

"그래, 채령 낭자는 어찌 지내우?"

"……."

무얼 물어도 일언반구의 대꾸조차 없는 중방의 뒤통수를 보면서 비룡이 입술을 짓이겼다. 뻣뻣한 네 고개가 언제까지 버티나 보자 벼르며 중방을 도발했다.

"얼결에 낭자를 손에 넣었으나 다루기가 여간 벅차지 않을 것이오. 재주가 필요하니 죽이겠다는 협박이 통할 리 없고 반가의 처자이다 보니 무리한 매질도 곤란했을 테지?"

아무런 응대가 없는 중방의 뒤에서 비룡은 부지런히 혀를 놀렸다.

"지금은 고작 경합에 참여한 넷 중에 자신이 제일 너그럽고 후하다는 말로 어르고나 있겠지? 그렇게 허송세월하는 사이, 진명이 답답하다며 낭자를 도로 내놓으라 하면 어쩔 것이오? 아니, 진명은 이미 그것을 노리고 있는지도 모르오. 손에 쥐어줘 봐야 기술을 얻어내지도 못한다는 것을 낭자를 독차지할 명분으로 만들려 그리 쉽게 그대에게 낭자를 준 것이 아니겠냔 말이오."

움찔한 중방의 어깨가 미세하게 떨리는 것을 비룡은 보았다. 그는 멈추지 않고 계속해서 중방의 비위를 건드렸다.

"전하께서 이르신 학류의 동맹이라는 게 이런 경우를 염두에 두신 것 아니겠소? 낭자에 대해 잘 아는 자, 누구일 것 같소? 낭자를 부리는 방법, 누가 가장 잘 알 것 같소?"

낭자를 가진 자와 낭자를 다루는 자가 손을 잡자는 얘기였다. 또 뭔 수작이냐며 시큰둥하게 콧방귀를 뀌는 중방에게 비룡이 물었다.

"채령 낭자의 관향이 금은골이란 사실, 중방은 여태 모르셨소?"

"……."

단천골이 중방의 영역이라면 금은골은 비룡의 영역이었다. 중방의 가냘픈 침묵은 더 이상 의미가 없었다. 그저 처량한 한 가닥 자존심일 뿐이었다. 비룡은 지난날 금은골에서 낭자로부터 청혼을 받던 때, 말 허리가 끊어지도록 싣고 갔던 재물들을 고스란히 되돌려받았던 기억을 떠올리며 쐐기를 박았다.

"단언컨대, 재물로는 채령 낭자의 마음을 살 수 없었을 것이오."

중방의 도포자락이 바스락거렸다. 마침내 돌아앉아 새치름한 비룡을 마주하였다. 중방은 채령 낭자의 환심을 사기 위해 온갖 호사스런 재물들을 눈앞에 내밀어봤지만 소용없었다. 이 기회에 한밑천 챙겨서 팔자를 고쳐 볼 생각은 없느냐 꾀어봤지만 그녀는 미련스럽게 납괴만 주무르는 것이었다. 그렇다면 천것들을 다루듯 매로 다스리는 수밖에 없다 으르며 형구에 앉히니 뜻대로 하라며 눈을 감아버리는 것이었다. 아무리 때려도 네 뜻대로 하진 않겠다는 고집이 앙다문 입술에 가득했다. 반가의 처자이다 보니 천것들을 다룰 때보다는 부담인데다 매질은 최후의 수단이기에 아껴야 했다. 매질까지 했는데 그때도 기술을 내놓지 않는다면 더는 수단이 없지 않은가. 죽일 수는 없기에 속을 앓던 차였다.

"그럼 비룡 자넨 낭자를 다룰 방법을 알고 있단 말인가?"

중방의 물음에 비룡이 대답 대신 간살스런 웃음을 보였다. 그는 북만당에서 보았던 채령 낭자의 모습을 떠올렸다. 석쇠의 고통에 당장에라도 석철기술을 내줘버릴 듯했던 그때를.

✱

진명이 단천골을 찾기로 한 날이었다. 예문의 납제련술을 중방이 납 이외의 부산물로써 사는 것을 정식으로 문서화하기로 한 것이 오늘이었다. 그 계약서가 곧 진명과 중방의 동맹이 될 것이었다. 중방은 심란하였다. 며칠 전 낭자를 다룰 줄 안다 했던 비룡의 확언 때문이었다. 채령 낭자가 진명에게 있다면 고민할 필요 없이 진명을 택하겠지만 이미 자신의 손에 있기에 비룡이 낭자를 다룰 줄만 안다면 굳이 진명과 손잡을 필요가 없었다. 저울질이 쉽지 않았다. 진명과 비룡 사이를 오가듯 중방은 반나절 내내 본채와 대장간을 오갔다.

만득은 얼마 전 가마를 타고 대장간에 들어서는 채령 아씨를 보자마자 소스라치게 놀랐었다. 곧바로 중방 나리에게 달려가 예전에 보았던 납귀신이 맞다며 호들갑을 떨자 나리는 다만 여태 하던 일은 접어두고 그저 낭자 곁에서 시중을 들며 처자가 하는 일을 눈여겨보라고만 이를 뿐이었다. 주인의 명대로 아씨께서 무엇을 하나 곁눈으로 살핀 바, 납괴에서 납을 추출하고, 남은 것에서 또 납을 추출하고, 납을 더 이상 얻을 수 없을 때까지 반복적으로 납을 추출하고 있었다. 다만 그 과정이 한결같지 않고 매번 방법을 달리했다. 한 번은 끝물의 납은 들이는 공에 비해 추출되는 양이 적으니 도리어 손해다, 납의 할당량을 채운 뒤엔 더는 납을 만들 필요 없으니 그만하시라, 그리 말씀드렸었다. 아씨가 잠자는 시간까지 쪼개가며 화덕을 지키니 시중을 드는 자신이 고단했던 까닭이다. 들은 대답은 '혼자서도 할 수 있으니 너는 그만 네 집으로 돌아가거라' 였다. 그때부터 아씨는 해가 저물면 '고단할 텐데 돌아가 쉬어라. 그래야 내일도 나를 도울 수 있지 않겠느냐' 며 아랫것들을 억지로 부리려들지 않았다. 아씨는 너희가 하는 일이 원해서 하는 일이길 바란다는 말도 덧붙였었다. 그 말이 아씨께선 이 일을 좋아한다는 뜻으로 들렸다. 괴상하지만 듣기 싫지 않았다.

대장간 한 귀퉁이에 턱을 괴고 있던 만득이 지난 일을 더듬기를 그만둔 건 중방 나리 때문이었다. 밖으로 자신을 불러내더니 채령 낭자가 무얼 하고 있더냐 물었다. 여전히 납괴에서 납을 추출하고 있다 아뢰었다.

"어떻더냐. 납은 잘 다루더냐?"

"따라올 자가 없습죠."

"어떠냐. 네가 본뜰 수 있겠더냐?"

"아직은 뭐가 뭔지……."

석철기술이 무엇보다 중요하지만 납제련술도 반드시 얻어야 할 것이었다.

진명과 함께 단천골을 찾은 육두가 별채 섬돌 아래서 기둥을 붙잡고 기대 다리를 주물렀다. 어디를 가든 기고만장하던 제 상전이 이처럼 군말 없이 사람을 기다리는 것이 낯설기만 하였다. 해가 기울건만 선비는 하염없이 시간을 보내고 있었다.

"선비님께서 이곳까지 어렵사리 걸음을 하셨건만 코빼기도 보이지 않는 중방 나리의 경우는 무슨 경우랍니까?"

육두가 투덜거리는 소리를 들은 진명의 눈가가 조소로 가늘어졌다. 자신의 방문을 알면서도 대청에 고작 간소한 술상 하나를 밀어놓곤 걸음조차 않는 중방의 소홀한 대접이 무엇을 뜻하는지 잘 알았다. 분명 비룡이 이곳을 헤적거렸으리라. 따라서 자신과 비룡 사이를 오가며 견주다 보니 계약서에 인장을 찍기를 망설이는 것이리라. 자신을 이토록 기다리게 만드는 이유, 중방은 비룡을 기다리고 있었다. 저울질이 힘드니 양자를 동시에 불러놓고 흥정을 해가며 손을 잡을 하나를 고르려는 심산이었다.

타들어갈 듯 번조하고 텅 빈 듯 헛헛한 가슴을 견딜 수 없어 진명은 먼 곳에 눈길을 두었다. 이곳에 오면서 보았던 크고 작은 광갱이며 대장간들을 떠올렸다. 그 가운데 유달리 경계가 삼엄한 대장간이 있었으니, 먼 거리인지라 누가 누구인지 구분도 되지 않건만 발길을 늦추고 그곳을 드나드는 광꾼들이며 대장장이들을 유심히 훑었더랬다. 그곳에 채령 낭자가 있으리라. 진명은 중방의 단속만은 흡족하였다. 병무에 있어 달관의 경지에 이른 중방이 아니던가. 가슴 한편 쓸쓸하나 낭자를 세상에 드러낸 이상 자신의 집보다 이곳이 안전하였다. 자욱한 한숨을 내뿜을 때였다. 중방의 하인 하나가 기단 아래서 머리를 숙였다.

"중방 나리께서 몹시 상황이 난처하시어 걸음하시기가 곤란하니 선비님께서 본채로 와주십사 청하셨사옵니다."

진명이 아닌 육두가 발끈하였다.

"여태 장승처럼 세워놓더니 이제 오라 가라 하는 행태는 무엇이더냐!"

눈을 부릅뜬 진명이 육두의 입을 막아놓고는 중방의 하인에게 알겠다 이르며 가벼이 턱 끝을 끄덕였다. 다시 찾은 본채 마당엔 분명 석쇠를 대동한 비룡이 있을 터였다.

*

진명이 본채에 들어섰을 때, 마당까지 내려온 중방이 비룡이 데려온 자들을 유심히 살피고 있었다. 사철지의 행수 곽양과 대장장이 석쇠, 진명은 익히 아는 그들을 그냥 지나치고서 비룡 앞에 잠시 머뭇거렸다. 눈빛을 맞부딪고 머리를 숙이는 것이 비룡이 느끼기엔 목례라기보다는 경계였다. 진명의 긴장이 내심 기쁜 비룡이었다.

진명은 희색이 서린 비룡을 뒤로한 채 큰 걸음으로 기단에 올라서 마당에서 보이지 않을 만큼 대청 깊숙이 자리했다. 미리 만들어온 계약서를 꺼낼 필요는 없을 듯했다. 그곳 서탁 한편에 이미 중방이 계약서 두 장을 마련해 놓은 때문이었다. 진명은 다만 그것들을 눈으로 읽어 내리며 중방이 수하를 시켜 채령 낭자를 이곳으로 데려오라 이르는 것을 가만히 듣고 있었다.

대청의 진명과 마당의 비룡 사이에서 엉거주춤하던 중방이 툇마루에 걸터앉을 때였다. 화덕 곁에서 살갗이 벌겋게 익고 땀으로 얼굴과 옷깃을 적신 채령이 가쁜 숨을 쉬며 대문을 넘고 있었다.

본채에 채령이 모습을 드러내자마자 비룡은 곽양을 시켜 석쇠를 그녀 앞으로 떠밀게 했다. 마당에 내박쳐진 석쇠는 등 뒤로 두 손이 묶인 탓에 곤두박질치며 넘어졌다. 흩어지는 흙먼지 속에서 겨우 머리를 든 석쇠의 얼굴에선 생채기마다 선혈이 배어나왔다.

"아악, 석쇠야!"

느닷없이 발 앞에 떨어진 자가 석쇠임을 확인하고는 채령이 경악하였다. 대번에 무릎을 꿇고 몸을 낮춰 치마폭을 걷어내 석쇠의 얼굴을 닦아주고는 손을 묶은 매듭마저 풀어주었다. 그를 뒤로 두고 채령이 바짝 눈을 들었다. 그녀의 시선에 든 것은 비룡과 곽양이었다.

"또 비룡 선비님이십니까? 이번엔 무슨 일로 애꿎은 자를 이리 다루시는 겝니까!"

한껏 날이 선 채령을 비룡이 느긋한 조소로 대하였다.

"낭자의 삶이 이토록 신산해진 것이 모두 저자의 탓이 아니냔 말입니다. 곽양에게 듣자니 감히 천한 대장공이 양반을 공전으로 쥐락펴락 희롱하였다기에 사실을 확인하고 죗값을 묻고자 함입니다."

"희롱이라뇨, 가당찮습니다! 도리어 어려운 형편을 도왔으니 은혜를 입었다 할 것입니다. 양반이랍시고 누가 거저 밥을 먹여 준답니까? 비록 천한 자라 하나 그에게 의지해 가진 재주로 끼니를 이은 것이 어찌하여 잘못되었단 말씀입니까? 석쇠는 제게 은인입니다!"

비룡이 가벼이 코웃음을 쳤다. 쉽게 낭자를 다루는 모습을 중방에게 보이려는 이유로 비룡은 여유를 가장했다.

"이제 보니 낭자께선 희롱을 넘어서 아예 길들여진 모양입니다. 석쇠의 죄가 진정으로 중하다 할 것입니다."

반드러운 조소와 함께 채령을 내려다보던 비룡이 곽양에게 눈짓했다. 그러자 곽양이 수하들과 함께 일제히 석쇠에게 달려들었다. 석쇠를 내주지 않으려 막무가내로 매달리는 채령을 쉽게 내동댕이치고 곽양은 석쇠를 문간채 귀퉁이에 세워진 갱목에 포박하도록 하고는 허리춤에서 마편을 꺼내들었다.

흙마당에 구르던 채령이 그 모습을 보고는 재빨리 치맛자락을 걷고 일어섰다. 냅다 달려 매질을 막고자 채찍의 댓가지를 움켜쥐려던 찰나였다. 밀쳐지며 비틀거린 곽양의 채찍이 석쇠를 막아서던 채령에게 향했다.

"으윽!"

마당에 넘어진 채령의 등과 목덜미에 붉은 자국이 선명했다. 곽양이 다소 움찔하여 비룡의 눈치를 살피니 비룡은 하던 대로 하라 눈짓을 주었다. 곽양은 웅크리고 있는 채령을 지나쳐 재차 석쇠를 향해 채찍을 들었다. 그러자 이번엔 채령이 곽양의 바지자락을 움켜쥐었다.

"내 석쇠를 은인이라 하지 않았더냐! 정작 나를 희롱하는 자는 너와 네가 모시는 비룡 선비가 아니냐! 애초에 내 말을 듣고자 했던 것이 아니지 않느냐, 석쇠를 매질하여 내게 얻고자 하는 것이 있을 터! 모질게 에둘러치지 말고 내게 속 시원하게 말하여라!"

채령은 곽양의 바지자락을 잡고 몸을 일으켜 아예 채찍의 가
죽오리를 붙들었다. 채찍을 빼내려는 곽양의 손짓에 재차 넘어
져 이리저리 휘둘리면서도 쇠메로 단련된 그녀의 손은 악착같
았다.

석쇠를 지키려는 채령의 몸부림을 중방에게 보이고자 했던
비룡은 내심 흡족하였다. 석철기술이 손안에 들어올 때가 머지
않았구나 여겼다.

툇마루에 걸터앉아 팔짱을 끼고 관망하던 중방도 놀라움에
입을 벌렸다. 석쇠를 구하고자 안간힘을 쓰는 낭자의 모습에 자
리에서 벌떡 일어섰다. 여태 온갖 사탕발림과 협박에 꿈쩍도 하
지 않고 묵묵히 쇳물만 다루던 채령 낭자가 비룡에 의해 이토록
격렬하게 동요하고 흔들릴 것이라 예상하지 못한 때문이었다.
내게 얻고자 하는 것이 무엇이냐 묻는 낭자는 당장에라도 석철
기술을 내줄 것만 같았다. 이제 보니 진명도 낭자를 어쩌지 못
해 자신에게 보낸 것이 아닌가하는 생각마저 들었다.

"진명. 아무래도 이 계약은 힘들 듯하오."

대청 쪽으로 배스듬히 몸을 비튼 중방이 인장을 찍지 않은 빈
계약서를 그대로 턱 끝으로 물렸다. 진명을 버리고 비룡과 손을
잡겠단 뜻이었다. 잔뜩 영근 꽃망울이 이제라도 터질 듯 석철기
술이 눈앞에 생생한 판국에 굳이 진명과 이따위 구접스런 계약

을 할 필요가 없었다.

진명이란 이름에 비로소 채령이 주위를 두리번거렸다. 이제야 중방 선비와 그 뒤로 깊숙이 앉아 마당을 내려다보고 있는 진명 선비가 보였다.

석쇠를 메어꽂고 채령을 매질하는 소란 중에도 미동 없던 진명이 다급히 반응을 보인 건 중방이 무참히 진명을 버린 그때였다. 한없이 인상을 찌푸린 채 거칠게 서탁을 내리친 그는 자못 노한 듯 보였다.

"기꺼이 낭자를 내준 호의를 중방께서 이처럼 배역으로 되갚는다면 난들 순순히 구경만 하고 있을 것 같소?"

진명은 서탁 위에 있던 붓을 들어 흠뻑 먹물을 묻히더니 두 장의 계약서에서 예문당과 자신의 이름을 지웠다. 영문을 몰라 눈을 끔뻑이는 중방을 제치고 진명의 시선은 채령에게 향했다. 차마 빤히 바라볼 수 없는 참혹한 모습에 처음엔 눈을 감았다. 그녀가 택한 삶이 가련하였다. 허무하고 맹랑하단 비난 속에 고집스레 지켜온 질박한 삶이 애처로워 견딜 수가 없었다. 저토록 꾸밈도 기교도 없는 그녀의 외침이 속된 세상에 그저 비명만 같았다. 그녀가 가는 길에 무성히 뻗어 앞을 가로막는 잡목들을 헤치는 것이 자신의 책무임을 애써 상기시켰다. 시련을 견디지 못하면 낭자의 처지가 더욱 참혹해질 것임에 애애절절한 마음을 아울러 삼키고 간신히 눈을 떴다. 그의 그늘진 얼굴에는 서늘한 냉기가 가득하였다.

"채령 낭자. 그렇지 않아도 궁금하던 참이었소. 단천골로 보내주면 납제련술을 내주겠다던 낭자가 아니었소. 하여 중방에게 그대를 의탁한 것이고. 그때만 해도 낭자가 원하는 것이 그저 쇳물일인가 보다 하였는데, 비룡이 천한 자에게 고작 매질을 했기로서니 선뜻 가진 재주를 내놓으려는 낭자가 이해되지 않소. 낭자가 정녕 원하는 것이 무엇이오? 석쇠요, 쇳물일이오?"

채령은 곽양이 들고 있는 마편의 가죽오리를 여전히 움켜쥔 채로 답했다.

"석쇠로부터 쇳물일이 비롯되었고 제 삶에서 쇳물일을 놓을 수 없게 되었습니다. 이렇듯 한데 엉켜 있건만 어찌 둘을 구분하겠사옵니까. 석쇠를 향한 채찍이 어찌 저를 향한 것은 아니다 하겠사옵니까."

영 다른 사람처럼 말하는 진명 선비가 속으로 쓸개를 삼키고 있음을 모르지 않았다. 다만 어찌 하라는 것인지 몰라 채령이 허둥거렸다. 그저 답답할 뿐이었다. 잠시 채령의 얼굴에 혼란의 빛이 스치자 흔들리는 모습으로 오해한 비룡은 그 틈조차 주지 않으려 곽양으로 하여금 매질을 거듭하게 했다.

"아씨, 저는 괜찮습니다."

신음을 삼키며 내뱉는 석쇠의 말에 그를 향한 매질이 더욱 거세겼다. 채령의 마음을 조이려는 비룡의 의도대로 그녀는 온몸을 내맡겨 저항하였다. 밀쳐졌다가도 다시금 달려드는 통에 석쇠가 맞는 매를 같이 맞고 있었다.

"한데 엉킨 것을 나누지 않는다면 둘 다 죽는 수밖에."

이를 악문 진명은 애써 유유히 붓을 들었다. 중방 앞에 보란 듯 내놓은 계약서에 지워진 자신의 이름 대신 채령의 이름을 써넣었다. 그러자 중방의 눈이 휘둥그레졌다.

"그대와 나의 계약을 채령 낭자와 나의 계약으로 만들다니, 이 무슨 해괴한 짓이오?"

진명이 중방의 물음에 답하지 않고 아직도 곽양에 대서고 있는 채령을 향해 외쳤다.

"채령 낭자, 이 자리에서 석쇠를 버린다면 단천골의 광석을 얻는 계약의 주체를 내가 아닌 낭자로 만들어줄 수도 있소."

진명은 수정된 두 장의 계약서 가운데 한 장을 중방에게 건네고 육두를 시켜 나머지 한 장을 채령에게 주도록 했다. 납괴의 부산물을 채령이 갖게 되는 계약서였다.

"대체 이러는 이유가 뭐요?"

중방의 채근에 진명이 싸늘하게 답했다.

"중방께서 나를 버리고 비룡과 손을 잡도록 순순히 놔둘 줄 알았소? 어차피 내가 먹지 못할 바에야 남도 먹지 못하게 흙이라도 뿌려놓을 심산이오. 이로써 비룡과 중방의 동맹은 낭자의 선택에 달렸겠구려."

중방과 동맹하지 못하게 된 마당에, 중방이 다른 자와 동맹하는 것을 막겠단 뜻이었다.

"허튼수작하지 마라, 진명!"

비룡은 분노에 몸을 바들바들 떨었다. 진명이 중방과의 동맹을 위해 체결하려던 계약을 돌연 채령 낭자에게 돌린 것은 조금 손해를 입더라도 비룡과 중방의 동맹을 방해하겠단 뜻으로 해석되었다. 진명은 납부산물 따위 염두에 없는 것처럼 보였다. 한편 채령 낭자에게 석쇠와 쇳물일 가운데 하나를 택하도록 만든 상황은 자칫 석쇠를 쓸모없는 수단으로 만들 수도 있었다. 비룡이 들어 올린 채찍에 진명이 당근을 내밀어 훼방을 놓고 있었다.

중방으로선 낭자와의 계약을 마다할 수만도 없었다. 만일 낭자가 진명의 혜살로 순순히 석철기술을 내놓지 않는다면 일단 납제련술이라도 얻는 것이 낫기 때문이었다.

육두로부터 계약서를 건네받은 채령의 얼굴에서 혼돈의 빛이 가셨다. 기술을 통한 중방 선비와의 계약, 그것이 무엇을 뜻하는지 알기 때문이었다. 공공연히 훔쳐지고 홀대받던 기술이 값이 매겨지고 가치를 입증받는 일이었다. 그토록 열망하던 삶의 첫걸음이었다. 더 나아가 진명 선비는 파격을 위한 파격인 은을 추출하는데 반드시 필요한 납부산물까지 자신의 손에 쥐어주고 있었다.

"으윽!"

석쇠의 찢긴 입술에서 새어 나오는 신음이 더욱 커졌다. 채령을 압박하려 석쇠를 향한 매질이 더욱 모질어진 탓이었다.

하지만 채령은 더는 곽양에게 매달리지 않았다. 석쇠를 막아서지도 않았다. 석철기술을 얻지 못할까 봐 안달이 난 비룡 선비의 분노를 지켜보며 무엇이 석쇠를 구하는 길인지 비로소 깨달았다. 자신이 석철기술을 쥐고 있는 한, 석쇠는 결코 죽일 수 없는 인질임을. 매를 대신 맞기보다 차라리 석쇠를 외면하여 더이상 비룡에게 소용되지 않도록 하는 것이 그를 구하는 길임을. 차마 자신을 제대로 바라보지 못하고 냉대를 가장하는 진명 선비의 얼굴을 보면서 쓸개를 삼키는 선비의 고통을 자신도 참아내야만 한다는 것을 알았다. 힘없는 울음보다는 하루빨리 은을 얻는 것이 진정 석쇠를 구하는 길임을. 이 같은 거래와 계교를 겪어본 바 없어 얼떨떨하였으나 이 선택이 석쇠를 구하고 쇳물일도 얻는 것임을 의심치 않았다.

'지금은 내가 야속하겠으나 석쇠야 조금만 참아주렴.'

채령은 그렁그렁 매달리려는 눈물을 악착같이 목 안으로 삼켰다. 당근과 채찍 가운데 과연 어떤 것을 선택할지 선비들이 주목하는 가운데, 그녀는 석쇠를 외면한 채 무겁게 닫혀 있던 입을 열었다.

"중방 선비와의 계약을 받아들이겠습니다."

채령의 선택과 동시에 비룡이 우짖듯 고함을 질렀다. 곽양으로부터 마편을 뺏어 들기까지 했다. 그러나 누구에게도 휘두르진 못했다. 좀처럼 분기가 가시질 않던지 비룡의 성난 가슴은 한참 동안 들먹거렸다.

22

동궁에서 보낸 가마가 마당에 당도하였다는 소식을 듣고는 채령은 나름 차림을 갖추었다. 방에서 나서 섬돌 위에 발을 얹을 때였다. 때마침 죽대접을 가져온 만득을 보고는 신던 미투리를 벗었다.

"이리 다오."

채령이 만득의 손에 들린 죽대접을 대신 받아 들었다.

단천골에 쓰러진 채 비룡에게 버려진 석쇠를 채령이 손수 거두었다. 온몸이 피와 멍으로 물든 그에게 대장간의 제 방을 내어주곤 극진하게 보살폈다. 정성에 답하듯 얼마 후 그는 상처도 얼추 아물고 스스로 몸을 움직일 수 있을 만큼 호전되었다.

그때 채령은 석쇠에게 이제 그만 이곳을 떠나라 말하였다. 자신의 곁에 있어 이와 같은 고초를 겪은 마당에 또다시 험한 꼴을 당하게 놔둘 수 없기 때문이었다. 비록 부족하나 얼마간의 노자와 먹을 것을 마련해 봇짐까지 싸둔 터였다. 한데 떠나지 않겠다며 도리질을 해대는 석쇠의 고집은 쇠심줄처럼 질겼다. 한사코 아씨의 일을 돕겠다는 석쇠와 화덕 근처엔 얼씬도 못하게 하는 채령의 승강이가 어느덧 보름을 넘어섰다.

채령은 기필코 오늘은 석쇠를 단천골에서 쫓아내리라 굳게 마음먹었다. 죽대접을 든 채 툇마루에 올라 방문을 열었을 때 석쇠는 우두커니 벽에 기대앉아 있었다. 채령을 보고는 다급히 일어서려는 그를 그녀가 말렸다. 소반을 그 앞에 내민 채령이 짐짓 싸늘하게 일렀다.

"내 명색이 반가의 규수가 되어 너의 시중을 드는 것이 마땅하다 여기느냐? 나 때문에 매를 맞았다 여겨 그간 응석을 받아주긴 했으나 이젠 네가 귀찮구나. 하니 서둘러 이곳을 떠나라."

마음에 없는 모진 말은 석쇠에게 씨알도 먹히지 않았다. 자신을 내쫓는 아씨의 마음을 누구보다 잘 알았다. 그는 무릎을 꿇고 머리를 찧었다.

"아씨께서 시종 소인을 곁에 두어 살펴주신 것이 송구하고 민망할 따름이옵니다. 소인, 떠날 것이었으면 아픈 몸뚱이를 이끌고라도 진작 떠났을 것입니다. 감히 아씨께서 떠주시는 죽을 누운 채로 넙죽이 받아먹은 것은 이곳에 남기 위해서였습니다."

채령이 답답하다는 듯 을렀다.

"위험하다 여겨지는 곳엔 일절 발을 들이지도 쳐다보지도 않고 살던 네가 아니냐. 죽다 살아났다고 이젠 목숨이 하찮은 것이냐?"

"금은골에서 아씨를 뫼시던 때가 마음속에서 떠나지 않습니다."

얼굴을 든 석쇠의 두 눈이 고집스러웠다. 우질부질한 몸태에서 질벅질벅 뿜는 간절함을 모른 척하기가 힘겨워 채령은 더욱 언성을 높였다.

"그리 겪고도 모르느냐. 이곳은 금은골과는 달라. 위험천만한 곳이야. 네 입으로 나의 길이 가시밭길이라 하지 않았어. 한데 왜 내 곁에 머무르려 하는 것이야!"

석쇠도 따라서 세차게 머리를 곧추세웠다.

"그 가시밭길, 소인도 따를 것입니다요!"

그 순간, 채령은 진명 선비에게 대서던 자신의 모습이 떠올라 말문이 막혔다. 오늘도 안 되겠구나 여겨 몸을 일으켰다. 그저 대접이나 비워놓거라 이르고는 돌아서서 문지방을 지나려는데 석쇠가 소반을 치우고는 무릎걸음으로 바짝 다가서 머리를 조아렸다.

"소인, 고작 쇳물을 만져 보잔 욕심이었다면 진작 곽양이나 비룡 선비나 진명 선비의 명을 따랐을 것입니다요. 아씨께선 얄팍한 요령이나 내숭스런 잇속으로 소인을 대하지 않으셨습니다. 그리하여 아씨를 따르려는 것입니다. 이미 아씨를 통해 사람 대접을 받고 호사를 누린 터라 그 같은 사치가 몸에 밴 것을 어쩝니까. 분에 넘치던 그때가 털어내려 해도 털어지질 않습니다요."

채령이 문고리를 쥔 채 우뚝 섰다. 석쇠를 다조지려 했건만, 되레 푸서리 같은 자신의 가슴에 한바탕 바람이 일어 뒤엉켰다. 진명 선비가 보내준 석쇠가 누구보다 간절하였다. 누구보다 손발이 맞는 석쇠가 힘을 보태준다면 참으로 고맙겠지마는 앞날이 불확실한 상황에 그의 도움을 받을 염치가 없었다. 고작 염치인 것을 석쇠는 사람답게 대접해 주었다 머리를 조아리니 그의 삶이 가여웠다. 채령은 문지방을 지나치지 못한 채로 수없이 되뇌었다. 나는 석쇠를 지킬 수 있을까. 고작 내가 그를 거두어도 될까. 겨우 내가.

차마 얼굴을 마주하지 못한 채로 채령이 나직이 입을 떼었다.

"은을 만들고 있어."

"은…… 이요?"

채령의 등 뒤에서 바짝 고개를 든 석쇠의 두 눈이 커졌다. 마침내 아씨가 자신을 받아주었다는 기쁨을 만끽할 새도 없이 의문으로 휘둥그레졌다. 납광에서 납이 아닌 은을 만든다는 것이 무슨 뜻인지 선뜻 알아들을 수 없었다.

"그래, 은. 은이 섞인 납괴에서 불순물을 거두어 은만을 남기는 것이지. 이곳 광갱의 규모를 살펴 채굴량을 가늠해 보았더니 제법 많아. 우리를 지켜줄 수 있을 만큼."

왕과의 거래가 가능할 만큼이었다. 채령은 왕권에 닿기 전 모질고 탐욕스런 손길에 무릎 꿇지 않도록 애를 쓰는 진명 선비의 노력 또한 덧붙였다. 금속활자로 은을 숨긴 것처럼, 이번엔 석철로 은을 숨기고 있음을. 남들이 엉뚱한 것으로 싸우는 동안, 자신은 단천골에 머물 수 있게 됨을.

"그러니까 납광을 은광으로 만드실 작정이고만요. 어찌하면 되는 것입니까요?"

석쇠의 물음에 채령이 미간을 접었다. 고운 얼굴을 근심으로 찌푸린 그녀가 긴 한숨을 내놓았다.

"애를 먹이는 것은 역시나 납이야. 워낙 함량이 높다 보니 깨끗하게 걸러지질 않아. 마지막까지 은에 섞여 빛깔을 무겁고 혼탁하게 만드니 시름겹구나. 납이 섞인 은을 갖가지 방법으로 수도 없이 녹여봤어. 결과는 매번 똑같아. 좀체 맑은 은빛을 얻을 수가 없구나. 한데 섞인 은과 납을 나누려면 어찌해야 할 지……."

석쇠를 내려다보는 채령의 시름이 더욱 깊어졌다. 결국 석쇠에게 졌다. 위험한 삶에 그를 휘말리게 한 것이 납덩이를 짊어진 듯 마음을 무겁게 했다.

*

네 문사들을 번갈아 만나며 부마경합의 막전막후를 살피던 세자는 지난밤 남훈의 뜻을 전해 듣고는 기겁하였다. 채령에게 장야관의 미관말직을 내어주자는 것이었는데, 그로써 조정은 손쉽게 그녀의 석철기술을 얻을 수 있고 남백학파는 위분론의 관후함을 보여 위분론의 한계를 극복할 수 있다 했다. 또한 장야관은 어차피 유명무실한 기관이니 세상을 모르는 천둥벌거숭이 같은 그녀가 관직에 머물 시간은 극히 짧을 것이므로 주종의 질서를 해치진 않을 거란 말도 덧붙였다. 관직을 내주어 기술을 빼앗고는 내쫓으면 그만이란 얘기였다. 결국 낭자만 온 세상에 조롱거리가 되는 것이 아닌가. 더구나 그것이 애초 진명의 계략이었다 하니 더욱 어처구니가 없었다.

부름을 받고 동궁에 든 진명을 바라보는 세자의 옥안이 여느 때완 달리 냉랭하였다. 서탁을 내려치는 세자의 주먹이 자못 분기에 차 있었다.

"진명, 자네는 진정 전하의 의중을 모르는가!"

"……."

알고도 남음이었다. 진명이 부마가 되어 온전히 왕의 사람이 되길, 이왕이면 학류 간의 다툼을 화합으로 만들어 와주길, 그리하여 세자의 시대엔 뜻있는 문사들의 재주가 소모되지 않기를 원하시는 터. 경합은 그 일을 해달란 명이자 당부였다. 충분히 앎에도 진명은 그저 묵묵부답이었다.

안다 모른다 대답조차 없는 진명이 괘씸하여 세자의 언성은 더욱 날카로워졌다.

"듣자 하니 중방에게 뻗은 비룡의 손을 쳐낸 것이 자네라지? 또한 남훈에게 손을 뻗은 중방을 기함하게 만든 것도 자네라지?"

진명이 제안한 계약으로 진명은 물론 낭자와도 나름 각별하게 된 중방이 당당한 기세로 남훈을 찾았건만 관직을 내주는 방법으로 낭자를 공공의 것으로 만들겠다 맞서는 바람에 손을 잡기는커녕 사이만 더욱 틀어졌다 했다. 한데 애초 낭자에게 벼슬을 주자고 남훈에게 제안한 자가 진명이라니 그 속을 도무지 알 수 없었다. 세자는 진명을 더욱 다그쳤다.

"부러 훼살을 놓는 것이냐! 문사들이 좀체 뭉쳐지질 않으니, 네가 작정하고 경합을 엉망으로 만들고 있는 것이 아니냔 말이다!"

"소신, 정성과 힘을 다할 뿐……."

겨우 듣게 된 진명의 무성의한 대답은 평소 봄빛 같기만 했던 세자의 성정마저 부수었다. 세자는 그의 말을 끝까지 듣지도 않았다.

"탄복할 정성이로구나! 그리 끔찍하더냐! 내 누이가 그리도 싫으냔 말이다! 이 일은 공주를 아내로 맞는 것이 아닌 나를 처남으로 삼는 일이 아니더냐! 참말이지 너의 말이 서운타!"

"송구하옵니다."

이 와중에도 공주를 데려가겠단 소리만은 하지 않는 진명을 바라보는 세자의 눈길엔 섭섭함이 가득했다. 그의 비틀린 입매가 물었다.

"자네의 정인은 어떤 사람인가?"

여태 시선을 낮추고 있던 진명이 비로소 얼굴을 들었다. 그의 경직된 표정을 읽은 세자가 덧붙였다.

"예전에 내게 정인이 있다 하지 않았는가. 일단 공주를 피해 보고자 내 앞에서 지껄인 거짓부렁이었던가."

"……."

"오라비로서 매제가 될 사람의 과거를 궁금해할 수도 있는 것 아닌가?"

세자는 진명을 매제라 칭하고 정인을 과거라 일컬어 갈피를 잡지 못하는 마음을 추스르라 말하고 있었다. 이에 진명이 담담히 답했다.

"순박하고 무구한 사람이옵니다. 어리석고 무모한 사람이옵니다. 하나 계란으로 바위를 깨뜨릴 수 있는 사람이옵니다. 들숨과 날숨마저 셈하는 자들과는 다른 무게감으로 원칙을 일깨우는 사람이옵니다. 저를 항상 초심으로 되돌아가게 하는 질박한 사람이옵니다."

더 이상의 질문을 틀어막는 대답이었다. 자신에게 여인은 평생에 걸쳐 하나뿐이라는 대답마저 듣게 된다면 그에게 누이를 내주는 것조차 꺼려질 것이기 때문이었다.

"그럼, 정인이 있다면서 혼인은 않고 왕실의 혼사를 헤살하는 너의 행태는 무엇이냐!"

부마가 되기 싫다면서 간택에 참여하여 훼방을 놓는 모양이 고약하였다. 처음엔 욕심이 없다던 석철채굴권이 새삼 탐나더냐, 그토록 무심하더니 막상 공주를 놓으려니 아쉽더냐, 세자는 물었다. 갖기엔 부족하고 남 주기엔 아까워 이런 분탕을 벌이는 것이냐 따졌다. 어정쩡한 태도로 여러 사람 힘들게 하지 말고 속히 마음을 정리하여 공주의 곁으로 가라는 재촉이었다. 기왕 부마경합에 나선 이상 부득이한 긍정쯤을 기대하였는데,

"청혼하였으나…… 허락을 얻지 못하였사옵니다."

"무어?"

숙여지는 진명의 고개와 어깨에 실린 진정에 세자는 짐짓 놀랐다. 저 가슴에 누이가 차지할 자리가 있긴 한 걸까. 또한 진명의 청혼을 거절한 여인이 있다는 것이 놀라웠다. 그에게 여인의 눈물을 되받는 날이 있을 것이다 농지거리를 하긴 했지만 정말

그 날이 있을 줄은 몰랐다. 공주를 하찮게 여길 만큼 콧대 높던 진명이 말이다. 허혼서를 받지 못하여 실의에 혹은 홧김에 경합에 나섰든, 기왕 정인을 반려로 맞지 못할 바에 야망이라도 채우고자 경합에 나섰든, 비록 만신창이의 가슴일지라도 어찌되었든, 세자는 진명이 필요했다.

"좋아, 내 기다리지. 원한다면 기다려 주겠네. 정인을 향한 마음을 단번에 비우는 것은 무리일 테니."

진명의 마음이 정리될 때까지 기다려 줄 것이었다. 세 문사들을 흩어놓고 간택을 난장으로 만드는 것을 참아줄 수 있었다. 이왕 경합에 발을 디딘 이상 어차피 선택은 누이일 것임에 그의 방황을 눈감아줄 수 있었다. 그를 얻을 수 있다면 말이다.

"망극하옵니다."

진명은 그저 세자의 재촉이 끝난 것이 반가워 머리를 숙였다. 공주를 데려가라는 닦달이 그치기 무섭게 서둘러 자리를 벗어나려는데 세자가 '오늘 자네를 부른 것은……' 이란 말로 진명을 주저앉혔다.

"자네의 방황이 얼마나 길어지든 상관없으나 애꿎은 사람이 다쳐서야 되겠는가."

뜻을 몰라 머리를 갸웃하는 진명에게 세자는 덧붙였다.

"채령 낭자 말이다. 네 문사들이야 스스로 간택에 참여했으니 득이든 실이든 그들의 몫일 테지만 중간에 끼어 애매한 희생을 치르고 있는 낭자는 뭐란 말이냐. 내 그저 경합을 지켜보기만 하려 했으나 결국 이리 나선 것은 그 때문이다."

세자의 부름이 어서 누이를 데려가라는 채근인 줄로만 알았던 진명은 순간 휘청하였다. 이내 자세를 다잡기는 했으나 애바른 마음이 쉽사리 진정되지 않았다.

"무엇을 이르시는지……."

"그저 애닯다."

세자의 미간에 깊이 새겨진 고심에 진명은 입안이 타들어가는 듯하였다. 예전에도 이와 같은 기분을 느낀 적이 있었다. 전하께서 채령 낭자를 사이에 두고 문사들의 경합을 명하였을 때에도 세자저하는 낭자를 따로 동궁으로 불러 살피셨다 했다. 단천골로 가는 그녀에게 가마도 내주셨다 들었다. 저하께서 본디 다정하고 자상하신 분이니 그럴 수 있겠다 애써 외면하였었는데 지금은 조바심을 감추기만도 벅찼다.

"정작 쇳물일은 낭자가 원한다 들었사온데 더 살펴야 할 것이 있는지요."

짐짓 무심한 진명의 표정에 세자가 돌연 언성을 높였다.

"쇳물일을 원한다는 것을 자네가 미끼로 삼으니 하는 말이다! 예문은 이미 석철기술을 갖고 있지 않은가! 지난번 오랜만에 동궁을 찾았을 때 자넨 내게 그리 말했다. 그럼에도 굳이 낭자를 들먹일 필요가 있는가. 낭자와 상관없이 자네가 얻은 석철기술로 다른 문사들을 실컷 주무를 수 있지 않느냐 말이다! 자네의 방황이 무슨 짓을 하건 관여치 않겠지만 낭자를 장야관의 관리로 삼아 세상의 조롱거리로 만드는 것만큼은 그냥 보아 넘길 수 없다! 쇳물을 만지는 규수란 비웃음을 천형으로 짊어지게 될 터인데 어찌하여 낭자를 그리 가혹하게 다루는가!"

세자의 걱정을 진명이 어찌 모르겠는가. 이미 오래전 끝낸 고민이었다. 세자 앞에 자신의 정인이 그녀라 말하고 싶었다. 하나 그리 된다면 그녀는 정말 미끼가 될지 몰랐다. 그리고 자신은 비룡이며 중방이며 남훈이며 그들에게 멋대로 휘둘릴 것이다. 그렇다면 그녀에게 누가 단천골을 내줄 수 있겠는가. 낭자를 못마땅하게 여기는 남훈에게도, 낭자의 재주만을 바라는 비룡과 중방에게도, 낭자의 쇳물일을 말리는 저하에게도 기대할 수 없었다. 진명은 아무것도 모르는 세자 앞에서 막막하기만 하였다. 그저 남의 일을 말하듯 할 수밖에 없었다.

"장야관에서 일하는 것 또한 낭자가 스스로 원할 때에만 가능한 일이옵니다."

"낭자의 선택에 미뤄놓고 뒷일은 나 몰라라 하겠단 말이냐? 비겁하구나. 낭자는 쇳물일만을 좇을 뿐 정치도 모르고 세상도 모른다! 네가 마음을 정리하여 석철기술을 내놓고 부마가 된다면 그 후엔 처자는 어찌되는 것이냐? 석철채굴권을 얻는데 필요가 없어진 낭자는 버려지고 짓밟히게 되는 것이 자명한 세상의 이치 아니더냐!"

진명은 저하께서 걱정하시는 그런 일은 절대 없을 것이다, 그리 만들 것이다 굳게 다짐하였다. 자신의 방황은 채령 낭자가 은제련술을 얻을 때까지 계속될 것이며 그 후엔 낭자 스스로 세상에 당당하게 맞설 것이기에. 세자에 응대하는 진명의 얼굴은 무심함을 넘어 싸늘하였다.

"세상에 재주를 드러내고 싶다는 것을 굳이 말리고 싶지 않습니다. 낭자의 뜻이 조정이 아니어도 어떤 방법으로든 세상에 재주를 내보이고야 말 고집이기에 그렇습니다. 또한 조정에 이는 미풍에 억울하게 친족을 잃고 목숨을 잃는 것을 숱하게 봐온지라 일개 처자의 삶이 스스로의 부족한 처신으로 헝클어지는 것이 딱히 억울해 보이지도 않사옵니다."

진명의 무정한 대답에 세자는 깊은 한숨을 뱉어내었다. 서탁에 오른 그의 주먹에 불끈 힘이 담겼다.

"그러니 계속해서 낭자를 희롱하겠다? 자네가 안 된다면 낭자에게 직접 이르는 수밖에 없겠군."

느닷없이 자리에서 일어서는 세자를 따라 진명이 시선을 옮겼다. 서책과 문방소품을 두곤 하는 측면의 공간, 그곳을 가린 휘장이 평소엔 드나들기 쉽도록 묶여 젖혀져 있었건만 오늘은 잔뜩 바닥까지 늘어져 있었다. 그것이 진명의 눈에 이제야 보였다. 세자는 휘장을 걷어내었다.

"낭자, 이런 상황에도 장야관에서 일하라는 제안을 받아들일 참이오?"

서고로 들어서는 살창 앞에 다소곳이 서 있는 채령을 본 순간, 진명은 대경실색하였다. 세자는 채령에게 정치의 몰인정함을 보이기 위해 그를 부른 것이었다. 그녀가 동궁에 있는 것이 낯설기만 하였다. 그녀의 마음을 돌리고자 달갑지 않은 장난을 벌인 세자저하도 낯설었고 저하의 어깨 너머로 자신을 내려다보는 그녀의 시선도 낯설었다. 이 자리에서 당장에 무엇을 어찌해야 할지 몰라 허둥거렸다. 비틀린 심정으로 할 수 있는 건 그저 엉버티고 앉아 저하와 채령을 바라보는 것뿐이었다.

세자의 물음에 답하는 채령의 눈빛은 진명에게 향해 있었다.

"봄꿩이 제 울음에 죽는다지요."

세상에 자신을 드러내어 죽는 우를 범하지 않겠다는 말. 세자가 원한 답이었으며 진명을 향한 의심이었다.

채령의 대답에 만족한 세자는 그녀에게 다정히 일렀다.

"정치라는 것이 본래 이렇소. 함부로 발을 디딜 곳이 못되오. 내 지금은 나의 벗을 달래야 하니 낭자는 단천골에 돌아가 있으시오. 그곳에서 생각이 정리되거든 가마꾼을 통해 내게 기별하면 될 것이오. 명심하오. 이번 일은 낭자의 재기를 뽐내는 기회가 아닌 부마를 간택하는 자리라는 것을."

부마가 정해지면 쓸모없어질 재주, 훗날을 생각해 감추고 더는 쇳물일을 하지 말라는 당부였다. 세자는 진명을 남겨놓은 채 채령을 내보냈다. 낭자가 말없이 사라진 방 안에 더없이 처연한 얼굴로 우두커니 앉아 있는 진명에게 다가섰다. 세자는 그 모습을 공연히 경합에 끼어들어 낭자의 꺽진 마음을 돌려놓은 것에 대한 원망으로만 여겼다.

궁궐을 나선 뒤로 진명의 기세가 예사롭지 않던지 수다스럽던 육두마저 입을 다물고 흘끔흘끔 눈치를 보았다. 좀 걷겠다며 말고삐를 육두에게 내준 진명의 걸음은 넋을 놓은 듯 느즈러졌다. 봄꿩이 제 울음에 죽는다는 낭자의 말이 칼날을 삼키듯 고통스러웠다. 곱씹을수록 파고든 칼날이 살점을 도려내듯 하였다. 애써 참으며 걸음걸음을 견디다 와자한 저자를 지나 한갓진 곳으로 방향을 옮겼다. 그토록 쇳물일을 말릴 때는 들은 체도 하지 않더니 세자저하의 몇 토막 말마디에 쉽게 고집을 접는 낭자가 낯설었다. 그녀를 쉽게 움직이는 세자저하가 두려웠다. 둘을 한 시야에 담는 것이 고통이었다. 공주에게 마음이 없는 자신이 굳이 간택에 나서 허우적거리는 이유를 몰라주는 낭자가 야속하였다. 진명은 우뚝 멈춰 섰다. 이대로 낭자를 만나지 않고는 안 되었다. 혹여 중방을 비롯한 다른 문사에게 마음을 들킬까 단천골에 걸음하길 애써 삼갔으나 지금은 참을 수 없었다. 가마보다는 말이 빠를 것이니 미리 가서 낭자를 기다릴 참이었다. 말을 끌고 뒤따라오고 있을 육두에게서 고삐를 넘겨받고자 뒤돌아서던 그는 더는 걸음을 내딛지 못하고 얼어붙었다. 저만치서 다가오는 채령을 헛것을 마주하는 양 망연한 표정으로 바라볼 뿐이었다.

"살 물건이 있다는 말로 저자에서 가마를 물렸습니다. 그리고는 선비님께서 댁으로 가실지 예문당으로 가실지 몰라 갈림목에서 여태 기다렸습니다."

저하의 가마를 물렸다는 말에 들썽거리는 간사한 가슴. 얼어붙었던 입언저리가 겨우 풀린 진명이 여전히 굳은 표정으로 응대했다.

"나를 기다린 이유가 뭐요?"

서늘한 음성에 담긴 야속함을 읽은 채령은 그를 기다리길 잘했다 여겼다. 갈림목에서 두어 번 그를 불렀지만 듣지 못하고 그냥 지나치는 초점 잃은 시선도 지금과 같았다. 쉽게 자신을 알아본 육두에게 잠시 서 있으라 해놓고는 선비의 뒤를 쫓았더랬다. 정치판에선 노련할지 모르나 왠지 자신만큼은 견고해 보이지 않는 선비의 뒷모습이 마음에 걸린 탓이었다. 비로소 마주한 지금, 채령은 대답 대신 되물었다.

"수장님의 저서가 본감록에 오르고 공주님을 부인으로 맞게 되니 예문당의 자존심과 실익이 걸린 경합이라 들었습니다. 그런 자리임에도 선비님께선 줄곧 마다하시었다 들었습니다. 뒤늦게 경합에 발을 들이신 것은 부마가 되기 위해서가 아니라 저를 돕고자 그리 하신 것 아니옵니까? 저는 그리 알고 있었습니다."

진명은 말이 없었다. 아니, 할 수 없었다. 야속한 눈길을 보낸 것이 무색하리만치 그녀는 부드럽게 어르고 있었다.

"선비님께선 제게 믿어야 할 소리와 믿지 말아야 할 소리를 구분하라 하셨잖습니까. 저는 그리 하였습니다. 남들 앞에 보여주신 무심하고 매정한 눈길은 저를 곤경에 처하지 않도록 그리 하신 것으로 알고 있었습니다. 석쇠를 대신해 매를 맞을 때, 선비님께서 육두의 손에 쥐어 보내신 계약서 그것 또한 제게 석쇠를 오롯이 보내주시고 저의 쇳물일을 지켜주시기 위한 것으로 알고 있었습니다. 절 장야관에서 일하도록 하시는 것 또한 경합을 헤살하는 것이 아닌 제 앞날을 위한 것으로 알고 있었습니다. 석철로 은을 가리는 것이 제게 단천골을 내주고 계신 것으로 알고 있었습니다. 제가 어루더듬은 것들이 틀린 것입니까?"

마음과 다른 행동들이 무엇을 뜻하는지 모두 알고 있다 말하고 있었다. 그녀 앞에 무력했다. 그녀가 알아주고 있다는 사실만으로 진명은 섭섭함도 원망도 잊었다. 끈에 매달린 망석중이로 살지는 않았다던 그녀의 말이 그제야 떠올랐다. 봄꿩이 제 울음에 죽는다는 대답이 무엇인지 이제 알았다. 세 문사를 감당하고 있는 진명이 더욱 힘겨워지지 않도록 그녀가 부드럽게 세자를 물리친 것임을. 채령이 세상에 재주를 드러내는 것이 두렵다 했으니 세자는 당분간 경합엔 간섭하지 않을 것이었다.

"나를 위해 세자저하께 그리 답한 것이오?"

채령은 짐짓 속상한 척 원망서린 눈빛으로 진명을 짓궂게 흘겼다.

"재주가 부족하여 결국 쇠메를 내려놓게 되더라도 누구보다 선비님께 먼저 알렸을 것입니다. 제가 비록 빙충맞고 어수룩하나 구메구메 애쓰시는 선비님의 은혜도 모를 만큼 염치없는 자로 아셨습니까?"

단숨에 입장이 바뀌었다. 채령이 서운한 눈치를 보이자 진명은 펄쩍 뛰었다. 엉큼성큼 다가간 그는 그녀의 손목을 왈칵 움켜쥐었다.

"그대이기 때문이오. 그대라서 그렇소. 그대를 대하는 것이 살얼음 위를 딛듯 조심스럽고 맨몸으로 불더미에 뛰어들 듯 두렵소. 그대는 나를 이리 가벼이 손에 넣고 주무르는데 나는 그대가 세상에서 가장 힘겹소."

채령이 냉큼 표정을 부드럽게 짓고는 끄덕였다.

"맞습니다. 제 탓입니다. 거스르려는 제 속성 탓입니다. 선비님께서 그토록 말리신 길을 고집한 것처럼 아까 동궁에서도 그런 성질이 불쑥 일지 뭡니까? 세자저하께옵선 제게 이번 경합은 재주를 뽐내는 기회가 아닌 부마를 간택하는 자리라 하셨지만,

저는 경합을 저의 재주를 세상에 내보일 기회로 뒤집을 것이라 다짐하였더랬습니다."

채령의 미소를 마주한 진명은 함께 웃을 수 없었다. 그녀의 다른 손마저 맞잡고는 옥죄듯 끌어당겼다.

"말해보오. 나에 대해 모르는 것이 무엇이오. 아니, 나에 대해 더 아는 것이 있소?"

눈길이 뒤엉키고 숨결이 얽혔다. 시름하던 냉가슴이 느닷없이 들끓었고, 득달같이 죄어치던 마음이 변덕스레 물크러졌다. 어찌할 바를 몰랐다. 스스로도 맥쩍은 물음에 고개를 가로저은 진명은 고쳐 물었다.

"숨길 수 없을 만큼 웃자란 마음은 보이지 않소?"

그는 그녀의 두 손을 모아 자신의 가슴 위에 얹었다.

새살거리던 채령이 덩달아 웃음을 잃었다. 면면히 내리쬐는 그의 극렬한 눈빛을 가눌 길 없어 시선을 낮추었다. 어줍은 표정마저 감추려 고개를 움츠리는데 화덕에 익은 양 잔뜩 붉어진 낯빛은 어쩔 도리가 없었다. 어깨를 가만히 당겨 거리를 좁힌 진명이 눈길을 붙들고 재촉하였다.

"홀로 키운 마음이라 하여 모른 체할 작정이오?"

23

"숨길 수 없을 만큼 웃자란 마음은 보이지 않소? 홀로 키운 마음이라 하여 모른 체할 작정이오?"

진명에 의해 시선이 들린 채령은 그의 격정과 마주해야 했다. 잔뜩 날을 세운 눈길은 다시 보니 초조로웠다. 살 속을 파고들 듯 어깨를 움켜쥔 손길이 이제 보니 억세기보다 조심스러웠다. 모질고 매몰찼을지언정 자신에게 단 한 번도 무심하지 못했던 그의 조바심이 이제야 이해되었다. 줄곧 뿌리쳐도 멈추지 않던 지분거림. 그것이 연정인 줄은 미처 몰랐더랬다.

"이제 보이옵니다. 이제야 아옵니다."

당황한 채령이 우물쭈물 내놓은 대답에 진명의 미간이 잔뜩 찌푸려졌다.

"나를 외통수로 몰아놓곤 고작 안다는 대답뿐이오?"

성에 차지 않는 답변에 진명은 가슴을 들먹거리며 끊긴 숨을 뱉어내었다. 그녀를 이끌어 길섶에서 벗어나 더욱 깊숙한 숲에 자리했다. 그녀의 시선을 다시 당겨 재차 물었다.

"알았단 말로 내 마음만 꿀꺽 삼킬 셈이오?"

"그런 것이 아니오라……."

채령이 말끝을 흐리자 진명은 울체된 답답함을 이기지 못하고 바라는 대답들을 먼저 늘어놓았다.

"스스로도 어찌할 수 없는 마음으로 제 가슴을 짓이기고 있나니! 이미 돌이킬 수 없는 지경에 놓여 그대가 보아주지 않는다면 살 수가 없나니! 그대를 알기 전의 시간은 무의미해졌으며 이제는 뭇소리도 뭇시선도 느끼지 못하고 오로지 그대만 향하고 있노라니! 적어도 이 정도의 답은 되어야!"

돌연 말을 끊고 시선을 거둔 진명이 또다시 짙은 한숨을 토했다. 일찍이 이리될 줄 알았다. 모두 내뱉고 드러낼 줄 알았다. 그녀에게 술수가 통할 리 있겠는가. 어떠한 획책으로도 질박함을 이길 수 없음을 이미 알고 있었다. 진명은 거머쥔 그녀의 어깨를 당겨 다시금 마주했다. 윽박지르기를 멈춘 대신 한없이 그녀를 바라보았다. 세자저하와 함께 있던 모습에 일순간 무너진 자신을 애써 추스르며. 그녀가 입을 여는 모습에 그는 발끝부터 얼어붙어 있었다.

"제 마음을 수식할 줄 모르니 선비님 마음에 차는 답이 될지 모르겠습니다. 그저 속히 은으로 답을 드릴 것이라 말씀드리려 했으나, 선비님께서 속속들이 내놓으라 하시니……."

머뭇거리는 채령의 얼굴은 부끄러움으로 잔뜩 붉어져 있었다. 진명은 숨소리마저 재우고 그녀의 손끝을 따라 시선을 옮겼다. 몸을 돌려 등을 보이는 모습에 마음이 곤두박이로 바닥에 떨어졌다. 그녀는 앞섶에서 주섬주섬 서찰을 꺼내더니 다시금 마주하고는 이번에는 그것을 뒤춤에 감추었다. 그리고는 어렵사리 들어 올린 흔들리는 시선을 이내 떨어뜨렸다.

"그것이 무엇이오?"

진명이 서찰을 향해 손을 뻗자 채령이 몸을 틀며 뒤로 물러났다.

"버리려 했으나 그리하지 못했습니다. 공연히 간직하고 싶었습니다."

진명이 뻗었던 손을 거두었다. 그것이 자신이 주었던 청혼서임을 직감한 때문이었다. 진심을 내보이란 재촉에 어렵사리 용기를 내는 그녀의 모습을 혹여 부서질까 깨어질까 다만 바라보기만 하였다.

"글귀는 간절하였으나 내버리듯 주신 청혼서엔 냉기만 가득하였었지요. 건네받고는 당장에 불에 던져 재도 남기지 않으려 하였습니다. 삶을 가로막는 이것을 화덕에 가져간 것이 수차례였습니다. 하오나 결국 도로 거두어들이고 말았습니다. 착각임을 알면서도 마음 한구석 어쩌면 이 청혼서의 글귀가 진정일지도 모른다 기대했던 모양입니다. 착각은 시간이 갈수록 더욱 깊어졌습니다. 이따금 가슴으로 전해지던 온정이 기대를 더욱 키웠습니다. 건조한 합종연횡이 어느덧 주제넘은 설렘으로 부풀어 있었습니다. 경망한 쇳물일의 꿈을 소중히 애만지는 단 한 사람. 그 꿈이 부서질세라 온몸으로 보듬는 보릿짚도롱이. 가슴속에 선비님의 자리가 커져만 갔습니다. 청혼서를 버리지 못한 반죽 좋은 기대, 이것이 제 마음입니다."

산들바람이 가슴을 간지럽혔다. 진명은 말마디 하나라도 놓칠세라 새기고 곱씹었다. 은연중의 기대로 청혼서를 차마 버리지 못했다는 그녀의 말들을. 망설일 틈 없이 손목을 거머쥐었다. 갑자기 몸이 쏠려 비척거리는 그녀를 단숨에 안았다.

"내 온 마음을 담은 청혼이었소. 진정을 내비칠 수 없어 내씹듯 청혼서를 적었으나 그 순간 난 생살을 저미듯 아팠소. 예전에 명을 다하지 못하고 죽는 자의 선택에 대해 말한 적이 있잖소. 한데 그것이 다가 아니오. 남은 것이 무엇인지 아오?"

그의 품 안에서 채령이 도리질을 하자 진명은 견딜 수 없다는 듯 그녀를 더욱 힘차게 안았다.

"홀로 사랑에 빠진 자요. 그대가 나를 외면한다면 난 살지 못하오."

절박함이었으나 겁박에 가까웠다. 부마간택에 참여한 터라 당장에 허혼서를 받을 수 없는 처지인 것이 안타깝고 불안하기만 하였다. 진명은 이미 들은 대답을 이리저리 돌려 물으며 왜 진즉에 청혼서를 버리지 않았는지 자꾸만 확인하였다. 그녀의 음성은 듣고 들어도 좋기만 한 꽃노래였다.

*

인덕이 몸져누웠다. 채령을 당장 눈앞에 데려오라며 허공을 젓던 손이 맥없이 방바닥으로 떨어졌다. 동시에 이미 짓무른 눈가에선 또다시 멀건 눈물이 흘러내렸다.

"장도라니, 철공장도라니! 본래 천한 기술은 그같이 놀아난다 그리 일렀거늘. 채령 이것이 기어코 사달을 내고야 말았어……."

혼삿길이 막힌 채령은 물론 우리 집안이 앞으로 세간의 조롱을 어찌 견디겠느냐며 하염없이 울기만 하였다. 그런 아버지를 달래는 무령도 그저 속수무책이었다. 일이 어찌 돌아가려는지 무엇을 어찌해야 하는지 하나도 알지 못했다. 9품의 말단직, 장도. 녹봉조차 없는 무록관으로 관직이 필요한 양반들의 허울에 불과했다. 집에 있을 수만은 없는 사내들이야 그것이라도 아쉬울 테지만 반가의 규수가 쇳물일로 장도가 되었다는 것은 충분히 입심거리였다. 더는 감출 수도 숨길 수도 없는 큰누님을 어찌해야 할지 몰라 무령은 진명을 찾았더랬다. 그랬더니, 기술이 있어도 출사하지 못하는 자가 태반인데 낭자는 다행인 경우가 아니냐는 무심한 답이 되돌아왔다. 이에 당황하여 예문당을 찾아 소문을 듣자 하니 기가 막혔다. 남훈이 손대지 않고 기술을 얻기 위해 벌인 사탕발림이란 것이었다. 누님은 그저 자신의 기술에 대한 세간의 주목과 관직에 정신이 팔려 넙죽 장도직을 받아든 것이라 했다. 평소 친했던 친우 하나가 슬쩍 귀띔하길, 진명 선비가 적극 동의하는 바람에 관직제수가 가능했으며 중방도 비룡도 석철기술을 얻어야만 했으니 마지못해 동참했다 하였다. 모두가 공주를 얻기 위한 동맹이란 말도 덧붙였다. 늘 제편처럼 굴던 진명 선비마저 등을 돌린 것이 자못 서운하였다.

세간에 소문이 어지간히 퍼진 모양이었다. 소식을 듣고는 친정에 나타난 미령도 소란을 피웠다.

"대체 언니는 왜 그랬대? 품삯도 받지 못하는 벼슬을 붙들고 무슨 영화를 누리겠다고? 낯부끄러워 시댁에 다니지도 못하겠어! 나더러 네 친정이 그처럼 해괴한 집안인 줄 몰랐다잖아. 무령아, 넌 어쩐다니? 혼삿길은 물론 출사길도 막히는 거 아니냐고!"

인덕이 더욱 끙끙 앓는 소리를 내자 무령이 눈짓으로 작은누이의 입을 막았다. 이대로 앉아 있을 수만은 없어 무령은 집을 나섰다. 공주님이라도 찾아뵙고자 함이었다.

*

　궁궐 안팎 각사의 관료들이 때때로 장야관을 기웃거렸다. 채령이 구경거리가 된 탓이었다. 정갈한 복색의 문관들 틈에서 걸핏하면 단천골에서 그을음을 묻혀 오는 그녀는 쉽게 눈에 띄고 입에 오르내렸다.

　그녀가 장야관에 발을 들일라치면 공공연히 문사들의 부름을 받아야 했다. 진명을 제외한 세 문사들은 속히 석철기술을 조정에 보이라 닦달하기 일쑤였다. 채령을 대하는 남훈의 시선은 싸늘하기 그지없었다. 비룡과 중방의 성마른 재촉도 모질었다.

　"석철기술을 조정에 알리는 것이 낭자의 소임이거늘, 철광이 아닌 납광을 드나드는 이유가 무어냐! 바른대로 답하거라! 애초 기술을 갖고 있지 않은 것이냐? 기술도 없으면서 있는 척 전하와 문사들을 기만한 것이냔 말이다!"

　"제가 무엇을 바라고 그런 짓을 하겠사옵니까. 다만 납광을 드나드는 것은 장야관 장도의 일이 석철기술에만 있지 않기에 그리할 뿐이옵니다."

　채 문지방을 건너기 전부터 채령은 남훈의 껄끄러운 시선에 머리를 조아리고 등을 굽실거려야 했다.

　"방자하다! 낭자가 장도가 된 것은 오로지 석철기술을 조정에 내주기 위한 것일 뿐, 그 이상의 이유는 없다! 소임을 마치면 속히 물러나 자숙자계해야 할 터!"

미관말직이라 하나 사내의 자리를 여인이 범한 것을 오래 두고 볼 수 없음에 남훈은 속히 석철기술을 취하고 그녀를 버려야 한다 여겼다.

이번에는 걸핏하면 채령을 갖은 이유로 겁박하는 비룡이 다가서 을렀다.

"금은골 곽양에게서 듣자 하니, 석쇠가 낭자를 데리고 있던 시절 은빛 백동을 잘 만들었다 하던데……. 항간에 떠도는 불미스런 일이 낭자와 관련된 것은 아니겠지요?"

채령이 모르겠다는 뜻으로 미간을 좁히자 비룡이 미끈한 웃음을 보이며 말했다.

"도성 밖 저자 곳곳에 백동을 은이라 속여 파는 자들이 있다는데……."

의심 가득한 눈길에 채령이 펄쩍 뛰었다.

"간혹 백동을 만든 적은 있으나 남을 속인 적은 결단코 없습니다!"

"누구의 소행인지 마음만 먹으면 밝힐 수 있으니……."

억실억실 큰 눈을 쏟아낼 듯 바짝 들이댄 비룡이 코끝으로 웃었다. 언제든 마음만 먹으면 없는 소문을 만들 수도 있으며 짓지 않은 죄를 뒤집어씌울 수도 있다는 협박이었다. 일찍이 무고

한 석쇠를 괴롭힌 그의 행실을 본 터라 채령은 그의 비열한 의도를 잘 알았다.

이번엔 중방이 비룡을 밀치고 그녀를 상대했다.

"지난번 납제련술을 통해 내게서 납부산물을 얻었다 하여 다시금 석철기술을 놓고 흥정을 벌일 심산인가 본데, 이번 상대는 조정이오! 명을 따르지 않으면 죽음뿐이란 말이오! 이런 한심하고 답답한!"

세 문사에 둘러싸인 난처한 채령의 모습을 시종 안온한 표정으로 지켜보던 진명이 턱을 괸 채 무심한 어투로 끼어들었다.

"낭자가 쉽사리 석철기술을 내보이지 않는 까닭은, 자칫 석철기술이 천자국으로 흘러들어 가면 아니 되니 벼슬을 얻었다 하여 경거망동 말라는 세자저하의 분부가 있었던 때문으로 압니다만."

물론 세자저하의 분부는 없었다. 그러나 드러내 낭자를 두둔할 수 없으니 진명은 잠시 저하의 힘을 빌리기로 했다. 세 문사의 시선이 동시에 진명에게로 향했다. 그는 모아진 시선에 재차 일렀다.

"낭자가 조정의 사람이 된 이상 석철기술은 우리들 손에 든 것이나 다름없습니다. 문제는 석철사업권은 쪼갤 수 있어도 공주는 나눌 수 없다는 것 아니겠습니까? 나누어 가질 수 없는 것에 대한 논의가 가장 시급하다 여깁니다만."

진명의 말에, 사업권 배분을 놓고 티격태격할 때와는 달리 세 문사들의 눈에서 불꽃이 솟았다. 여태 부마가 되기 싫다는 듯 뒤로 물러나 있던 진명이 아니던가. 좀 더 많은 석철사업 지분만을 원하는 줄 알았던 그가 느닷없이 공주에 대한 욕심을 드러내자 대기가 얼어붙었다. 지분논의를 통해 손을 잡던 네 문사의 동맹에 일순간 금이 갔다. 남훈, 비룡, 중방의 안중에 더 이상 채령은 없었다.

혼란을 틈타 진명은 채령을 보았다. 짧지만 충만한 그의 눈길을 채령 또한 놓치지 않고 붙들었다. 그가 설핏 내보인 애틋함에 그녀는 염려 마시라는 의미로 지그시 눈을 감았다 떠 되받았다.

비로소 느릿하게 자리에서 일어선 진명이 문사들을 아우르며 말했다.

"이왕 경합에 발을 들였으니 예문은 본감록도 석철사업권도 부마의 권세도 놓지 않을 것입니다."

아금박스레 실속을 챙기겠노라 이르고는 방을 나서자 나머지 문사들이 채령을 지나쳐 다급히 진명을 쫓았다. 나눠 가질 수 없는 공주에 대한 논의는 석철사업권을 둔 논의보다 치열할 듯했다. 그들의 얼굴엔 절대로 맨입으로는 물러서지 않겠다는 비장함이 서렸다.

진명은 그렇게 세 문사들의 채령에 대한 관심을 거두어 사라졌다. 각사의 방 안에 홀로 남겨진 채령은 마음이 급했다. 필요한 자리는 깔아주고 거추장스러운 일들은 떠안으며 기회를 내주는 진명 때문이었다. 이제는, 쇳물일 때문만은 아니었다. 그에게 다가가기 위함이었다. 그를 부마경합에 휘둘리지 않게 만들 힘, 은. 은은 곧 그녀가 쓰게 될 허혼서였다. 선비가 문장으로 보낸 청혼에, 기술자는 기술로 허혼서를 보내리라. 발밭게 덤벼도 모자란 판국에 버려지는 재처럼 이리 헛되이 시간을 보낼 수는 없단 생각으로 채령은 머리를 들었다. 일어서다 말고 갑자기 멈추었다. 허혼을 상상하며 가슴에 일었던 잔잔한 파동이 불쑥 엉뚱한 착상으로 뇌리를 스친 때문이었다.

'납괴를 잿가루로 녹인다면?'

"오라버니! 오라버니! 저하! 세자저하!"

깊은 생각에 잠긴 세자는 목청껏 자신을 부르는 공주의 목소리를 듣지 못했다. 봄꿩이 제 울음에 죽는다는 말로 다시는 쇳물일을 하지 않을 것처럼 안심시키더니 기다렸다는 듯 장도직을 받아든 채령 낭자의 행보에 대해 생각하고 있던 중이었다. 등허리를 잽싸게 안는 손길에 그제야 세자는 뒤를 돌아보았다. 내전에서 동궁까지 한달음에 뛴 공주는 두 볼을 붉힌 채 숨을 헐떡였다.

"사내 넷이 저를 두고 살벌하게 싸우고 있다지 뭐예요?"

"셋이 아니라 넷?"

눈썹을 들어 올린 세자의 표정엔 의문과 짓궂은 비웃음이 담겨 있었다.

"그래요, 넷이라고요! 진명도 저를 원한대요! 드디어 진명이 마음을 바꾸었다고요!"

돌연 세자의 입가에서 장난스런 웃음이 사라졌다. 느닷없이 말을 바꾼 진명의 행보가 괴이했다. 가슴에 담은 정인을 쉽사리 떨치지 못할 것 같던 그가 아닌가. 홧김에 저지르는 성품도 아니었다. 평소 언동의 무게가 답답하리만치 무거운 자였기에 그의 돌변은 석연찮았다.

"진명은 어디에 있느냐."

세자는 대답을 듣자마자 외전으로 향했다. 그의 뒤를 공주가 졸졸 쫓으며 재잘거렸다.

"무령의 누이 말예요. 더 이상 욕보이지 말고 여인으로 살 수 있도록 오라버니께서 도와주시면 안 돼요? 진명도 마음을 고친 마당에 더는 필요 없는 사람이잖아요. 무령이 저를 찾아와서 제 누이를 살려달라고 눈물을 쏟는데 저도 덩달아 울었다고요."

그렇지 않아도 세자는 채령에게 이르려던 참이었다. 석철기술은 예문이 이미 가진 것이니 그깟 기술 얼른 넘겨주고 더 이상 진명에게 놀아나지 말라, 문사들에게 놀아나지 말라 재차 이

르려 했다. 뒤는 내가 봐줄 터이니 항간의 소문은 걱정 말라는
당부도 더불어.

"채령 낭자가 가여운 것이냐, 무령 그자가 가여운 것이냐?"

세자의 물음에 공주는 개구지게 코끝을 찡그렸다.

"제가 무령에게 마음의 빚이 있어요."

빚이란 게 무어냐 물으려던 세자의 걸음이 돌연 멈추었다. 공
주도 덩달아 멈추고 그의 시선을 따랐다. 저쯤 떨어진 각사로부
터 이제 막 나온 채령이 마당을 딛고 있었다. 뛰는 모습을 보니
무척 다급한 듯했다.

세자는 방향을 바꿔 그녀가 나오려는 문 앞을 막아섰다. 문을
넘으려던 채령이 너머에 보이는 갓신에 바쁜 걸음을 멈추고 얼
굴을 들었다. 세자를 확인하고는 냉큼 물러나 허리를 숙였다.
문을 넘어온 세자가 상기된 채령의 낯빛을 바라보며 물었다.

"어딜 그리 급하게 가는 것이냐."

"단천골에 가려던 참이옵니다."

"곧 해가 질 텐데?"

"서두르면 그 전에 당도할 수 있을 것이옵니다."

세자의 눈에 비치는 채령의 모습은 자신이 비켜서는 대로 곧
장 단천골로 내달릴 태세였다. '이를 것이 있다'는 말로 붙잡자
그녀의 얼굴에 마음을 졸이는 기색이 드러났다. 문에서 떨어진
마당 한가운데로 그녀를 이끌고는 말했다.

"저들이 원하는 것을 내주거라. 그 기술이 진명에겐 필요하지 않다는 것을 너는 잘 알지 않느냐."

채령이 머리만 조아릴 뿐 답을 않자 공주가 나서 역성을 들었다. 뭔지는 몰라도 낭자가 그 기술을 내주어야 속히 부마간택이 끝나는 것만은 알겠기에 채령을 탓하는 공주의 목소리는 드높았다.

"속히 명을 따르지 않고 무엇 하느냐! 저하께옵서 너희 남매를 이토록 가엽게 여기거늘! 저하의 염려를 망극하게 여기기는 커녕 건성으로 흘리다니 고얀지고!"

뒤로 손짓해 공주를 물린 세자가 채령에게 좀 더 바짝 다가섰다. 그리고는 가혹한 한마디를 내놓았다.

"넌 결코 조정에서 네가 원하는 것을 얻을 수 없다."

슬픔이 일렁이는 채령의 눈빛을 세자는 모른 척하며 말을 이었다.

"부질없는 것들이니 저들이 원하는 재주를 속히 내주거라. 그리고 넌 조용히 살거라."

여전히 묵묵부답인 채령의 모습에 공주가 방자한 계집이라며 성을 내었다. 세자가 엄중한 눈길로 나무라자 공주는 무령의 누이이기에 참는다며 쏘아붙이곤 쌀쌀맞게 돌아섰다. 그때였다. 돌아선 공주의 시선에 저쯤 나란히 서서 이곳을 바라보고 있는 네 문사들이 들어왔다.

"진명!"

반색 가득한 공주의 부름에 세자가 고개를 돌렸다. 진명을 비롯한 경합에 참여한 문사들이 공주의 소란에 각사 밖으로 나온 모양이었다. 그들이 다가와 머리를 숙였다. 먼저 입을 뗀 자는 중방이었다.

"자칫 기술이 천자국으로 흘러들어 가면 아니 되니 쉽사리 기술을 내보이지 말라 저하께옵서 낭자에게 친히 분부하셨다 들었사온데, 아니옵니까?"

세자는 의문으로 미간을 접었다.

"누가 그러던가?"

세 문사의 시선이 저절로 진명에게 향했다. 그들과 함께 진명을 쏘아보는 세자의 시선엔 왜 나를 팔아 그와 같은 거짓말을 했냐는 핀잔이 담겨 있었다.

"저하께옵선 과열된 경합이 자칫 국리를 해할까 염려하고 계시리라 여겼사옵니다."

세자는 아니라 말할 수 없었다. 단정히 답하는 진명의 눈빛엔 어떠한 동요도 없었다. 진정을 감추는 것에 능숙한 그가 아닌가. 세자는 의뭉스런 그의 시선을 한참 동안 바라보았다. 그저 직감이었다. 쇳물일을 그만두겠다던 채령 낭자가 돌연 장야관 장도가 된 것과 부마가 되기를 망설이던 진명이 돌연 공주를 원한다 설치는 것이 겹쳤다. 그들의 급작스런 행보가 서로 연관된 것이 아닌가 하는 느낌. 이어진 세자의 행동은 아주 충동적인 것이었다.

세자는 느닷없이 채령의 손을 낚아채 움켜쥐었다. 손목이 붙잡혀 버둥거리는 그녀를 곁에 둔 채 세자는 진명을 보았다. 이 공연한 짓에 진명이 어찌 반응하는가를 살피고 있었다. 흔들림 없는 평온한 눈동자, 어찌 그러시냐는 듯한 능청스러운 시선, 기름을 발라놓은 듯한 매끄럽고 정갈한 표정. 진명의 반응에선 티끌만 한 허점도 보이지 않았다.

반응은 예상치 못한 곳에서 나왔다. 손안에 있는 채령이었다. 감히 말로 대서거나 뿌리쳐 거부하지는 못하면서 잡힌 손목을 미세하게 비틀고 있었다. 세자는 벗어나려는 그녀의 몸부림을 온몸으로 느끼며 진명을 흘겼다.

'무엇인지 모르겠으나 자네가 하는 짓이 연막이렷다?'

채령의 마음을 안 세자는 그녀를 놓아주었다. 여인들이 진명한테 홀리는 것을 숱하게 봐왔다. 진명을 좋아한 자신으로서도 이해되는 구석이 있어 평소엔 그저 농지거리로 삼을 뿐이었다. 진명이 공주의 마음을 모른 체하는 것은 봐줄 수 있었다. 그러나 채령의 마음을 이용하는 것은 무슨 까닭에서인지 견딜 수 없었다.

24

'저하께선 대체 왜!'

예문당 서장의 책들을 마구잡이로 흩어놓고 내던져 보았지만 분이 풀리기는커녕 감정의 실타래는 더욱 엉키기만 하였다. 진명은 채령을 끌어당겨 자신의 곁으로 바짝 붙이던 저하의 모습을 재차 떠올리곤 가슴을 내려쳤다. 가녀린 손목을 비틀듯 움켜쥔 저하의 억센 손마저 뇌리에서 사라지지 않아 머리를 털어내었다. 세자저하와 마주한 순간, 고통과 괴로움을 들키지 않고자 눈물을 삼키고 혀를 깨물어야만 했다. 평온한 척 가장된 여유를 부려야 하는 그 어느 정치판보다 힘겨웠다. 차라리 남훈, 중방이나 비룡이었더라면 불쾌함은 마찬가지였을 테지만 이처럼 불안하지는 않았을 것이다.

"하아……."

세자저하는 최악의 변수였다. 문사들과 채령 앞에 세자는 '예문은 이미 석철기술을 가지고 있지 않은가' 란 한마디를 남겨놓고 돌아섰다. 그 말이 낳은 파장. 경합에 채령 낭자를 더 이상 소용없는 사람으로 만들었다. 세 문사를 휘둘러 가까스로 단천골을 붙잡고 있었건만 그 끈을 단번에 끊어내었다. 장야관에 드니 진귀한 책들도 많고 재주를 발휘할 기회도 많아졌다며 좋아하던 채령 낭자의 얼굴에 찬물을 끼얹었다. 또한, 공주를 원한다 외친 마당에 석철기술마저 갖고 있으니 누가 보아도 부마로 가장 유리한 자는 진명 자신이 되었다.

"선비님, 육두이옵니다."

마당의 기척에 진명은 손을 뻗어 방문을 지그시 열었다. 벌어진 틈으로 보이는 어지러운 방 안의 모습에 육두가 다소 놀란 듯 눈이 커지더니 예사롭지 않은 진명의 기운을 읽고는 즉시 자세를 고쳤다.

"채령 아씨를 단천골까지 잘 뫼셔 드리고 오는 길입니다."

"따로 언질이 있을 때까지 단천골을 벗어나지 마시라 일렀느냐. 장야관에 오지 마시라, 궁궐 근처엔 얼씬도 마시라 낭자에게 제대로 일렀느냐."

"예, 예. 그리 말씀드리니 아씨께선 그렇지 않아도 한동안 단천골에 틀어박혀 살 생각이라 답하시었습니다."

"육두야."

"예, 선비님."

진명은 육두를 불러놓고 말이 없었다. 문설주를 짚은 채 깊이 생각에 빠져 있었다. 그러다 그가 돌연 투지를 찾고 어조에 힘을 실었다.

"지금 즉시 남백당, 북만당, 중천당을 찾아가 남훈, 비룡, 중방에게 서찰을 전하거라."

냉큼 서탁 위의 붓을 든 진명은 같은 내용의 서찰 세 장을 써 내려갔다. 일찍이 중방이 납제련술을 납부산물로 샀듯이, 자신도 석철기술을 대가를 받고 팔 의향이 있다는 내용이었다.

날이 밝으면 하나둘씩 예문당을 찾을 것이다. 셋을 상대로 흥정하는 동안, 자신은 여간해선 흥정을 받아주지 않을 것이니 동맹은 없을 것이며 그사이 채령은 마음껏 단천골에 머무를 수 있게 된다. 따라서 흥정이 길어지면 길어질수록 좋았다. 진명은 저들이 진정으로 원하는 것을 줄 때까지 거래를 늦출 생각이었다. 남훈에게 원하는 것은 쓸모없어진 채령이 계속해서 장야관 장도직을 유지할 수 있도록 하는 것이고 비룡에게 원하는 것은 이익을 위해 채령을 해하지 않는 것이며 중방에게 원하는 것은 단천골을 채령에게 내주는 것이었다.

요새 세 문사가 각기 때를 가리지 않고 드나드는 통에 예문당의 대문은 밤낮으로 활짝 열려 있었다. 그들은 마음에 없는 인사로 과도한 친분을 보이기도 했으며 당장에라도 거래를 그만둘 듯 으르고 얼굴을 붉히기도 하였다. 저마다 종종 얼굴을 바꿔가며 거래를 성사시키기 위해 안간힘을 썼다. 진명은 나른히 뒤로 물러나 있다가도 당장에 인장을 찍을 것처럼 호들갑스레 분위기를 달구기도 하였다. 관계를 풀고 조이는 가운데 유독 진명이 공을 들인 사람은 다름 아닌 비룡이었다. 온갖 술책을 마다하지 않는 성정 때문이었다. 그는 거래에 몰두하는 척하면서도 다른 꿍꿍이속을 가졌을 가능성이 컸다.

　문사들과의 승강이로 시일을 좀먹던 중, 어느 날이었다. 날이 밝기 무섭게 세자로부터 떨어진 입궐하라는 명에 진명은 동궁을 찾았다.
　"자네가 요즘 밥을 빌어다 죽을 쑨다지?"
　진명이 모습을 드러내자마자 예를 갖추기도 전에 세자는 그리 쏘아붙였다. 저하의 날선 물음이 무엇을 뜻하는지 알기에 진명은 다만 옥체 강녕하온지 여쭐 뿐이었다. 예문이 석철기술을 갖고 있음을 모두에게 알림으로써 진명이 부마간택에 유리하도록 만들었는데 정작 진명은 헛된 거래들로 딴짓을 하고 있음을 꼬집은 것이었다.

"이제 공주를 원한다던 자네였잖은가. 내가 조금 거들었는데 마다하는 이유가 무언가? 다 된 동맹을 각개전투로 흩는 이유가 무어냔 말이다."

다 된 밥에 도로 물을 부어 죽을 쑤고 재를 뿌리는 꼴이었다. 세자는 좀체 따라주지 않는 진명이 고약하기만 하였다.

"유리한 고지에서 지배하기보다는 명분과 실리로 얽힌 탄탄한 동맹, 그것을 전하께 드리고자 함입니다."

답을 아뢰는 진명의 태도는 공손하기만 하였다. 아무리 생각해 보아도 세자는 번드르르한 말 뒤에 감춰둔 그의 뜻이 짐작되지 않았다.

"자넨 말처럼 공주를 원한 것이 아니었어."

"송구하옵니다."

공주에 관한 한 지체 없이 솔직한 뜻을 밝히는 진명에 대해 세자는 서운함을 감추지 않았다.

"그럼에도 난 자네를 필요로 하지. 무심한 자네를 말이야."

"신은 이미 전하와 저하의 사람이옵니다."

진명의 상투적인 대답에 세자는 피식 콧방귀를 뿜었다.

"이번에도 정성과 힘을 다하고 있다는 알량한 핑계를 댈 생각이로군."

"……."

"기다려 준다 하지 않았어. 좋아, 내 참고 기다리지. 마음속에 남은 연정 따위 말끔히 지우고 내게로 오게. 기다려 줄 터이니 마음에도 없는 공연한 짓 말란 말일세. 기술을 돈 주고 산다라? 그것이 말이 된다 여기는가? 간택을 미루자고 그처럼 소꿉장난 같은 흥정을 해?"

조용히 그저 가만히만 있어도 어서 공주를 데려가라 재촉하지 않을 테니 공연히 세 학류를 상대로 번잡스런 짓 하지 말라 이르는데, 진명은 반기기는커녕 고개를 흔들었다. 제발 자신을 내버려 두라는 듯.

"장난이 아니옵니다. 천자국의 세를 물리치기 위함이옵니다. 전하께옵선 분명 부마간택의 조건으로 전하의 본분과 석철기술, 네 학류의 화합, 그리고 천자국의 간섭을 물리칠 방도를 찾아오라 하셨사옵니다. 이것이 그것이옵니다."

"무어?"

당최 무엇도 이해되지 않았다. 건성으로 간택에 임하면서도 한편으로는 간택의 조건을 채우기 위해 노력하고 있다? 세자의 눈길이 가늘어졌다. 진명을 제외한 세 문사들은 원하는 것이 분명했다. 그러나 진명은 모호하기만 하였다. 멀어질 듯하면서도 망치질 않았고 느직하면서도 절박해 보였다.

"간택에 임한 이유가 공주에 대한 연심이 아니라면 전하에 대한 충의일 텐데, 내 눈엔 자네의 마음이 충의가 아닌 투혼으로 보이는 이유가 뭐지?"

쉽게 가질 수 있는 공주도 석철채굴권도 덥석 갖지 않고 전하의 의중을 알면서도 따르지 않는 진명에게 대체 원하는 것이 무어냐 묻고 있었다.

"투혼이 없다면 정치판을 떠나야 하겠지요."

두루뭉술하게 답을 맺는 진명에게 세자는 또 다른 화제를 꺼냈다.

"채령 낭자를 단천골에 붙박아놓은 것이 자네인가?"

세자의 입에 채령이 거론되는 것만으로도 진명은 가슴이 오그라졌다. 그럼에도 정치판에서 단련된 위선으로 느긋이 어깨를 젖히곤 짐짓 허세를 부렸다.

"당치 않사옵니다. 제가 무슨 재주로 무슨 권한으로 전하의 신하된 자의 거처를 마음대로 정하겠사옵니까. 낭자가 그곳에서 두문불출한다면 다만 장야관 관리로서 소임을 다하고 있는 것일 테지요."

그녀가 맡은 장야관 관리로서의 소임이란 말에 세자의 코끝에 비웃음이 스쳤다. 진명이 끌어댄 구실이 하도 얄팍하여 헛웃음이 났다.

"감히 동궁에서 보낸 가마를 비운 채 되돌리는 것이 장야관 장도의 소임 때문이라고?"

세자가 단천골에 꽃가마를 보낸 것이 수차례였다. 그러나 번번이 돌아온 것은 빈 가마였다. 그녀는 단천골에만 틀어박혀 있었다. 오라로 묶어 끌고 올 수도 없는 노릇이었다. 채령을 불러 들여 관직을 거두고 세상의 조롱으로부터 보호받을 수 있는 은밀한 거처를 마련하여 잠시나마 어긋났던 삶이 제자리를 찾도록 해주려는 호의에도 그녀는 꿈쩍하지 않았다. 그처럼 천지분간 못하는 처신은 연심에 넋을 잃은 탓이리라, 꼭두각시가 되어 진명의 뜻대로 움직이는 것이리라 그리 믿었다. 대체 진명은 채령을 움직여 무엇을 얻고자 한단 말인가.

"간택에 불필요해진 낭자의 처단은 늦추면 늦출수록 그녀에게 해가 된다. 그러니 낭자를 놓아주거라."

채령을 놓아주라는 말이 예사롭지 않게 들렸다. 진명은 정신을 수습하길 반복해야 했다. 그에겐 저하께서 쓰시는 어절 하나가 살촉이었으며 어조의 미묘한 변화 또한 신경을 긁는 칼날이었다. 빗발처럼 쏟아지는 비수에도 낯가죽만큼은 평온을 유지하려 안간힘을 썼다. 간간히 비치던 채령을 향한 세자의 관심이 호의에 그치지 않으면 어쩌나, 아니 지금은 호의조차 달갑지 않았다.

"낭자는 원하는 삶을 살면 될 것입니다."

채령을 단천골에 두려는 진명과 그곳에서 빼내려는 세자 사이에 침묵이 흘렀다. 고요하였으나 대립이었으며 지긋이 웃음을 짓고 있으나 견제였다. 긴장을 먼저 깬 것은 세자였다.

"지금 나와 자네가 주군과 신하인가?"

"응당 그러하옵니다."

세자는 조용히 진명을 응시하였다. 평소와는 다른 진명이었다. 본래 그의 처신엔 불필요한 대립이나 감정의 과잉이 없었건만, 요사이 언동엔 잡음과 군더더기가 섞여 있었다. 어지간히 말을 듣지 않는 그였다. 그를 상대하는 것이 피곤할 만큼 버거웠다.

"한데 사내와 사내로 느껴져. 그 이유가 뭐지?"

충의가 아닌 투혼, 군신이 아닌 사내와 사내. 정확히 집어내진 못해도 어느 정도 감을 잡는 세자에 진명은 다만 마른침을 삼켰다. 채령을 단천골에 머물게 하려면 경합은 계속되어야 했으니 자신은 부마후보가 되어야 했으며, 부마후보가 된 마당에 그녀가 자신의 정인임을 알릴 수 없었다. 아무런 방비도 갖추지 못한 그녀는 너무도 무력했다. 수틀리면 주종의 질서를 어지럽힌 쇳물일도 죄가 되었으며 조정을 기만한 장도직도 죄가 되었으며 부마후보를 꾀어내었단 누명으로 자신의 정인인 것도 죄가 될 수 있었다. 무엇이든 꼬투리가 될 수 있었다. 진명은 엎드려 머리를 조아렸다.

"충심이 지나쳐 감히 불공불손했나이다."

가슴 위에 겹쳐 있던 세자의 두 팔이 힘없이 풀렸다. 한껏 몸을 낮추는 진명의 태도에 놀란 때문이었다. 공주가 싫다며 왕이 친히 청한 부마경합에도 나서지 않을 만큼 오만하던 그가 아닌

가. 무엇이 그를 저리 만든 것인가. 구체적인 대답도 적극적인 변명도 없이 그저 머리만을 숙이는 진명의 속내가 몹시 궁금했다. 세자는 목소리를 높여 다그치려다 그만두었다. 먼저 자리를 박차고 일어섰다.

세자저하와의 힘겨운 독대를 마친 무렵, 해는 이미 산자락 아래로 자취를 감추었다. 진명은 예문당으로 향하던 말머리를 도중에 집으로 돌렸다. 그저 잠시 관복을 벗어두고 찻물로 마음을 가라앉힐 생각이었다.

진명의 꺼칠한 모습을 본 숙모는 찻물보다는 석반이 우선이라며 그를 만류했다. 밤늦게 한 상 가득 내온 숙모는 이부자리까지 펴주곤 오늘은 늦었으니 예문당으로 가지 말고 예서 쉬라일렀다. 아침에 복장도 정갈히 마련해 줄 터이니 그걸 입고 나가라며. 숙모의 요청이 간절하였고 거절할 이유가 없기에 진명은 그리 하겠다 하였다. 그러나 밤사이 곤두선 신경으로 쉽사리 잠들지 못하는 것은 집이든 예문당이든 마찬가지였다.

다음날 아침 말끔한 복장을 손수 들고 외별당을 찾은 숙모는 먹는 둥 마는 둥 조반을 물린 진명의 모습에 이마를 찡그렸다.

"요사이 큰조카의 상심이 무엇인지 알지마는 이럴수록……."

이럴수록 정신을 차려야 한다 말하려던 숙모가 내 정신 좀 보

라며 이마를 쳤다. 던지듯 새 복장을 내려놓고는 치마폭을 뒤적
거렸다.

"무슨 일 때문에 그러십니까?"

"어제 아침에 장길이 예문당에 없다며 큰조카를 찾더라고. 그
래서 난 이곳에서 관복을 차려입고는 입궐하였다 하였지. 오후
에 다시 이곳으로 온 장길이 줄곧 동궁에 있는 자네한테 연락할
방법이 막막하다며 숙부를 통해 소식을 전해달라는 거야. 한데
알다시피 자네 숙부가 요사이 집에 계시질 않은가. 퇴궐하
는 문이 한두 개도 아니고 장길이 모두 지킬 수도 없는 노릇이
니 내가 긴급한 전갈이냐 물었어. 급한 것인지 아닌지는 자신이
판단할 수 없다더군. 그저 뭐든 속히 전할 뿐이라고. 큰조카가
만일 예문당이 아니라 집으로 오게 되면 내가 전해주겠다며 전
할 말을 적어달라 해 받아놓았는데 어젯밤 자네를 거둔답시고
잊었지 뭐야. 하이고, 깊숙이도 넣어놨네."

숙모는 치마를 걷어내고 주섬주섬 몇 겹의 속바지를 끌러내
서야 고김살 가득한 종이를 내놓았다.

건네받은 서찰을 훑은 진명의 표정이 일순간 얼어붙었다. 불
행히도 긴급한 소식이었다. 그것도 매우 다급한. 이미 늦지 않
았기만을 바랄 뿐이었다.

"왜? 좋지 않은 소식인가?"

"아닙니다."

억지웃음으로 숙모를 달랜 진명은 속히 입궐할 채비를 하였다.

장길이 전한 소식인즉, 요사이 금은골 사철광에 예전에 들이지 않던 구리와 백철의 반입이 있었으며, 그곳 생산품의 반출 경로 가운데 최근 단천골이 추가되었다는 소식이었다. 구리와 백철의 반입은 백동을 만들기 위함일 터. 단천골로 반출된 생산품 또한 백동일 확률이 컸다. 비룡이 백동을 만들어 단천골 주변에 푼 이유, 굳이 확인할 필요도 없었다. 백동을 은으로 속여 팔아놓곤 그 죄를 채령에게 씌우려는 수작이었다. 채령을 위협해 석철기술을 얻으려는 농간이었다. 자신과의 지분논의가 지루해지자 따로 석철기술을 얻어 경합의 새로운 틀을 짜려는 비룡의 술책이었다.

어찌되었든 이 일이 어전에 미치기 전에 비룡을 만나야 했다. 그렇지 못한다면 사태는 걷잡을 수 없을 것이다. 채령은 제 발이 아닌 오라에 묶여 끌려올지 몰랐다. 죄인으로건 무고함을 입증하기 위함이건 단천골을 떠나야만 했다. 채령을 다시 단천골로 보내기 위해선 어찌해야 하는가. 가장 큰 가치를 가졌으나 자신에겐 쓸모가 없는 것을 비룡에게 내주어야 할 터. 공주. 그러나 공주를 내주고 이대로 경합이 끝난다면 어찌되는가. 미처 그사이 은제련술을 갖추지 못한 채령 낭자는 어찌되는가. 진명은 쉬지 않고 생각을 거듭했다. 채령의 시련을 막을 방도를 찾고자.

진명이 입궐하였을 땐, 이미 늦고 말았다. 채령이 새벽녘 압송되어 왕옥에 갇혀 있다 했다. 어제 저녁 비룡이 진명이 퇴궐하는 것을 기다려 벌인 일이라 했다. 뒤늦게 세자가 나서 하옥하기보다는 일의 진위를 먼저 가리자 간청했으나 왕의 분노가 워낙 거세어 막을 수 없었다 했다. 너그러이 재주를 인정해 관직까지 내어주었건만 알량한 기술로 세상을 농락한 죄가 무척 중하다며 친히 죄를 가리겠노라 하였다 했다. 조참이 끝나는 대로 추국장을 마련할 것이라 하였다. 조참에서 비룡이 넌지시 던지는 눈길은 이제 협상에서 채령을 빼고 다시 시작해야 할 것이란 말을 담고 있었다. 이리된 마당이니 경합장은 추국장으로 옮기는 수밖에 없었다.

＊

채령과 관련이 있는 네 문사 모두가 추국장을 찾았다. 왕이 친히 추국하는 만큼 국문은 편전 앞뜰에서 행해졌다. 그들이 도착했을 때 옥좌를 제외하고 친국을 위한 준비가 모두 갖춰져 있었다. 난장에 쓸 태장이며 주리를 틀 주릿대며 낙형에 쓸 달군 쇠며 무엇 하나 빠지지 않고 놓여 있었다. 전하의 진노가 큰 만큼 관리들의 움직임이 빨랐다. 문사들은 용상 좌우의 기단 위에 나누어 섰다.

침착하고자 애쓰던 진명이 입술을 깨문 것은 추국장에 끌려 들어오는 채령을 본 순간이었다. 단천골에서 어찌 지낸 것인지 무척 야위고 수척해져 있었다. 형틀에 매이고 손발이 묶이는 애잔한 모습을 보는 것은 감내하기 힘든 고통이었다. 고신의 고초만은 반드시 막아줄 터이다. 억울한 누명 또한 벗겨줄 것이다. 그녀가 원하는 모든 것을 줄 것이다. 진명의 결심이 전해진 것인지 형틀에 앉은 채령이 눈을 들었다. 기단을 훑던 그녀의 시선이 잠시 진명에게서 멈추었다. 그때 보일 듯 말 듯 입가에 어렴풋한 미소가 스쳤다. 진명은 그것이 그저 인사인지 자조적인 것인지 몰라 애가 탔다.

마침내 용상이 놓이고 왕과 세자가 들어서니 편전의 위엄이 극에 달하였다. 왕은 채령을 익히 아는 터라 죄인의 신상을 확인하는 번거로운 절차는 생략하였다. 다짜고짜 물었다.

"백동을 만들 줄 아느냐."

"예."

"마지막으로 만든 것이 언제냐."

"도성에 오기 전 금은골에서 만든 것이 마지막이옵니다."

채령의 대답을 들은 비룡이 역정을 내었다.

"네가 단천골에서 백동을 만드는 것을 본 자가 한둘이 아니다! 또한 그것을 은으로 알고 속아 산 사람이 한둘이 아니다! 바른대로 답하거라! 그와 같은 짓으로 얼마를 벌어들인 것이냐! 감히 그 같은 짓을 하고자 장도가 된 것이냐!"

비룡에 이어 남훈이 보탰다.

"애초 낭자의 쇳물일을 용인한 것이 잘못이었사옵니다. 백동을 은으로 팔았든 팔지 않았든 낭자의 처분은 재차 논의되어야 한다고 여기옵니다."

중방의 얼굴엔 아쉬움이 역력했다.

"지금의 상황에 적합하지는 않으나, 낭자로 인해 단천골의 납산출이 늘게 된 것은 공이라면 공일 것입니다."

용상을 내리친 왕이 중방을 쏘아보았다.

"중방은 답하라. 지금까지 단천골에서 백동을 만든 적이 있느냐?"

"단천골에선 오직 납만을 만들 뿐, 없사옵니다."

"그렇다면 단천골에 백동을 만들 줄 아는 자가 있더냐?"

"만든 적이 없으니 누가 만들 줄 아는지조차 모르옵니다. 그곳의 대장장이들은 모두가 십 수 년간 납괴만을 다뤄왔기에 은빛이 도는 백동을 만들기란 쉽지 않을 듯하옵니다."

그만하면 충분하다는 듯 하문을 멈춘 왕은 서슬이 담긴 시선으로 채령에게 외쳤다.

"일천한 재주로 얼떨결에 부마간택에 발을 디뎌 조정으로 영역을 넓히더니 세상이 녹록해진 것이냐! 순순히 죄를 자백하지 않으면 따르는 것은 고통뿐이니라! 너만의 고통이 아니다! 연로한 아비와 장차 입신을 앞둔 동생은 안중에도 없는 것이냐! 바른대로 고하라! 네가 백동을 은으로 속여 판 것이냐?"

당장에 자리를 박차고 일어서려는 왕을 세자가 달랬다. 세자는 채령이 아닌 중방에게 재차 물었다.

"단천골에서 구리와 백철을 사들인 일이 있다면 그것을 확인할 방도가 있는가?"

"대부분의 출납은 제 선에서 관리가 되고 있습니다만 사사로이 거래되는 소소한 물량까지 관여하진 않습니다. 은은 워낙 소량에도 값진 물건인지라 은으로 팔 작정으로 들인 구리와 백철이라면 양이 많지 않을 것으로 사료되옵니다. 하여 확인할 방도는 없사옵니다."

절망적인 답변에 세자가 깊이 탄식했다. 채령이 죄를 지은 것인지 아닌지 스스로도 혼돈되었다. 구명할 길도 막막하였지만 믿음도 흔들렸다.

마침내 왕이 주리를 틀라 명하려는데, 진명이 어전으로 나섰다.

"낭자가 만들었다는 백동을 직접 눈으로 보지 않고는 낭자가 죄인임을 확신할 수 없나이다. 백동을 만드는 것을 본 사람이 있고 백동을 은으로 알고 산 사람이 있다하나 정작 그 백동은 어디 있는 것입니까?"

진명의 날선 시선이 비룡에게 향했다. 비룡이 지체 않고 답했다.

"물론 있습니다. 낭자를 압송할 때 그 백동들을 증좌로 함께 거두어들인 것으로 압니다."

왕은 증좌가 더해지면 죄가 더욱 명백해질 테니 일단 백동을 들이라 명하고는 진명에게 물었다.

"백동이 백동일진대 직접 보는 것이 무슨 소용이란 말인가?"

"소신은 직접 낭자로부터 백동을 산 적이 있사옵니다."

다소 놀란 시선들이 진명에게 모아졌다. 순간 비룡의 얼굴에 긴장의 빛이 스쳤다. 세자가 나서 물었다.

"은으로 알고 산 것인가, 백동으로 알고 산 것인가?"

"물론 백동으로 산 것이옵니다."

마침 증좌가 어전에 놓였다. 다가선 진명이 그 백동조각들을 살폈다. 자신이 가진 동곳에 미치지 못하는 조악한 빛깔을 띠고 있었다. 진명은 돌연 관모를 벗고는 상투에 꽂혀 있던 백동동곳을 빼내어 증좌 옆에 나란히 놓았다.

"이것이 제가 낭자로부터 산 백동이옵니다. 백동이라 하여 다 같은 백동이 아닌 것입니다."

비슷한 은회색이라 하나 확연히 구분되었다. 동곳을 집어든 왕은 은인지 백동인지 구분되지 않는다며 이리저리 살폈다.

그때였다. 세자는 진명과 채령을 번갈아 보았다. 채령을 험히 대하는 진명이 못마땅하여 그를 질책하곤 하였는데 그녀가 만든 동곳을 머리에 올리고 있는 진명이라니. 혼란스러우면서도 일말의 단서에 닿은 기분이었다. 경합을 통해 진명이 진정으로 얻고자 하는 것이 늘 모호했건만 왠지 그 실체를 접한 기분이었다. 진명은 애초 일부러 채령을 험히 대한 것이었다. 그는 이미 경합을 마무리 지을 방책을 갖고 있는 듯했다. 다만 때를 기다리는 것일 뿐. 세자는 애써 충격을 감추고 궁금증이 가득한 눈길로 계속해서 진명과 채령을 번갈아 보았다.

진명이 일단은 추국을 멈추고 충분히 조사할 것을 간청하였다. 왕이 승낙함에 따라 진명은 일단 백동동곳으로 억울한 고신을 막고 정당한 수사를 위한 기회를 얻었다.

상황이 예상치 못한 방향으로 흐르자 다급해진 비룡이 외쳤다.

"낭자에게 은빛의 백동을 만드는 재주가 있다하니 더욱 의심스러운 일이 아닙니까! 이로써 낭자의 죄는 더욱 명백해진 것입니다! 낭자가 백동을 은으로 속여 판 것이 틀림없습니다!"

그때였다. 세자가 궁금해하던 방책은 예상하지 못한 곳에서 던져 졌다. 진명이 아닌 채령이었다.

"저는, 아니 소신은……."

형틀에서 들리는 가냘픈 음성이 기단마저 잠재웠다. 문초도 없고 추국마저 파하려는 마당에 채령이 스스로 입을 열었다.

"소신은 은이 아닌 것을 은이라 속일 필요가 없사옵니다."

백동동곳을 머리 위에 도로 얹던 진명의 손길이 허공에서 멈칫했다. 채령을 향해 얼어붙은 그를 지켜본 세자는 이것이 진명이 기다리던 경합을 마무리 지을 방책임을 직감했다.

"소신은 은이 아닌 것을 은이라 속일 필요가 없사옵니다."

'속일 필요가 없다?'

세자의 고개가 살짝 기울었다. 묘하게 들렸다. 속이지 않았다 도 아니고 속일 이유가 없다니. 단순히 결백하단 주장으로만 들 리지 않았다. 주위를 둘러보니 자신과 마찬가지로 모두가 의문 을 품은 표정으로 채령에게 주목했다.

한데 단 한 사람, 진명만이 채령을 보는 눈길이 달랐다. 슬쩍 내린 눈가에선 착각일 수도 있지만 얼핏 눈물이 어른거리는 듯 했다. 이내 그는 깊은 호흡으로 표정을 가다듬고는 얼굴을 들었 다. 아련한 시선엔 애잔함이, 실그러진 입가엔 춘풍이 떠나지 않았다. 눈에 띄는 동작은 다른 이는 채령에 주목하여 반 발짝쯤 앞서는데 반해 그는 되레 반 발짝 뒤로 물러나는 것이었다. 마치 소임을 다했다는 듯. 모두가 의문을 품은 가운데 진명만이 명확하게 그 뜻을 알고 있단 모습이었다. 세자는 곧 부마경합이 끝날 것임을 알았다.

모두의 의문을 대표해 왕이 하문하였다.

"은이라 속일 필요가 없다니, 무슨 뜻이냐."

채령이 맑은 눈동자를 들어 아뢰었다.

"소신이 은을 만들 줄 알기 때문이옵니다."

"뭐, 뭐라?"

진명을 제외한 기단 위의 모두가 아래턱을 떨어뜨린 채 입을 벌렸다. 침묵이 흘렀지만 분주했다. 채령을 훑다가 서로의 얼굴을 쳐다보길 되풀이했다. 어수선함 속에서 비룡이 나서 채령을 호되게 나무랐다. 그는 입술을 몹시 떨었다.

"나, 낯에 쇠, 쇠가죽을 씌웠구나! 무, 무지몽매하기로서니 감히 두, 두려움조차 모르는 것이냐! 청보국엔 은광이 없다! 한데 으, 은을 무엇으로 만든단 말이냐! 백동으로 행한 거짓을 덮고자 더 큰 거짓으로 둘러대다니 참으로 우둔하고 삿되구나!"

붉은 얼굴로 씩씩거리는 비룡을 채령이 가만히 쳐다보았다. 정작 두려움은 그의 얼굴에 있었다. 진심을 다하는 그녀는 두려움이 없었다. 진심은 술책에 지지 않고 술책은 진심 위에 설 수 없다 믿기 때문이었다. 두려움은 교활한 술책이 진심에 갖는 감정이었다. 채령이 또다시 답했다.

"은광이 없는 것이 아니오라 은제련술이 없는 것이지요."

그러자 불쑥 남훈이 비룡을 제치고 끼어들었다.

"진정 은을 만들 수 있단 말이오?"

"저품위의 납괴에 섞인 은을 뽑아내면 되옵니다."

구체적인 답변에도 기단 위는 온통 혼돈이었다. 납괴에 은이 섞여 있다는 것도 생소했고, 섞인 은을 뽑아낸다는 말도 황당했다. 한편으로는 석철기술로 재주가 확인된 채령이 단천골의 납광에서 줄곧 지낸 것이 혹시나 하게 만들었다. 뒤엉키고 헝클어진 시선들엔 의문만이 가득했다.

납괴란 말에 왕은 용상 곁에 선 중방에게 물었다.

"중방, 그것이 가능한가? 믿기엔 허황하다."

허리를 숙인 중방도 머리를 갸웃했다.

"소신도 금시초문의 기술인지라……."

단천골에서 벌어진 일이라 하나 납채굴량을 늘려 사업권을 행사하는데 매진했던 중방으로선 다른 문사들과 마찬가지로 남의 일인 듯 생소하였다. 중방이 머리를 긁적거리며 어전에 아뢰는데 그러다 돌연 말끝이 흐려졌다. 이어 뭔가 떠오른 표정을 짓더니 급히 고개를 돌려 진명을 보는 것이었다.

"진명, 자네!"

중방은 오래전 단천골에서 진명의 제의로 채령과 맺었던 계약을 떠올렸다. 납부산물을 주고 채령의 납제련술을 사들였던. 저품위의 납괴에서 뽑는다는 은이 설마 자신이 버리듯 내다 팔았던 그 납부산물에서? 그렇다면 그 계약은 납과 은을 바꾼 꼴이 되었다. 그 당시 계약을 주도했던 진명을 향해 중방이 눈길을 올려붙였다.

이에 진명이 어깨를 으쓱해 보이며 능청을 떨었다.

"그때 제가 어찌 이런 일을 예상했겠습니까. 아무튼 채령 낭자의 기술이 사실이라면 낭자는 중방에게 정당히 값을 치르고 납부산물을 샀으니 단천골의 은은 응당 낭자의 것입지요."

비룡과 남훈도 놀라움에 입을 다물지 못했다.

비룡은 비통하였다. 납괴에서 은을 뽑아낸다니 비록 믿어지지 않는 해괴한 기술이나, 숙맥인 채령 낭자가 하는 말이기에 참담했다. 청혼을 받으며 내준 진귀한 물건들을 소 닭 보듯 했던, 비천한 대장장이 석쇠를 위해 위험을 자처한, 얄은꾀도 수단도 없이 답답하리만치 쇠메만 내려치는 숙맥이 아니던가. 그런 사람이 하는 말이기에 믿지 않을 수 없었다. 석철기술만을 쫓던 비룡의 심정은 닭 쫓던 개가 지붕 위를 올려다보듯 망연하였다.

줄곧 채령을 목 안의 가시처럼 대하던 남훈도 지금은 단 한마디도 내놓지 못하고 침묵을 지켰다. 왕의 본분에 있어 천자국의 횡포로부터 나라와 백성을 구한다는 것을 뛰어넘는 본분이 없기 때문이었다. 채령이 진정 은제련술을 가졌다면 제대로 된 은광이 없어 천자국에 휘둘려야만 했던 청보국은 설움을 단번에 날릴 수 있었다. 지금은 낭자의 처단을 입에 담을 수 없었다.

진명은 망연한 표정의 세 문사들을 뒤로하고 어전으로 다가갔다.

"전하, 부마간택을 위한 경합이 무의미해진 듯하옵니다."

"어찌 이르는 말이더냐?"

도통 종잡을 수 없는 상황이건만 진명이 뜬금없는 말을 덧붙이니 왕은 어리둥절하였다. 이에 진명이 조근조근 답하길,

"경합의 승자는 다름 아닌 채령 낭자가 아니겠습니까. 전하께옵서 명하신 실리, 국력, 본분, 인사까지 경합의 네 가지 조건을 모두 이루지 않았사옵니까. 석철기술을 얻으라는 명은 낭자는 이미 기술을 가지고 있으니 거론할 필요가 없을 것이고, 천자국의 위세를 피할 방도를 가져 오란 명은 천자국의 횡포가 은으로 인한 것이니 은보다 확실한 방도는 없을 것입니다. 이로써 전하께옵선 나라와 백성을 편안케 하는 본분을 지키신 것이옵니다. 네 학류의 화합을 가져오란 마지막 명은 인사론도 위분론도 실리론도 군력론도 군말을 보태지 못하고 있는 상황이 말해주고 있지 않사옵니까. 은제련술로 인해 학류의 화합은 저절로 이뤄질 것입니다. 경합 내내 문사들이 하지 못한 것을 채령 낭자가

한 것이옵니다. 다만 안타깝게도 낭자가 부마가 될 수는 없는 노릇이니 경합은 이미 무산된 것과 다르지 않사옵니다."

나름 아쉽단 표정으로 마무리하는 진명을 옆에서 지켜보던 세자가 코웃음을 터뜨렸다. 이대로 같은 조건으로 경합을 계속한다면 결국 채령을 얻는 자가 부마가 되는 것인데 그리하여 공주를 첩실로 내어주겠냐 묻는 진명의 고약한 언사. 미꾸라지처럼 부마간택에서 빠져나가는 그를 세자는 새침한 눈길로 흘겼다.

경합이 무산되어 아쉽기는 하나 왕은 석철기술이며 사윗감이며 이미 안중에 없었다. 관심이 은제련술로 옮겨진 때문이었다. 진명을 사윗감으로 삼으려는 것은 장차 세자의 시대를 대비한 것이었는데, 후대를 강고히 하는데 은제련술만 한 것이 또 있으랴. 천자국으로부터 벗어난다면 그보다 좋은 것이 없었다. 왕은 옥좌를 박차고 일어서 좌우 문사들을 제치고 친히 기단을 내려서 채령에게 향했다.

"정녕 네가 은을 제련할 수 있단 말이냐?"

"그러하옵니다."

"네 재주를 몸소 보여 만단의혹을 떨쳐 내거라. 그리할 수 있겠느냐?"

"분부 따르겠사옵니다."

"과인이 기꺼이 친람할 것이니!"

채령을 조속히 형틀에서 풀어 장야관에 두되 궁 밖으로 벗어나지 못하도록 엄히 단속하라 일렀다. 아직 의심을 말끔히 거두지 못한 왕은 두 눈으로 확인하고자 하였다. 단천골로 어가를 뫼실 행장이 부지런히 꾸려졌다.

채령이 궁인들에게 둘러싸여 편전을 벗어나는 모습을 마지막까지 바라보던 진명이 뒤돌아서다 멈칫하였다. 세자가 앞을 가로막은 때문이었다. 살짝 눈길을 낮춰 예를 갖추는데 세자가 갑자기 웃음을 뿜었다.

"석철기술은 결국 은제련술의 연막이었던 게로군."

혼잣말처럼 뇌까리며 세자는 진명을 위아래로 보았다. 묵중한 기상을 뿜는 든직한 기골과 만물을 담은 듯 호기로운 너른 가슴, 동량의 재주를 품은 여유만만한 눈빛까지. 채령 낭자가 왕에게 닿게 된 것이 스스로의 힘이라 여기기는 힘들었다. 진명, 그대인가? 진명의 만전지책, 어디가 처음이고 어디가 끝인가.

"진명, 자넨 한 번도 진심으로 공주를 원한 적이 없었어. 그랬던 게로군."

"송구하옵니다."

세자는 어물어물 무산된 부마간택을 아쉬워하는 것이 아니었다. 미꾸라지처럼 손아귀에서 빠져나간 진명을 탓하고자 하는 것도 아니었다. 짐작되는 한 가지를 확인하고자 함이었다.

"자네가 부마간택에 참여한 이유는 은제련술 때문이었나?"

아니면 채령 때문이었나.

"예문당의 인사人事일 뿐 의도한 결과는 아니었사옵니다."

애매한 답변만을 내놓은 진명은 아직 채령이 기술을 입증하지 못한 상황이라선지 무척 신중하였다. 세자는 다만 인사人事란 말이 새삼 마음에 걸렸다. 사람을 다룬다는 것이 그토록 싫다던 부마경합까지 나서게 할 만큼 마음을 다하는 일이었던가 새삼스러웠다. 의도한 결과는 아니었다는 말도 예사롭지 않았다. 재주보다 사람이 우선이란 뜻으로 들린 때문이었다.

'부마간택에 참여한 이유가 채령 때문인가.'

세자는 마지막 물음을 삼켰다. 물어볼 필요가 없기 때문이었다. 이미 묻지 않았던가. 그리고 이미 답을 듣지 않았던가. 자네의 정인은 어떤 사람이냐는 물음에 진명은, 어리석고 무모하나 계란으로 바위를 깰 수 있는 사람이라 하였다. 셈에 분주한 자들과는 다른 무게감으로 원칙과 초심을 일깨우는 질박한 사람이라 하였다. 그의 정인이 채령이란 대답을 들은 것과 다름없었다. 진작 진명과 채령은 손을 잡고 있었다. 감쪽같이 숨긴 동맹으로 그들이 선물한 은제련술에 가없이 기쁘면서도 마음 한구석 심술이 일었다. 진명에게 채령을 순순히 내주자니 그간 채령에게 느꼈던 설렘이 못내 아쉬웠고 숱한 세월 누이를 애태운 것이 분하였다. 오만한 그대의 약점을 알았으니 누이 몫까지 앙갚음을 해준 뒤에 채령을 내주지, 세자의 눈길이 얄궂었다.

✻

심심한 쇠메 소리만 울리던 단천골 벽계산간이 들끓었다. 이토록 궁벽한 곳에 왕이 친림하신다니 납광이 생긴 이래 처음이라며 길섶마다 마을 사람들이 모여 수선거렸다. 어가와 그 뒤를 따르는 세자와 문사들을 구경하던 그들의 수군거림이 커진 것은 말미에 놓인 꽃가마 때문이었다. 단천골을 드나드는 꽃가마는 한 채뿐이었다. 간혹 채령 아씨가 타던 동궁의 꽃가마 그것이었다. 간밤에 오라에 묶여 압송되었다던 아씨가 돌연 꽃가마를 타고 돌아온 것에 놀라 모두 입을 모았다.

채령이 묵었던 대장간 주위로 경계가 삼엄하였다. 시현을 앞두고 정중하게 어전에 머리를 숙이는 채령 옆에 석쇠가 함께 부복하였다. 땅바닥에 머리가 닿도록 엎드린 석쇠는 지난날을 떠올리며 하염없이 눈물만 흘렸다. 아씨께서 가시밭길을 마다하지 않으시더니 기어코 이날을 일구어내신 것에 격정을 누를 길 없었다.

"석쇠야, 시작하자."

"예."

수없이 용광로에 불을 지피던 여느 날처럼 채령은 화덕을 달구었다. 손에 익은 숙련된 일을 하는 그들은 말을 필요로 하지 않았다. 석쇠가 풀무를 밟는 사이 채령은 마당 한구석 가득한 저품위 납괴들 가운데 빛깔이 밝은 것들을 선별해 내었다. 추려 낸 것을 석쇠가 수레에 담아 옮길 때에 채령은 그것들을 쇠메질로 잘게 부수었다. 함께 용광로에 납괴를 붓고는 이번에는 화덕 속에 석탄을 넣었다. 불길의 세기를 일정하게 유지하기 위해선 석탄의 주입량을 조절할 필요가 있었다. 석쇠가 습관처럼 한 삽, 두 삽……. 수를 세어가며 석탄을 불길 속에 던졌다. 용광로의 온도를 가늠하던 채령이 손짓으로 명하면 석쇠가 부삽질을 멈추었고 또다시 명하면 그가 석탄을 던져 넣었다. 둘은 그것을 수차례 반복하였다.

　화덕의 열기에 얼굴이 익고 옷이 땀에 젖을 무렵이었다. 덩어리 대부분이 녹은 가운데 이번엔 부삽으로 석탄을 하나둘씩 빼내어 불길을 낮추고 때로는 목탄으로 미세하게 불길을 조절해가며 쉼 없이 고무래질을 하였다.

　마지막 남은 물렁거리는 은회색 쇳물은 은빛이라기엔 혼탁하였다. 용상에 앉아 기다리자니 답답하고 조바심이 났던 왕은 마당으로 내려와 몸소 살피더니 걱정으로 미간을 좁히며 물었다.

　"남은 것이 은인 것이냐?"

　채령이 고개를 저었다.

"은 속에 납이 섞여 있는 까닭에 아직은 아니옵니다."

문제는 은과 납이 뒤섞여 있다는 점이었다. 매번 애를 먹였던 단계가 이 부분이었는데, 기술로 허혼서를 쓰겠다 결심했던 때 실마리를 얻어 해결할 수 있었다. 비로소 잿가루로 납을 거두는 단계였다.

채령의 손길이 더욱 섬세해졌다. 곁에서 거드는 석쇠의 거친 숨조차 잦아들었다. 이번엔 목탄으로 불을 피워 뭉근한 불길을 만든 후, 새로운 용광로를 가져와 불 위에 놓았다. 채령이 용광로 바닥에 잿가루를 균일하게 흩었다. 그때 왕이 나서 대뜸 물었다.

"불순물을 없애야 할 판국에 오히려 또 다른 불순물을 더 넣는 것이 해괴하지 않느냐."

"연은의 납을 잿가루로 분리해 내는 것이옵니다."

채령의 대답에 왕은 머리를 갸웃했다. 지켜보던 세자와 문사들도 영문을 몰라 다만 지켜볼 뿐이었다.

이윽고 납과 은이 섞인 연은이 용광로 안에 담겼다. 그러자 석쇠가 마당에 있던 단지를 쇠메로 내리쳐 조각내었다. 채령은 깨진 단지 조각들을 주워 연은 위에 빈틈없이 얹었다. 그리고 또다시 목탄으로 불을 피웠다.

비로소 허리를 편 채령이 석쇠와 함께 어전에 머리를 숙였다.

"다 된 것이냐?"

"예, 그러하옵니다."

왕은 또다시 고개를 갸웃했다. 상하에 불을 피워놓곤 뭐가 어찌하여 다 되었다는 것인지 통 알 수가 없었다. 연기에 가려 무엇도 보이지 않았다. 다 되었다는 말에 저만큼 물러나 지켜보던 세자와 문사들도 가까이 모여들었다. 그들 또한 불길을 조절하는 채령의 모습과 연기로 가득한 용광로 안을 그저 번갈아 볼 뿐이었다.

앞을 가리던 뿌연 연기가 걷힐 무렵이었다. 잿빛 숯더미 아래 반짝이는 것이 있었다. 햇빛을 머금은 맑은 빛에 모두가 숨을 죽였다. 석쇠가 화덕의 불을 끄고 용광로 안을 살며시 헤쳤다.

"오오!"

누가 먼저랄 것 없이 탄성이 터져 나왔다. 아직 온전히 굳지는 않아 꾸덕꾸덕하였으나 연은의 혼탁한 빛은 흔적도 없었다. 마침내 식어 먼지를 털어낸 은괴를 손에 쥔 왕은 감격을 감추지 못했다.

"이것이 은이 아니라면 무엇이겠느냐! 실로 은이로다!"

납도 백동도 흉내 내지 못할 우아한 광채는 굳이 장야관의 감정을 필요로 하지 않았다. 뒤늦게 왕의 부름을 받아 대장간으로 들어간 장야관 관리가 순은이 맞다 확언하자 왕은 눈물마저 흘렸다. 왕에게서 건네받은 은괴를 세자와 문사들도 돌려 보았다. 중방은 자신의 안방에서 이런 일이 일어났다는 사실을 믿을 수 없다는 듯 고개를 절레절레 흔들었다. 비룡은 불덩이를 손에 쥔 듯 은괴를 쥐고는 안절부절못하였다. 진명이 유쾌한 음성으로 감격을 토로했다.

"납광을 은광으로 만든 채령 낭자와 석쇠의 재주를 결코 소홀히 여겨선 안 될 것입니다."

아침녘, 머리끈을 잡아 뜯듯 풀어낸 인덕이 누운 자리에서 기세 좋게 일어났다.

"뭐라? 숭절부?"

댓돌에 신을 팽개치듯 벗은 무령이 헐레벌떡 사랑채에 들어서서는 믿기지 않는 소식을 전했다. 언제든 왕을 독대할 수 있는 벼슬을 내리라는 어명에 따라 채령이 숭절부가 되었다는 얘기였다. 듣기는 좋으나 허무맹랑하여 인덕은 눈을 끔벅거릴 뿐 말을 잇지 못하였다. 얼마 전까지 품삯도 받지 못하는 장도였던 맏딸이 하루아침에 관직에서 물러나도 죽어서도 녹봉이 나오는 숭절부가 되었다니 말이나 말이 아니었다.

"그래, 꿈인 게야. 언감생심 숭절부라니 말이 되는가. 걱정을 너무 했더니 별별 해괴한 꿈을 다 꾸고……."

인덕이 도로 시름시름 누우려는 때였다.

"꿈이 아니옵니다."

무령과 함께 인덕을 찾았던 진명이 뒤이어 방 안에 들었다. 진명의 말이라면 의심도 하지 않는 인덕이었다. 그는 또다시 벌떡 몸을 일으켰다.

"꿈이 아니면?"

"생시입지요."

진명의 뭉근한 미소와 무령의 헤벌쭉한 웃음을 번갈아보던 인덕의 눈가에 조금씩 눈물이 배어 나왔다. 차츰 정신을 차린 인덕이 그제야 채령이 무슨 공을 세운 것이냐 물었다. 무령이 은을 만들어낸 공로로 그리되었다 이르자 인덕의 표정에서 일순간 감격이 사그라졌다. 무령이 또다시 시무룩해진 아버지를 살폈다.

"아버지, 어찌 그러세요?"

"그래도 재주를 감추는 게 낫지 않았을까? 어정쩡해졌어."

바닥을 짚은 인덕의 어깨가 더욱 좁아졌다.

"채령이 시집은 가겠나. 여자가 너무 높아도 흠인 것이야. 숭절부를 부인으로 삼고자 하는 사내가 있을까? 여자가 출세를 하니 어정쩡해졌어."

인덕의 한숨을 들은 진명이 손을 뻗어 그의 손 위에 포갰다.

"숙모님께서 남의 경사가 아니라며 모시고자 하십니다. 저녁에 낭자가 오면 함께 외별당으로 드십시오."

진명이 손을 잡아주자 인덕은 놓치지 않겠다는 듯 다른 손으로 냉큼 그의 손을 붙잡았다. 노인답지 않은 악력은 딸을 데려가 달란 갈망과 애원이었다. 진명도 그 위에 또다시 자신의 다른 손을 포갰다. 일사천리로 혼인을 매듭짓고 싶은 마음, 인덕 이상이었다. 다만 채령에게 먼저 알리고 숙부님을 통해 정중하게 청혼서로 절차를 밟고자 진명은 그때까지 말을 아끼기로 하였다.

*

세자는 스스로 동궁을 찾은 세 문사들을 재미있다는 듯 바라보았다. 그들 앞에 차를 내주고는 내심 알면서도 무슨 일로 나를 찾았느냐 물었다. 부마간택이 흐지부지된 것이 안타깝다는 얘기로 말문을 연 그들은 새삼 과년한 공주의 나이를 걱정하며 간택은 계속되어야 한다 힘주어 말했다. 여전히 부마 자리에 욕심을 내는 그들에게 세자가 혀를 차며 답하길,

"그렇게 헛것을 쫓으니 진명을 이기지 못하는 걸세."

공주를 헛것이라 칭하는 세자의 뜻을 이해하지 못해 문사들

은 머리를 갸울였다. 세자는 답답하다는 듯 덧붙였다.

"경합이 이리된 마당에 전하와 내가 더 이상 공주를 내돌릴 듯싶은가! 또한 간택에 거론되었다가 자격을 잃은 자를 다시 부마로 들이는 것은 왕실의 자존심이 허락하지 못하네!"

진명을 얻지 못할 부마간택이라면 의미가 없었다. 은제련술을 얻은 지금은 상황이 조금 달랐다. 왕과 세자는 함께 뜬 눈으로 밤을 보내며 공주의 상대를 확정지었더랬다. 진명도 아닌 눈앞에 있는 문사들도 아닌 다른 자를.

세 명 가운데 누구도 부마가 될 수 없다는 세자의 뜻은 단호했다. 자못 실망한 표정으로 찻물만 들이켜는 문사들에게 세자는 짓궂은 혀를 놀렸다.

"진명이 이곳에 왜 없겠나?"

문사들이 하문의 의도를 알지 못해 흐리멍덩한 표정을 짓는데, 세자는 귀찮다는 투로 말을 이었다.

"전하께서 채령 낭자에게 파격적으로 관직을 제수하신 이유가 무어라 생각하나?"

"그것은 물론……."

"물론 낭자의 노고와 공로를 인정한다는 뜻이네만, 한편으로는 협상을 유리하게 만들기 위한 것일세."

"협상이라면 무슨……?"

세 문사들은 입을 모아 연이어 여쭈었다.

"앞으로 조정은 낭자가 가진 은을 값을 치르고 사들여야 할 판국이 아닌가. 좀 더 싸게 사려면 독대가 가능한 관직을 하사하는 것이 전하께 유리한 상황이 되지 않겠나. 다시 말해, 낭자가 단독으로 협상이 가능한 사람이라고 보는가?"

문사들이 얼어붙었다. 세자는 짓궂게 덧붙였다.

"진명이 지금쯤 어디에서 무얼 하고 있다고 생각하나?"

비룡이 찻물을 옷자락에 쏟았다. 조정이 채령의 은을 정말로 값을 치르고 사들인단 말인가. 이 대단한 협상에서 배후도 없고 계산에 어두운 채령은 마구 휘둘릴 것이 뻔하였다. 은은 부이자 권력이었다. 다시없을 기회였다. 그녀의 배후가 되어야 했다. 진명이 이미 나섰다니, 서둘러야 했다.

저들이 아쉬워 찾았던 동궁에서 문사들은 채 비우지 못한 찻잔을 미련 없이 내려놓고는 슬금슬금 발을 뺐다. 문사들의 뒷모습을 지켜보던 세자는 배꼽을 잡고 웃었다. 공주의 혼사를 분탕하였으니 진명 너의 혼사도 그리해 주지. 진명의 일그러진 표정이 눈앞에 선연했다. 급기야 세자는 바닥을 뒹굴었다. 채령이 진명이라는 배후를 둔 마당에 왕실이 어찌 그녀를 함부로 대할 수 있겠는가. 채령을 갖고 진명도 갖는 방법은 따로 있었다.

*

인덕이 육두가 대청에 마련한 밥상 앞에 앉았다. 자리보전하면서 죽으로 끼니를 이어온 그의 밥이 이젠 제법 되직해졌다.

"아씨께서 참으로 대단하십니다요."

육두가 툇마루 곁에 서성거리며 인덕의 말동무가 되었다. 이틈에 쌀쌀맞은 진명 선비를 버리고 다정한 아씨를 따라 쇳물일이나 배워볼까 농지거리를 해대자 인덕이 헛헛한 웃음을 지었다. 이제 막 첫술을 뜨려는 찰나였다. 대문이 비거덕거리는 소리에 인덕과 육두는 함께 그곳을 돌아보았다.

"나리, 그간 평안하셨사옵니까?"

간드러진 콧소리와 함께 몸을 살랑살랑 흔들며 마당에 발을 놓는 자는 매파 홍단이었다. 뜻밖의 방문에 놀란 인덕이 눈을 끔벅였다.

"이곳까지 어인 일인가?"

무작정 기단 아래 납작 엎드린 홍단이 머리를 조아리며 아뢰었다.

"청혼서를 전해 드리고자 온 것입니다."

"청혼서?"

숟가락을 떨어뜨린 인덕이 밥상을 밀쳤다. 이미 혼인한 미령은 아닐 테고 청혼서란 본디 신랑 쪽에서 보내는 것이니 무령도 아닐 테고 예전에 그에게 맏딸을 부탁한 적이 있으니 청혼서는 분명 채령의 것이 틀림없을 터. 시집이나 가려나 걱정이 컸던 인덕의 얼굴에 돌연 화색이 돌았다. 반색하여 홍단을 대청에 걸 터앉게 하고는 물음을 쏟아냈다.

"채령에게 온 것인가? 어느 댁 자제인가? 나이는 얼마나 되 고 됨됨이는 어떠한가?"

홍단은 설명이 필요 없다는 듯 단 한마디만을 내놓았다.

"남훈 선비이옵니다."

"남백당의 현사, 남훈을 이르는가? 아아……"

인덕의 두 눈이 흔들렸다. 눈처럼 깨끗하고 고결하신 분이 험 한 일 마다하지 않는 채령을 어찌……. 이리 고마울 데가……. 채령을 남달리 보아주는 듯했던 진명마저 대장장이인 것이 들 통 난 맏딸을 버리면 어쩌나 노심초사하였건만, 또 다른 현사가 이처럼 손을 내밀어주니 시름을 떨칠 수 있었다. 마음 같아서는 당장에 허혼서를 홍단의 손에 쥐어주고 싶었지만 참았다. 괜히 허둥거려 책잡히고 싶지 않았다. 인륜지대사에 어느 정도 삼가 는 모습은 보여줘야 할 것 같았다. 인덕은 들뜬 마음을 애써 누 르고 음성을 가다듬어 홍단에게 일렀다.

"이리 애써주니 고맙네. 허혼서를 보낼 때 자네를 다시 부를 것이니 일단은 돌아가 있게."

속히 허혼서를 받아오란 명을 받은 홍단은 쉬 돌아서지 않고 머뭇거렸다. 한참을 주춤대더니 잦추르다 자칫 일을 그르칠까 하여 하는 수 없이 빈손으로 돌아섰다.

홍단이 대문을 나서기 무섭게 남 일 구경에 신이 난 육두가 여차하면 대청 위로 올라설 듯 달려들었다.

"남훈 선비면 여간 깐깐한 분이 아닌데 채령 아씨가 눈에 들던 모양입니다요. 청혼서에 뭐라고 쓰여 있나요? 저도 좀 보여주십쇼!"

인덕은 자랑하고픈 마음에 빼앗기듯 청혼서를 내주었다. 육두가 걸쭉하게 청혼서를 읊었다. 가끔씩 손발이 오그라든다며 배를 잡고 헤실거렸다.

"본분과 질서로 세상을 바로잡고 일으키는 바, 채령 낭자를 감당하는 것도 저의 소임이다 여기었사옵니다. 종작없이 구는 낭자를 조신하고 정숙한 여성으로 변모시켜 세상에 보일 자신이 있사옵니다. 이로써 저와 낭자의 만남보다 더없이 아귀가 맞는 일은 세상에 없을 것이옵니다. 부디 청컨대, 채령 낭자를 제게 믿고 맡겨주십시오. 남훈 배상. 하하!"

"부족한 내 딸을 채워주겠다 하지 않나, 고마운 일일세."

"나리, 감축드리옵니다!"

인덕은 육두의 축하 또한 고맙게 받았다.

들떠 있던 탓에 인덕은 뒤로 밀어두었던 밥상을 이제야 보았다. 다 드시면 빈상을 들고 나가겠다며 육두는 연신 인덕 곁에서 노닥였다. 그만하면 시집 잘 가시는 거라 추어주다가 남훈을 실제로 본 적이 있다며 생김새를 머리털 하나까지 읊었다. 오늘따라 육두의 수다가 싫지 않았던 인덕은 시퉁스런 그를 나무라지 않았다. 상다리를 끌어당겨 뒤늦게 숟가락을 든 인덕이 밥이 너무 무르다며 미간을 찡그렸다. 어제까지만 해도 겨우 죽을 넘기던 그는 지금은 돌이라도 씹어 삼킬 듯한 기세였다. 첫술을 입에 넣으려는 찰나였다. 대문이 또다시 비거덕거렸다.

"또 저입니다요!"

붉은 입술로 화사한 웃음을 띠며 또다시 홍단이 나타났다. 그녀는 두 손을 붉은 치마폭에 감추곤 허리를 살랑살랑 흔들며 댓돌 밑으로 다가섰다.

"때가 되면 부르겠다 하였는데?"

고개를 가로저은 홍단이 또다시 엎드리더니,

"이번에도 청혼서를 전해 드리고자 온 것입니다."

"무어?"

인덕뿐 아니라 이번엔 육두의 눈도 휘둥그레졌다. 다시금 홍단이 내민 청혼서는 한 장이 아닌 두 장이었다. 어리둥절하여 청혼서를 받아 들지도 못하는 인덕을 대신해 육두가 그것을 가로채 인덕에게 전했다. 그가 청혼서를 펼쳐 보는 동안 홍단이 혼담을 성사시키고자 수선을 떨었다.

"제 평생 한나절 동안 한 댁에 각기 다른 청혼서를 전해 올린 일은 처음입니다요. 또한 내로라하는 분들께서 한꺼번에 같은 처자를 지목하는 경우도 없었더랬지요. 청혼하신 모두가 견주어 가릴 수 없는 분들이오니 나리의 고민이 이만저만 아닐 듯하옵니다."

자못 의기양양한 홍단을 향해 인덕이 헤벌쭉 웃음을 보였다.

"역시 홍단이로다! 수고 많았네만 아무래도 답하기까지 시간이 걸릴 듯하다. 돌아가 있게. 수일 내로 기별하겠네."

홍단이 물러나는 모습을 바라보는 인덕은 넋 나간 얼굴을 하고 있었다. 점심을 마저 안 드시냐는 육두의 질문에 먹지 않아도 배가 부르니 상을 치우라 하였다. 육두는 상을 내가는 척하면서 청혼서들을 흘끗거렸다.

─사내는 모름지기 힘이옵니다. 힘이 되는 것이라면 무엇이든 마다하지 않고 길러낸 힘이옵니다. 저의 힘이 곧 국력이 되는 바 그 같은 단련을 한시도 게을리한 적이 없사옵니다. 여기에 낭자의 힘이 보태진다면 저희는 천하무적이 될 것임에 간곡히 청하옵니다. 거국적 차원에서 채령 낭자를 제게 주십시오. 굳세게 살 것이옵니다.

중방 배상.

─처음엔 그저 순진무구함이 신기하였는데 다시 보니 낭자는 누구보다 야무진 알토란이더이다. 제 욕심에 차고 성에 차는 여인은 오로지 채령 낭자뿐이옵니다. 제가 나이는 많지 않사오나 섬에 밝

405

아 이룬 재산이 제법 되옵니다. 낭자는 절 그저 돈방석이다 생각하고 살면 되옵니다. 낭자의 재산을 몇 곱절 불려 드릴 자신도 있사옵니다. 지난 일은 마음에 두지 마시고 부디 낭자를 제게 주십시오.

비룡 배상.

채령 아씨의 능력이 상상 이상이었다. 밥상을 든 육두가 혀를 내둘렀다. 인덕에게 그리 고민하지 마시고 차라리 아씨더러 눈 감고 고르게 하시라 농을 던지고는 사랑채를 나섰다.

"예끼!"

육두의 농담으로 뒤늦게 정신을 차린 인덕이 미처 생각을 못 했다는 듯 무릎을 치더니 세 장의 청혼서 가운데 하나를 골라 구겨 접었다.

"아뿔싸, 이 선비는 첩실이 수두룩하다고……."

인덕은 우선 비룡부터 제쳤다.

✻

예문당에서 일찍 돌아온 진명은 집 안에 들지도 않고 줄곧 대문 근처를 서성거렸다. 간혹 산책하는 걸음으로 동구까지 내다보기도 하였다. 채령의 가마를 기다리는 마음이 달군 솥 안에 튀어든 물방울처럼 맥없이 졸아들었다. 예문당에서 숙부님께 혼인의 의사를 전하였더니 숙모님의 언질로 이미 알고 있었던 터라 내내 때만 기다렸다 말씀하시며 호쾌하게 웃으셨다. 더불어 숙부님은 진명이 채령을 버리지 않은 것은 참으로 잘한 일이라는 예문수장의 말까지 옮기셨다. 그 순간을 떠올리며 빙그레 미소를 짓는데 장야관의 꽃가마가 곁에 섰다.

"선비님, 무슨 생각으로 그리 즐거우십니까?"

동구에 멈춰 선 가마의 창밖으로 채령이 얼굴을 내밀었다. 놀란 표정으로 자세가 굳은 진명은 얼른 답하지 못하였다. 항시 흐트러져 있던 머리칼에 밀기름만 발랐을 뿐인데, 벌겋게 화덕에 달구어진 얼굴에 미안수만 뿌렸을 뿐인데, 어전에 예의를 갖추었을 뿐인데. 아무런 장식도 없는 차림이건만 정갈한 당의가 한없이 고왔다. 백분도 칠하지 않은 얼굴이 말갛기만 하였다. 진명은 가마꾼들에게 이곳에서 가마를 내리라 하였다. 채령이 그리하면 된다 이르자 그제야 가마가 땅에 닿았다.

진명은 가마에서 내리는 채령을 돕는답시고 잡은 손을 줄곧 놓지 않았다. 응당 집으로 향할 줄 알았던 그의 걸음이 돌연 집에서 다소 떨어진 조용한 학당 앞에서 멈추었다. 주위를 둘러보며 인적을 살피더니 돌담을 따라 뒤편으로 무작정 채령을 이끌었다. 협문을 통해 안으로 들어서 볕이 잘 드는 석축 위에 그녀를 올려 세워놓고 그가 물었다. 호들갑스레 사람을 몰아세우고는 내놓은 질문이 싱겁기만 하였다.

"무슨 생각을 했을 것 같소?"

"글쎄요. 제가 은을 만든 것이 대견하다 생각하셨지요? 아니면 앞으로 금도 만들어내지 않을까 기대하셨습니까?"

채령의 골똘한 표정을 지켜보던 진명이 감출 수 없다는 듯 성큼 석축 위로 올라서더니 단숨에 그녀의 어깨를 안았다.

"이처럼 그대와 함께 있고 싶다는 생각. 온종일 그 생각만 하였소."

도포자락에 싸인 채령이 부끄럽다는 듯 얼굴을 더욱 깊게 묻자 진명도 그녀의 어깨에 살포시 머리를 얹었다.

"세상을 다 아는 것처럼 호언하던 나는 정작 행복은 몰랐소. 한데 그대가 일깨우고 이끄는 길에서 행복을 얻었으니 지금껏 나는 헛똑똑이였던 것이오. 다른 세상에 있는 듯하오. 한없이 감사하오."

진명이 채령의 귓가에 덧붙였다.

"오늘 저녁 어르신께 청혼서를 드릴 것이오."

그 말에 채령이 진명의 가슴에 기대었던 머리를 들었다. 그녀가 젖은 눈으로 물었다.

"세상물정 모르는 어수룩한 사람이온데, 그래도 괜찮습니까?"

진명은 채령의 손을 잡은 채 석축에서 내려서서 그녀를 올려다보며 말했다.

"나는 그대를 통해 다시 배우고 있소."

눈가만 젖어 있던 채령이 입술을 떨며 울먹였다.

"거친 일에 차림이 남루해지기 일쑤일 것입니다. 그래도 괜찮습니까?"

"그대는 늘 꽃만 같소."

"항시 몸에선 쇳내가 날 것입니다. 그래도 괜찮습니까?"

"꽃향기를 이르는 것이오?"

돌연 채령이 촉촉한 눈을 살포시 흘겼다. 간지러운 말들을 거리낌 없이 내뱉는 그가 조금 낯설었다.

"평소 여인을 돌처럼 여기신다 들었사온데, 아닙니까?"

"돌? 그래요, 돌이지. 내 가슴에 피멍 들게 한 질박한 바윗돌."

능청스러운 웃음 끝에 진명은 또다시 채령을 도포자락으로 감쌌다.

육두의 눈에 외별당으로 들어선 주인의 모습이 낯설기만 하였다. 활개를 편 모습은 평소와 같으나 걸음걸이가 여인의 것처럼 사뿐하였고, 여유 넘치는 표정 또한 평소와 같으나 웃음의 끄트머리가 왠지 실없어 보였다. 별당채로 향하는 진명을 뒤에서 졸졸 따르던 육두가 새털 같은 입을 놀리기 시작하였다.

"선비님, 소식 들으셨습니까요? 살다 살다 별일 다 봅······."

"조용히 있고 싶다. 실답지 못한 소리 하려거든 그만두거라."

진명은 지금의 기분을 방해받지 않고 오롯하게 간직하고 싶

었다. 그러나 무안하게 말꼬리가 잘리고 상전이 그만두라 한다
하여 순순히 그만두는 육두가 아니었다.

"인덕 나리 댁은 겹경사입니다요. 그냥 겹경사가 아니라 겹겹
겹경사입니다요."

댓돌 위에 신을 벗고 대청 위로 오르던 진명이 잠시 동작을
멈추었다. 채령의 출세와 인덕 어르신께서 건강을 되찾으신 것
을 두고 하는 말일 것이라 진명은 짐작하였다. 고개만 끄덕이고
는 육두에게 건넌방에서 평복을 가져오라 일렀다. 냉큼 새 옷을
가져다 건넨 육두는 수다를 멈추지 않았다.

"글쎄 낮에 인덕 나리 댁에 누가 다녀간지 아십니까?"

아직까지 진명의 태도는 심드렁하였다. 되묻지도 않고 그저
옷만 갈아입을 뿐이었다.

"홍단입니다요. 도성에서 제일 유명한 매파라는 홍단 말입죠."

숨김없이 드러난 진명의 건장한 상체가 돌연 실그러졌다.

"한데?"

등 뒤에서 옷시중을 들던 육두는 진명의 표정을 볼 수 없었
다. 엉뚱하다 못해 해괴한 낮의 일을 곱씹는 것이 마냥 즐겁기
만 하였다.

"나리께 청혼서를 드리고 가지 뭡니까요. 채령 아씨에게 청
혼을 한 자가 글쎄 누구인지 아십니까? 남백당의 남훈 선비입
니다요!"

저고리를 입던 진명의 어깻죽지가 또다시 실룩였다.

"하여?"

방 안에 가득한 어둠의 기운을 미처 알아차리지 못한 육두는 그저 해맑았다.

"인덕 나리께선 감격한 모습으로 참으로 고마운 일이다 하셨습니다요. 허혼서는 조만간 불러 전해주마 하시곤 홍단을 돌려보내셨습죠. 게다가 또 무슨 일이 있었는지 아십니까? 뒤늦게 나리께서 식은 밥을 다시 드시려는데, 홍단이 또다시 나타났지 뭡니까요."

"해서!"

목이 잠긴 듯 진명의 음성이 탁하였다. 홍단이 앞서 전해준 청혼서를 도로 거두어가더라 진명은 그런 말쯤을 기대하였는데,

"이번엔 두 장의 청혼서를 한꺼번에 나리께 전하지 뭡니까? 중방 선비와 비룡 선비의 청혼서를 다발로 묶어 올린 것입니다요."

고름을 매던 진명이 순간 마른기침을 뿜었다. 도포를 입다가 소매구멍을 찾지 못하겠다며 신경질을 버럭 내었다. 소매를 찾아 진명에게 옷을 입혀주며 육두는 여전히 뇌까렸다.

"꿈을 꾸는 것처럼 넋을 놓고 계신 인덕 나리께 제가 뭐라 말씀 드렸는지 아십니까? 아씨께서 아예 눈 감고 아무나 한 명을 고르게 하시라 하였습죠. 그만한 혼처들이라면 누구든 상관없

지 않겠습니까요? 아무튼 아씨의 능력이 참으로 대단합니다요.
청혼서엔 뭐라 쓰여 있었는지 그것도 읊어드릴깝쇼?"

"지필묵을 가져오너라! 당장!"

남의 집 경사에 덩달아 들떠 있던 육두가 이제야 제 상전의
얼굴을 바로 보았다. 온통 흙빛으로 검푸른 먹물의 기운을 분출
하는 모습을. 냉큼 입을 다문 육두가 큰 방에서 지필묵을 가져
다 살포시 진명의 발아래 내려놓았다.

불끈 말아 쥔 진명의 주먹 안에 가는 붓대가 목이 꺾일 듯 놓
였다. 머리를 처박듯 먹물에 담긴 붓촉이 사정없이 뭉개졌다.
붓끝에서 먹물이 떨어지는 모습은 마치 피를 흘리는 듯했다. 마
침내 진명은 칼을 휘두르듯 붓대를 놀렸다. 장황한 청혼서를 쓸
여유가 없었다. 짧더라도 분명하기만 하면 된다. 절대 마음을
바꾸지 못하도록! 절대 흔들리지 못하도록! 짜증스럽게 도포를
걷어 젖힌 그는 힘주어 눌러쓴 굵은 필체로 거침없이 적어 내려
갔다.

그 모습을 본 육두가 머리를 갸웃했다. 남들이 청혼서를 보냈
다니 뒤늦게 선비님도 동참하시려는가 하였는데, 종이 위의 굵
고 간결한 한마디는 청혼하는 말로는 적절치 않았다.

"속히 이것을 채령 낭자에게 전하거라! 당장!"

육두는 내쫓기듯 외별당을 벗어나야 했다.

육두가 진명 선비의 서찰을 들고 마당에서 기다린다는 소식에 채령의 볼이 화들짝 붉어졌다. 급하기도 하시지. 집에 들어온 지 얼마 되지도 않았건만. 응당 청혼서일 것으로 생각한 채령은 육두가 아버지가 아닌 자신을 찾는다는 말에 고개를 갸웃했다. 미처 당의를 벗지도 못하고 곧장 마당으로 향하였다. 기대로 눈을 빛내며 수줍게 모습을 드러내는데 육두가 득달같이 달려와 말도 없이 손에 서찰만을 쥐어주고는 냅다 뛰어나갔다.

서찰을 여는 채령의 가슴이 몹시 두근거렸다. 종이 끝을 매만지고 되작이다 마침내 들숨을 멈추고 펼쳤는데, 채령은 한동안 벌린 입을 닫지 못하였다.

─일촉즉발一觸卽發의 상태이니 요지부동搖之不動에 마이동풍馬耳東風에 오불관언吾不關焉할지어다!

거친 필체로 진명이 남긴 분위기를 깨뜨리는 외마디. '건드리면 터질 듯하니 움직이지 말 것이며, 귀담아듣지도 말 것이며, 상관하지도 말지어다!' 아직 인덕으로부터 소식을 듣지 못한 채령은 살벌한 글자들이 전하려는 뜻이 무엇인지 도무지 알 수 없었다.

―일촉즉발 觸卽發! 요지부동 搖之不動, 마이동풍 馬耳東風, 오불관

언 吾不關焉!

"하아……."

채령은 한숨을 길게 내쉬었다. 낭만이라곤 찾아볼 수 없는 연
서에 혹여 숨겨진 뜻이 있나 해서 거꾸로 읽어보기도 하고 파자
풀이를 해보기도 하였다. 하지만 아무리 꿰맞춰도 도통 알 수가
없으니 얼굴에 그늘이 졌다. 시무룩한 얼굴로 망연히 그 글들을
내려다보며 곱씹는데,

"무얼 그리 보느라 기척도 느끼지 못하느냐?"

화들짝 놀란 채령은 아무것도 아니라고 고개를 흔들며 연서를 냉큼 감추고는 인덕에게 아랫목을 내주었다. 뒤춤에 감춘 것이 무어냐 그것까지 챙겨 묻기엔 인덕이 너무 들떠 있었다.

"낮에 홍단이 다녀갔다."

"예?"

"번듯한 선비들이 널 달라는구나."

"선비들요?"

채령의 얼굴에는 초조함이 가득했다. 그냥 선비도 아니고 선비들이라니 선뜻 알아듣지 못했다. 진명 선비 말고 또 누가?

"누군데요?"

"남훈, 비룡, 중방이다."

"예에?"

희희낙락하는 인덕과는 달리 채령은 숨이 멎는 기분이었다. 그냥 선비들도 아니고 진명 선비가 빠진 선비들이라니. 이제야 진명 선비가 다급히 보낸 서찰의 구절이 이해되었다. 마음이 변하면 안 된다는 다그침이었을 터. 절대 그런 일은 없다.

"그래서 답을 하셨어요?"

"한 명이었다면 저녁에 냉큼 답을 주었겠지만 여럿인지라 답을 쉽사리 하지 못했다. 견주어야 할 것이 아니냐."

"아아, 아버지."

채령은 안도의 한숨과 함께 인덕의 소맷부리를 잡고는 흐늘

415

거렸다. 그 모습을 늦게나마 시집가게 된 것을 다행으로 여기나
보다 오해한 인덕이 너도 내심 기쁜 게로구나 하며 웃었다.

"준비하거라. 건너 댁의 초대가 있었다."

초대의 의미를 알고 있는 채령은 그제야 겨우 놀란 가슴을 추
스를 수 있었다.

*

숙모는 이채로운 음식들로 정성껏 마련한 석반이 졸지에 허무
하게 생각되었다. 중요한 자리가 될 듯하여 한껏 신경을 썼건만
떠들썩한 분위기는 저잣거리와 흡사했다. 남편과 진명이 조용히
채령의 가족을 초대하여 말미에 은밀히 혼담을 건네려던 계획이
돌연 이곳을 찾은 문사들로 인해 물거품이 되었다. 육두의 수다
로 인해 숙모도 저간의 사정을 대강은 알았다. 상 위에 부족한
음식을 채우면서 측은히 진명을 보았다. 술을 따르며 샛눈으로
문사들의 일거수일투족을 관찰하는 그는 극한의 인내를 발휘하
고 있었다. 빈 술잔을 건성건성 채우며 손객을 대접하고는 있으
나 정작 자신은 술은커녕 고기 한 조각도 입에 대지 못했다.

인덕은 감격을 넘어 황홀한 지경이었다. 네 학류를 대표하는
젊은 문사들로부터 한꺼번에 대접받다니 금은골에선 상상도 못
했던 꿈같은 일이었다. 비룡을 등지고 앉은 그는 흐뭇한 얼굴로

남훈과 중방을 번갈아 바라보았다. 용모와 풍채를 뜯어보고 어조와 음성에도 귀 기울였다. 그러면 소외된 비룡이 애살스럽게 곁으로 다가와 술잔을 채우곤 하였다.

"모두 진명 선비를 뵈러 이곳에 왔다 들었는데 나 같은 늙은이가 주책없게 여기 끼어 있으면 되겠는가?"

인덕이 마음에도 없는 염치를 핑계로 자리를 피하려들자 세 문사들이 득달같이 달려들어 그를 말렸다. 어르신으로 인해 자리가 더 즐겁다는 둥, 피가 되고 살이 되는 가르침을 달라는 둥, 진명은 핑계일 뿐 어르신을 뵙고자 온 것이라는 둥 온갖 감언이설로 그를 붙잡았다.

채령은 이 자리가 바늘방석이었다. 초대를 받고 오긴 했으나 어째 소동을 일으킨 당사자가 된 듯한 기분이 들었다. 오늘 밤 청혼서를 드릴 것이란 진명의 말에 이 자리가 그 자리인가 보다 기대하였건만, 아버지를 모시고 두근거리는 마음으로 외별당에 들어섰을 때 이미 그곳에 와 있는 비룡 선비를 보고는 당혹감을 감출 수 없었다. 숙모의 손에 이끌려 한곳에 앉기는 하였으나 영문을 알지 못하는 자리인지라 여간 불편하지 않았다. 얼마 후 약속이나 한 듯 남훈 선비와 중방 선비마저 시간 간격을 두고 이곳을 찾자 바늘방석은 못방석이 되었다. 전에 없던 나긋한 태도로 인사를 건네는 선비들에게 채령은 다만 부자연스런 선웃음으로 응대하였을 뿐인데 그때마다 진명은 도포자락을 거칠게

뒤로 훑쳤다. 가끔 세 문사들이 돌연 술잔까지 건네며 채령에게
관심을 둘 때가 있었다. 고금에 예가 없는 재주로 우리를 홀리
었다는 둥, 재주뿐 아니라 다시 보니 가히 미색이라는 둥, 그 미
색이 아버지로부터 비롯되었다는 둥 앞다퉈 칭송을 늘어놓았
다. 얼마 전까지 자신을 잡아먹을 듯 으르던 그들의 찬사에 채
령은 조금도 동요하지 않았다. 다만 그간 조금은 익힌 정치적
처세를 발휘해 아버지에 대한 융숭한 대접에 감사하다는 인사
로 예의만 갖출 뿐이었다. 그리고는 눈을 들어 저절로 진명 선
비의 기분을 살피게 되었다. 아니나 다를까 '일촉즉발一觸卽發'
을 휘갈기던 필체가 그의 눈 속에 고스란히 들어 있었다. 기대
에 부풀어 이곳을 찾았던 채령은 돌연 무안해져 눈길을 숙였다.

　인덕과 채령에게 알랑거리는 세 문사들의 애바른 모습을 우
두커니 지켜보던 진명이 더는 견딜 수 없어 나섰다. 흰머리마저
검어진다는 귀한 보양주를 문사들 앞에 일일이 따라주며 자못
손객을 대접하는 시늉을 하였다.

　"공사다망하신 분들이 어찌하여 약속이나 한 듯 한날한시에
스스로 이곳에 모여 계신지 모르겠으나 어찌되었건 제 집을 찾
은 손님이니 소홀히 대접하진 않겠습니다. 이왕 자리가 만들어
진 김에 제가 좀 도와드릴까요?"

　헛기침을 하는 남훈, 뭘 어찌 하려는가 묻는 중방과 비룡을
뒤로한 채 진명이 이번에는 인덕에게로 시선을 옮겨 여쭈었다.

"세 문사께서 허혼서를 받지 못하자 마음이 급하였던 모양입니다. 생각 같아선 어르신을 직접 찾아뵙고 허락을 얻고 싶었으나 차마 그리하지 못해 에둘러 저를 찾은 듯하니 이왕 핑계거리가 된 김에 제가 나서서 저들의 가려운 곳을 긁어줄까 합니다. 어르신을 대신해 제가 사윗감들을 시험해도 되겠습니까?"

민망했던지 얼굴을 돌린 남훈은 또다시 헛기침을 했다. 성마른 중방은 한번 해보자는 식으로 자세를 고쳐 앉았다. 반면 비룡은 진명이나 우리나 입장이 같을진대 누가 누구를 시험할 수 있겠냐 소리치며 짐짓 불쾌한 표정을 지어 보였다. 비룡의 수선에 진명은 되물음으로 답했다.

"낭자에게 청혼하지 않은 제게 자격이 있지 않겠습니까?"

진명이 청혼하지 않았다? 세 문사는 돌연 눈이 커진 채 서로를 번갈아 마주 보았다. 그들은 계산에 들어갔다. 진명의 의중을 타진하느라 바빴다. 아직 청혼을 하지 않았단 것인가, 아예 하지 않을 것이란 뜻인가. 청혼할 뜻이 있다면 어찌 저리 남의 일인 듯 시험을 운운하며 사윗감을 골라주겠다 한단 말인가. 아예 청혼하지 않을 생각이라면 진명이 채령에게 수작을 부린다는 세자의 정보는 낭설인 것인데. 평소 진명과 세자의 사이가 각별했던 만큼 문사들은 갖가지 의심이 들었다. 설마 세자의 쏘삭질에 우리가 엉뚱한 데 발을 뻗고 있는 것은 아닌가. 혹, 왕실은 불필요한 절차를 생략하고 진명을 부마로 삼고자 우리 셋을 채령에게로 방향을 돌리게 만든 것이 아닌가.

문사들의 복잡한 심정만큼이나 인덕도 여러 장의 청혼서를 두고 고민하고 있던 터라 진명의 제안을 흔쾌히 받아들였다.

"그리해 주겠나?"

인덕에게서 권한을 받아든 진명이 그에게 머리를 숙이곤 세 문사들을 두루 아울렀다.

"용모야 어르신께서 직접 보고 계시니 더 말씀드릴 필요는 없을 것이고, 능력은 항간의 풍설로 익히 아실 테니, 남은 것은 성품이 아니겠습니까? 세 분께 여쭙겠습니다. 조정의 일에 관여하면서 권세와 소신 간의 마찰을 자주 보셨을 겁니다. 그때마다 제가 하던 고민입니다. 권세 자체를 소신으로 삼는 삶, 권세의 향방에 소신을 맞추는 삶, 권세의 그늘 밑에 소신을 숨기는 삶, 손익을 따지지 않고 소신을 행하는 삶, 각기 다른 삶이 있다 칩시다. 문사들께서는 어떤 삶을 받들겠습니까?"

누구보다 성미가 급한 중방의 대답이 빨랐다.

"사내라면 모름지기 힘이오. 권세를 쥐고자 하는 욕심도 없다면 그를 어찌 사내라 하겠소?"

남훈은 질문 자체가 불쾌하다는 말투였다.

"향방에 맞춘다느니 그늘에 숨긴다느니 표현은 속되나 애초 권세가 향방을 만든 것이 아니라 향방이 권세를 이룬 것이오. 따라서 권세의 그늘이란 것이 곧 기본이며 질서인 것이오."

비룡 또한 주저 없이 답하였다.

"손익을 따지지 못하는 자는 권세를 가질 수도 소신을 행할 수도 없소. 아무리 훌륭한 소신이라 한들 권세가 뒷받침되지 않으면 펼칠 수 없다는 것도 모르는 자가 조정은커녕 처자식인들 보살필 수 있겠소? 때로는 위험 앞에 소신도 감출 수 있어야 하며 능력이 허락한다면 직접 권세를 쥐어야 할 것이오. 그 후에 소신을 펼쳐도 늦지 않소."

고개를 끄덕인 진명이 또다시 물었다.

"이번에는 학류를 이끄는 경우입니다. 재주 있는 자를 상대하는 예문으로선 종종 접하는 고민입니다. 격에 맞지 않는 재주를 가진 자를 어찌할 것인가 하는 것인데, 예를 들어 학식이 뛰어난 쇠백정을 얼마만큼 쓰시겠습니까? 명예, 실리, 권세를 얼마만큼 나누어주실 수 있겠습니까?"

질문을 듣자마자 남훈이 대뜸 화를 내었다.

"학식이 뛰어난 천민은 모반의 씨앗이오! 애초 분에 넘치는 것을 욕심낸 것이 잘못이니 엄히 죄를 물어 다시는 간특한 짓을 하지 못하도록 해야 할 것이오!"

그때 비룡이 고개를 저었다.

"저는 기꺼이 쓸 것입니다. 다만 명예와 실리, 권세 어느 것도 내어주어선 안될 것입니다. 아랫것을 그리 길들인다면 자칫하다간 갓을 빼앗기고 상투를 내주어야 할 것입니다. 물고기를 잡으면 그물을 버리고 사냥이 끝나면 개를 죽이는 것이 세상의 이치 아니겠습니까?"

중방도 앞서 두 선비와 생각이 크게 다르지 않다 하였다.

"그의 학식이 고기 부위를 나누고 근수를 적는데 사용된다면 상관없겠지만 선비를 조롱하고 권세를 넘보는 수단이 된다면 얘기가 달라지지요. 경계를 분명하게 가르쳐야 할 것입니다."

젊은 문사들은 앞다퉈 조정과 학류에 대한 시각을 내보였다. 훗날 권세를 쥐고 세상을 쥐락펴락할 것이라 호언하였고 딸을 내주어도 아깝지 않은 사람이라 장담하였다. 진명은 질문을 이어갔다.

"마지막으로 묻겠습니다. 재주를 탐내는 자의 탐욕이 문제입니까, 재주를 빼앗기는 자의 무능이 문제입니까? 기술을 천한 것으로 치부하는 세상이 문제입니까, 기술을 만들어내는 사람이 문제입니까? 흉계로써 요령껏 처세하는 것이 문제입니까, 도끼를 갈아 바늘을 만들 만큼 고지식한 것이 문제입니까?"

세 문사들은 서로 답을 미루고 머뭇하며 침묵했다. 여태 조정과 학류에 대해 논한 것이 사내의 배포를 시험하는 줄로만 알았는데 이제 보니 채령 낭자를 어찌 대접할 것인지를 묻는 것이었다. 우직하게 얻은 재주를 천하다 하면서도 탐을 내는 그들을 질타하고 있었다. 진명은 그들의 앞선 대답이 마지막 질문에 대한 답을 대신해 주고 있으니 따로 대답을 들을 필요는 없을 듯하다 일갈하였다. 또한 본분으로 욕망을 다스리며 나라와 백성을 위하던 초심과 원칙이 권세로 인해 변질되어선 아니 된다 덧붙였다.

가만히 듣기만 하던 채령이 얼굴을 들어 진명을 보았다. 눈시울이 발개진 그녀는 알았다. 이것이 청혼임을. 지난날 북만당에서 곤욕을 당하고 진명의 손에 끌려 나와서는 목이 터지도록 그에게 따져 묻던 때가 떠올랐다. 저들의 탐욕이 잘못이냐 재주를 빼앗기는 나의 무능이 잘못이냐, 기술을 천시하는 세상이 잘못이냐 기술을 만들어내는 내가 잘못이냐, 지키지 못할 것이 두려워 세상에 보이지도 말고 살아야 하느냐고 악착같이 물었었다. 그때 진명은 세상모르는 아이의 배냇짓은 그만두라며 청혼하였었다. 채령은 다시 묻고 싶어졌다.

"진명 선비께선 어떤 삶을 받드시겠습니까?"

진명이 부드러우나 단호한 음성으로 답했다.

"손익과 상관없이 소신을 행하는 삶을 받들 것입니다. 인仁과 도道로써 사람을 얻는 인사론의 원칙을 결코 잊지 않을 것입니다."

"재주를 가진 자를 얼마만큼 쓰시겠습니까?"

"그의 자부심을 채워줄 만큼 나누어줄 것입니다. 전부를 주어야 한다면 그리하여 그의 재주를 지킬 것입니다."

"고지식한 것이 무능하고 답답하게 여겨지지 않으십니까?"

고개를 좌우로 흔드는 진명의 눈길은 더없이 다정하였다.

"질박함이 계교 가운데 상계上計임을 알기 때문입니다. 어떤 흉계도 그것을 이기지 못하지요."

더 물으면 울먹임이 될 것 같아 채령은 눈길을 숙였다. 그저 아버지에게 다가가 기운을 차리신 지 얼마 되지 않는데 오늘 약주가 과하셨단 말로 부축하고는 자리를 피하였다. 돌아가는 사정이 가늠되지 않는 세 문사들은 갈팡질팡하였다. 세자저하의 말대로 조정이 낭자의 은을 돈을 주고 사들이게 될는지, 아직 청혼하지 않은 진명은 정말 낭자의 재주를 욕심내지 않는 것인지, 낭자가 알맹이인지 껍데기인지 파악이 되지 않았다. 남훈은 팔짱을 낀 채 방 안에서 서성거렸고 비룡은 마당까지 따라나서 인덕 부녀 곁에서 새살거렸으며 중방은 대청과 마당을 이리저리 오갔다.

흰머리마저 검어진다는 보양주가 효험이 있던지 지난밤 주는 대로 받아 마셨건만 자고 일어난 인덕은 머리도 뱃속도 개운하기만 하였다. 도리어 기운마저 넘쳤다. 아침 일찍 자신을 살펴러 온 채령을 그도 손을 잡으며 살폈다.

"채령아, 네 재주가 그리 뛰어난 것이냐?"

그저 말없이 싱그레 웃는 맏딸을 따라 인덕도 멀건 웃음을 지었다. 한꺼번에 모여든 문사들의 청혼서가 채령의 재주를 따라 모여든 것임을 이제는 알았다. 엉큼스레 야단해 대는 그들에게 맏딸을 내줄 순 없었다.

"아비의 마음은 그저 네가 행복하기만을 바라는 것이다."

헛기침을 내며 매무새를 가다듬은 인덕이 머쓱한 얼굴을 감추기 위해 일어섰다. 속히 입궐할 채비를 하지 않고 무엇 하느냐 채령을 다그치곤 대청으로 나서는데, 마침 육두가 마당으로 들어서고 있었다. 한데 그의 모습이 평소와 달랐다. 당장에 울 것 같으면서도 싱글거렸고 다급히 잰걸음으로 걷다가도 흐늘거렸다.

"네가 지금 웃는 것이냐, 우는 것이냐?"

인덕의 물음에 육두는 푸념 같은 한숨을 길게 뿜었다.

"귀신을 속이는 사람인 건지 사람을 속이는 귀신인 건지 좌우지간 속을 알 수 없는 진명 선비님입니다요. 그동안 그 절절한 속을 어찌 숨기고 사셨을까나. 귀신같은 상전을 모시고 사는 제 처지를 생각하니 서글프고, 그동안 끙끙 앓았을 선비님을 생각하니 절로 웃음이 터집니다요."

육두는 인덕의 뒤에 있는 채령을 흘끔 보고는 실없이 웃었다. 기단으로 다가가 슬금슬금 품에서 서찰을 꺼내어 인덕에게 넙죽 내밀었다.

"청혼서입니다요."

청혼서라는 소리에 서찰을 받아 들던 인덕이 입을 벌렸다. 그의 얼굴에 감격이 번졌다. 채령의 재주를 아껴주고 지켜주는 것도 고맙건만 연심까지 주겠단 말인가. 뒤를 살피니 채령은 부끄럽던지 이미 방 안으로 들어가고 없었다. 인덕은 진명의 청혼서를 대청 위에 펼쳤다.

─굴절된 시선을 옳다 말하는 허풍선이였사옵니다. 붓으로 간계와 모책을 일삼는 몰염치한 묵객이였사옵니다. 군것진 감정엔 눈길도 주지 않는 가슴패기는 거친 묵밭일 따름이였사옵니다. 한데 지난날 선걸음에 내딛은 금은골에서, 저의 경망한 처사에도 순량하고 묵묵한 낭자를 뵙곤 마음이 들썽였사옵니다. 소금처럼 시래기처럼 살겠다는 말에 온몸에 잔소름이 돋았나이다. 쉽사리 발길이 떨어지지 않는 마음이 그저 죄밀인가 보다 여겼사온데 시일이 흐를수록 감당할 수 없는 형세를 띠었사옵니다. 묵밭의 가막덤불에 일순간 불이 일어 잿더미가 되었다가도 그 속에 때 아닌 두견화가 피었사옵니다. 고운 빛깔에 넋을 놓고 있노라면 묵밭은 저뭇해진 하늘에 흠실흠실 형체를 잃었사옵니다. 가늘게 이는 바람에도 땅이 무너지더니 희미한 여명에 돌연 용솟음을 치며 들썩였사옵니다. 비꽃을 따라 눈물을 짓다 걷힌 웃비에 고개를 젖혀 웃는 저를 어찌하오리까. 오직 한 자리에만 닿는 낙숫물이 되었사옵니다. 쌓고 굳어진 마음이 이미 천층석이 되었나이다. 바라옵건대 이런 제 마음을 가긍히 여겨 매만져 주옵소서. 채령 낭자를 반려로 맞게 해주옵소서. 만

인의 눈보다는 원칙을 두려워하고 만인의 입보다는 진리를 좇으며 살 것이옵니다. 변함없는 연모지정으로 낭자를 인애하고 존경할 것입니다.

진명 배상.

인덕은 대청에 걸터앉아 말간 하늘을 내다보았다. 정작 본인은 쇳물일이 좋고 행복하다지만 지아비와의 실가지락도 모른 채 무정세월을 보낼 맏딸을 생각하면 가슴이 아팠는데, 가까이 있는 인연이 이리도 깊은 줄 몰랐다. 그의 절절한 마음을 모른 척한다면 배덕이었다. 제대로 된 임자로다. 하늘이 정한 배필이로다. 인덕은 청명한 하늘빛에 눈물가닥을 뽑아내더니 이윽고 정신을 차리고 육두에게 어서 먹을 갈라 일렀다. 허혼서를 지체할 이유가 없었다.

채령이 장야관에 도착하였을 때 이미 궐 안에 소문이 파다하였다. 마치 누군가 작정하고 퍼뜨린 양. 아직은 관복을 불편해하는 석쇠는 돌이켜 보니 진명 선비의 행동에는 모두 이유가 있었다며 헤죽헤죽 웃었다. 진명이 은 때문에 공주를 버리고 채령과 혼인한다는 몇몇 문사들의 생채기도 있었다. 채령이 문사들로부터 벗어나게 된 건 동궁전의 부름 덕분이었다.

채령이 각사를 지나쳐 동궁전에 발을 들여놓으려 할 때였다.

"숭절부께선 멈추시오!"

문을 넘으려던 채령이 기둥을 잡고 멈춰 섰다. 급박한 외침은
진명의 것이었다. 그는 각사에서부터 한달음에 달렸는지 숨이
거칠었다. 채령을 보자마자 재빨리 손목을 잡아채더니 무작정
동궁에서 멀어지는 것이었다. 채령은 이유를 물을 겨를도 없이
그를 따라 뛰어야 했다. 조당을 지나쳐 궐담과 궐담이 만나는
모퉁이에 이르러서야 겨우 숨을 고를 수 있었다.

이제 막 혼담을 마무리한 터라 채령은 진명을 마주하는 것이
새삼스러워 담 쪽으로 시선을 숙이는데 그는 무작정 부둥키더
니 원망을 쏟아냈다.

"어쩌자고 동궁을 드나드는 게요. 그리 무디면 나는 어쩌란
말이오."

놀란 채령이 그의 품에서 눈을 동그랗게 떴다.

"저하의 부름을 받고 동궁전을 찾는 것이 어찌 잘못이라는 건
지……."

"그, 그것이, 어, 어찌된 소린가 하면 말이오. 나 원 참. 이리
도 무디니 살면서 그대를 이기기는 틀렸소."

눈치 빠른 자가 늘 아쉬울 테니 말이다. 세자저하의 속마음을
그녀에게 사실 그대로 설명해 줄 수도 없는 노릇이니 진명은 한

숨만을 내뿜었다. 그의 한숨에 채령은 공연히 풀이 죽고 무안해졌다.

"전 이기기를 바라지 않을 뿐더러 지금 분위기를 봐서는 제가 이긴 것 같지도 않습니다. 말씀해 주시지는 않을 듯하고 말리시는 모습을 보니 어쩐지 동궁전에 다녀온다면 이유를 알 수 있을 것 같군요."

"아니 될 말이오!"

품에서 미끄러지는 채령을 진명이 막아섰다.

"동궁엔 내가 대신 갈 것이오! 내가 가려던 참이었소!"

엉큼성큼 동궁 쪽으로 향하던 진명이 갑자기 뒤를 돌아보더니 혼례를 치르기 전까지는 절대 동궁에 발을 들일 생각은 마시라 엄포를 놓았다.

궁인이 동궁전에 진명이 뵙기를 청한다 아뢰자 안에서 화통한 웃음소리가 들렸다. 진명이 방 안에 들어서자마자 세자는 따져 물었다.

"자네가 세상에 드러내고는 뭘 그리 감추는가?"

채령을 이르는 것임을 진명은 잘 알았다. 누누이 얘기한 자신의 정인이 채령임을 세자저하가 이미 눈치챈 것도 알고 있었다. 그렇지 않고서야 세 문사들이 한날한시에 찾아들어 그 같은 소란을 피웠을 리 없으니.

"저하께옵서 그들을 제게 파송하신 것입니까?"

남훈, 비룡, 중방을 이르는 것임을 세자는 알았다. 생각만 해도 통쾌하여 또다시 웃어젖혔다. 세자는 채령에게 호감을 가진 자신의 마음을 눈치챈 진명이 그녀를 동궁에 들지 못하도록 한 것 또한 잘 알았다.

"자네의 숙부 이조령이 입궐하자마자 어전에 아뢴 소식이 무엇인지 아나? 조카가 혼인하게 되었다는 소식일세. 때로는 사사로운 이야기들이 오간다지만 그것이 상참에 적합한 화제라 보는가?"

"벌써 그 소식을 들으신 것이옵니까? 면구하옵니다."

"귀를 닫으려 해도 온 궁궐이 떠드니 모를 수가 있겠는가."

면구하다며 낯색도 변하지 않는 진명을 세자는 새치름히 흘겼다. 이조령이 상참에서 두 사람의 혼인을 알린 건 진명의 부탁이었을 터. 채령을 넘겨다보지 말라는 그의 경고가 궁궐 안에 넘쳐 났다. 처음 소식을 접했을 때 그리해야 하는 줄은 알지만 고이 보내주자니 참으로 안타깝고 속상하였었다. 손목을 잡아 채령 낭자의 마음을 확인하지만 않았어도 다른 마음을 먹었을지도 몰랐다. 못내 진명에게 분심이 일었다. 혹여 잘못될까 싶어 안달하는 진명을 이쯤에서 놓아주자니 약이 올랐다.

"숭절부에게 한 달에 생산할 수 있는 은의 양이 얼마인지 묻고자 하였네."

"그리 전하겠사옵니다. 다만 자칫 물가가 갑작스레 오를 수도 있으니 생산량을 조절할 필요가……."

진명이 하던 말을 그쳤다. 느닷없이 세자가 서탁을 밀치고 가까이 다가온 탓이었다. 세자는 싱긋빙긋 웃더니 살벌한 농을 하였다.

"이번엔 세자빈을 간택한답시고 금혼령이라도 내릴까?"

웃자고 하는 농에 진명은 와르르 무너졌다.

"저, 저하……."

부복하여 바닥에 머리를 찧는 진명을 보며 세자는 애석하기만 하였다. 진명을 저리 쥐락펴락할 기회가 다시는 오지 않을 것 같았기 때문이다. 혼인함과 동시에 목을 빳빳이 세우고 어깨를 뒤로 젖힐 얄미운 벗아,

"잘 살게나."

"부럽지 않습니다!"

공주는 비단치마폭을 야무지게 움켜쥐던 손으로 마침내 눈물
마저 훔쳐 내었다. 하도 도도하여 몽달귀신이 될 것 같던 진명
이 혼인을 한다니 처음 소식을 접하고는 한참 동안 얼이 빠져
있었다. 진위를 알고자 남훈에게 물었더니, '사실이나 진명도
어쩔 수 없는 속물임을 이참에 깨달으시옵소서' 하였다. 그 뜻
이 애매해 이번에는 중방에게 물었더니, '진명이 채령의 은을
탐하여 이뤄지는 혼사입니다' 하였다. 금도 아니고 고작 은이
공주만도 못하다니 믿어지지 않아 비룡을 찾았는데, '은이 아닌
은제련술을 탐하는 것입니다. 국내뿐 아니라 천자국에서도 돈

벌이를 하겠단 심산인 것이지요' 하였다. 아무튼 확실한 것은 진명이 은을 만들기 전까지는 자신과 혼인한다 해놓고 채령이 은을 만들어내니 마음을 바꿨다는 것이다. 진명은 채령을 사랑하는 것이 아니란 결론이 공주의 머릿속에 만들어졌다. 결코 채령이 부럽지 않았다.

"진명은 여인이 아닌 은을 택한 것입니다!"

"암, 아무렴. 진명이 부마가 되지 않은 것이 네게 천만다행인 것이다."

왕은 공주를 달래느라 진땀을 쏟았다. 왕의 눈짓에 세자도 곁에서 거들었다.

"진명은 본래 그런 자였느니라. 번드르르한 외양에 빠져 여태 그것을 깨닫지 못한 게로구나. 조정의 박석을 밟는 자들에게 순정이란 없느니라."

세자는 공주 앞에서 진명을 무참히 모략하였다. 공주의 오해를 당분간 그대로 두는 것이 좋을 성싶었다. 진명도 기꺼이 반길 것이었다. 혼사에 공주로 인한 소란이 생기는 것을 막을 수만 있다면 기꺼이 스스로를 모함할 테니 말이다. 이제 보니 공주를 위로하는 것이 결국 진명을 돕는 셈이었다.

"진명과 혼인할 수 있다면 쇳물일도 하겠느냐?"

"아뇨. 절대. 어림없어요."

세자의 물음에 공주는 고개를 절레절레 흔들었다. 공주 체면에 그렇게까지 해서 진명을 얻을 생각은 없었다.

이쯤이다 싶어 왕은 슬쩍 본론을 들추었다.

"사내의 순정은 말이다. 아직 출사하지 않은 자에게서 찾는 것이 좋다. 궐 안에 일단 발을 들이면 때가 묻기 마련이거든."

왕의 말에 공주는 곰곰이 생각해 보았다. 출사하지 않은 자는 궐 안에서 볼 일이 없으니 별로 아는 이가 없었다. 그저 무령 정도만 떠오를 뿐이었다. 그러고 보니 무령이 순정이란 단어와 무척 잘 어울린다는 생각이 들었다. 울면 눈물을 닦아주고 기쁠 땐 함께 웃어주는.

"진명에게 서운함이 있다면 진정한 복수는 네가 잘 사는 것이다."

"보란 듯이 살아야죠!"

왕은 이 순간만큼은 씩씩한 공주의 성격이 다행스럽기만 하였다. 울고불고 떼를 쓰며 진명이 아니면 싫다고 우긴다면 여간 골칫거리가 아니었다. 공주가 순순히 말을 듣지 않는다면 이미 끈 떨어진 연이 되어 날아간 진명을 다시 잡아올 수도 없을 뿐더러 채령을 얻기 위해 무령을 부마로 삼는 일도 쉽지 않을 것이니 여간 난감하지 않았다. 무령이란 자에 대해 알아본 바, 성품이 유순하고 밝으며 일이 되려는 모양인지 그간 잦은 왕래로 공주와 사이가 도탑다 들었다. 실로 다행스럽고 기쁜 일이었다. 왕은 마음먹은 대로 일이 진척되도록 조심스럽게 무령을 언급하였다.

"가까이서 네가 잘 사는 모습을 보여주는 것은 어떠하냐?"

"가까이라니요? 무슨 말씀인지……."

"진명 가까이에서 네가 지아비에게 사랑받으며 사는 모습을 보여주란 말이다."

"그러니까 진명 가까이 어디요?"

공주의 두리벙한 표정에 왕과 세자는 마주 보며 답답하다는 듯 가슴팍을 두들겼다. 채령이 은을 만들어 부마경합이 무산된 그 날, 공주는 몸져누웠을 줄로만 알았는데 마음을 달래려 무령을 찾았다 들었다. 그제야 공주 곁의 궁인으로부터 전해 들으니 소소히 일이 생기면 서로 간에 기별하고 정서를 나눈 지가 꽤 오래되었다 하였다. 왕과 세자는 그날 밤 옳다구나 이것이로다 하였었다.

*

집 안팎에 사람들이 들끓었다. 소란스러운 와중에도 진명의 눈빛은 꿈속에서 노닐 듯했다. 그녀가 진정 곁에 있게 된다는 것이 새록새록 감명되었다. 감회에 젖고 행복감에 웃기를 반복하였다. 믿어지지 않기도 하여 스스로 팔뚝을 꼬집고 비틀어도 보았다. 그는 지난밤 대문 앞에서 나누었던 그녀와의 대화를 떠올렸다. 청초한 달빛 아래 채령의 모습을 이리저리 보며 '낭자, 정말 내게로 오는 것이오?' 라 물었을 때 그녀가 대답 대신 보여 준 수선화 같은 미소를 떠올리자 진명의 입가에 절로 미소가 돌 았다. 분에 넘친다는 느낌마저 들었다. 가당찮은 사치는 아닐까 두려움마저 일어 몸을 떨었다.

"큰조카. 꿈은 밤에 꾸시오."

초례청으로 향하기 전 진명이 사당에 이어 숙부에게 예를 갖 추는데 숙모가 던진 농담에 사랑채가 웃음으로 들썩였다. 지켜 보는 친지와 식솔들이 내심 느끼고 있던 것을 그리 짚어주니 참 았던 웃음들이 단번에 터진 것이었다.

숙모의 놀림에도 진명은 넉살 좋게 웃었다. 좀처럼 수줍어하 거나 삼가는 기색이 없었다. 가슴에 수놓아진 한 쌍의 학을 손 으로 어루더듬고는 거침없이 푸른빛 단령소매를 펼치는 모습이 능청스럽기까지 했다. 한 쌍의 기러기를 든 기럭아비를 대동하 여 이끄는 걸음걸이는 굳세며 위엄스러웠다.

"오늘따라 더욱 잘생겼군."

멈칫한 진명이 이곳까지 왕림한 세자를 향해 머리를 숙여 고 마움을 전했다. 더불어 짐짓 쌀쌀한 기색으로 곁에 서 있는 공 주에게도 예를 갖추었다.

대문을 나서자 시끌벅적 들끓던 마을 사람들이 양쪽으로 물 러서며 길을 터주었다. 맞은편 대문에서 미리 기다리고 있던 무령이 공주를 흘끔거리던 시선을 속히 거두고 진명을 맞았다. 자형과 처남이 될 그들의 훈훈한 모습을 지켜보던 공주의 입 끝에마저 미소가 번졌다.

마침내 초례청으로 들어서면서 진명은 향긋한 꽃내음을 한껏들이켰다. 가슴을 채운 흐뭇함이 몸속 곳곳에 자릿자릿한 감동을 만들었다. 청사초롱을 흔들며 뛰어다니는 육두의 부산함도즐거웠고 초례상 주변에 모여든 사람들로 인해 넘치는 활기도마냥 좋았다.

'잘 부탁하이.'

늠름한 모습으로 나타난 진명의 인사에 고개를 끄덕거리는인덕은 기쁨도 눈물도 주체할 수 없었다. 그는 전하께서 친히하사하신 어주를 신주단지 뫼시듯 가슴에 품고 있었다. 세자저하와 공주마마의 왕림이 황송하고 황공하였고 각 학류의 수장및 고관대작들의 인사에 감격해 마지않았다. 무엇보다 기쁜 것은 늘 애처롭고 가슴 쓰라렸던 맏딸에게 꿈에 바라던 사윗감을짝으로 맺어주게 된 것이었다. 인덕은 더 이상 바랄 것이 없었다.

"참으로 장하도다, 장해."

초례상 앞에 선 진명의 어깨를 예문수장이 두드렸다. 아예 소리 내어 웃는 그는 이번 혼사를 가장 드러내 반기었다. 예문당의 문사들은 진명뿐 아니라 틈틈이 무령에게도 손을 내밀어 축하를 전했다. 면치레로 찾았을지라도 남훈, 비룡, 중방도 각기 수장과 문사들을 대동하여 초례청을 메웠다.

일순간, 마치 때를 예감한 듯 모두가 숨을 죽였다. 여유롭던 진명도 그 순간만큼은 넘치는 기분을 가눌 길 없어 심호흡을 해야만 했다. 이윽고 마당의 긴장이 웅성임으로 바뀌었다.

"언니, 여기 밟고."

수모가 따로 있음에도 미령은 혼인은 제가 선배라며 뭐든 앞서 언니를 챙겼다. 미령이 옆으로 물러서며 곱게 단장한 새색시가 수모의 곁부축을 받으며 모습을 드러냈다.

채령의 낯빛은 백포만큼이나 희고 고왔다. 수줍은 눈길은 오직 발밑만 향했다. 머리에 얹은 옥과 산호로 꾸민 화관은 은은한 빛으로 청아함이 묻어났다. 가슴에 수놓은 만개한 모란이 그녀의 마음을 대신하고 있었다. 사푼사푼 내딛는 걸음을 따라 남빛 치마 위로 어우러진 비단꽃도 미소를 머금었다. 더딘 걸음은 그렇게 조금씩 진명에게 다가갔다.

그들은 초례상 앞에 마주하였다. 오채영롱한 풍광 속에서 진명의 눈에 담긴 사람은 오직 채령뿐이었다. 시종 들떠 있던 그의 얼굴이 감회에 잠겼다. 채령의 해사한 자태에 혼백을 잃은 그는 마련된 물에 손을 씻으면서도 자신의 여인에게서 눈을 떼지 못했다.

'내가 얼마나 후회하고 한탄했는지 아오? 금은골에서 그대의

청혼을 단번에 수락하지 않은 것을 말이오. 그날을 떠올리면 걷다가도 한숨짓고 웃다가도 눈물을 쏟았소.'

반대편에서 손을 씻던 채령도 흘끔 눈을 들었다.

'만사를 내려놓듯 선비님께 청혼했던 것이 엊그제 같사온데 지금은 더할 바 없이 행복하오니 변덕스러운 것이 삶인가 봅니다. 비록 삶이 시시각각 모양을 바꾸어도 선비님을 연모하고 흠모하는 제 마음은 변하지 않을 것입니다.'

채령은 한껏 마음을 담아 엎드려 절하였다. 그녀에 응하여 진명도 깊이 절하였다. 흥겹고도 경건하였다. 신명으로 들떠도 진실되었다. 그들은 마음을 나누듯 번갈아 엎드려 몸을 숙였다.

'그대의 한결같은 마음으로 난 처음을 되돌아보오. 그 질박함이 나를 일깨우고 있소. 잊었던 원칙을 떠올리며 새삼 삶이 뭉클하오. 시작의 설렘과 같은 나의 여인, 그대를 연모와 존경으로써 지킬 것이오.'

무릎을 꿇고 어주를 받아든 진명이 채령과 표주박을 나누자 곳곳에서 환호가 터졌다. 시간이 흐르며 분위기는 더욱 들뜨고 무르익었다. 온몸에 금사를 두른 세자도, 거추장스러운 관복 때문에 둥싯거리는 석쇠도, 구분 없이 한데 어우러졌다. 눈짓을 주고받느라 바쁜 공주와 무령도, 남몰래 창호지에 침을 발라보는 육두도, 저마다 흥겨움으로 어깨를 들먹거렸다. 한갓진 후당에 마련된 화촉동방의 꽃살문에도 희푸른 달빛이 찾아들었다.

　달빛이 한층 두드러진 깊은 밤, 쫓겨나듯 외별당으로 내달린 육두가 헉헉거리며 숨을 골랐다. 잔치 뒷일로 그곳 대청에 있던 숙모가 한밤중 뭔 수선인가 여겨 밖을 내다보는데 육두가 배를 잡고 마당을 휘젓듯 갈지자걸음을 하더니 기단 아래 있던 장길의 옷자락을 잡고 늘어지는 게 아닌가.

　"장길아, 선비님의 말씀이 참으로 기름지더구나!"

　무슨 소리냐는 듯 장길이 시큰둥한 눈길을 내리자 육두는 웃느라 아예 숨도 내뱉지 못했다. 몰래 신방을 엿보다 쫓겨났다 꺼들먹거리며 제가 보고 들은 것을 숨김없이 내놓았다.

　"선비님께서 아씨의 머리에 있는 화관을 내리면서 그러시더라. '붓 끝에 핀 꽃으로도 그대를 말할 수 있으리, 붓 끝에 일어난 빛으로 그대를 그릴 수 있으리. 눈부신 햇살도 고운 자태의 달빛도 모두 그대 앞에 속절없는 것들이오.' 하하!"

　그만하라며 장길이 점잖게 말리는 데도 육두의 웃음은 그치지 않았다. 보고 들은 것 말고도 저의 상상마저 입으로 풀어내려 들었다. 그때였다. 아랫것의 방정을 더는 두고 볼 수 없었던 숙모가 버선발로 뛰어가선 마당 모퉁이에 있던 싸리비를 들었다.

　"예끼! 냉큼 그 입 다물지 못할까!"

다급히 줄달음을 치는 육두도 마당비를 휘두르며 쫓는 숙모도 입가에선 히득히득 웃음이 새어 나왔다.

방창한 한낮볕이 대청 깊숙이 들이쳤다. 감히 툇마루에 걸터 앉은 육두는 머리를 낮추고 제 상전의 그윽한 눈길을 쳐다보았다. 작은 마님을 바라보는 진명 선비는 눈을 뜬 채로 꿈을 꾸는 표정이었다. 이번에는 시선을 옮겨 작은 마님을 쳐다보았다. 육두는 머리를 갸웃했다. 바닥에 널찍이 깔아놓은 종이 위에 붓으로 무언가를 그리시는데 형체만 봐서는 당최 무엇인지 알 수 없었다.

진명이 탄복해 마지않으며 한마디를 내놓았다.

"붓 끝에 담긴 정성이 고스란히 종이에 배어든 듯하오."

"그러하옵니까?"

냉큼 반색하며 얼굴을 든 채령이 수줍어하면서도 칭찬에 고무되어 또다시 붓을 뻗었다. 그러자 진명은 아예 혀를 내둘렀다.

"이제껏 보지 못한 필치요!"

"정말이옵니까?"

잔뜩 상기된 채령의 낯은 복사꽃처럼 화사했다. 그녀의 붓놀림이 더욱 대담해졌다. 거침없이 선을 긋고 간간이 점도 찍었다. 채령과 화폭을 번갈아보는 진명의 눈길은 그저 홀린 듯 충만함 그 자체였다.

"획력에서 느껴지는 절개, 떨기마다 서린 고아한 기품, 누구도 흉내 내지 못할 것이오."

"칭찬이 거듭되니 농 같사옵니다."

"농으로 받는다면 심히 서운하오."

"믿겠사옵니다. 믿사옵니다, 서방님."

살근거리는 두 시선을 가만히 지켜보던 육두는 여전히 고개를 갸우뚱거릴 뿐이었다. 진명의 칭찬이 계속되자 급기야 육두는 참을 수 없어 목을 빼고 채령에게 물었다.

"작은 마님, 무얼 그리고 계신 것입니까?"

"어? 풍란."

"난이라굽쇼? 그게요?"

쇠메만 들던 손인지라 난을 치는 솜씨는 형편없었다. 육두는 웃음을 뿜을 것만 같아 입술을 깨무는데 차디찬 진명의 시선이 그에게 닿았다.

"화폭에 담긴 절개와 기품이 네 눈엔 보이지 않는 모양이로구나."

쯧쯧 혀를 차는 진명에게 육두는 순간 발끈하였다. 저 그림이 어찌 난초냐며 따지려는데 누군가 살며시 육두의 저고리 뒷단을 잡아당겼다. 마당에 있던 장길이었다. 평소 좀처럼 말이 없던 그마저 혀를 찼다. 살짝 귀엣말로 이르길,

"작은 마님을 바라보는 선비님의 눈빛에 객관적인 시선이 있더냐. 온통 연정뿐 아니더냐. 따지려 드는 네가 어리석다."

육두는 다시금 대청 위를 보았다. '부인은 완벽하오!' 라며 잔즐거리는 진명 선비를. 객관을 잃은 상전의 모습은 여태 보지 못한 기이한 광경이었다. 거북한 속을 문지르며 올려다본 하늘은 눈가를 찡그려야 할 만큼 눈부셨다.

채령이 단천골에서 일을 할 때면 진명은 항시 퇴청을 서둘렀다. 집으로 돌아올 채령을 마중하기 위함인데 그때마다 육두가 말 두 필을 준비해 기다리곤 하였다. 궐 밖으로 나온 진명은 평소와 마찬가지로 저잣거리를 지나는데 이번엔 방물전 앞에서 멈춰 섰다. 곁에 있던 육두가 말을 세운 연유를 물었다.

"선비님, 이곳엔 왜요?"

진명은 말 위에서 방물전의 패물들을 한눈에 훑고는 자못 난감하다는 듯 머리를 갸웃했다.

"여인의 물건은 도통 모르겠으니 육두야 네가 나서라. 여인의 마음에 들 만한 노리개 하나 골라오너라."

"예?"

전에 없던 상황에 육두가 깜짝 놀랐다. 하나 근래 겪는 선비님의 생뚱맞음이 모두 작은 마님으로부터 비롯된 것임을 알기에 의도를 금세 알아챘다.

"아아, 작은 마님께 드리시려고요?"

긴말 듣지 않아도 안다는 듯 새실새실 웃으며 말에서 내린 육두가 방물전 앞으로 다가갔다. 노리개 하나 사는 것쯤이야 여태 수없이 저잣거리를 오간 경력만으로 충분했다. 금빛보다는 은빛이, 수려함보다는 은은함이 어울리는 작은 마님의 맵시 또한 익히 알았다. 신이 난 듯 어깨를 흔들며 물건들을 구경하다 잠시 후 그가 가져다 내민 것은 들꽃이 수놓이고 분홍빛 술이 달린 향낭노리개였다.

그것을 내려다본 진명은 못마땅하다는 듯 이맛살을 찌푸렸다.

"내 비록 여인의 장신구에 대해 잘 모르나 아무거나 집어도 그것보다는 낫겠다. 안목하고는……."

"평소 작은 마님의 복색이 화려하지 않기에 이것이 잘 어울릴 것이라 보았사옵니다."

울컥한 육두의 항변을 진명은 '애초 네게 시킬 일이 아니었다'란 말로 무지르곤 말고삐를 쥐었다. 얼핏 보기에도 금빛 호리병이며 비취빛 옥나비며 풍성한 비단술이며 갖은 장식을 매단 노리개가 숱하건만 그 가운데 가장 볼품없는 것을 골라온 육두를 단천골에 닿을 때까지 시종 나무랐다.

진명과 채령을 태운 말이 뚜벅뚜벅 정경을 흔들었다. 집으로 가는 동안 품 안의 그녀와 함께 경치를 바라보며 도란도란 세상사를 나누는 것은 일상에서 빼놓을 수 없는 재미였다.

초저녁에 지나쳤던 저잣거리를 지날 때였다. 노리개를 골랐던 방물전 앞에서 진명은 또다시 말을 멈춰 세웠다. 뒤따르던 육두도 덩달아 말머리를 돌렸다.

가볍게 말에서 뛰어내린 진명이 채령에게 손을 뻗으며 말했다.

"부인, 마음에 드는 것을 골라보겠소?"

"허구한 날 쇠메를 드는 제겐 거추장스러운 물건일 뿐입니다."

패물들을 대강 훑은 채령이 말 위에 앉은 채로 고개를 흔들었다. 그러자 진명은 더욱 세차게 고개를 저었다.

"사주고 싶소."

"받은 것으로 하겠사옵니다."

"정성을 그처럼 무심한 얼굴로 받으면 내 마음이 아프오."

채령이 그저 뭉근한 웃음으로 넘기려는데 진명이 고집스레 그녀를 안아 내렸다. 다짜고짜로 방물전으로 이끌었다.

조금 물러나 서 있던 육두는 별것 아닌 일로 자그락거리고 어깨를 치대는 그들을 그저 시큰둥한 얼굴로 바라볼 뿐이었다. 그러다 육두의 눈이 돌연 커졌다. 채령이 아까 낮에 육두가 골랐던 향낭노리개를 집어든 때문이었다.

"서방님, 저는 이것이 마음에 드옵니다."

채령이 내보이는 향낭노리개를 본 진명의 얼굴에 순간 당혹감이 서렸다. 그는 다급히 다른 것을 가리키며 물었다.

"요 삼작노리개는 어떻소? 화사한 빛깔에 장식도 많은 것이……."

"저는 이 향낭노리개가 제일 좋사옵니다."

채령의 도리질에 말을 멈춘 진명이 돌연 얼굴을 바꾸고 싱겁게 웃었다.

"그렇소? 실은 내 눈에도 부인께서 고른 것이 가장 예쁘오. 감히 누가 부인의 안목을 따를 수 있겠소. 과장된 것들에만 눈길을 주는 속된 마음으로는 이해할 수 없을 고상한 선택이오."

요사스럽게 말을 바꾸는 진명에 육두는 그만 얼어붙었다. 재빨리 값을 치르고 작은 마님을 말에 태워 자리를 뜨는 선비를 그저 넋을 놓고 바라보았다.

말에 올라 향낭노리개를 옷에 달며 채령이 진명에게 물었다.

"제가 왜 이것을 골랐는지 아십니까?"

말해달라는 뜻으로 진명이 채령의 어깨 위로 머리를 기울이자 그녀가 답하였다.

"옷에 밴 숯내가 항시 마음에 쓰였었는데 이 노리개에 달린 향낭으로 물리치면 서방님과 더욱 가까워질 듯하여 그리하였사옵니다."

남편과 더욱 가까워지기 위해 향낭노리개를 골랐다는 채령의 말에 진명의 잔잔한 미소는 호쾌한 웃음으로 바뀌었다. 진명이 상기된 목소리로 외쳤다.

"나는 그 노리개가 참으로 마음에 드오!"

진명의 웃음에 속이 타들어가는 사람은 뒤따르는 육두였다. 객관을 잃은 상전은 작은 마님 앞에 주관도 없었다. 이랬다저랬다 말을 바꾸면서도 뻔뻔하게 부끄러움도 없었다. 진명의 웃음소리가 커질수록 육두의 한숨이 더욱 깊어졌다.

인덕은 새살림을 꾸린 딸과 사위가 나란히 등청하고 퇴청하는 모습을 보는 것을 그저 낙으로 삼고 있었는데 오늘 그들로부터 궐 안의 소식을 전해 듣고는 우두커니 넋을 놓았다.

"무, 무어? 무령이 부마가 된다 했는가? 그러니까 내가 전하의 사돈이 된다는 말인가?"

인덕이 곁에 앉은 무령을 멍한 눈길로 보았다. 아래턱을 파들파들 떨며 정녕 사실이냐 진명에게 되물었다.

"겉으로는 논의 단계이나 기실 확정된 것과 다름없사옵니다."

진명의 대답에 뒷머리를 문지르던 무령이 수줍음을 감추고자 고개를 숙였다. 무령의 붉은 얼굴을 함께 바라보던 진명과 채령도 마주 보며 웃었다. 진명이 치마폭 뒤로 채령의 손을 가만히 쥐자 그녀는 따뜻한 눈웃음을 보냈다. 그들의 동맹을 한꺼번에 가져오라 힘주어 말하던 전하의 용안을 함께 떠올리며.

『합종연횡合從連衡』完